KB265244

살인의 방정식

Museum
by Véronique ROY, avec Luc Fivet

MUSEUM

살인의 방정식

베로니크 루아 지음
이원복 옮김

소담출판사

펴낸날 | 2009년 2월 9일 초판 1쇄

지은이 | 베로니크 루아
옮긴이 | 이원복
펴낸이 | 이태권
펴낸곳 | 소담출판사
서울시 성북구 성북동 178-2 (우)136-020
전화 | 745-8566~7 팩스 | 747-3238
e-mail | sodam@dreamsodam.co.kr
등록번호 | 제2-42호(1979년 11월 14일)
홈페이지 | www.dreamsodam.co.kr

ISBN 978-89-7381-962-1 03860

● 책값은 뒤표지에 있습니다.
● 잘못된 책은 구입하신 곳에서 교환해드립니다.

"성경이 가르쳐주고자 하는 것은
하늘나라가 어떻게 만들어졌는가가
아니라 어떻게 우리가 하늘나라에
갈 수 있는가이다."

갈릴레오 갈릴레이

주요 등장인물

피터 오스몬드 : 하버드 대학교 교수, 고생물학자, 지질학자, 진화론자, 무신론자(40세)

마르첼로 마냐니 : 교황청 천문대 소속 신부, 천체물리학자(30세)

레오폴딘 드베르(레오) : 국립파리자연사박물관 부속 도서관 기록보관소 관리인(28세)

요한 키르허(장 오스트발트) : 박물관 소장품 관리인, 근본주의자

로익 에르완 : 렌 대학교 교수, 생물학자, 오스몬드의 친구

플로루스 : 박물관의 식물학과 노교수, 박물학자, 문헌학자(74세)

자클린 뒤물랭 : 박물관 부속 중앙도서관 사서, 레오폴딘의 친구

드니즈 주베르 : 박물관 부속 도서관장, 레오폴딘의 후원자

알렉상드르(알렉스) : 박물관 부속 동물원 사육사, 레오폴딘의 친구

아니 브레트만 : 동물원 소속 수의사

위게트 몽타냑 : 식물표본실 기술직 직원, 우울증환자(53세)

발레리 : 식물학과 사무직원

이브 마티올레 : 생화학자, 학습커리큘럼위원회 위원장, 근본주의자

토비 파커 : 다이아몬드 사업가, 근본주의자, 텔레비전 방송 설교가

자크 루아예 : 과학클럽 부회장, 근본주의자

호완싸인 : 천체물리학자(55세)

아니타 엘베르그 : 사회생물학자(우생학)

알랑 테이소 : 동물원의 사육사, 마약·알코올 중독자

미셸 델마 : 박물관장, 지질학자, 오스몬드의 스승

로랑스 앵베르 : 진화생물학과 과장, 생물학자(40세)

노르베르 뷔송 : 계통학 박사과정 학생, 환경운동가

프랑수아 세르방 : 진화생물학과 교수(50세)

에릭 고도프스키 : 조류학자, 철저한 무신론자

루셀 : 모베르 경찰서 서장(50대)

부아쟁 : 모베르 경찰서 경위(40대)

코메르송 : 모베르 경찰서 경위

차례

프롤로그

나는 이 책에서 사건들을 최대한 솔직하고 공정하게 진술했다는 점을 꼭 밝히고 싶다. 몇몇 사건은 사실로 밝혀졌기에 이론의 여지가 없으며, 다른 몇몇 사건도 사실일 가능성이 높은 것으로 추정된다. 상상력의 한계를 뛰어넘는 것처럼 보이는 사건도 있다. 독자는 그런 부분에 대해서는 진실성을 의심할 권리가 있다.

하지만 나는 회의적인 독자에게 이렇게 대답하겠다. "나도 이 책을 쓸 필요가 없었으면 좋겠다." 사람들은 과학이 그렇듯 공포에도 한계가 있다고 생각한다. 하지만 그건 틀린 생각이다. 공포에는 한계가 없다.

1장. 운석이 떨어지다

13,724킬로그램의 소행성이 약 3조 킬로미터를 운행한 끝에, 최소 50만 킬로미터의 거리에서 목성을 스친 후, 무사히 토성환(環)을 뚫고 8월 27일 토요일 16시 51분 오렐리 르로슈 부인의 정원에 떨어졌다. 르로슈 부인은 브르타뉴 해안 절벽 가까이에 세워진 생·카스트·르·길도(프랑스 브르타뉴 지방의 북부 지역에 위치한 해안 마을—옮긴이)라는 정취 그윽한 작은 마을에서 은퇴 생활을 즐기고 있었다.

늦여름의 화창한 계절을 즐기던 르로슈 부인은 부엌에서 시원한 음료수를 마시기 위해 길쭉한 안락의자에서 일어났다. 플라스틱 얼음틀에서 얼음 조각을 꺼내는 데 30초 정도 걸렸다. 이 느린 동작이 부인의 목숨을 구했다. 오렌지 주스 잔을 들고 다시 밖으로 나와보니, 거대한 돌에 박살 난 안락의자가 커다란 웅덩이 바닥에 나뒹굴고 있지 않은가. 이 사건은 지방 신문에 실린 수많은 사진이 입증하였기 때문에 틀림없는 사실이다.

르로슈 부인은 처음에는 어떤 괴짜의 장난이라고 생각했다. 하지만 부인의 집은 외딴곳이었고, 가장 가까운 이웃집도 400미터 이상 떨어져 있었다. 당연히 지나가는 행인도 극히 드물었다. 오렐리 르로슈 부인은 하늘을 올려다보았다.

부인은 무슨 일이 일어났는지 깨닫고는 정신이 아찔해지면서 쓰러질 것 같았다. 의자는 이미 박살 났기 때문에 웅덩이 가장자리에 앉는 게 낫겠다고 판단했다. 부인은 10분 남짓 정신을 가다듬은 후 경찰에 신고했다.

2장. 실험실 폭발, 호완싸인 교수의 죽음

사흘 후, 호완싸인 교수의 실험실이 가스 누출로 박살 났다. 그는 우주 연대의 추정에 관한 연구로 세계적으로 인정받은 쉰다섯 살의 저명한 천체물리학자였다. 파괴된 실험실의 잔해를 수색하던 경찰이 염려했던 일이 불행히도 사실로 밝혀졌다. 호완싸인 교수는 실험실이 폭발했을 때 사망한 것이다. 불행 중 다행히도 사고 당시 교수는 실험실에 혼자 있었고 근처에는 아무도 없었다. 폭발로 상당한 피해를 입긴 했지만 호완싸인 교수처럼 최고 권위자를 잃은 것에 비하면 아무것도 아니었다.

이 낡은 회색 벽돌 건물과 같은 높이에서 3층의 깨진 창문과 무너진 벽을 보려면 국립파리자연사박물관의 가장자리를 따라 뻗어 있는 퀴비에 가(街)로 접어들기만 하면 된다. 이 비극적 사건의 실체를 밝히는 데 1921년 이래로 국립파리자연사박물관에서 이런 부류의 사고가 전혀 없었다는 사실을 상기시키는 것은 중요하다.

이 유감스러운 사망 사고는 박물관 직원들을 불안에 떨게 했다.

월요일

"모든 학문의 시작은 사물의 실존에 대한 놀라움이다."

아리스토텔레스

3장. 국립파리자연사박물관을 향해

가방을 둘러메고 센 강을 막 건넌 남자는 완전히 관광객 차림이었다. 볼품없는 반바지, 헐렁헐렁한 티셔츠, 낡은 테니스화, 숱이 많은 머리를 고정시킨 야구모자. 가장 또렷하게 관광객임을 드러낸 것은 그의 태도였다. 남자는 찬란한 파리 아침이 선사하는 풍물을 볼 때마다 머리를 갸우뚱거리면서 미묘한 차이를 파악하려 애썼다. 쉴리 교(橋)에서 잠시 멈추고 시테 섬, 숭고하고 위풍당당한 노트르담 대성당, 맑은 하늘을 향해 치솟은 뾰족탑들, 햇빛에 반사되어 눈부시게 반짝이는 센 강변의 빌딩들, 양쪽 기슭에 걸쳐 있는 다리들을 응시했다. 시선이 닿는 데까지 멀리 내다보았다. 길을 계속 갈 수도, 이 도시에서 눈을 뗄 수도 없었다. 삶의 즐거움이 돌 속에 새겨져 있는 듯했고 몽상은 녹음으로 덮인 골목길을 따라 사라졌다. 이윽고 남자는 시원한 공기를 깊게 들이마시고 환호성을 내질렀다.

"야호!"

그러자 깜짝 놀란 행인들이 미친놈을 보듯 이상한 눈길로 쳐다보았다. 피터 오스몬드 교수는 이렇게 파리를 만끽하고 있었다. 사흘 전만 해도 이런 일이 생길 거라고는 상상도 못했기에 더욱 행복했다.

오스몬드가 국립파리자연사박물관이 있는 센 강의 왼쪽 기슭을 걷고 있는 것은 우연이 아니었다. 브르타뉴 지방에 추락한 운석이 일으킨 충격의 파문이, 대서양을 넘어 단속평형이론(긴 기간의 진화적 정지 상태와 함께, 비교적 짧은 기간의 환경 압력으로 급격한 진화적 변화가 일어난다는 이론—옮긴이)으로 과학계를 뒤흔들었던 하버드 대학교의 저명한 고생물학자 피터 오스몬드 교수의 전화기까지 이른 것이다. 진화 과정에 급격한 변화 개념을 도입한 그의 연구는 찰스 다윈의 자연선택이라는 전설적 주장을 단번에 설명해주었다.

엊저녁, 피터는 렌(프랑스 북서부 브르타뉴 지방 일레빌렌 도(道)의 도청소재지—옮긴이) 대학교의 생물학자 로익 에르완과 전화 통화를 했다. 두 사람은 1997년 신시내티에서 개최되었던 학회에서 우정을 맺었다. 전화벨이 울렸을 때 피터는 「사이언스」지에 게재할 논문을 작성하느라 정신이 없었다. 그래서 전화를 받을까 말까 망설였다. 다음 날까지 끝내야 하는 논문이었다. 더구나 강의 준비도 해야 했다. 전화벨이 집요하게 울렸다. 결국 턱과 어깨 사이에 수화기를 고정시키고 계속 자판을 두드렸다.

"오스몬드입니다."

"피터? 로익이네."

"로익 에르완! 어떻게 지내는가?"

피터 오스몬드는 안락의자에 편히 앉았다. 그는 잠시 논문 작성을 미루기로 했다. 그는 프랑스어로 말할 때마다 독특한 즐거움을 느꼈다. 맛있는 과자를 맛보듯 문장마다 게걸스럽게 발음했다. 이 선량한 미국인은 전화기를 매개로 대화한다는 사실을 잊은 듯 자기 육성이 대서양 건너편까지 전달되어야 한다고 생각하고 큰 소리로 말했다.

"피터, 자네의 흥미를 끌 만한 소식이 있네."

"그래? 자네도 알다시피 나는 모든 것에 관심이 있지. 뭐랄까? 아, 그렇지! 나는 백과사전 집필자 같은 사람이지!"

"피터, 우리가 최근에 발견한 것은 특히 자네 전공과 관계되는 일이네. 자네만큼 이 문제와 관련이 있는 사람은 아무도 없다고 생각하네."

"대체 무슨 문제인가? 자네는 내 호기심을 바짝 자극하는군."

"일주일 전 브르타뉴 지방에 운석이 떨어졌네. 우리는 이곳 렌에서 이 운석을 맡아서 예비 분석을 했지."

"그래서?"

"그런데 분석 결과가 이상하다네."

친구의 목소리는 왠지 매우 불안해하는 것 같았다. 피터는 분위기를 누그러뜨리려 애썼다.

"어떤 의미에서 이상하다는 거지? 당신네 프랑스인들에게는 모든 게 이상해 보이지! 우리 미국인들은 프랑스인들이 그렇다고 생각하네!"

"이 운석은 이미 알려진 어떤 것과도 닮지 않았네. 예비 분석에 따르면 이 운석은 우리 태양계에서 오지 않았네. 최초의 연대 추정은 60억 년 전으로 거슬러 올라가네."

"과연 지구 나이에 비하면 아주 오래된 운석이군. 하지만 믿기지가 않네……."

"또 있네. 몇 가지 카르복실화합물에 관한 것이네. 우리는 더욱 정밀한 분석을 위해 이 운석을 국립파리자연사박물관으로 보내기로 결정했네. 자네가 현장으로 오는 게 좋다고 생각하네."

"오, 로익. 나는 시간이 없네. 지금 끝내야 할 논문이 서른여섯 편이네. 그리고 내 잡지「진화소식」의 다음 호가 3주 후에 나오네. 어디 그뿐인가. 대학도 곧 개강이네."

"피터, 장담하건대 깜짝 놀랄 일이네."

"나도 맹세하건대 갈 수 없네."

"피터……. 만일 프레드 호일(1915~2001. 영국의 천문학자, 공상과학소설가, 빅뱅이론의 창시자, 외계 생명체 유입설을 주장함—옮긴이)의 주장이 옳다면?"

피터 오스몬드는 숨이 멎을 만큼 깜짝 놀랐다. 그는 한참 동안 침묵을 지켰다. 로익 에르완은 신중한 과학자였다.

"좋아. 그럼 가능하면 빨리 파리행 비행기를 타겠네."

"고맙네, 피터. 매우 중요한 일이네."

피터 오스몬드는 전화를 끊었다. 그리고 연구실 안에서 하버드 대학교 캠퍼스의 건물 사이에 잘 가꿔진 잔디밭을 멍하니 바라보면서 서성거렸다. 그때서야 생각이 났다. 제기랄, 이번 주에 케빈을 맡기로 하지 않았는가! 케빈에게 뉴욕 프로농구팀인 닉스의 경기를 보러 가자고 약속했는데……. 하지만 파리에도 가야 하는데……. 그는 이 기회를 놓칠 수 없었다. 십여 년 전부터 기다린 증거가 아닌가…….

피터는 화를 꾹 참고 아들에게 상황을 설명하기 위해 수화기를 들었다. 아들은 이해해주었다. 약속은 연기되었을 뿐이다. 아들은 제 엄마가 퇴근하면 아빠가 자신을 데리러 올 수 없는 이유를 설명해줄 것이다. 아들의 목소리에서 낙담과 실망이 묻어났다. 오스몬드는 양심의 가책을 느끼며 전화를 끊었다. 그리고 안락의자에 앉아 허공을 바라보았다. 머릿속에서는 로익 에르완의 말이 맴돌았다.

'만일 프레드 호일의 주장이 옳다면?'

이것은 결코 들어본 적이 없을 뿐만 아니라 도무지 믿을 수 없는 말이었다.

오스몬드 교수는 파리행 보잉737 여객기 안에서 밤새도록 작업하려 했다. 하지만 노트북 자판을 아무리 두드려봤자 소용없었다. 아침에 나눈 통화가 계속 생각났다. 그는 하늘을 바라보았다.

프레드 호일……. 1981년 이 영국 천체물리학자는, 지구 표면에 운석이 추락해서 지구상에 생명체가 출현했다는 가설을 내놓았다. 즉 약 35억 년 전 운석이 폭발하면서 살아 있는 최초의 세포를 퍼뜨렸다는 것이다. 이 논문이 발표되자마자 프레드 호일은 무수한 공격 대상이 되었다. 사람들은 그를 세상의 이목을 끌기 위해 함부로 떠벌리는 사기꾼이나 환상가로 취급했다.

오스몬드 자신도 그런 부류의 발표에 아무런 흥미를 느낄 수 없었다. 외계 생명체 유입설은 영화용이라면 괜찮았다. 하지만……. 로익 에르완은 알려지지 않은 광물 성분을 지닌 태곳적 운석—태양계가 생성되기 이전인 60억 년 전에 태어난—이 생명체의 소산인 유기물 흔적을 지니고 있다고 분명 말하지 않았는가.

이 발견으로 우주상의 생명체 출현에 관한 모든 시각을 다시 검토해야 할지도 몰랐다.

*

같은 시각, 알리탈리아 항공의 비행기가 30대 남자를 태우고 로마·피우미치노 국제공항에서 이륙했다. 이 남자 역시 같은 날 아침 놀라운 소식을 들었던 것이다.

평온한 늦여름, 바티칸 천문대의 복도에서 황급한 발자국 소리가 울렸다. 까만 수단(가톨릭 신부의 긴 옷—옮긴이)을 단정히 차려입은 마르첼로 마냐니 신부는 대체 무슨 일로 일요일 아침 미사가 끝나자마자 자신을 불렀는지 의아해하면서 알레산드로 바노레치 천문대 소장의 집무실로 달려갔다. 복도는 비교적 시원했지만, 진리를 추구하는 온화하고 침착한 과학자들처럼 느리고 조용한 삶의 리듬에 익숙해진 마냐니 신부는 땀으로 흠뻑 젖어 있었다. 아무튼 바노레치 천문대 소장의 메모에는 모호한 점이 전혀 없었다.

"10시까지 제 집무실로 와주십시오. 극히 중대한 문제입니다."

마냐니 신부는 문을 두드리기 전에 잠시 멈추고 숨을 가다듬으면서 이마에서 구슬처럼 떨어지는 땀을 닦았다. 이윽고 천문대 소장이 근엄한 목소리로 들어오라고 지시했다.

마르첼로 마냐니 신부는 천문대 소장의 집무실이 17세기 판화에서 볼 수 있는 천문학자 연구실의 특징을 완벽하게 갖췄다는 사실에 주목했다. 이해할 수 없는 수많은 고서들, 공들여 다듬은 묵직한 받침대 위에 놓인 니스를 칠한 거대한 목재 지구본, 무거운 벨벳 벽지로 장식된 창문을 통해 스며드는 희미한 빛에 잠긴 어슴푸레한 집무실……. 짓누르는 듯한 미광 속에서 희미한 빛을 발하는 백발에 꼿꼿하고 위엄 있게 서 있던 천문대 소장은 재빨리 책을 덮고는 마냐니 신부를 맞이했다.

"마냐니 신부님, 이렇게 빨리 와주셔서 감사합니다."

"천만에요, 소장님."

바티칸 천문대 소장은 쓸데없는 말로 시간을 낭비하는 사람이 아니었다. 그는 곧바로 본론으로 들어갔다. 바티칸 추기경들 특유의 철학적 여담과 부드러운 말씨를 좋아하는 마냐니 신부로서는 흠칫 놀라지 않을 수 없었다.

"우리는 방금 국립파리자연사박물관의 미셸 델마 관장이 극히 놀라운 운석 표본을 받게 될 거라는 소식을 받았습니다. 우리에게 정보를 제공한 사람의 말에 의하면 과학적으로 몹시 흥미로운 운석이라고 합니다."

짜릿한 전율이 마냐니 신부의 온몸을 스쳐 지나갔다. 이런 소식이 천체물리학자의 상상력을 불타오르게 하는 것은 지극히 당연했다. 하지만 천문대 소장은 그에게 천문학적 관점을 물어볼 여유를 주지 않았다.

"우리는 이 운석이 관심을 가질 만한 가치가 있다고 판단했습니다. 프랑스 정부는 우리의 청원을 호의적으로 받아들였습니다. 따라서 우리는 가장 훌륭한 과학자를 파리로 파견하기로 결정했습니다. 바로 당신, 마냐니 신부님 말입니다."

"영광입니다, 소장님. 감사합니다."

"고마워하기엔 너무 이릅니다. 이 사명은 종교적으로 극히 미묘한 일입니다. 예비 분석에 따르면 이 운석은 극한 환경에서도 살 수 있는 호극성 미생물(extremophiles)의 흔적을 지니고 있는 듯합니다."

마냐니 신부는 잠시 머뭇거리다가 웃음을 터뜨렸다.

"호극성 미생물……. 소장님, 별로 신뢰할 수 없는 일입니다. 몇 년 전에도 오스트레일리아에서 이런 종류의 속임수를 밝혀냈습니다. 실제로 그것은 지구에 속하는 진부한 먼지에 지나지 않았습니다."

"지금은 더 이상 아는 게 없습니다. 정보 제공자는 이 가설을 확인할 필요가 있다고 역설했습니다. 교회의 최고위층은 이 문제를 많이 염려하고 있습니다."

바노레치 소장의 각진 얼굴이 놀랄 만큼 심각해졌기에 마르첼로 마냐니의 미소는 조금씩 사라졌다.

"최고위층이라면……."

바노레치 소장은 말없이 창문으로 시선을 돌렸다. 교회의 최고 지도자가 있는 방향……. 그의 이름을 언급할 필요는 없었다……. 갑자기 마냐니 신부는 무거운 임무가 어깨를 짓누르는 듯했다.

언제나 그렇듯 간결하고 정확한 천문대 소장은 신부에게 필요한 자료를 넘겨주면서 배웅했다.

"오늘 저녁 로마를 떠나세요. 19시 32분에 파리행 비행기가 있습니다. 파리 8구 아믈랭 가(街) 교황대사 관저 근처에 있는 호텔에 신부님 방을 예약해놓았습니다."

마냐니 신부가 나가려고 문을 열려는 순간, 바노레치 소장이 그를 불러 세웠다.

"또 한 가지 알려드릴 사항이 있습니다. 피터 오스몬드 교수도 신부님과 함께 이 운석 분석에 초대를 받았습니다."

"피터 오스몬드요? 하버드 대학교 교수 말입니까?"

"네. 이것은 그만큼 대단히 중요한 일입니다."

피터 오스몬드……. 마냐니 신부는 그의 저서라면 모조리 읽었다. 말하자면 그의 저서는 필수적인 참고문헌이었다. 몇 년 전 오스트레일리아에서 발견된 운석이 가짜임을 밝힌 사람이 바로 피터 오스몬드 교수였다. 당시에 그 사건은 대단한 파문을 일으켰다. 그때 마냐니 신부는 굴욕적인 참패를 느꼈다.

“하지만 소장님…… 저는 그럴 만한 자격이 없습니다…….”

“쓸데없는 입씨름은 하지 맙시다. 신부님도 잘 아시잖아요.”

마냐니 신부는 진지하게 소장을 바라보고는 살짝 머리를 끄덕임으로써 동의를 표시했다. 이 예수회 신부는 수도회의 두 가지 기본 규정을 서약했었다. 임무에의 헌신과 위계에 대한 순명. 바노레치 소장은 문을 열어주며 한숨을 내쉬었다.

“마냐니 신부님, 이번 일은 과학적 차원을 뛰어넘는 문제라는 점을 미리 말씀드립니다. 우리의 정보 제공자는 신부님이 경계해야 할 사람이 파리에 있다고 말했습니다. 신부님, 각별히 조심해야 합니다. 제 말을 이해하셨겠지요?”

마냐니 신부는 이 사명이 자신의 능력을 넘어서는 일이라고 확신했다. 하지만 하느님의 뜻에 맡기겠다고 서원(誓願)하지 않았는가.

하느님의 뜻……. 그는 잠시 의자에 앉아서 청명한 하늘에 높이 치솟은 성베드로 대성당의 육중한 돔을 응시했다. 그리고 두 눈을 감고 하느님께 도움을 간청했다.

마냐니 신부는 비행기의 창을 통해 어둠의 덩어리를 살폈다. 그는 피터 오스몬드와 똑같은 문제를 자문하지 않았다. 마찬가지로 똑같은 대답을 바라지도 않았다.

4장. 60년간 방치된 트렁크가 사라지다

햇볕이 쨍쨍 내리쬐는 맑은 날, 볼품없는 티셔츠에 헐렁한 반바지 차림의 실루엣이 단풍나무가 늘어선 오솔길을 뛰어 올라가고 있었다. 텁수룩하고 긴 밤색 머리카락이 발걸음에 맞춰 찰랑거렸다. 박물관에서 누구도 이런 장면을 본 적이 없었다. 한 직원이 식물원에서 조깅을 하고 있지 않은가! 그것도 매일 아침, 흐뭇한 표정으로! 이 광경은 몹시 어리둥절한 인상을 남겼다.

이제 상세한 내막을 설명하겠다. 레오폴딘 드베르는 2년 전부터 국립파리자연사박물관에서 근무하고 있다. 과학계에서는 보잘것없는 경력이었다. 그녀는 규모가 아주 작은 연구도 수년에 걸쳐 진행되고, 측정 단위가 천 년인 이 학계의 아주 독특한 관례에 아직 제대로 적응하지 못하고 있었다. 인내심은 첫 번째 자질의 측에도 끼지 못했다. 레오폴딘 드베르는 다소곳이 구석에 처박혀 있기에는 너무 젊고 너무 활동적이었다. 스물여덟 살인 그녀는 잃을 시간이 조금도 없다고 생각했다. 실제로 하루하루가 경주하는 것 같았다. 박물관은 여러 연구실에 흩어져 있는 도서와 자료의 목록을 작성하기 위해 그녀를 고용했다. 이 일은 완벽한 신체 조건을 요구했다. 그녀는 건물에서 건물로, 도서실에서 희귀본서고로, 고문서실에서 전집실로, 식물학실에서 비교해부학실로 뛰어다녔다. 그녀가 도착하기 직전 짓궂은 사람들이 모든 자료들을 뒤죽박죽 섞어놓은 듯했다. 따라서 강인한 체력을 기를 필요가 있었다.

레오폴딘 드베르에게는 딱히 정해진 사무실이 없었다. 박물관 사무국은 그녀가 소지품을 놓을 만한 공간을 마련하기 위해 2년 동안

이나 궁리했지만 결국 찾지 못했다. 그래서 레오폴딘은 그날그날 적당한 곳을 찾아 가방과 옷을 놓았다. 그리고 40헥타르에 이르는 박물관 관내를 온종일 누비고 다녔다. 마침내 그녀는 박물관 전체가 자신의 사무실 역할을 한다고 자연스럽게 결론을 내렸다. 고정된 거처를 정할 뜻이 없었기에 이런 상황이 더욱 마음에 들었다. 직업적으로도, 감정적으로도 한곳에 처박혀 있고 싶지 않았다.

물론 레오폴딘은 방세를 지불하고 애완동물 고양이 티투스를 길러야 했다. 그 이외는 오직 책을 위해서 살았다. 그리고 필요한 것만큼 공부할 의향이 있었다. 월급이 많지 않은 것은 어쩔 수 없었다. 애인에 대해서는……. 그녀는 별로 한가하지 않았다. 백마 탄 왕자를 기다리지 않고 열심히 근무했다. 그녀가 만나고 싶은 남자는 눈부실 만큼 탁월한 업적으로 자신을 눈부시게 할 수 있는 경이롭고 헌신적인 사람이었다. 오직 그것뿐이었다!

요컨대 스물여덟 살의 레오폴딘 드베르는 성공하지 못할까봐 두려워서 전력을 다해 달리는 평범한 아가씨였다.

레오폴딘은 박물관의 낡은 건물들을 하나하나 점검했다. 6층짜리 길쭉하고 육중한 대형건물들은 200년이나 지났는데도 조금도 위엄을 잃지 않았다. 다만 아직도 외벽 청소의 혜택을 받지 못했을 뿐. 건물 전체는, 고리타분한 겉멋을 부리기 위해 간소하고 다소 낡은 옷 속에 목을 파묻는 신사들을 떠올렸다. 요컨대 박물관은 행인들이 의혹이 섞인 존경심을 가지고 관찰하는 대상이었다.

레오폴딘은 오른쪽으로 돌아서 박물관의 보배인 대(大)생명진화관 앞에 줄지어 서 있는 관광객들을 바라보았다. 목재와 강철로 만든 이 거대한 공간은 어리둥절한 방문객에게 원시생물부터 영장류까지 생명의 진화 과정을 일목요연하게 보여준다. 레오폴딘은 처음으로 박물관을 견학하던 때를 떠올렸다. 안내원을 따라 이 거대한 공간을 관람했는데, 향유고래의 웅장한 뼈대, 박제된 코끼리, 무성한 깃털

따위가 빛의 선경 속에서 꿈틀거렸다. 당시에 꼬마소녀였던 그녀는 어찌나 놀랐던지 목소리가 나오지 않았다.

레오폴딘은 온실로 가는 가파른 오솔길을 뛰어 올라갔다. 온실에는 줄기가 구불구불하고 잎이 이상하게 생긴 신기한 열대식물들이 자라고 있었다. 그녀는 파리 식물원의 부속 동물원 안으로 들어갔다. 독수리들이 파닥거리는 지저분하고 비좁은 새장과 야생 염소들에게는 너무 협소한 우리를 볼 때마다 마음이 아팠다. 자연경관을 모방해서 만든 인조 바위는 군데군데 철근 콘크리트 골조를 드러냈다. 슬픈 눈을 가진 야크는 붕괴 중인 오두막의 그늘 속에서 움직이지 않고 서 있었다.

레오폴딘은 동물들에게 조금이나마 용기를 북돋아주기 위해 말을 걸기 시작했다.

"안녕, 얼룩말! 타조야, 맛있게 먹어! 잠은 잘 잤니?"

"안녕, 예쁜 아가씨!"

레오폴딘은 흠칫했다. 한 사람만이 그처럼 무례하게 말을 걸 수 있었다. 알렉상드르.

알렉상드르는 보란 듯이 허리에 두 손을 올리고 입술에 미소를 머금으며 매력적인 유혹자의 태도로 그녀 앞에 서 있었다. 만일 그의 키가 1미터 32센티미터가 아니었더라면 그녀는 틀림없이 그의 매력에 빠졌을 것이다. 알렉상드르는 자연의 기이한 변덕으로 나이는 레오폴딘과 같았지만 키는 어린애와 비슷했다. 얼굴 역시 열 살 소년의 모습처럼 동안이었다. 처음 그와 마주쳤을 때 동물원에서 길을 잃은 아이라고 생각했다. 그녀가 부모를 찾아주기 위해 다가가려는 순간, 그는 물소 우리 안으로 들어가더니 물소의 목덜미를 툭툭 두드리고 구유에 꼴을 가득 넣어준 후 유유히 빠져나왔다. 알렉상드르는 동물원에서 일하는 열다섯 명의 사육사 가운데 한 사람이었던 것이다. 그는 레오폴딘을 보더니 담배를 권했다. 그때부터 두 사람은 친구가 되었다.

"어머, 나의 귀여운 알렉스! 어떻게 지내?"

"나의 '귀여운' 알렉스라고 부르지 마. 그럼 나는 너를 나의 '키다리' 레오라고 부를까?"

"알았어. 그럼 알렉산드로스 대왕은 어때?"

"그게 훨씬 낫네. 오늘 저녁 뭐 해?"

"합창 연습을 할 거야. 그리고 집으로 돌아가지."

"합창은 집어치워! 라티노 파티에 가는 게 어때?"

"알렉스, 밤은 잠을 자라고 있는 거야."

"아니야, 밤은 파티를 하라고 있는 거야!"

레오폴딘은 눈 밑의 거무스레한 무리를 발견하고 물었다.

"일요일 저녁에도 파티에 갔었니?"

"한 친구가 잭다니엘스 한 병을 가지고 왔어. 오랫동안 서로 보지 못했지. 세월은 유수처럼 참 빨리도 흘러갔어. 우리는 한때 지붕에서 잠을 잤지. 비가 와서 제대로 잘 수는 없었지만……."

"그러니까 밤새도록 횡설망청 떠들고 마셨단 말이지?"

"그렇다고 말할 수 있지. 오늘 저녁 올 거야?"

"미안해……. 다음에는 꼭 갈게!"

레오폴딘은 다시 달렸다. 큰 새장 주위에서 산울타리를 자르고 있던 정원사들에게 인사했다. 새소리가 맑은 공기 속에서 태평하고 즐거운 음악처럼 들려왔다. 오늘은 화창한 날이 될 것 같았다. 그녀는 동물원을 떠났다. 본관을 우회하면서 반바지에 챙 달린 모자를 쓴 불쾌한 관광객과 충돌할 뻔했다. 그리고 샤워를 하기 위해 식물원 별관 방향으로 비스듬히 돌아갔다.

그때 레오폴딘은 사람 그림자 하나가 온갖 잡동사니로 혼잡한 어둡고 넓은 박물관 희귀본서고 안으로 몰래 들어가리라고는 추호도 예상하지 못했다. 박제된 동물, 책 꾸러미, 분해된 뼈, 귀퉁이가 떨어져 나간 판화 따위가 뒤죽박죽 널려 있는 곳이었다. 그림자는 낡은 지도 꾸러미로 감춰놓은 금속상자에 부딪쳤다. 그러자 발로 상자를 밀치고 참나무 원목으로 만든 아주 오래된 선반을 향해 나아갔다. 선반에는 인류 역사상 가장 위대한 박물학자들의 흉상이 몇 개 나뒹굴고 있었다.

그림자가 침투한 장면을 정확히 재구성하는 것은 불가능하다. 어쨌든 분명한 것은 이들 흉상 가운데 한곳을 향해 나아갔던 그림자는 한 손에 정, 다른 손에 망치를 들고 있었을 것이다. 흉상 파괴 현장을 조사한 결과 달리 설명할 길이 없다.

*

50년 가까이 쌓인 산더미 같은 자료와 잡지 위로 플로루스 교수의 대머리가 비죽 나와 있었다. 노교수가 어찌나 오랫동안 연구실에 죽치고 있었던지 사람들은 노교수 없는 박물관이나 박물관 없는 노교수를 생각할 수 없었다. 박물관에 도착하자마자 레오폴딘은 이 경이로운 전형을 발견하고 깜짝 놀랐다. 플로루스 교수는 한결같은 과학자였다. 노교수는 겨울이든 여름이든 일주일 내내 아침부터 저녁까지 자료를 수집하고 분류했다. 자료는 조금씩 4층에 있는 그의 연구실을 차지하더니 이제 층계참에도 수북이 쌓이기 시작했다. 20년 전 임시로 탁자 위에 놓였던 자료는 아직도 손길을 기다리고 있었다. 그 사이 교수는 다른 가구 위에, 캐비닛 위와 아래에 무수한 지층처럼 다른 자료를 놓았고, 또 그 위에 끝없이 다른 자료를 쌓아 올렸다.

레오폴딘은 승강기에서 내리자마자 교수가 있는 곳까지 간신히 들어갈 수 있는 비좁은 통로를 발견했다. 교수는 손에 확대경을 들고 오래된 신문 조각을 면밀히 조사하고 있었다.

"교수님, 안녕하세요! 벌써 작업을 시작하셨어요?"

노교수는 확대경을 내려놓더니 여느 때처럼 투덜대기 시작했다.

"레오폴딘, 일거리가 넘쳐흘러 정신이 하나도 없어! 오늘 아침엔 믿기지 않는 편지 한 통을 받았지. 내가 이 요청에 답변할 수 있을지 고민이야."

"교수님은 언제나 해답을 찾아내시고 말잖아요."

"하지만 이건 불가능해 보여. 불가능하다고!"

"질문이 뭐예요?"

플로루스 교수는 안경을 쓰고 편지를 펼친 후 과장조로 읽었다.

"1963년 엡섬더비 경마대회 때 찍은 사진 한 장을 교수님께 보냅니다. 그때 엘리자베스 2세 여왕이 쓰신 모자를 장식하고 있는 꽃의 이름을 알고 싶습니다. 미리 감사드립니다."

플로루스 교수는 불안감이 감도는 심각한 표정으로 편지를 접었다. 그는 일어나더니 갑자기 씨실이 보일 정도로 낡은 벨벳 바지를 추켜올리고는 지팡이를 잡고 느린 걸음으로 항상 열려 있는 연구실로 향했다.

"이번 도전은 내 능력을 넘어서는 것 같아. 이 사진 상태가 너무 나빠서 꽃의 종(種)조차 알 수가 없어……. 그러니 내가 가지고 있는 영국 여왕의 모든 사진을 찾아볼 수밖에 없지. 보다 선명한 사진을 발견하게 되기를 바라면서 말이야. 물론 여왕이 똑같은 모자를 최소한 두 번씩 썼다면 더욱 좋지."

갑자기 교수는 멈칫하더니 놀란 표정으로 레오폴딘을 응시했다.

"그런데 레오폴딘, 모자를 쓰지 않은 영국 여왕은 생각할 수 없지! 그건 과학적으로 불가능한 일이야! 콧수염 없는 드골 장군을 상상할 수 없는 것처럼 말이야!"

레오폴딘은 노교수의 의분(義憤) 앞에서 웃음을 참을 수 없었다. 노교수에게 과학은 인생의 전부였다. 교수의 정년퇴임식 때 동료들은 안도의 한숨을 내쉬었다. 그들은 노교수가 차지했던 공간을 누구에게도 의견을 구할 필요 없이 회수할 생각이었다. 하지만 퇴임식 다음 날 노교수는 평소처럼 연구실로 출근해서 근무했다. 누구도 감히 그만두라고 말할 수 없었다. 그는 무급 근무를 지원했던 것이다…….

플로루스 교수는 박물관의 살아 있는 기억장치였다. 그는 아주 엉뚱한 질문을 포함해서 아무리 사소한 질문에도 명예를 걸고 답변해 주었다. 한번은 영화 무대장치가가 역사 재구성을 위해 1947년 사이공의 화단 구조에 관한 정보를 문의한 적도 있다. 도랑에서 우연히 기이한 식물을 발견한 사람, 옛 여행용 도감을 되찾은 사람, 이름을 알 수 없는 식물에게 이름을 지어주려는 사람들의 문의가 잇달았다. 어떤 경로를 통해서든 모든 질문은 결국 플로루스 교수의 손에 맡겨졌다. 그러면 교수는 즉시 산더미처럼 쌓인 보고서, 표본, 사진 등을 뒤지기 시작했다. 모래 속에서 진주를 찾기 위해서는 먼저 관련된 자료를 찾아야 했다. 그런데 플로루스 교수에게는 중대한 약점이 있었다. 그는 모든 자료를 정리했지만 어디에 놓았는지 정확히 기억하지 못했다. 분류체계를 새롭게 설정하는 데는 며칠이 필요했다. 그래서 자료를 찾을 때마다 그처럼 많은 시간과 노력이 요구되었다.

노교수에게 연민을 느끼고 있는 레오폴딘은 어느 날, 이처럼 대수롭지 않은 일을 위해 정말 이렇게 고생할 가치가 있냐고 물었다. 그러자 노교수는 엄한 눈길로 노려보더니 현학적인 말투로 반박했다.

"우리 박물관의 명성이 달린 문제야!"

레오폴딘은 교수의 자세에서 교훈을 얻었다. 이처럼 사소한 일에도 업무의 중요성을 부여할 수 있다니…….

*

플로루스 교수는 서류로 가득한 연구실에 앉더니 낡은 책가방에서 보온병을 꺼내 커피를 한 잔 따랐다.

"레오폴딘, 이 점은 분명 인정해야 해. 말하자면 나는 모든 질문에 답변할 수는 없어. 언젠가는 누군가가 내 허점을 지적할 거야. 나도 잘 알고 있지."

"교수님, 그럴 리가 없어요."

"나도 실수를 저지를 수 있어. 아직도 찾아야 할 게 많이 남았는데……. 바로 어제만 해도 그래. 인부들이 6층에서 이삿짐을 옮기다가 한쪽 구석에서 여행용 트렁크 하나와 몇 개의 서류철을 발견했지. 이 트렁크는 60년 전 누군가가 우리에게 보낸 것인데 한 번도 열어보지 않았던 거야! 이해하겠어? 어떤 직원이 그곳에 놓았다가 잊어버린 거지……. 레오폴딘, 근무태만이라고 생각하지 않아?"

레오폴딘은 미소를 짓고 교수를 바라보았다.

"이 이야기를 들으니 저도 한 사람이 생각나요."

"제발 빈정대지는 마. 나는 그래도 내 물건은 언제나 찾아내지."

"그 트렁크는 어떻게 했어요?"

플로루스 교수는 손사래를 치며 말했다.

"몰라. 서류철은 식물학과 사무직원인 발레리에게 보냈대. 무슨 말인지 알겠어? 그녀의 사무실은 광물학관(館)에 있다고."

레오폴딘은 미로처럼 뒤얽혀 있는 수많은 부와 과를 떠올렸다. 식물학관에서 발견된 물건은 합리적인 행정 관련성을 따져 배치한 옆 건물로 보내는 것이 박물관 체계의 논리였다.

"발레리의 사무실은 분명 광물학관 지구과학실에 있죠?"

"그렇지. 일시적으로……. 트렁크 문제는 전혀 모르겠어."

레오폴딘은 눈살을 찌푸렸다.

"어떻게 그럴 수 있어요? 자료와 견본을 떼어놓아서는 안 된다는 사실은 잘 아시잖아요? 저에게 그렇게 가르쳐준 것은 바로 교수님이세요!"

그러자 노교수는 반박했다.

"하지만 나도 손쓸 도리가 없었어! 인부들은 바빴고, 나도 다른 일에 빠져 있었거든……. 새로 부임한 소장품 관리인 키르허 씨에게 물어보면 돼. 어쩌면 그는 트렁크에 대해 알려줄 수 있을 거야. 어쨌든 이 건물에서 내가 모든 일을 처리할 수는 없는 노릇이야!"

레오폴딘은 플로루스 교수의 투덜대는 모습에 마음을 누그러뜨리고 볼에 뽀뽀를 해주었다.

"화내지 마세요. 그 트렁크가 60년을 기다렸다면 며칠 정도는 더 기다릴 수 있을 거예요. 걱정하지 마세요. 제가 찾아내겠어요."

"레오폴딘, 이곳에서 분실되는 것은 아주 많아……. 한번은 이 문제에 대해 광물학 연구소의 뮐러 연구원과 얘기를 나눴지. 그들도 뭔가가 없어진다는 사실을 알아챘다는 거야."

레오폴딘은 교수가 불평을 늘어놓기 전에 말을 중단시켰다.

"교수님, 다시 작업을 하실 시간이에요. 영국 여왕이 교수님을 기다리고 계십니다!"

승강기가 작동하지 않자 레오폴딘은 계단을 통해 내려갔다. 그녀에게도 산더미 같은 일거리가 기다리고 있었다.

5장. 성직자와 무신론자

피터 오스몬드는 수령이 250살이 넘는 거대한 삼나무 고목을 정신없이 바라보고 있다가 조깅하는 여자와 부딪칠 뻔했다. 산책자들은 이 고목 아래서 시원한 바람을 쐬곤 했다.

"이봐요! 앞을 보고 걸으세요!"

젊은 여자는 사과하기는커녕 속도를 늦추지 않았다. 역시 프랑스 사람들은 이렇다니까……. 뻔뻔하기가 그지없군!

하지만 이 미국인의 흐뭇한 기분을 상하게 할 수 있는 것은 하나도 없는 듯했다. 그는 자신의 스승인 미셸 델마 박물관장의 집무실이 있는 본관을 향했다. 벌써 얼마나 많은 세월이 흘렀는가! 20년도 더 지났다! 국제적으로 명성이 자자한 지질학자 미셸 델마가 하버드 대학교에서 강의를 하고 있었을 때 피터는 학생이었다. 델마 박물관장은 피터의 연구를 지지해주었고, 몇 년 후 젊은 피터 교수에게 이곳 박물관에서 강의를 하게 배려해주었다. 18개월 동안의 파리 생활은 이 고생물학자의 기억 속에 영원히 새겨졌다. 파리의 감미로운 삶…….

박물관장은 현관 앞 낮은 층계까지 내려와서 따뜻하게 피터를 맞이하면서 오랫동안 손을 잡아주었다.

"피터! 이렇게 와줘서 무척 반갑고 기쁘네!"

오스몬드는 몹시 세련되고 섬세한 박물관장의 열정과 자제력에 언제나 매료되었다. 델마가 박물관의 수장으로 임명된 것은 탁월한 경력을 인정받은 것이었다.

"스승님께 인사드리러 왔을 뿐입니다."

"오, 이제 자네는 아첨도 할 줄 아네. 이곳에는 나처럼 늙은 폐물보다 훨씬 중요한 일이 있지!"

박물관장의 머리는 백발이 다 되었고 배는 불룩 나왔다. 하지만 관장은 여전히 우아하고 침착한 몸짓, 생기와 장난기 넘치는 시선, 깔끔한 나비넥타이, 말쑥한 양복을 갖추었다. 미셸 델마는 모든 면에서 세련된 사람이었다.

오스몬드는 박물관장의 섬세한 손을 바라보며 물었다.

"여전히 독신이세요?"

박물관장은 진심으로 웃으면서 대답했다.

"피터, 학문은 까다로운 주인이네. 자네는 여전히 호기심이 많군. 하지만 그럴 수도 있지 않은가!"

미셸 델마는 성적 취향을 조금도 감추지 않았다. 그것은 두 사람에게 난처함보다는 농담의 주제가 되었다.

"피터, 자네 부인과 아들은 어떻게 지내는가?"

오스몬드는 숙명론자처럼 손짓을 하며 대답했다.

"우리는 헤어졌습니다. 어쩌면 일시적으로……. 잘 모르겠어요."

"오, 미안하네……."

"과학은 까다로운 주인입니다."

박물관장은 그의 어깨를 툭툭 치고는 집무실로 안내했다. 겸손한 자세에 까만 옷을 입은 남자가 이미 그곳에 있었다. 그는 미국인이 들어오자 자리에서 일어났다.

"피터, 마르첼로 마냐니 신부님을 소개하겠네. 행성 궤도를 연구하는 탁월한 전문가이시네. 유럽우주연구프로그램에 참가하신 적이 있네. 최근에 아리안 우주로켓 발사대에서 쏘아올린 인공위성들의 운행 궤도를 계산한 사람이 바로 마냐니 신부님이시네. 정부는 신부님의 도움과 지식이 우리 연구에 대단히 유용할 거라고 판단했네."

피터 오스몬드는 신부의 로만칼라(사제복을 입을 때 착용하는 하얀 띠—옮긴이)와 웃옷의 깃에 꽂힌 작은 십자가를 보자마자 미소가 사라지고 굳어졌다. 그래도 마냐니 신부는 손을 내밀었다.

"오스몬드 교수님, 뵙게 되어 대단히 영광입니다. 저는 교수님의 저서를 열렬히 탐독하고 있습니다."

미국인은 답례도 하지 않고 야유했다.

"저는 우리 직업이 같다는 사실이 믿기지 않습니다."

그러자 박물관장이 소리쳤다.

"피터, 그런 소리 하지 말게! 연구의 성과는 이과계 학문 간에 협력하는 사람들에게 달려 있네!"

오스몬드는 거만하게 대답했다.

"저는 구체적인 성과에만 관심이 있습니다. 영적 문제에는 관심이 없습니다."

그러더니 결국에는 팔짱을 꼈다. 미셸 델마는 진정하라는 손짓을 하며 말했다.

"피터, 나는 자네의 철학적 견해를 알고 있네. 하지만 과학 분야에서 선입관은 제쳐놓는 게 바람직하네."

"그것은 바로 제가 말씀드리고 싶은 겁니다. 저도 그렇게 하려고 노력하고 있습니다."

마냐니 신부는 미소를 지었다. 그의 얼굴은 겸손함으로 빛났다.

"오스몬드 교수님, 저는 분명 성직자입니다. 하지만 또한 과학자입니다. 중요한 것은 진리를 향해 나아가는 거라고 생각합니다."

미국인은 삿대질을 하면서 말했다.

"진리라고요? 그거 좋죠! 우리가 추구하는 것과 일치하지 않을 지라도 말입니다."

박물관장이 다시 진정시켰다.

"피터, 제발 부탁이네. 우리는 우주 개념을 바꿀지도 모르는 분석을 위해 이곳에 모였네. 그러니 사소한 신경과민은 자제하게……."

피터 오스몬드는 당혹스런 표정으로 스승을 바라보았다. 그는 곧 자신의 삶에 존재 이유를 주었던 이 늙은 스승에게 목숨을 바쳐도 빚을 갚을 수 없다는 사실을 떠올렸다.

"좋습니다. 그럼 제 견해를 드러내지 않도록 조심하겠습니다."

"고맙네, 피터. 그럼 이제 두 분께 새로운 연구실을 보여드리겠습니다. 우리는 광물학관 회랑에 연구실을 마련했습니다. 두 분은 그곳에서 조용히 연구하실 수 있을 겁니다."

오스몬드는 투덜거렸다. 그것은 불만의 표시임과 동시에 동의의 표시였다. 그는 적의에 찬 눈길로 신부를 바라보았다. 주눅이 든 신부는 시선을 떨구었다.

6장. 악이 도처에 있어요

레오폴딘은 서둘러 중앙도서관 쪽으로 달려갔다. 젠장! 그녀는 위게트의 손아귀에서 벗어날 수 없었다. 지금 늦었는데……. 그런데 얼마나 바보 같은 짓을 하고 있는가!

식물표본실 소속 기술직 직원 위게트 몽타냑은 피곤한 몸을 이끌고 복도에서 어슬렁거리고 있었다. 그녀는 마치 거미처럼 먹이가 걸려들면 움켜쥐기 위해 레오폴딘을 노리고 있었다.

"오, 레오폴딘, 만나서 무척 반가워요. 오늘 날씨가 좋네요."

"네, 위게트. 잘 지내시죠? 미안해요. 지금 바빠서……."

"그러겠죠. 저도 할 일이 무척 많아요. 약을 먹지 않았다면 더 빨리 할 수 있을 텐데. 하지만 의사선생님이 약은 꼭 복용해야 한다고 말씀하셨어요. 그렇지 않으면 공포에 사로잡힐 위험이 있대요……."

"당신 말이 옳아요. 그런데……."

"기분이 좋아졌어요. 정말이에요. 아직도 가슴이 두근거리기는 하지만 의사선생님이 오래 가지는 않을 거라고 말씀하셨어요. 우울증이 약간 있기 때문이죠. 그리고 어젯밤에 이상한 꿈을 꿨어요."

"위게트, 저는 지금……."

"그래요, 끔찍한 꿈이었어요……. 말하자면 악몽이었죠……."

"괜찮으실 거예요. 그것은……."

"하지만 저도 나름대로 생각이 있어요……. 언젠가 신부님께 말씀드렸어요……. 이곳에서 이상한 일이 일어나고 있다고요. 레오폴딘, 나는 쉰세 살이고 인생이 뭔지 알아요. 한 가지만 말할게요. 조심하세요. 악이 도처에 있어요. 레오폴딘, 내 말을 이해하겠어요? 악은 이 복도에도 있어요. 나는 그 기운이 느껴져요."

"위게트, 저는 의심하지 않아요. 그럼 수고하세요."

10분을 잃었다……. 레오폴딘은 초기에는 이 노처녀가 자신의 불행과 좌절에 대해 늘어놓는 넋두리를 몇 시간씩 들어주었다. 위게트의 몸에 손을 댄 유일한 남자는 류머티즘 전문의였다. 그것도 순전히 진료 차원에서였다. 그녀는 틀림없이 상상에 의한 좌골 신경통에 걸렸을 것이다. 게다가 그녀는 이모의 저주를 받았다고 확신했다. 신부는 그녀가 요청한 구마식(驅魔式)을 거절하고 매일 강장제를 복용하라고 격려했다. 그녀는 날마다 식물학관의 회랑에서 우수에 찬 모습으로 천천히 배회하였다. 레오폴딘은 위게트를 동물원의 게으름뱅이 원숭이 토토르에 비교했다. 토토르는 나뭇가지에서 나뭇가지로 조용히 어슬렁거리며 돌아다녔다. 느리고 신중한 동작, 슬픈 눈빛, 뒤로 젖힌 머리……. 교회도, 과학도 위게트를 위해 아무것도 해줄 수 없었다. 그러니 레오폴딘 드베르가 어떻게 그녀의 온갖 문제를 해결해줄 수 있겠는가!

*

레오폴딘은 성큼성큼 정원을 횡단하다가 열정적으로 토론하고 있던 한 무리와 마주쳤다. 델마 박물관장이 배가 약간 나온 성직자와 옷차림이 점잖지 못하고 훤칠한 남자에게 뭔가를 열심히 설명하고 있었다. 레오폴딘은 조깅하던 중 그녀의 길을 막았던 관광객을 알아보았다. 두 사람의 대조는 인상적이었다. 하지만 반바지 차림의 남자는 조금도 귀를 기울이지 않는 것 같았다. 레오폴딘은 그가 은근히 불신과, 감탄이 섞인 경악을 뿌리고 다닌다는 사실에 주목했다. 학생이나 연구원이 옆을 지나가면 그는 휘둥그레진 눈길로 관찰하곤 했다. 감탄할 만한 점이 없는데도 말이다……. 틀림없이 넘부스 교수

(앙드레 덱스의 연재만화에 나오는, 안경과 큰 모자를 쓰고 이상한 옷을 입은 주인공—옮긴이) 같은 사람일 것이다…….

레오폴딘은 박물관 주위를 맴도는 이상한 사람들을 보고 더 이상 놀라워할 시간이 없었다. 그런 사람은 너무도 많았다. 그녀는 2년 동안 관찰한 끝에 과학자들이 완전히 다른 행성에서 살고 있다는 결론에 도달했다.

레오폴딘은 중앙도서관으로 가는 계단을 급히 뛰어 올라갔다. 그리고 문을 밀고 살금살금 열람실 안으로 들어갔다. 이 경건한 지역은 조용한 학습 분위기가 풍겼다. 밀랍과 왁스 향기에 둘러싸인 열람자들은 가죽으로 장정된 두꺼운 책에 몰두하고 있었다.

레오폴딘은 사서직원 자클린에게 인사했다. 생기발랄한 이 과들루프 여자는 예의 바르고 엄격하게 이 열람실을 관리하고 있었다.

자클린이 속삭였다.

"안녕, 레오폴딘! 잠시 후에 커피 한 잔 할까?"

"미안해, 시간이 없어. 도서 목록을 작성하느라 정신이 없어."

"그럼 점심이나 같이 할까?"

"좋아. 시간에 맞춰 내가 내려올게."

레오폴딘은 지나는 길에 희귀본서고의 문이 잘 잠겨 있는지 확인했다. 옛날 수사본을 소장하고 있는 이 부속실은 극소수의 특권자만이 접근할 수 있었다. 그리고 도서관장의 허가서가 있어야만 책을 꺼낼 수 있었다. 박물관의 도서 재산을 횡령하는 것은 생각조차 할 수 없는 일이었다!

레오폴딘은 유액장갑을 끼고 화물용 승강기 문을 닫았다. 그녀는 중앙도서관의 8층에 있는 잡지실로 올라갔다. 어둠 속으로 사라지는 기다란 두 줄의 선반 위에는 책, 지도, 프랑스와 외국의 잡지, 판화, 벌레가 갉아 먹은 수사본, 간신히 끈에 붙어 있는 서류철이 빽빽이 진열되어 있었다.

레오폴딘은 분류 항목을 하나하나 찾기 시작했다. 《나폴레옹의 약탈, 1802~1813》, 《카자망스, 1890~1930》, 《뢰르캥 기증도서, 1906》, 《2차 세계대전, 베를린 주재 프랑스 대사관, 1944》……. 마침내 레오폴딘은 2주 전부터 찾고 있던 항목을 발견했다. 《생물학 연구소, 1980~1990》. 그녀는 장갑을 끼고 책과 고문서로 넘치는 상자 하나를 들더니 창문 아래에 자리를 잡고 앉았다.

레오폴딘은 뿌옇게 날리는 먼지 속에서 자료를 하나하나 꺼내면서 목록을 작성했다. 제1권, 제임스 왓슨의 『DNA의 이중 나선구조(DNA의 구조 발견에 관한 단독 보고서)』, 제2권, 필리프 메테조, 로제 미글리에리나, 마리 엘렌 라티노의 『유세포 측정법』, 장 오스트발트의 생물학 박사학위 논문 『진핵생물의 세포 계통』(지도교수 아니타 엘베르그, 보고 책임자 프랑수아 세르방), 캘리포니아 대학교 유전학 과학자인 리처드 골드만 교수의 사진 한 장……. 레오폴딘은 수년, 어쩌면 수 세기 전부터 기다리고 있는 무수한 상자를 바라보았다……. 이 모든 것은 어떤 의미를 갖고 있을까? 신임 소장품 관리인 키르허 씨는 자연과학 수집품을 현실에 맞게 고쳐서 재배치를 시도했다. 또 그는 도서관장 주베르 부인을 쉽게 설득하여 책과 고문서를 재배치했다.

요한 키르허……. 레오폴딘은 한숨을 짓고 다시 작업을 시작했다.

7장. 검은 운석

"여기가 두 분의 연구실입니다. 최적의 여건에서 연구에 몰두하실 수 있을 겁니다."

박물관장의 얼굴은 기쁨으로 환하게 빛났다. 네 명의 기술자들이 모든 오염으로부터 운석을 보호하기 위해 특수상자를 설치했다. 피터 오스몬드는 관장의 기쁨을 함께 나눌 수 없었다. 유럽인들은 어떻게 현대식 연구에 필요한 시설이 충분히 갖춰져 있지 않은 낡은 연구실에서 작업을 할 수 있는지 도무지 이해할 수 없었다. 옹색한 방을 연구실로 개조한 것이다. 아주 오래된 나무책상과 짝이 맞지 않는 의자 등으로 구성된 집기는 적어도 19세기까지 거슬러 올라갔다! 기자재는 분명 최현대식이었지만 턱없이 부족했다.

"전자현미경은 어디에 있습니까?"

미셸 델마 박물관장이 대답했다.

"맞은편 식물학관에 있네. 확인해보면 알겠지만 최신 모델이네. 장담하건대 미국에서 이처럼 고성능 현미경은 보지 못했을 것이네!"

"그럼 스캐너는요?"

"자동회절계(回折計)는 곤충학관에 있고, 질량분석기는 지질학관에 있네. 하지만 걱정하지 말게. 식물학과의 사무직원 발레리에게 요청하기만 하면 되네. 어떤 장비가 필요하다고 말만 하면 발레리가 즉각 사용할 수 있도록 조치할 것이네. 발레리의 사무실은 광물학관 복도 끝에 있네."

델마 박물관장은 두 과학자에게 사각형 플라스틱 카드를 건네면서 말을 이었다.

"이 마그네틱 카드만 있으면 박물관의 모든 지역을 돌아다닐 수 있습니다."

역시 프랑스인들의 조직력은 별 볼일 없군……. 미국에서 이처럼 중대한 연구가 있다면 별도로 특수 연구소를 건립했을 것이다. 그리고 이곳보다 10배 이상의 장비를 마련해주고 모든 기자재는 손이 닿는 곳에 설치해주었을 것이다. 그러나 오스몬드와 반대로 마냐니 신부는 연구실 시설에 대단히 흡족해하는 것 같았다. 그는 만족스러운 모습으로 다리가 휜 작은 책상 위에 놓인 최신식 컴퓨터를 살펴보았다. 느닷없이 오스몬드가 거리낌 없이 연구를 지휘했다.

"운석은 어디에 있습니까?"

미셸 델마는 자신의 손목시계를 바라보았다.

"늦지는 않았을 걸세. 함께 가겠는가? 운석을 인수하러 가세."

*

방탄장치를 갖춘 화물 운송차가 오솔길을 느릿느릿 거슬러 올라오더니 광물학관 회랑 계단 앞에 멈추었다. 무장을 한 두 남자가 운송차에서 나무상자를 꺼냈다. 피터 오스몬드는 깜짝 놀란 표정으로 박물관장을 바라보았다.

박물관장은 짐짓 무게를 잡고 설명했다.

"자네도 짐작했겠지만 이 표본은 특별한 안전조치가 필요했네. 최소한의 위험도 감수하고 싶지 않네. 이 운석은 안전한 비밀 장소에 있었지."

의심 많은 오스몬드는 머리를 끄덕였다. 역시 프랑스인들이야……. 언제나 극적으로 과장하는 취미가 있지!

"안녕, 피터!"

"로익!"

로익 에르완이 운송차에서 내렸다. 두 친구는 뜨겁게 악수를 나눴다. 각진 얼굴을 가진 건장한 로익은 변함이 없었다. 솔직한 미소와 늙은 뱃사람 같은 우스꽝스런 몸짓. 로익은 생물학자가 아니었더라면 완벽한 해적이 되었을 것이다. 누가 1미터 90센티미터의 건장한 남자를 미세해초의 전문가이자 블레스 상드라르(1887~1961. 스위스 태생의 프랑스어 시인, 평론가—옮긴이)의 작품을 꿰뚫고 있는 애독자라고 생각하겠는가.

로익 에르완이 말했다.

"우리의 '우주 진주'를 감시하지 않고 내버려둘 수는 없는 노릇이지. 아무튼 자네를 만나게 되어 무척 기쁘네. 유명한 피터 오스몬드가 특별히 이곳을 방문해주다니!"

"로익, 내가 어떻게 지내고 있는지 아는가? 나는 크로노그래프를 열심히 관찰하고 있네."

"크로노미터(천문 관측, 경위도선 관측, 항해 따위에 쓰던, 정밀도가 높은 휴대용 태엽시계—옮긴이) 말인가?"

"그래, 크로노미터. 자네가 중대한 발견이라고 말했기 때문이지. 연구해볼 만한 가치가 있다고 해서 말이야……."

경비원들이 상자를 연구실로 옮겼다. 기술자들이 마냐니 신부와 세련된 한 남자가 지켜보는 가운데 금고를 열고 있었다. 미셸 델마가 소개했다.

"피터, 요한 키르허 씨를 소개하겠네. 자연과학 소장품 관리를 담당하고 있네. 키르허 씨, 당신은 피터 오스몬드 교수를 알고 있죠?"

키르허는 상냥하게 미소를 지으며 대답했다.

"물론입니다. 뵙게 되어 영광입니다. 최상의 연구 환경을 제공하도록 노력하겠습니다. 무엇이든 필요하시면 망설이지 마시고 말씀하십시오."

키르허는 키가 크고 날씬하며 당당해 보였다. 금발 머리와 염소수염은 맑고 파란 눈동자와, 이목구비가 반듯하고 상냥한 얼굴을 더욱 돋보이게 했다. 틀림없이 40대 초반일 텐데 나이만큼 들어 보이지 않았다. 피터 오스몬드는 구겨진 옷과 밤샘으로 초췌해진 얼굴 때문에 자신이 과학계의 최고 권위자보다는 떠돌이를 닮았다는 사실을 깨달았다.

요한 키르허는 상황을 불평하지 않고 정중하게 금고의 기능을 설명했다.

"이 금고를 열 수 있는 비밀번호는 네 개의 숫자로 이루어져 있습니다. 교수님만 알고 계셔야 합니다. 일단 비밀번호가 입력되면 번호를 누르시기만 하면 됩니다. 마나니 신부님은 굳이 비밀번호를 알고 싶지 않다는 점을 교수님께 꼭 전해달라고 부탁하셨습니다. 물론 교수님이 신부님께 비밀번호를 알려주고 싶지 않다면 말입니다. 우리는 교수님께 정보의 기밀 유지를 완벽하게 보장해드릴 것입니다."

철저한 대비책에 놀란 오스몬드가 사의를 표했다.

"대단히 고맙습니다."

"우리는 신중에 신중을 기하고 싶습니다. 며칠 후 이 건물 1층에서 보석 전시회가 열립니다. 엄청난 인파가 몰려들 것으로 예상하고 있습니다. 두 분이 조용히 연구를 할 수 있도록 배려하는 것은 아주 중요합니다."

키르허는 오스몬드와 마냐니 신부에게 인사한 후 떠났다. 신부는 약간 빈정거리는 모습으로 미국인을 관찰했다. 자신의 초라한 옷차림을 의식한 미국인은 연구실 개수대 위에 걸려 있는 거울 속에 자신의 모습을 비쳐보았다. 비교는 그에게 유리하지 않았다. 그렇다. 프랑스인들에게는 품위가 있었다. 하지만 그도 마음만 먹으면 매력 있게 꾸밀 수 있었다. 여학생들의 눈동자에서 자신에 대한 관심을 읽은 적이 몇 번 있었다. 단지 너무 연구에 몰두한 나머지 외설적인 농담을 생각할 틈이 없었을 뿐이다. 마냐니 신부는 분명히 이 문제를 판단하는 데 좋은 위치에 있지 않았다.

오스몬드는 동료에게 시선조차 주지 않고 소리쳤다.

"그럼 우리 '아기'를 좀 볼까요?"

미셸 델마도 외쳤다.

"좋습니다! 과학은 기다리는 법이 아니죠! 저는 이만 물러갑니다. 호완싸인 교수님을 위한 추도식을 준비해야 합니다."

깜짝 놀란 마냐니 신부는 눈썹을 치켜들며 물었다.

"호완싸인 교수님이 돌아가셨습니까?"

"모르셨어요? 지난주에 돌아가셨습니다. 끔찍한 사고였죠. 그의 연구실에서 가스가 유출되었습니다. 폭발 당시에 불행히도 교수님은 그곳에 있었습니다. 끔찍한 사고였죠……."

"정말 끔찍한 일이군요. 저는 호완싸인 교수님을 압니다. 그는 으뜸가는 천체물리학자였지요. 그의 죽음으로 공백이 크겠습니다."

"맞습니다. 그래서 우리는 이번 주 수요일에 공식 추도행사를 열기로 결정했습니다. 지금 저는 참가자들을 섭외해야 합니다. 그럼 나중에 봅시다!"

마냐니 신부는 의자 등받이에 기댔다. 충격이 큰 모양이었다. 피터 오스몬드 역시 당혹스러운 빛을 감출 수 없었다. 갑자기 미국인은 손바닥을 치며 말했다.

"자, 일을 시작합시다!"

오스몬드는 작업대에 상자를 올려놓고 천천히 열었다. 그리고 갈망의 눈으로 검은 돌을 보았다. 그에게 수수께끼를 던지기 위해 우주를 횡단한 돌.

8장. 불길한 징조

"레오폴딘 드베르는 주베르 부인의 사무실로 와주시기 바랍니다. 다시 한 번 말씀드립니다. 레오폴딘 드베르는 주베르 부인의 사무실로 와주시기 바랍니다."

도서관 잡지실 입구에 있는 인터폰에서 금속성 목소리가 울렸다. 몹시 짜증이 난 레오폴딘은 입을 삐죽거렸다. 이제 막 작업을 시작했는데 이렇게 불러내다니……. 마음먹고 일을 시작하는 순간 그녀에게 '긴급한' 임무가 맡겨지는 것은 다반사였다. 그녀는 주베르 부인이 이렇게 이야기할 거라고 예상했다. '레오폴딘, 이 일이 끝나면 즉시 돌아가서 하던 작업을 하세요!' 어떤 자료는 200년 전부터 더욱 긴급히 분류 작업을 끝내주기를 기다리고 있는데! 그녀는 장갑을 툴툴 털고 3층으로 가는 화물용 승강기에 올랐다.

*

드니즈 주베르 부인은 자단(紫檀) 책상 뒤에서 상냥한 미소를 지었다. 날씬하고 우아한 몸매에 딱 어울리는 투피스, 반듯한 상체. 그녀는 레오폴딘에게 딸 같은 애정을 느끼고 있었다. 그래서 레오폴딘이 기록보관소의 관리인이 될 수 있도록 개인적으로 힘썼다. 그녀는 가끔 평범한 잡무를 위해 레오폴딘을 부를 때마다 직원이 부족해서 아끼는 부하직원에게 도움을 요청할 수밖에 없는 사실을 안타까워했다. 하지만 레오폴딘을 전적으로 신뢰하고 있었기 때문에 중요한 임무는 우선적으로 그녀에게 맡겼다.

"레오폴딘, 박물관장님이 방금 전화를 주셔서, 네가 두 외국인 과학자를 위해 참고자료를 찾아주는 일을 할 수 있느냐고 물어봤어. 그래서 나는 문제없다고 대답했지. 괜찮겠지?"

"그럼 자료 목록 작성은요?"

"그야 물론 이 단기 연구가 끝나는 대로 다시 목록 작성을 해야지. 이 일은 사나흘 이상은 걸리지 않을 거야. 더구나 두 과학자는 네 시간을 독점하지는 않을 거야. 그들이 너를 필요로 하지 않으면 즉시 업무에 복귀해."

레오폴딘은 한숨을 내쉬었다. 그녀가 예상했던 말과 똑같은 말이었다.

"그런데 두 과학자는 어떤 분이세요? 외국인이라면 우리말을 이해하지 못할 수도 있잖아요."

"걱정하지 마. 마냐니 신부님은 이탈리아인이지만 우리처럼 프랑스어를 잘해. 오스몬드 교수님은 소개할 필요도 없을 거야."

물론 레오폴딘은 작업 중에 그의 이름을 자주 발견했다. 그러나 신부에 대해서는 아는 게 없었다.

"피터 오스몬드 교수님은 하버드 대학교의 탁월한 고생물학자이자 유명한 단속평형이론을 발표한 분이야. 또한 지질학자, 생물학자, 과학 역사가, 인식론학자야. 마흔 살밖에 되지 않았는데 프랑스어, 독일어, 스페인어를 자유자재로 구사해. 대단하지 않니?"

레오폴딘은 감탄하는 표정을 지었지만 실망감을 감출 수 없었다.

"그러니까 제게 요구하는 것이 자료 관리 업무인가요?"

주베르 부인은 한숨을 내쉬었다.

"그래. 두 과학자는 이곳에서 극히 중대한 연구를 하고 있어. 이번 일은 가장 훌륭한 직원에게 맡길 수밖에 없어. 내 말을 이해하지?"

레오폴딘은 체념한 듯 어깨를 으쓱했다. 실제로 그녀는 가장 훌륭한 직원이었다.

"두 과학자의 연구실은 광물학관 4층에 있어. 점심식사 후에 들러 봐. 레오폴딘, 고마워."

*

'레오폴딘, 고마워.'

낙심한 레오폴딘은 한숨을 내쉬었다. 자클린은 몇 분 전부터 레오폴딘을 설득하려고 애썼다. 하지만 한 마디도 끼어들 수 없었다.

"작업을 방해할 거면 왜 내게 이 자리를 맡겼을까?"

"그 일이 끝나고 다시 하면 되잖아! 나흘만 도와주면 되는데……."

"처음엔 나흘, 그리고 일주일, 또 이틀……. 자연사박물관은 기자재를 가지고 놀러온 사람들의 뒤치다꺼리를 하기 위해서가 아니라 박물관에 있는 도서관의 자료를 정리하기 위해 나를 고용했어!"

뷔퐁 가를 횡단한 두 친구는 예전에 창고로 사용되었던 구내식당을 향해 성큼성큼 걸어갔다. 대형 전등이 실용적이긴 하지만 인정미 없는 자율 배식대를 환하게 비추고 있었다. 게다가 늘 줄을 서야 했다! 2천 명의 박물관 직원들은 하필이면 레오폴딘 드베르가 조용히 식사하고 싶은 순간에 꼭 몰려드는 듯했다!

레오폴딘은 식판을 들고 유리잔과 접시를 놓았다. 식판은 균형을 요구하기 때문에 침착하게 움직여야 했다. 두 여인은 음식을 챙기고 식당 안으로 들어갔다.

"저기에 빈자리가 있네."

자클린은 조용한 구석으로 향했다. 소 같은 얼굴에 회색 머리카락을 가진 뚱뚱한 부인이 침울한 표정으로 식사를 막 끝내고 두 사람을 째려보더니 휙 돌아섰다. 레오폴딘과 자클린은 기분 나빠하지 않고 박물관에서 최근에 일어난 소동에 대해 얘기하면서 맛있게 점심을 먹었다. 자클린은 도처에 소식통을 갖고 있는 듯했다.

“사람들이 뭐라고 하는지 아니? 클라비에 교수님이 오래전에 주베르 부인과 사귄 적이 있었다는 거야!”

“클라비에 교수님? 지렁이 전문가 말이니?”

“그래. 주베르 부인은 그가 지렁이를 좋아한다는 자체를 견딜 수 없었을 거야.”

“주베르 부인은 그가 일거리를 집으로 가져올까봐 두려워했겠지!”

두 여인은 동시에 웃음을 터뜨렸다. 그처럼 우아한 드니즈 주베르 부인이 곰처럼 무뚝뚝한 클라비에와 함께 있는 모습을 상상하면서…….

“레오, 저기 오는 사람 좀 봐…….”

요한 키르허가 조금 전 두 여자처럼 빈자리를 찾으며 다가오고 있었다. 레오폴딘은 머리를 접시 위로 숙였다.

자클린이 짓궂게 굴었다.

“옆 식탁에 빈자리가 없어 유감이야.”

“흥! 다른 자리에 앉을 거야…….”

“상당히 멋지다고 생각하지 않니?”

레오폴딘은 머리끝부터 발끝까지 빨개졌다.

“그런 대로…….”

“아무튼 주베르 부인은 저 사람만 맹목적으로 믿지. 요한이 도서관이 소장하고 있는 모든 자료를 조사하자고 제안했을 때 그녀는 몹시 기뻐했어.”

요한 키르허는 식탁 몇 개가 떨어진 곳에 앉았다. 레오폴딘은 은밀히 그를 훔쳐보았다. 어떤 남자도 요한처럼 그녀의 마음을 흔들지 못했다. 요한은 그만큼 아주 세련되고 섬세했다……. 그녀는 아직 그와 대화를 나눌 기회가 없었다. 그녀가 너무 소심했다……. 그는 레오폴딘을 눈여겨보았을까? 그는 뛰어난 사람처럼 보였다……. 그러나 안타깝게도 두 사람은 같은 분야에서 일하지 않았다…….

레오폴딘은 갑자기 들려오는 높은 언성에 몽상에서 깨어났다.

"조심할 수 없어요?"

옆에 있던 뚱뚱한 여자가, 식판을 거칠게 놓으면서 상스러운 말투로 이야기하는 젊은이를 나무랐다. 그러자 젊은이가 따졌다.

"왜 시비를 거는 거야? 이 식탁은 누구나 사용 수 있어. 그렇지 않아? 불만 있으면 꺼져버려!"

"바보 같으니라고!"

접시가 깨지는 요란한 소리가 나더니 뚱뚱한 여자가 벌떡 일어섰다. 하지만 젊은이는 그녀의 팔을 낚아채고 난폭하게 끌어당겼다.

"맛 좀 볼 테야, 이 할망구야?"

"바보 같은 놈!"

뚱뚱한 여자는 그를 밀치고 성큼성큼 구내식당을 빠져나갔다. 식당은 일순간 조용해졌다. 너무 갑작스런 말썽이라 누구도 끼어들 생각을 하지 못했다. 녀석은 냉소를 짓더니 식탁 아래로 두 다리를 쭉 뻗었다. 그리고 워크맨의 이어폰을 귀에 꽂고 소리를 최대한 높인 후 밥을 먹기 시작했다. 사람들은 다시 소곤대기 시작했다.

모든 직원들을 알고 있는 레오폴딘이 나지막한 소리로 말썽을 일으킨 두 사람을 소개했다.

"그 여자는 아니타 엘베르그야. 생물학관에서 일하고 있어. 야비한 여자야. 우리 박물관 직원의 절반과 사이가 좋지 않지."

음악이 귀에 거슬리기 시작했다. 자클린이 물었다.

"그럼 저 청년은?"

"동물원 사육사 알랑이야. 그는 아주 사소한 문제로 싸움을 걸지. 싸움을 즐기는 것 같아."

두 여자는 다른 이야기를 시작하려 했다. 하지만 그때 사육사는 큰 목소리로 공격적인 랩을 읊조리기 시작했다.

"국가를 위해 일하는 착한 시민인 그대, 하층민의 노래를 들어봐.

그대는 분명 형편없는 장래를 지킬 수 있지. 그 많은 학위를 가졌어도 그대는 봉에 지나지 않아."

젊은 사육사는 자클린에게 요염한 눈길을 보냈다. 욕망으로 가득하고 알코올로 흐려진 눈동자, 혹은 불법적인 물질로 흐리멍덩한 눈. 자클린은 고개를 돌렸지만 녀석이 불쑥 말을 걸었다.

"이봐, 당신 말이야. 무슨 문제라도 있어?"

자클린은 황당한 눈빛으로 레오폴딘을 바라보았다.

기분이 상한 자클린이 대꾸했다.

"전혀……. 그런데 무슨 일이야?"

"그럼 왜 나를 바라보지 않지? 내가 마음에 들지 않아서?"

레오폴딘은 화가 치밀었다. 그녀는 식판을 들고 벌떡 일어났다.

"자클린, 가자."

자클린은 망설이지 않고 레오폴딘을 따라나섰다.

레오폴딘이 소리쳤다.

"불쌍한 놈!"

하지만 젊은 사육사는 아무 소리도 듣지 못했다. 그는 구석에 혼자 남아 씁쓸한 미소를 지었다.

*

한편 피터 오스몬드는 호완싸인 교수의 연구실 주위를 면밀히 조사했다. 퀴비에 가부터 박살 난 3층 창문까지 살폈다. 10미터 이상의 벽이 그대로 날아갔다. 그는 15분 이상 관찰하면서 사진도 몇 장 찍었다. 그리고 건물을 한 바퀴 돌고 진입을 시도했다. 하지만 모든 문이 폐쇄되었기에 발길을 돌릴 수밖에 없었다. 그는 현장 배치도 한참 관찰했다. 여러 증언이 일치했기 때문에 어떤 의혹도 남지 않았다.

*

14시 30분경, 레오폴딘은 자클린과 헤어진 후 별다른 생각 없이 광물학관 회랑 쪽으로 갔다. 도중에 노르베르 뷔송과 마주쳤다. 그는 이곳 박물관에서 계통학 박사학위 논문을 준비하고 있었다.

훌쭉한 젊은이는 무심코 안경을 매만지면서 물었다.

"안녕, 레오! 오늘 저녁 네 집에 들러도 될까? 책에 대해서 물어볼 게 있어. 라틴어 단어가 가득 씌어 있는 책이야. 너밖에 아는 사람이 없어……."

하지만 레오폴딘은 말을 중단시켰다.

"오늘 저녁은 정말로 안 돼. 괜찮다면 내일 저녁식사를 같이 하자. 내가 네 방에 들를 테니까 그때 보여줘. 알았지?"

"좋아. 그럼 내일 봐."

레오폴딘은 노르베르와 함께 좀 더 시간을 보내고 싶었다. 그는 여러 환경보호단체에서 열심히 활동하는 훌륭한 청년이었다. 솔직히 말해서 노르베르는 박물관에서 알렉스를 제외하면 그녀가 진정한 우정을 맺는 데 성공한 유일한 사람이었다. 그러나 불행히도 하루 24시간은 일과를 소화하기에도 빠듯했다…….

레오폴딘은 서둘러 약속 장소로 가면서 손으로 부채질을 했다. 날씨는 후덥지근하고 하늘은 짙은 구름으로 어둑했다. 몇몇 산책자들은 걱정스런 모습으로 하늘을 올려다보았다. 기상청이 오늘 9월 5일 월요일 늦은 오후 뇌우를 예보했으니 분명 한바탕 폭우가 쏟아질 것이다. 모든 기상요소가 폭우를 예고하고 있지 않은가.

9장. 비교해부학실, 아니타 엘베르그 교수의 죽음

레오폴딘은 어렵사리 광물학관 측문으로 들어섰다. 기술자들과 상품 운반 전문가들이 사방에서 몰려왔던 것이다. 일주일 후로 예정된 보석 전시회는 분명히 연기될 것처럼 보였다. 레오폴딘은 '태양 아래 새로운 것은 하나도 없지' 라고 생각하고 습관대로 작업을 시작했다. 그녀의 작업 리듬은 미친 듯이 자료를 정리한 후 한참 동안 집중해서 숙고하는 것이었다.

하지만 매번 기적이 일어났다. 전시회는 때를 맞춰 준비되었다. 그녀와 마주친 방문객은 엊저녁까지만 해도 이처럼 우글거리는 사람들을 보게 될 거라고 상상하지 못했을 것이다.

레오폴딘은 4층에 도착하자 승강기에서 내려 식물학과 사무직원인 발레리에게 새로 온 두 과학자가 어디에 있느냐고 물었다. 이 여직원은 거무스름한 피부에 키가 작고 깡마른 중년 여자였다. 삼각형 입은 신랄한 성격을 말해주었다. 그녀는 퉁명스럽게 왼쪽 복도를 가리켰다. 레오폴딘이 이해하지 못하자 그녀는 소리를 질렀다.

"왼쪽 복도로 가다가 오른쪽으로 돌아가세요! 거기에 테오도르 모노(1902~2000. 프랑스 환경운동가—옮긴이)실이 있어요! 복잡하지 않아요!"

기분이 상한 레오폴딘은 획 돌아섰다. 폭풍우 때문일까? 모두 신경이 날카로웠다. 분명히 대기 속에는 전기가 흐르고 있었다…….

레오폴딘은 중앙 복도를 거슬러 올라갔다. 어슴푸레한 빛 속에서 돌과 수정이 들어 있는 낡은 진열장이 보였다. 거무스레하거나 투명한 덩어리는 지각변동을 입증했다. 이집트 석관을 떠올리는 장롱에는 은하계의 탄생 시대까지 거슬러 올라가는 운석 조각이 들어 있었다. 이 운석은 변덕스러운 천체운동으로 우연히 지구 궤도 안으로 떨어졌다. 레오폴딘의 발자국 소리가 또박또박 울릴 정도로 건물에는 정적이 감돌았다.

문 하나가 살짝 열려 있었다. 레오폴딘은 문을 밀자마자 수염을 기른 젊은이와 맞닥뜨렸다. 그는 이어폰을 낀 채 책상 위에 놓인 기계를 조절하고 있었다.

"죄송합니다. 테오도르 모노실을 찾고 있습니다……."

"여기가 아니에요!"

젊은이는 투덜대며 문을 쾅 닫아버렸다.

또 한 명! 화가 난 레오폴딘은 누군가가 다시 한 번 자신에게 무례를 범한다면 당장에 사표를 내겠다고 다짐하면서 연구실을 찾아다녔다.

레오폴딘은 마침내 떡갈나무 원목으로 만든 단단한 문틀 위에 황금색 글씨로 테오도르 모노실이라고 새겨진 문패를 발견했다. 화가 난 그녀는 명패에 주먹질을 퍼부었다. 두 인간, 그래 어디 한번 두고 보자!

느닷없이 문이 열리는 바람에 레오폴딘은 소스라치게 놀랐다. 옷차림이 단정치 못하고 머리가 텁수룩한 남자가 하얀 가운 차림으로 우뚝 서 있었다. 바로 오늘 아침에 마주쳤던 관광객이 아닌가! 마치 유령에 홀린 듯 그는 꼼짝하지 않고 그녀의 얼굴을 빤히 쳐다보았다. 그는 하늘에서 떨어진 피조물을 대하고 있는 같았다. 레오폴딘은 돌아섰다. 그녀는 분명 복도에 혼자 있었다. 자신의 옷차림을 확인했다. 단정한 차림이었다. 날씬한 몸매와 풍만한 가슴을 가려주고 있는 편안한 스웨터와 청바지. 언젠가 알렉스는 평소처럼 예리하게 지적했다. "너는 기막히게 섹시해."

점점 더 거북해진 레오폴딘은 침묵을 깨기로 결심했다.

"안녕하세요. 레오폴딘 드베르입니다……."

"아, 당신이 자료 관리자이군요."

"정확히 말하자면 기록보관소 관리인입니다."

미국인은 다정하게 악수를 청한 후 연구실로 안내하면서 큰 소리로 말했다.

"우리는 당신이 필요합니다! 제 이름은 피터 오스몬드입니다."

레오폴딘은 놀란 가슴을 진정시키자마자 연구실 한쪽 구석에서 운석이 추락한 지역을 촬영한 항공사진을 살펴보고 있던 신부를 발견했다. 그는 일어나더니 정중하게 레오폴딘의 손을 잡았다.

"안녕하세요. 저는 마르첼로 마냐니 신부입니다."

레오폴딘은 이미 박물관의 여러 연구실에서 기묘한 운석 표본들을 보았다. 하지만 이 운석 앞에서 입을 벌린 채 감탄하지 않을 수 없었다. 시대에 뒤떨어진 히피 같은 미국인 과학자와 신부는 각자 자기 책상에서 죽치고 있었다. 이 사실을 알렉스에게 말하면 그는 뭐라고 할까…….

레오폴딘 앞을 막아선 미국인은 환한 미소를 짓고 그녀의 얼굴을 빤히 쳐다보았다.

"레오폴딘……. 빅토르 위고의 딸 이름과 같네요. 눈부시게 아름다워요!"

레오폴딘은 주목의 대상이 되는 것이 부끄러워서 고개를 숙였다. 하지만 그것으로 끝나지 않았다. 그는 레오폴딘을 컴퓨터 앞으로 안내하더니 필요한 자료의 종류를 큰 소리로 설명하기 시작했다.

"우리는 운석에서 찾아낸 유기물을 언급하는 최근의 모든 간행물이 필요합니다. 또한 초신성 폭발에 관한 최근 20년 동안의 논문이 필요합니다. 마지막으로 샌프란시스코 천문대가 최근 6개월 동안 토성환에서 운석 활동을 관찰한 기록이 필요합니다."

신사처럼 피터는 그녀에게 의자를 권한 다음 비제(1838~1875. 프랑스의 작곡가—옮긴이)의 노래를 부르면서 다시 연구를 시작했다.

"사랑은 보헤미아의 아이라네……."

이 박물관에 아직도 분별 있는 사람이 있을까?

*

레오폴딘은 투철한 직업의식을 가지고 임무를 수행했다. 19시 45분, 그녀는 오스몬드 앞에 논문 뭉치를 내려놓았다.

"요청하신 논문입니다. 간행 연도별로 분류했어요."

"고마워요, 레오폴딘! 정말로 탁월한 능력을 지녔습니다! 완벽하게 임무를 수행했어요! 잘했어요! 이번에는 「우주 측지학(測地學)」지에 실린 논문 중에서 소행성의 방사능 측정에 관한 부분이 필요합니다. 최근 10년 동안 발표한 것만 있으면 됩니다."

오스몬드 교수는 환한 미소를 지으며 그녀의 얼굴을 뚫어지게 바라보았다. 그는 농담하는 것 같지 않았다. 그녀는 방금 20여 편의 논문과 참고문헌을 찾아서 분류하는 데 다섯 시간이 걸렸다. 뻔뻔하게도 새벽까지 일을 시킬 수 있다고 생각하다니!

레오폴딘은 단호하게 피터의 눈을 응시하며 말했다.

"오스몬드 교수님, 괜찮으시다면 내일 아침에 다시 오겠습니다. 벌써 19시 45분입니다. 오늘 저녁까지 끝내야 할 다른 일이 있습니다."

"글쎄, 급한 논문인데……."

그때 마냐니 신부가 도우러 왔다.

"이 아가씨는 잠시 휴식을 취할 자격이 있다고 생각해요."

오스몬드는 마치 '휴식'이라는 단어의 존재를 새롭게 발견하기라도 한 것처럼 대꾸했다.

"휴식이라고요? 아, 물론입니다. 신부님 말씀이 옳습니다. 미안합니다, 레오폴딘. 내일 다시 시작합시다."

오스몬드는 하얀 밤을 지새운 어젯밤의 피로가 한꺼번에 쏟아지는 것을 느꼈다. 그는 두 눈을 비비고 운석을 바라보며 말했다.

"오늘은 이만 합시다!"

오스몬드는 조심스럽게 운석을 잡고 무균 주머니 속에 넣은 후 금고 안으로 옮겼다. 그는 잠시 멈칫한 후 신부를 바라보더니 숫자 네 개로 구성된 비밀번호를 누르고 금고 문을 닫았다. 자성을 띤 이 기계장치는 자동으로 작동되었다. 아무도 침범할 수 없는 상자. 그는 마냐니 신부에게 비밀번호를 알려주지 않은 것을 기쁘게 생각했다. 사실 신부는 비밀번호를 굳이 알려고 하지 않았다. 전혀 기분이 상하지 않은 듯한 신부는 그들에게 작별인사를 건네고 물러갔다.

레오폴딘이 말했다.

"오스몬드 교수님, 저도 이만 물러가겠습니다. 기다릴 수 없어 미안해요. 제가 바쁘거든요. 지금 합창대 연습이 있어요. 이미 늦었어요."

미국인은 하얀 가운을 벗으면서 외쳤다.

"합창대요? 저는 합창을 몹시 좋아합니다! 함께 갈 수 있을까요? 저도 노래는 잘 부릅니다."

오스몬드는 지독한 앵글로색슨의 억양으로 「피가로의 결혼」을 흥얼거렸다. 레오폴딘은 유치한 열정과 기진맥진하게 하는 낙천주의에 진저리가 나기 시작했다. 미국인들은 무슨 일을 시작하든 기쁨에 들떠서 요란하게 떠들어댄다. 오늘은 고된 하루였다. 레오폴딘은 잠시 조용히 있고 싶었다. 하지만 그녀는 쌀쌀맞게 거절하지 않도록 엄청난 노력을 하기로 마음먹었다. 프랑스의 전통적인 환대가 걸려 있는 문제가 아닌가!

레오폴딘은 가방을 집으면서 제안했다.

"만일 합창대에 참가하고 싶으시면 고생물학관으로 오세요. 어디에 있는지 아세요?"

"네, 알 것 같아요……."

"식물원 끝에 있어요. 바깥 계단을 타고 올라오세요. 복도 끝에 있어요. 찾기 쉬워요."

레오폴딘은 안도의 한숨을 깊게 내쉬면서 급히 계단을 내려갔다.

*

피터 오스몬드가 소지품을 챙기고 테오도르 모노실 문을 잠근 후 광물학관의 출구를 나와서, 어둠 속에 잠기고 인적이 전혀 없는 식물원을 지나, 200미터 이상 떨어져 있는 고생물학관까지 도착하는 데 얼마나 소요되었는지 가늠할 수 없다. 오스몬드는 바람에 살랑거리는 나뭇잎 소리에도 깜짝 놀라고, 올빼미 울음소리에도 귀를 쫑긋 기울이고, 나무에서 불쑥 날아오르는 새들의 푸드득거리는 소리에도 소스라치게 놀랐을 것이다. 틀림없이 그는 빗방울이 떨어지고 천둥이 정적을 깨뜨리기 시작했을 때 발걸음을 재촉했을 것이다. 그는 번개에 혼비백산한 동물원의 동물들 울음소리에 주의를 기울였을까? 다른 사람의 비명소리를 들었을까? 확실치 않다. 어쨌든 피터 오스몬드가 고생물학관 회랑 속으로 들어간 것은 틀림없었다.

레오폴딘은 합창 연습실로 사용하는 작은 계단식 강의실 안으로 살며시 들어갔다. 니스를 칠한 목재로 만든 아주 오래된 강의실이었다. 벽은 동굴벽화를 떠올리는 삽화로 장식되어 있었다. 매머드, 고라니, 창을 든 사냥꾼은 생기가 넘치는 사라반드(12세기 스페인에서 시작된 활발하고 선정적인 무용—옮긴이)풍으로 세밀하게 재현되어 있었다. 레오폴딘은 살금살금 연습에 끼어들었다. 마룻바닥은 조금만 움직여도 삐걱거렸기 때문이다. 그녀는 가방에서 악보를 꺼내어 합창단원들 틈에 섞였다. 모두 박물관 직원이었다. 한 사람이 머리로 자기 옆으로 오라는 신호를 보냈다. 레오폴딘은 그에게 미소를 보냈다. 요한 키르허는 정말로 정중한 남자였다. 요한은 집게손가락으로 연습하고 있는 부분을 알려주었다. 그녀는 종결부를 기다렸다가 요한 제바스티안 바흐의 「마그니피캇(성모마리아 송가)」을 불렀다. 낮 동안에 쌓였던 긴장감이 조금씩 사라졌다. 레오폴딘은 박자를 맞추는 라르셰 교수의 두 손에 두 눈을 고정시킨 채 음악의 우아함과 고상함에 빠져들었다. 그녀는 숭고한 아름다움과 감미로움의 파도에 실려가는 듯이 느껴졌다. 베이스, 소프라노, 테너의 선율은 서로 얽히고 서로 응답하면서 균형과 간결함으로 경이로운 화음을 만들어냈다.

"에트 엑스술타비트 스피리투스 메우스 인 데오 살루타리 메오……."

요한 키르허의 청아한 음색과 자신감이 넘치는 목소리는 레오폴딘의 마음을 사로잡았다. 그녀는 마음속으로 요한이 뜻밖에 합창에 열정을 갖게 된 것을 기뻐했다. 어쩌면 오늘 저녁 그녀는 요한 키르허에게 말을 걸 것이다.

*

예술의 화신에 대한 엄밀한 증거가 없다면—지금까지는 어떤 명백한 증거도 제출되지 않았다—요한 제바스티안 바흐의 음악이 그 화신에 가장 충실하고 근접한 거라고 생각하는 것은 온당하다. 우리는 피터 오스몬드가 고생물학관 회랑에서 어떤 경로로 이동했는지 정확히 알 수 없다. 우리는 단지 그가 오랫동안 길을 헤맸을 거라고 추측할 뿐이다.

단순한 방문객이 저녁의 어스름에 빠질 때 그곳이 미로처럼 보이는 것은 충분히 있을 수 있는 일이다. 진술서에 따르면 피터 오스몬드는 열려 있는 한 문으로 들어갔다. 곧장 박물관 1층에 도착한 그는 완전히 어둠에 익숙해진 후 갑자기 한 괴물과 마주쳤다. 고래의 두개골이었다. 휘어진 늑골과 추골로 이루어진 거대한 뼈대 끝에 달린 뻥 뚫린 눈구멍과 커다랗게 벌어진 아가리는 그를 빈정대며 바라보는 것 같았다.

오스몬드는 노랫소리가 들리는 쪽으로 걸어갔다. 사방에서 동물들의 두개골이 죽은 눈으로 그를 지켜보는 듯했다. 뇌우가 맹위를 떨치자 고정된 해골들이 움직이면서 무시무시한 분위기를 조성했다. 고생물학자가 알려지지 않은 거대한 동물의 해골 사이를 걷듯이 미국인은 건물 안에서 나아갔다. 진열장 속에 일렬로 배치된 포르말린 표본병 속에서 흉측하게 생긴 새끼 고양이 한 마리가 이마 한복판에 박힌 외눈으로 그를 탐색하는 듯했다. 한편 두개골이 들러붙은 두 마리의 송아지 태아는 죽음의 춤을 추며 서로 끌어당기고 있었다. 조금 떨어진 곳에서 해부된 원숭이 한 마리가 내장을 드러내고 있었고, 각양각색의 해면질 뇌가 진열되어 있었다.

계단 밑에는 구루병에 걸린 듯 땅딸막한 몸체가 러시아 인형(인형 속에 동일한 모양의 작은 인형들이 연속해서 들어 있는 인형—옮긴이)처럼 일렬로 늘어서 있었다. 그것은 각 성장 단계의 태아를 일렬로 전시한 음산한 광경이었다. 혼비백산한 오스몬드는 계단을 기어 올라가다가 티라노사우루스(북미의 후기 백악기 지층에서 발견된 육식 공룡—옮긴이)의 발톱에 찔릴 뻔했다. 조금 더 나아가자 희미한 빛 아래 무(無)에서 느닷없이 출현한 선사시대의 괴물들—수백만 년 전에 멸종된—이 그의 길을 막았다. 그는 정신을 바짝 차리고 출입구가 있을 거라고 생각되는 방향으로 나아갔다. 하지만 그것은 매머드의 그림자일 뿐이었다.

이 생명체의 잔해 한복판에서 맹목적으로 헤매는 데 지친 피터 오스몬드는 실험적 방법을 사용하기로 작정했다. 그는 1층과 2층에서 합창대를 찾지 못하자 지하실 통로로 내려가는 것이 바람직하다고 추론했다. 그의 추론은 틀리지 않았다. 그가 계단을 타고 내려감에 따라 목소리가 점점 더 분명하게 들려왔다. 그곳 역시 몹시 어두웠다. 군데군데 장롱과 상자 더미가 유령처럼 서 있었다. 그는 평온의 오아시스이기를 바라면서 소리가 나는 쪽으로 나아갔다.

10미터 전방에서 한 줄기 가느다란 빛이 바닥에 선명하게 드러났다. 피터 오스몬드는 발걸음을 재촉하고 빛이 새어 나오는 쪽으로 들어갔다.

*

바로 그 순간, 공포에 찬 비명소리가 합창 연습을 중단시켰다. 깜짝 놀란 합창단원들은 부정확한 음의 장본인을 찾기 위해 서로의 얼굴을 뚫어지게 바라보았다. 하지만 비명소리는 훨씬 멀리에서 들려왔다.

"앗! 저주야! 저주가 내렸어!"

나중에 레오폴딘 드베르는 그 비명소리가 무덤 저편에서 솟아나오는 것 같았다고 증언했다.

모든 합창단원들은 황급히 계단식 강의실 밖으로 뛰어나갔다. 레오폴딘과 요한 키르허가 제일 먼저 나왔다. 그들이 도착한 곳은 옛 가구들로 뒤덮인 일종의 공포의 회랑이었다. 아주 오래된 진열장에는 파충류, 조류, 포유류 등 온갖 종류의 생물들이 포르말린 속에 떠다니고 있었고, 몇몇 표본은 희끄무레한 화환처럼 생긴 내장을 드러내고 있었다. 회랑 한가운데는 떡갈나무 책상 하나가 놓여 있었다. 전등갓을 씌운 등불이 희미하게 책상 위를 비추고 있었다. 바로 그 책상 위에 눈동자가 고정된 뚱뚱한 늙은 여자의 벌거벗은 시체가 늘어져 있었다. 아니타 엘베르그였다.

아니타의 시체는 목부터 배꼽까지 갈라져 있었다. 모든 장기가 노출되어 있었다. 심장, 간, 췌장, 위장, 신장, 소장과 대장은 복부 위에 질서정연하게 배치되어 있었다. 좀 더 자세히 관찰하자 머리에 깊은 상처가 있었다. 흉기로 보이는 피 묻은 돌이 피터 오스몬드의 발밑에서 굴러다녔다.

한 가지 덧붙이자면 희생자의 엄지발가락에 꼬리표가 묶여 있었다. 꼬리표는 영안실에서 시체에 매달아놓는 인식표와 비슷했다.

충격에 빠져 납빛처럼 창백해진 피터 오스몬드는 끔찍한 모습의 낡은 해부기구로 가득한 진열장에 몸을 기대었다. 한편 레오폴딘은 시체에서 눈을 뗄 수가 없었다. 사람들이 입구에 몰려들었다.

요한 키르허는 제일 먼저 정신을 되찾고 아무도 현장에 들어오지 말라고 지시했다. 누군가가 재치 있게 경찰을 불렀다. 정신을 되찾은 피터 오스몬드는 조심스런 걸음걸이로 끔찍하게 훼손된 시체에 다가갔다. 그는 노부인의 얼굴과 회색 머리를 온통 피로 물들인 상처를 눈여겨보았다. 그리고 조심스럽게 핏자국을 피하면서 책상을 한 바퀴 돌았다. 이미 사이렌이 멀리서 요란하게 울려대고 있었다.

*

50대의 육중한 남자가 현장을 지휘했다. 루셀 경찰서장은 지난 15년 동안 강력반에서 일했다. 그는 상사들에게 아주 좋은 평가를 받았고, 특히 그의 지휘 감각과 침착함은 찬사를 받았다. 하지만 이번 살인사건은 그에게도 충격적이었다. 그는 25년 동안 사법경찰을 하면서 이처럼 끔찍한 광경은 한 번도 보지 못했다. 음산한 기운이 떠도는 이 비교해부학실은 소름 끼치는 19세기의 실험실을 생생하게 떠올렸고, 젊었을 때 읽은 러브크래프트(1890~1937. 미국 공포소설의 대가—옮긴이)와 허버트 조지 웰스(1866~1946. 영국 공상과학 소설가—옮긴이)의 괴기소설을 기억나게 했다. 프록코트를 입은 남자가 어둠 속에서 불쑥 나타나서 실크해트를 쓰고 푸주한용 앞치마를 두른 후 '외과 수술'이나 '사체 부검'을 할 것만 같았다. 당시에 이 두 용어는 거의 동의어로 사용되었다.

두 부관도 경악하기는 마찬가지였다. 얼마 전 강력반에 합류한 젊은 코메르송 경위에게는 첫 사건이었다. 아주 짧게 깎은 금발 탓에 더욱 창백하게 보이는 얼굴은 석고 빛을 띠었다. 어슴푸레한 빛 덕분에 그나마 다소 침착한 태도를 유지할 수 있었다. 날씬한 그는 손에 수첩을 든 채 조심스럽게 범죄 현장을 살펴보았다. 나름대로 여유를 과시하는 부아쟁 경위는 사흘간 덥수룩하게 자란 수염을 만지작거렸다. 단련된 40대 남자의 주름은 수많은 밤을 지새운 잠복근무와 잦은 범죄 현장 출동을 말해주었다. 그는 평소에는 만사를 초탈한 경찰인 양 처신했다. 하지만 듬성듬성 나 있는 희끗희끗한 머리는 그가 경쾌하고 태평한 사람이 전혀 아님을 입증했다. 그럼에도 불구하고 재치 있는 두세 마디를 내뱉음으로써 분위기를 누그러뜨리려 애썼다. 하지만 루셀 서장이 노려보자 그는 다시 입을 다물고 말았다.

누군가가 아니타 엘베르그의 시체를 홑이불로 덮어주었다. 레오폴딘은 요란한 현장 조사를 지켜보았다. 검사 대리인이 수사 개시를 지시하자 법의학자는 첫 검증을 실시한 후 사망 시간을 추정했다. 바르니에 반장이 데려온 과학수사대는 시체를 면밀히 검사하고 가구와 바닥에 떨어져 있는 돌에서 지문을 채취했다. 부아쟁과 코메르송 경위는 신문하기 위해 주요 증인들을 모았다. 증인 중에는 피터 오스몬드를 비롯해서 요한 키르허와 레오폴딘이 있었다. 미셸 델마 박물관장은 경찰과 동시에 현장에 도착했다. 그는 실의에 빠져 있었다.

마지막으로 한 가지 이상한 사실을 지적해야겠다. 아니타 엘베르그의 시체를 영안실로 옮겨 부검하기로 했는데, 시체를 병원차에 옮길 때 이미 희생자의 엄지발가락에 매달려 있던 꼬리표는 사라지고 없었다. 레오폴딘은 오스몬드 교수가 경찰이 도착하기 전 꼬리표를 떼어 은밀히 호주머니 속에 넣는 것을 분명히 보았다.

10장. 사라진 시체 꼬리표

증인들은 계단식 강의실에 늦은 밤까지 남았다. 부아쟁 경위의 부탁에 따라 미셸 델마는 희생자의 상세한 신상정보를 알려주었다.

아니타 엘베르그 교수는 생물학자였다. 30년 전 그녀는 민족학, 특히 원주민 연구에 몰두했다. 그녀는 민족학자로서 프랑스령 기아나의 아마존 숲에서 수많은 임무를 수행했다. 이어서 전문가들이 '사회생물학' 이라고 부르는 인간 사회의 진화에 관한 학문에서 생물학적 요인을 집중적으로 연구했다.

미셸 델마 박물관장이 설명했다.

"사회생물학은 인간의 사회 행동이 유일하게 유전자에 의해 결정된다는 사실을 증명하려고 애씁니다. 예를 들면 사람은 음악가, 도로청소부, 회계원 혹은 경찰이 될 팔자를 타고났다는 것이죠. 요컨대 모든 것은 유전형질에 따라 미리 정해져 있다는 주장입니다."

부아쟁 경위는 무의식적으로 집게손가락으로 면도하지 않은 뺨을 문지르면서 물었다.

"관장님은 이 이론을 믿습니까?"

"이 이론은 너무 단순한 견해라고 생각합니다. 개인의 상황을 고려해야 합니다. 피아노의 거장이 될 운명을 타고났더라도 피아노와 접촉할 기회가 없다면 평생 이 악기를 모르고 살게 될 겁니다."

"분명히 그렇습니다."

"모든 사람이 우리처럼 생각하는 것은 아닙니다. 특히 아니타 엘베르그 부인이 그렇습니다. 그녀에게 인간은 하나의 생물학적 기계장치에 지나지 않았어요. 엘베르그 부인은 박물관에 적이 많았습니다. 이곳에 있는 많은 사람들은 인간을 분자 덩어리로 폄하할 수는 없다고 생각하고 있어요."

"그들 가운데 한 사람이 엘베르그 부인을 살해했다고 생각하십니까?"

"그것 때문에 살해한다고요? 있을 수 없는 일입니다! 우리는 모두 문명인입니다!"

루셀 서장이 끼어들었다.

"하지만 엘베르그 부인은 분명히 살해되었습니다. 더구나 시신이 전시된 방식은 모종의 의식(儀式)을 떠올립니다."

그러자 델마 박물관장이 외쳤다.

"이건 박물관과 전혀 관계없는 정신이상자의 소행입니다!"

경찰서장이 대답했다.

"관장님 말씀이 옳을 겁니다. 시신을 잘 해부할 줄 아는, 그런 정신이상자일 겁니다."

그 지적에 몹시 화가 난 박물관장이 따졌다.

"무슨 뜻입니까?"

"살인자가 예사롭지 않은 침착함과 능란한 솜씨를 발휘했다는 말입니다. 제가 알고 있는 바로는 엘베르그 부인의 연구실은 이 박물관 본관에 있지 않습니다."

"사실입니다. 엘베르그 부인은 식물원 건너편에 있는 세포생물학관에서 연구했습니다."

"따라서 살인자는 부인을 이곳으로 데려와야 했습니다. 사람들이 엘베르그 부인의 성격에 대해 이야기하는 것을 가지고 판단하자면 그녀는 순순히 끌려갈 사람이 아닙니다. 따라서 이 고생물학관 회랑으로 들어왔을 때 부인은 의식이 있었을 겁니다."

미셸 델마 관장이 반박했다.

"살인자는 엘베르그 부인을 부인의 연구실에서 살해한 후 이곳으로 데려왔을 겁니다."

경찰서장이 말했다.

"저는 불친절한 사람이 되고 싶지 않습니다. 하지만 부인의 비만을 고려하면 상당히 멀리 떨어진 이곳까지 시신을 질질 끌고 와서 이처럼 잔인한 짓을 했다고는 볼 수 없습니다."

부아쟁 경위가 결론을 지었다.

"따라서 엘베르그 부인은 자진해서 왔을 겁니다."

루셀 서장이 말했다.

"맞습니다. 만일 엘베르그 부인이 이곳까지 자진해서 왔다면 그럴만한 이유가 있었을 겁니다. 따라서 엘베르그 부인은 살인범을 잘 알고 있으며, 공격자는 식물원 폐관 후 이 건물 안으로 들어왔다고 가정할 수 있습니다. 법의학자가 사망 시간을 20시에서 21시 사이로 추정하고 있으니까요."

미셸 델마 관장은 어쩔 수 없다는 표시로 두 팔을 펼치면서 말했다.

"서장님, 우리 박물관에는 2천 명이 넘는 직원이 있습니다! 대부분의 직원들은 밤낮으로 건물에 출입할 수 있습니다! 모든 직원을 신문할 수는 없습니다!"

"저도 관장님의 생각과 같습니다. 하지만 우리는 적어도 엘베르그 부인에게 원한을 품었던 사람들은 조사를 해야 합니다."

"이미 말씀드린 것처럼 엘베르그 부인에게는 적이 많았습니다. 그녀의 성격이 아주 고약했기 때문입니다. 하지만 엘베르그 부인을 죽일 수 있는 사람은 없다고 생각합니다. 더구나 그처럼 무분별하게……."

루셀 서장이 정정했다.

"무분별하게 살해한 게 아닙니다. 살인자는 범행 장소와 시간을 꼼꼼하게 선정했습니다. 희생자의 비명소리는 천둥에 파묻혔습니다. 또한 100미터 떨어진 곳에서 합창대가 한창 연습 중이었습니다."

미셸 델마 관장은 두 손으로 머리를 잡으면서 말했다.

"대체 어찌된 영문이지……."

"더구나 살인자는 틀림없이 관내의 출입로를 훤히 알고 있었을 겁니다. 놈은 발각될 걱정 없이 태연하게 범행을 저질렀습니다."

부아쟁 경위가 덧붙였다.

"놈은 냉혹한 기질을 가졌습니다."

"그렇습니다. 믿기지 않는 대담성을 입증했습니다. 법의학자에 따르면 놈은 분명히 전문범의 능란함을 갖췄습니다. 내장의 배치를 다시 언급하고 싶지 않습니다만……."

미셸 델마 관장이 간청했다.

"제발 부탁합니다. 이 사건은 누구에게나 혐오감을 줍니다."

"절개는 단호하고 정확했습니다. 발각될 위험을 고려해서 급히 범행을 저질렀습니다."

매우 고무된 부아쟁 경위가 결론을 지었다.

"신속하고 정확하게……."

미셸 델마 관장은 부아쟁 경위를 쏘아보며 말했다.

"젊은이, 당신이 저 시신 어디에서 좋은 면을 발견했는지 궁금하구려."

루셀 서장은 유감스러운 표정을 짓고 시인했다.

"정말로 표현이 별로 적절치 않았습니다. 아무튼 노련한 놈입니다. 또 당혹스러운 점이 있습니다……."

사건의 중압감에 짓눌린 박물관장이 물었다.

"그런 점이 상당히 많다고 생각하지 않습니까?"

생각에 잠긴 서장은 자신의 말이 어떤 결과를 초래할지 가늠해보는 듯했다.

"머리에 상처가 있습니다. 희생자를 사망시킬 만큼 세게 내리쳤습니다. 피가 묻은 채 바닥에 떨어져 있는 이 돌이 바로 그 흉기인 것 같습니다."

박물관장이 말했다.

"그 돌은 범인이 가졌던 유일한 흉기라고 생각됩니다."

"우리의 정보에 의하면 이 돌은 콘드라이트(감람석, 사방휘석 또는 그 혼합물로 이뤄진 지름 0.3~3밀리미터의 구상체를 함유한 석질운석. 지상에 낙하하는 운석의 약 85퍼센트를 차지함. 태양계 원시물질의 비휘발성 성분의 조성을 나타내는 것으로 생각되며 45억 년 정도의 연령을 갖음—옮긴이) 유형의 운석입니다. 그런데 이런 종류의 물체는 광물학관 회랑에도, 시신이 발견된 비교해부학실에도 보관되어 있지 않습니다."

사건의 추세가 점점 불안하게 돌아가기 시작하자 델마 관장이 물었다.

"그게 무슨 뜻입니까?"

"살인범이 직접 문제의 물건을 가져왔다는 뜻입니다. 우리 조사에 의하면 이 운석은 일주일 전 광물학관에서 분실되었습니다. 소장품 관리인 키르허 씨가 조금 전에 그 사실을 알려주었습니다."

미셸 델마 관장이 인정했다.

"유감스러운 일이지만 맞습니다. 하지만 우리 박물관에서는 많은 물건들이 정기적으로 사라졌다가 나중에 다시 나타납니다. 공간이 충분하지 않아요. 어떤 물건은 임시로 희귀본서고에 처박아두었는데 결국 그대로 있는 경우도 있어요."

루셀 서장은 점점 더 심각한 표정을 짓고 말했다.

"이 문제는 이쯤에서 그만합시다. 조금 전 법의학자가 지난주에 사망한 호완싸인 교수의 부검 보고서를 제출했습니다."

미셸 델마 관장은 신음하며 말했다.

"그 끔찍한 사건은 더 이상 얘기하지 마십시오."

"그런데 호완싸인 교수는 단지 폭발로 인해 사망한 것이 아닌 듯합니다. 누군가가 폭발 전 어떤 물건으로 희생자를 내리쳤다는 사실이 밝혀졌습니다.”

“그렇다면 호완싸인 교수는…….”

미셸 델마 관장은 감히 문장을 끝낼 수 없었다. 부아쟁 경위가 나섰다.

“네, 호완싸인 교수는 살해되었습니다.”

루셀 서장이 덧붙였다.

“범인은 십중팔구 같은 운석을 이용해서 엘베르그 교수를 죽였습니다. 법의학자는 그 가능성이 99.99퍼센트에 달한다고 추산하고 있습니다.”

박물관장은 불안한 표정으로 루셀 서장의 얼굴을 뚫어지게 바라보았다.

한편 레오폴딘은 젊은 코메르송 경위에게 그녀가 보고 들었던 몇 가지 사실을 증언했다. 합창대 연습, 피터 오스몬드의 비명소리, 복도로 달려간 일, 시신의 발견……. 또 그녀는 장롱에 기댄 미국인의 자세와 그의 발밑에 있던 운석을 묘사했다. 그녀는 아니타 엘베르그 교수에 대해서는 이름만 알고 있었을 뿐 이야기를 해본 적이 없었다.

한 가지 의문이 생긴다. 왜 레오폴딘은 오스몬드 교수가 희생자의 발목에 매달려 있던 꼬리표를 슬쩍 훔친 사실을 경찰에게 알리지 않았을까? 그녀는 아직 충격에서 벗어나지 못한 것일까? 이런 상황에서 중대한 사실을 밝힐 수 있는 고발을 하기 전에 나름대로 생각하고 싶었던 것일까? 수수께끼였다. 어쨌든 분명하게 말할 수 있는 것은 미국 과학자가 독특한 침착성을 유지했다는 사실이다. 또 레오폴딘은 몇 시간 전에 있었던 아니타 엘베르그와 젊은 사육사 알랑의 말다툼을 언급하지 않았다. 그녀는 정말로 그 싸움을 잊었던 것일까? 아니면 알랑이 그처럼 야만적인 짓을 할 수 없다고 판단한 것일까? 이 비열한 사건에 말려들지 않기 위해 최대한 말을 아낀 것일까? 고백하기 난처한 다른 이유가 있었을까?

소장품 관리인 요한 키르허의 증언도 큰 도움이 되지 못했다. 그는 레오폴딘의 진술을 거듭 확인해주었을 뿐이다. 그는 단지 소문을 통해 아니타 엘베르그 교수를 알고 있었다. 아무튼 그는 박물관에서 수집품을 정리하는 일을 맡고 있었고, 그 자신도 완벽한 과학자이긴 하지만 연구자들과 접촉하는 일은 극히 드물었다. 소행성 연구 전문가인 조르주 뮐러 교수가 운석 분실을 통보한 것도 그가 소장품 관리인이기 때문이었다.

한편 미국인은 자신의 낭패를 설명하지 않을 수 없었다. 틀림없이 살인자가 열어놓았을 문을 통해 건물 안으로 들어간 일, 고생물학관 회랑에서 헤맸던 일, 지하실로 내려간 일, 소름 끼치는 장면을 발견한 일……. 그는 그 잔인한 장면에 혼비백산해서 비명을 지르고 도움을 요청했다고 주저 없이 털어놓았다. 그는 그날 아침에서야 파리에 도착했기 때문에 아니타 엘베르그를 모르는 것은 당연했다.

우리는 다음과 같은 두 가지 주요한 사항을 확인해야 한다. 첫째, 피터 오스몬드 교수는 정말로 20시와 21시 사이에 20여 분 동안 고생물학관 회랑에서 헤맸는가. 둘째, 왜 그는 희생자의 엄지발가락에 매달려 있던 꼬리표를 전혀 언급하지 않았는가.

화요일

"돌 더미가 집이 아닌 것처럼 사실의 축적은 과학이 아니다."

앙리 푸앵카레, 『과학과 가설』

11장. 광인수용소 박물관

이번 사건의 관계자들은 짧고 흥분된 밤을 보내야만 했다. 레오폴딘은 잠을 이룰 수 없었다. 그녀는 소설에 몰입하려 애썼다. 하지만 톱니바퀴가 끊임없이 기계에서 미끄러지듯 그녀의 정신은 단어 하나하나에 부딪쳤다. 오직 어둠 속에서 움직이지 않는 아니타 엘베르그의 시체와 꼬리표를 몰래 훔치는 미국인의 모습만이 떠올랐다.

한편 기진맥진한 오스몬드 교수는 잠에 빠지긴 했지만 밤새도록 악몽에 시달려야 했다. 그는 자신을 보호하기 위해 악몽과 끔찍한 충격에서 빠져나왔다. 따라서 오늘 화요일 아침 연구실에서 컨디션이 좋아 보이는 사람은 마냐니 신부밖에 없었다.

분위기는 무척 무거웠다. 레오폴딘은 조용히 자료 탐색 작업을 계속했다. 마냐니 신부는 피터 오스몬드 교수에게 들은 비극적인 사건 소식에 충격을 받은 채 컴퓨터 자료를 정리하고 있었다. 오스몬드 교수는 무균상자 안에 있는 운석을 만지작거렸다. 그는 두 개의 구멍 속으로 두 팔을 넣어서 조심스럽게 운석 중심부를 긁어서 미립자를 추출한 후 배양상자에 담았다.

자료를 한 아름 안은 레오폴딘은 가장 순수한 모습으로 다가가서 프린터에서 방금 뽑은 논문들을 눈에 잘 띄는 곳에 내려놓았다. 피터 오스몬드는 짧은 미소를 전하고 다시 연구에 임했다.

"오, 고마워요, 레오폴딘. 수고했어요."

레오폴딘은 마냐니 신부가 듣지 못하도록 나지막하게 말했다.

"교수님은 무수한 자료에 둘러싸여 있는 것을 좋아하시는 것 같아요……."

"내 작업이 원래 그래요. 이 분야에서 최근에 발견한 것을 잘 알고 있어야 하거든요. 빈틈없이 작업해야 해요. 그렇지 않으면 명백하게 증명할 수 없어요."

레오폴딘은 그의 두 눈을 똑바로 응시하며 물었다.

"아니타 엘베르그 사건에서 입증하고 싶은 게 뭐예요? 교수님은 후회할 만한 일을 하지 않았나요?"

오스몬드는 즉각 깨달았다. 그는 머뭇거리지 않고 레오폴딘의 귀에 대고 속삭였다.

"당신이 생각하는 것과 달라요. 나는 왜 범인이 그 증거를 남겨두었는지 확실히 알고 싶어요."

"교수님, 그건 경찰이 할 일이에요."

"나는 이미 미국에서 경찰과 함께 일한 적이 있어요. 경찰이 이해할 수 없는 부분이 있어요. 경찰이 활용할 줄 모르는 단서가 있어요."

레오폴딘은 믿지 못하겠다는 투로 물었다.

"그럼 교수님은 입증할 수 있으세요?"

"물론이죠. 당신에게 입증하겠어요. 나를 믿어줘요. 이건 우리만의 비밀입니다. 알았죠?"

오스몬드는 그녀에게 윙크했다. 레오폴딘은 이 수상한 사람이 문제의 꼬리표에 대해 언급하지 않았지만 뭔가를 알고 있다는 느낌을 받았다. 마냐니 신부가 그들을 바라보고 있었기에 레오폴딘은 알아들을 수 있도록 큰 소리로 대화를 계속했다.

"시료를 채취하는 이유는 정확하게 뭐예요?"

미국인 학자는 거리낌 없이 대답했다.

"이유는 아주 간단해요. 우리는 이 운석의 성질을 밝혀내고자 해요. 그러려면 운석의 분자 성분과 동위원소 성분을 분석해야 해요."

"하지만 운석은 대기권에 진입하면서 파괴되고 완전히 타버리잖아요."

"맞아요. 하지만 겉만 그렇죠. 운석 내부는 얼음처럼 차가운 상태로 남아 있어요. 내가 관심을 갖고 있는 것은 바로 운석 내부예요."

"아, 그래요?"

"내 동료인 렌 대학교 로익 에르완 교수가 이미 예비 분석을 했어요. 그는 경악스러운 결론에 도달했죠. 너무도 놀라운 사실이었기에 그는 내게 확인해달라고 요청했어요. 사실로 밝혀지면 나는 즉각 내 잡지인 「진화소식」지에 게재할 거예요."

"그렇게 중대한 내용인가요?"

"그렇고말고요! 로익 에르완은 응고된 유기물을 추출했어요!"

오스몬드는 레오폴딘을 슬쩍 바라보았다. 그녀가 의아한 표정을 짓자 그는 몇 가지 설명이 필요하다는 사실을 깨달았다.

"살아 있는 생물이 분비한 물질에 관한 얘기예요. 우리는 이 운석의 탄소 분자를 측정해보았죠. 그런데 운석의 나이가 무려 60억 년에 이르렀어요. 응고된 유기물이 가능성을 보여주고 있는 것처럼 만일 이 생명체의 존재가 사실로 밝혀진다면 당신 앞에 있는 이 운석은 태양계가 만들어지기 전에 생명체가 존재했으며, 따라서 생명체는 태양계 밖에서 탄생했다는 사실을 증명하는 것이죠."

"그것이 외계인의 존재에 대한 증거라는 말씀인가요?"

오스몬드는 활짝 웃으며 말했다.

"왜소한 초록빛 외계인이 아니라 원시세균을 말하는 거예요. 프랜시스 크릭(1916~2004. 영국의 분자생물학자—옮긴이)과 레슬리 오겔(1927~현재. 영국의 화학자, 『생명의 기원』의 저자—옮긴이) 같은 몇몇 생물학자들은 1973년부터 외계 생명체 유입설을 주장했어요. 하지만 그들은 전혀 증거를 댈 수 없었기 때문에 신뢰를 얻지 못했죠. 아무튼 나는 그들의 주장을 신뢰해요. 또 프레드 호일은 최초의 생명체는 수십억 년 전 지구에 떨어진 운석에서 비롯되었을 거라고 가정했어요. 요컨대 지구는 배양상자의 역할을 한 것이죠. 내가 재현하려는 게 바로 이 진화 과정이에요."

레오폴딘은 다시 한 번 무균상자 속의 돌덩이를 바라보았다.

"그러니까 이 돌이……."

"이 돌이 우리에게 결정적인 증거를 제공할 수도 있어요. 하지만 최대한 신중을 기해야 해요. 먼저 이 운석의 출처를 밝혀야 해요."

오스몬드는 신부가 눈치 채지 못하게 살짝 빈정거리는 시선을 던지고 나지막한 목소리로 말했다.

"마냐니 신부님이 운석의 출처를 밝혀낼 거예요. 신부님의 전공이 기적이잖아요."

신부는 컴퓨터에서 눈을 떼고 레오폴딘에게 미소를 지었다.

"저는 운석의 진로를 바꿀 수 있는 천체와 중력을 고려해서 이론적으로 운석의 궤도를 추적합니다. 충돌 각도 등 많은 변수가 계산의 대상이 됩니다. 아무튼 추적할 수 있다고 생각해요."

레오폴딘은 피터 오스몬드에게 돌아서서 말했다.

"제가 제대로 이해했다면 우리는 35억 년 전 지상에 생명체가 출현했다는 모든 이론을 수정하지 않을 수 없겠네요."

"그렇습니다, 레오폴딘. 만일 로익 에르완의 가정이 입증된다면 상당히 많은 책과 교과서는 다시 써야 할 거예요."

갑자기 레오폴딘은 기록보관소에서 분류하고 정리해야 할 무수한 자료가 생각났다. 생각만 해도 진절머리가 났다. 이 일은 결코 끝나지 않을 것이다!

피터 오스몬드는 빈정대는 표정을 짓고 덧붙였다.

"하지만 다른 것들도 다시 써야 할 거예요. 신부님, 그렇지 않습니까?"

오스몬드의 말은 별로 명료하지 않았다.

마냐니 신부는 컴퓨터 위로 고개를 내밀고 웃으면서 말했다.

"성경을 암시한 건가요?"

"예를 들면 그렇습니다. 특히 성경의 시작 부분. 창세기에 나오는 하늘, 행성들, 동물들, 아담과 이브……."

"교수님은 영특하시기 때문에 창세기의 이야기가 상징적인 텍스트이며 문자 그대로 이해해서는 안 된다는 사실을 모르지 않을 겁니다. 창세기는 하느님의 전능에 관한 시적 성찰입니다."

오스몬드가 대답했다.

"좋습니다. 그래도 한 줄은 덧붙여야 할 겁니다. '태초에 하느님이 계셨다. 그리고 한 운석이 있었다' 라고요."

마냐니 신부는 진심으로 웃으며 말했다.

"악의를 품지 마십시오! 최고의 창조주가 계시다는 가정을 버리지 않고도 우주운행에 대해 추리할 수 있습니다. 기원의 문제는 영원히 제기될 겁니다. 우리는 이 문제에 대해 아주 다른 견해를 가지고 있습니다. 하지만 우리 두 사람의 목적은 진리를 추구하는 겁니다. 중요한 것은 그것뿐입니다."

"그렇습니다. 하지만 갈릴레이는……."

마냐니 신부는 무한한 호의를 가지고 상대방을 존중했다.

"갈릴레이는 350년 전의 인물입니다. 그 후 교회는 바뀌었습니다."

"그렇다고 칩시다……."

그때 여자 목소리가 들렸다.

"제가 끼어들어도 되나요?"

오스몬드는 몸을 돌렸다.

"로랑스! 이럴 수가!"

오스몬드는 놀라움을 감추지 못했을 뿐 아니라 얼굴까지 빨개졌다. 방금 연구실에 들어온 여인은 그에게 과학자 이상의 존재였다.

로랑스는 마흔 살인데도 남자들의 환심을 샀고 그녀 자신도 그 점을 잘 알고 있었다. 매우 매력적인 그녀는 외모에 꼭 필요한 것만 신경을 쓰는 극히 드문 과학자의 전형이었다. 갈색 머리, 늘씬한 몸매, 파란 눈……. 그녀는 연예계의 배우들이나 스타들을 별로 부러워할 필요가 없었다. 돋보이는 네크라인 장식 옷은 그녀만의 독특한 유혹의 의지를 잘 드러냈다. 피터 오스몬드는 재회의 기쁨을 제대로 표현할 수 없었다. 그는 약간 당혹스런 눈빛으로 레오폴딘을 바라보았다. 레오폴딘은 마냐니 신부의 작업에 대단히 흥미를 갖는 척했다.

오스몬드는 로랑스 앵베르의 어깨를 붙잡고 두 볼에 키스를 했다.

"믿기지가 않아……."

"왜 파리에 온다고 말하지 않았어? 연락했으면 공항으로 마중 나갔을 텐데."

"갑작스럽게 결정한 일이야. 마냐니 신부님, 로랑스 앵베르를 소개하겠습니다. 대단히 유능한 생물학자입니다. 전공은 발생학이고요."

마냐니 신부는 일어나서 관례에 따라 악수를 했다.

"만나서 반갑습니다."

로랑스 앵베르가 대답했다.

"저도 반갑습니다. 최근에 신부님의 작품 가운데 하나를 읽었습니다. 깊은 감명을 받았습니다."

"고맙습니다."

오스몬드는 레오폴딘을 향해 돌아섰다.

"그리고 이쪽은……."

로랑스가 말을 끊었다.

"당신은 도서관 사서죠? 잘 만났어요. 당신에게 부탁할 게 있거든요. 책을 몇 권 되찾고 싶어요. 점심식사 후 내 연구실에 들러주겠어요? 쿼비에 가에 있는 진화생물학과에 있어요."

로랑스는 대답을 기다리지 않고 미국인에게 위협적으로 집게손가락을 뻗으며 말했다.

"피터, 당신을 찻집으로 데려가겠어. 거절하지 마. 내가 초대하는 거야.”

오스몬드는 탁월한 학자답게 피하지 않았다. 상당히 신비스런 법칙이 남녀 관계를 지배한다. 특히 매력의 법칙은 가장 해독하기 어려운 것이다. 여자들 사이의 관계를 지배하는 법칙은 깊이를 헤아릴 수 없을 만큼 복잡하다. 레오폴딘 드베르도 예외는 아니었다. 그녀는 로랑스 앵베르에 대해 격렬한 반감을 느꼈다. 로랑스는 그녀를 존중하기는커녕 거만하고 건방지게 불쑥 말을 걸지 않았는가.

한편 마냐니 신부는 종교인이기 때문에 그런 부류의 갈등에서 벗어나 있었다. 말하자면 그는 엄정하게 중립을 고수했다.

*

파리 이슬람교 사원의 다실은 방문객에게는 시원하고 평온한 오아시스 역할을 한다. 아랍·안달루시아풍 모티브의 섬세한 모자이크로 장식된 벽, 정교한 소형 금속 탁자, 묵직한 구리 램프는 이국 정취를 자아낸다. 이곳에서 사람들은 조용히 대화를 나눈다. 피터 오스몬드는 로랑스 앵베르와 함께 있어 몹시 즐겁긴 했지만 이곳 분위기에 맞춰 다소곳이 말을 했다. 통찰력이 예리하지 못한 관찰자일지라도 두 사람의 환한 표정—오래되고 깊은 공모의 증거—을 본다면 이들이 매우 긴밀한 사이라고 추측할 수 있을 것이다.

세월이 많이 흘렀지만 두 사람은 고스란히 추억을 간직하고 있었다. 피터 오스몬드는 15년 전 국립파리자연사박물관에서 머물렀던 시절을 떠올렸다. 당시에 프린스턴 대학교에서 장래가 유망한 젊은 교수였던 그는 미셸 델마로부터 성유전자가 진화 모델에 미치는 영향에 관한 강의를 해달라는 초대를 받았다. 그는 도착하자마자 박사과정 대학원생이었던 로랑스 앵베르를 눈여겨보았다. 두 사람은 마시프상트랄(프랑스 중남부에 있는 고원 모양의 산악지대—옮긴이)에서 발굴 작업을 하면서 서로 가까워졌다. 두 사람의 열정은 몇 주 동안 지속되었다. 그러나 피터 오스몬드는 미국으로 돌아가야만 했다. 그들은 영원한 사랑을 맹세하고 최대한 빠른 시일 내에 다시 만나기로 약속했다. 하지만 세월과 거리가 두 사람의 관계를 멀어지게 했고 각자 자신의 길을 걷게 되었다. 피터 오스몬드는 결혼을 하고 아빠가 되었으나 결국 아내와 헤어졌다. 로랑스 역시 사랑을 했고 이별의 아픔을 겪었지만 결코 자립성을 잃지 않았다. 40대에 들어서자 그녀는 인생을 달리 보기 시작했다. 자유로운 여인일지라도 취약한 부분을 항상 감출 수는 없는 노릇이다. 세월은 가끔 강력한 계시자처럼 작용한다. 직업상의 우연이 두 사람을 다시 만나게 하지 않았는가. 그들은 예전에 서로에게 느꼈던 강렬한 감정을 그리워할까? 아마도 그럴 것이다. 두 사람은 남녀 사이 이전에 과학자였고 인생에 수놓고 있는 감정과 경험의 상대적 가치밖에 인정하지 않았다. 두 사람은 다시 만나게 되어 행복했으며, 확신을 갖고 이 우정의 순간을 즐겼다. 하지만 어떤 사건도 두 사람이 걸어왔던 길을 벗어나게 할 수는 없을 것이다.

로랑스 앵베르와 피터 오스몬드는 웃으면서 발굴지, 쌀쌀한 아침, 이회토(泥灰土) 속에서 암모나이트 수집, 희미한 캠프용 램프, 모든 일이 시작되었던 모닥불을 회상했다. 그때 갑자기 로랑스의 얼굴이 어두워졌다.

"나는 한동안 아니타 엘베르그와 많이 싸웠어. 그녀에게 무슨 일이 일어났는지 알고 있지?"

오스몬드는 말없이 고개를 끄덕였다. 그녀는 피터가 어느 정도 알고 있는지 짐작할 수 없었지만 이야기를 계속했다.

"오늘 아침 경찰이 찾아와서 간단하게 신문했어. 그래서 이 끔찍한 소식을 알게 된 거야……. 아직도 몹시 당혹스러워. 나는 아니타 엘베르그와 자주 다투었어. 나는 유전자가 개인의 운명을 결정한다는 아니타의 이론에 조금도 동의할 수 없었어."

"놀라운 일이 아니야. 당신은 자신의 생각을 가슴속에 담아두는 여인이 아니지."

"피터, 나는 당신도 아니타의 이론에 동의하지 않는다는 사실을 알아. 하지만 당신은 적어도 내 관점을 존중해주잖아."

"글쎄……. 우리는 자연선택의 과정에 대해서 의견을 같이하지. 그게 핵심이지. 하지만 아무리 둘러보아도 신의 흔적은 찾아볼 수 없어……."

"나는 과학적 연구와 신앙적 확신을 구별할 줄 알아. 내 배아 연구는 혼란스러운 어트랙터와는 반대되는 조화로운 어트랙터를 통해 모델화된 생명체의 내적 논리를 보여주었어. 이 논리는 완전히 증명할 수 있고 위대한 과학계의 권위자들이 인정하는 수학적 법칙을 따르고 있어. 순전히 개인적인 관점인 것은 사실이지만 이 논리는 누군가의 의도에서 유래된 것이라고 생각해……."

"글쎄……. 사실 나는 믿지 않아. 하지만 당신 말을 들어줄게."

"물론 나는 이 문제에 대해 어떤 과학지에서도 언급하지 않았어! 적어도 당신은 내 성실성을 믿을 거야. 아니타 엘베르그와는 대화를 나누는 것 자체가 불가능해. 언젠가 그녀는 페이퍼나이프로 나를 위협하기도 했어. 그녀는 지독히 심술궂은 여자야."

"그건 내가 옳다는 것을 입증하는 거야. 아무튼 아니타 엘베르그에게 신의 흔적은 전혀 없었어."

"나를 놀리지 마."

오스몬드는 진심으로 웃었다. 두 사람의 은밀한 공감은 고스란히 남아 있었다.

오스몬드는 한참 동안 그녀를 바라보았다.

"사실 엘베르그에 대해 그렇게 말한 사람은 당신이 처음이 아니야."

"그녀는 정말이지 존중을 받을 수 없는 여자야. 더구나 사람들은 미셸 델마 관장님이 왜 그녀를 해고할 수 없었는지 의아스럽게 생각해. 그녀는 외부 후원을 받고 있었어. 그녀는 교육부 학습커리큘럼 자문위원이었어."

"미셸 델마 관장님이 그녀를 해고할 수 없었다니 무슨 뜻이야?"

로랑스 앵베르는 약간 난처한 것 같았다. 그녀는 박하차를 한 모금 마신 후 말을 이었다.

"사실 오래된 이야기야……. 연구가들이 몇 마디 암시만으로 서로 이야기하는 사건이지……. 이 사건은 30년 이상 거슬러 올라가지. 당시에 아마존 부족들을 연구하던 아니타 엘베르그는 기아나에 파견된 우리 박물관 탐사단의 일원이었어. 식물학자 피에르 로쥐앙은 일련의 관찰을 위해 그녀를 숲속으로 데려갔어. 그후 어떤 일이 일어났는지 전혀 알 수 없었어. 두 사람이 길을 잃었다는 거야. 2주 동안 그들로부터 소식이 없었지. 그들의 무전기는 고장이 났고 수색을 했지만 아무것도 찾을 수 없었어. 엘베르그에 따르면 두 사람이 정글에서 길을 헤맨 지 사흘째 되던 날, 로쥐앙이 뱀에 물렸다는 거야. 그는 곧 걸을 수 없게 되었대. 그래서 엘베르그는 구조를 요청하러 떠났고. 그녀가 와야나 인디언들에게 발견되었을 때는 빈사 상태에 빠져 있었지. 한편 로쥐앙은 사라져버렸어. 그의 시신은 어디에서도 발견되지 않았어."

"이 사건이 미셸 델마와 어떤 관계가 있지?"

"피에르 로쥐앙은 델마의 애인이었어. 델마는 로쥐앙의 죽음에 대해 엘베르그를 용서할 수 없었지. 델마는 엘베르그가 로쥐앙를 죽게 내버려두었으며, 만일 그녀가 함께 남아 있었더라면 궁지에서 벗어났을 거라고 확신했어."

"그럴 가능성은 거의 없어."

"나도 그렇게 생각해. 델마는 박물관의 수장이 되자마자 아니타 엘베르그를 혼내주기 위해 온갖 일을 했지. 그렇긴 하지만 델마가 그녀를 죽였다고는 상상할 수 없어…….”

“불가능한 일이야. 관장님은 모기 한 마리도 죽일 수 없는 사람이야. 나는 그를 잘 알아. 그는 모든 혐의에서 벗어나 있어.”

로랑스 앵베르는 몸서리쳤다. 그녀는 친구의 두 눈을 똑바로 바라보면서 물었다.

“대체 누가 그런 끔찍한 범죄를 저질렀을까?”

피터 오스몬드는 몇 시간 전부터 이 질문을 끊임없이 생각하고 있었다. 그는 다정한 손짓으로 친구의 마음을 달래주었다.

*

두 사람은 잠시 더 수다를 떨다가 박물관으로 돌아왔다. 그들이 제오프루아·생·일레르 가의 철책에 이르렀을 때, 덥수룩한 회색 머리에 속마음을 알 수 없는 얼굴을 한 육중한 50대 남자가 불쑥 나타나더니 피터 오스몬드를 떼밀고는 한 마디 사과 없이 쏜살같이 사라졌다. 오스몬드는 그를 붙잡아 예절을 가르쳐주고 싶었지만 로랑스가 만류했다.

“내버려둬. 저자는 프랑수아 세르방이야. 우리 과에서 일하고 있어. 진짜 미친놈이야.”

“저자는 왜 저렇게 불량배처럼 행동하는 거야?”

“그게 프랑수아의 유일한 대화 방법이야. 정신이 약간 이상한 사람이야. 일단 사무실에 들어가면 거의 나오지 않고 이제는 아무도 자기 사무실에 못 들어가게 해.”

로랑스는 입이 가벼운 사람들을 두려워하는 듯 소리를 낮췄다.

“8년 전 내가 진화생물학과 학과장이 되었을 때 프랑수아를 정신병원에 입원시켜야만 했지. 프랑수아는 학과장 자리가 당연히 자기 자리라고 생각했어. 그때부터 모든 사람들이 자기를 따돌린다고 불평해."

로랑스는 자신의 이마를 탁 치더니 의미심장한 표정으로 말했다.

"진짜 편집증환자가 있어. 저기를 봐. 저자도 정신병자야."

까만 가죽 잠바와 까만 쪽머리에 깡마른 남자가 박물관으로 돌아오고 있었다. 무성한 수염, 강인한 인상, 손가락마다 끼여 있는 큼직한 반지……. 그는 새로운 부류의 체 게바라였다.

"조류학자 에릭 고도프스키야. 철저한 무신론자지. 그는 모든 교회를 무너뜨리고 신자들을 몰살해야 한다고 주장해. 한 마디로 과격주의자야."

고도프스키는 로랑스 앵베르에게 슬쩍 눈길을 던지고는 지나갔다.

로랑스는 한숨을 내쉬며 말했다.

"적어도 우리는 서로 말을 걸지 않기 때문에 싸울 일은 없어. 하지만 그가 나를 해칠 심각한 음모를 꾸몄다는 사실을 알고 있지."

갑자기 그녀는 격분해서 두 주먹을 불끈 쥐고 몸을 바르르 떨며 내뱉었다.

"증거도 많이 있어!"

피터 오스몬드는 자신이 어떤 광인수용소에 떨어졌는지 자문하기 시작했다. 미국에서 이런 일은 일어나지 않았다. 문제가 있으면 서로 마주 보고 이야기했다. 또 중대한 문제가 있으면 국제적인 토론회를 준비했다. 하지만 이곳에서는 각자가 자신의 생각 속에 갇힌 채 사는 것처럼 보였다. 15년 전만 해도 국립파리자연사박물관은 아주 달랐다. 당시에 그는 젊은 강사에 지나지 않았기 때문에 권력 투쟁이 무엇인지 잘 알지 못했다. 당시에는 살인 협박을 당하지도 않았다…….

12장. 기이한 수첩

레오폴딘은 발레리 몰래 꺼낸 자료를 주의깊게 분류하고 있었다. 한창 식사 중인 식물학과 사무직원을 불시에 방문하는 것은 옳지 않았다. 반응은 즉각적이었다. 발레리는 음식을 씹으면서 외쳤다.

"이곳을 조용히 내버려둘 수 없어요? 점심식사 시간도 빠듯한데 이렇게 방해하다니!"

"발레리, 진정하세요. 어제 식물학관에서 발견한 서류함을 어디에 두었는지 알고 싶을 뿐이에요. 트렁크와 함께 있었대요."

발레리는 노발대발했다.

"무슨 말을 하는 거예요? 난 흥분하지 않았어요! 서류함은 복도에 있을 거예요!"

레오폴딘은 인내심을 가지고 설득했다.

"나도 그렇게 믿고 싶어요. 하지만 그건 내가 찾고 있는 상자가 아니에요."

"기억을 떠올려볼게요……. 복사기 옆에 놓은 것 같아요. 상자에는 먼지가 수북이 쌓여 있었어요. 못 찾을 리가 없는데……."

레오폴딘은 지나칠 정도로 부드럽게 말했다.

"고마워요. 맛있게 드세요."

레오폴딘은 온 힘을 다해 문을 쾅 닫았다. 그녀는 발레리가 음식을 씹으면서 투덜거릴 거라고 예상했다. 이 새침하고 까다로운 여자는 예절의 맛을 보았을 것이다!

레오폴딘은 서류 뭉치를 발견하자마자 움켜쥐었다. 신중하지 못한 사람이 또 이 서류를 엉뚱한 곳에 처박아놓고 10년 더 방치하기 전에 확실한 자리에 정리해놓는 편이 낫다. 그녀는 6층의 빈 다락방으로 올라갔다. 그리고 샌드위치를 우적우적 삼킨 후 유액장갑을 끼고 작업을 시작했다.

레오폴딘은 발신자 꼬리표에서 한자를 보고 깜짝 놀랐다. 그녀는 '베이징' 과 '1942년' 을 읽었다. 수신자의 이름은 적혀 있지 않았다. 단지 '프랑스 국립파리자연사박물관' 이라고만 씌어 있었다. 이것은 일반 우편물이 아니었다. 고생스럽게 수신자를 찾아보지 않고 방치하고 싶은 소포였던 것이다. 서류는 동시에 한문, 프랑스어, 라틴어로 작성되어 있었고 황급히 편집한 것 같았다.

레오폴딘은 작은 수첩에 빽빽이 씌어 있는 메모를 훑어보았다. 놀랍게도 1932년 12월에 기록한 것이었다.

"두개관(頭蓋冠), 턱뼈 조각과 대퇴골 조각은 10여 명의 유골로 보인다. 이들은 베이징에서 남서쪽으로 50킬로미터 떨어진 저우커우뎬(周口店) 유적지의 한 동굴에서 발굴되었다. 발굴 작업은 1932년 8월에 시작되었다……."

레오폴딘은 다른 페이지에서 해골 그림을 발견했다. 또 상자 안에는 중국 지도 한 장이 들어 있었다. 누군가가 떨리는 손으로 지도에 문제의 발굴지를 가리키는 듯한 X표와 여정을 표시해놓았다. 마지막으로 중국 횡단 여행에 관한 메모를 발견했다.

이 서류함은 전체적으로 매우 혼란스러운 인상을 주었다. 서류를 상자 속에 마구 집어넣고 급히 발송한 듯했다. 발송자는 누구였을까? 그리고 트렁크는 어디에 있을까?

*

깊은 생각에 잠긴 레오폴딘은 박물관의 소란이 어떤 신비스러운 법칙에 따른 것은 아닐까 하고 추론하기에 이르렀다. 바로 그때 로랑스 앵베르가 자신의 연구실에 들러달라고 부탁한 일이 떠올랐다. 벌써 15시! 레오폴딘은 그녀의 요청을 무시해버리고 싶었다. 로랑스는 마치 하녀에게 말하듯 자신에게 지시하지 않았는가! 하지만 레오폴딘은 명예를 걸고 상대방의 요청을 들어주는 양심적인 여인이었다. 그만큼 직업의식이 투철했다. 그녀는 귀부인 행세를 하는 로랑스 앵베르의 처신에 항의하는 의미에서 늦은 오후까지 기다리고 싶었다.

레오폴딘은 동물원을 가로질러 진화생물학과로 가기로 결심했다. 그녀는 모터 소리에 몽상에서 깨어났다.

"아름다운 아가씨! 산책할까요?"

"알렉스!"

"데려다줄까?"

레오폴딘은 사료 부대가 실린 트랙터에 올라탔다. 날렵하게 달리는 트랙터의 운전대를 잡고 있는 이 '어린이'를 발견하고 깜짝 놀라는 방문객들을 관찰하는 일은 언제나 즐거운 일이었다. 알렉스는 변속기를 1단으로 바꾸고 동물원 오솔길로 돌진했다. 레오폴딘은 걱정거리를 바람에 실려 보냈다.

알렉스는 홍학 울타리에 도착하자 갑자기 멈추고 트랙터에서 뛰어내렸다. 깜짝 놀란 레오폴딘은 고개를 돌렸다. 어떤 두 사람이 홍학 울타리 안에서 싸우고 있었다. 전날 구내식당에서 자클린에게 시비를 걸었던 사육사 알랑이 고래고래 소리를 질러댔다.

"네놈의 새들을 내가 어떻게 할 건지 알아? 꼬치구이를 해 먹을 테야!"

레오폴딘은 깜짝 놀랐다. 알랑의 상대는 다름 아닌 노르베르 뷔송 아닌가!

레오폴딘은 두 사람을 떼어놓기 위해 안간힘을 다하는 알렉스를 도와주러 달려갔다. 노르베르는 사육사를 떼밀려고 시도했다. 사육사는 단번에 노르베르를 땅바닥에 쓰러뜨리고 동물적인 격분에 사로잡힌 듯 맹렬하게 옆구리를 걷어차기 시작했다. 레오폴딘은 용기를 내서 사육사에게 몸을 날려 균형을 잃게 했다. 다시 일어난 노르베르는 작은 체구에도 불구하고 매섭게 알랑을 위협했다.

"경고하겠어. 만일 한 번 더 이 새들에게 접근한다면 다른 곳에서 일자리를 찾아야 할 거야!"

알랑은 자제했지만 언제 다시 폭력을 휘두를지 알 수 없었다.

"이 멍청한 놈아, 지금 나한테 말하는 거야? 네까짓 게 뭔데 감히 그런 식으로 말하는 거야? 네가 나보다 나은 게 뭐야? 학위 말이냐? 그것도 자랑이라고 하냐?"

"알랑, 너는 돌았어……."

"공부 좀 했다고 허세를 부리는 거냐? 네가 최고로 잘난 사람이라고 생각하냐? 너는 파리 소시민일 뿐이야. 제기랄, 한 가지 알려줄까? 내가 살던 곳에서 너 같은 놈들은 잠시도 빼길 수 없어!"

알랑은 손가락으로 목을 베는 시늉을 했다. 노르베르는 어깨를 으쓱했다.

"내게 겁을 주었다고 생각하면 큰 오산이야."

"너는 비참한 처지를 몰라……. 길거리, 불공정성……. 내게는 아이가 하나 있지만 만날 수조차 없어……. 전처가 못 만나게 하거든. 너는 이게 옳다고 생각해?"

"너는 마약에 빠졌으니 당연히 그녀가 옳지."

"마약은 너 같은 사람들에게 대항할 수 있게 해주지. 만일 그게 없었다면 나는 한바탕 소란을 피웠을 거야."

레오폴딘은 알랑의 얼굴을 빤히 쳐다보았다. 만일…….

알랑은 냉소를 지으면서 짐짓 무게를 잡고 두 팔을 벌렸다. 그리고 비틀거리며 외쳤다.

"인간 형제들이여!"

알랑은 몇 미터 걸어가더니, 능란하게 한 다리로 서 있는 홍학을 굽어보며 말했다.

"야, 홍학. 너는 어떻게 생각하니? 너는 아무 의견도 없을 거야! 아무것도! 너는 생각할 필요가 없잖아! 너는 왕따를 당하지 않지! 너는 이곳의 왕이잖아! 나는 인간이라 아무 권리도 없지! 그래서 총을 갖고 싶어!"

그때 노르베르가 외쳤다.

"그래, 총으로 자살해버려라! 그게 사회를 위한 길이야!"

알랑은 거만하게 가슴을 폈다.

"너를 즐겁게 해줄 순 없지. 나는 너를 귀찮게 굴기 위해서라도 이곳 박물관에 남아 있을 거야. 한 가지 말해주지. 나는 사교계를 잘 알아. 너는 분명 놀랄 거야. 너희들 모두 놀라게 될 거야!"

알랑은 자신만만한 모습이었다. 노르베르, 알렉스, 레오폴딘은 어안이 벙벙한 채 서로의 얼굴을 바라보았다. 알랑은 날카로운 소리로 목이 쉬도록 재잘거리는 앵무새 새장 뒤로 사라졌다.

알렉스가 물었다.

"녀석이 말하고 싶은 게 뭐야?"

노르베르가 대답했다.

"녀석은 아무 말이나 막 하지. 천박한 말만 늘어놔. 결국 그게 뇌에 영향을 미친 거지. 그것밖에 할 줄 몰라……. 또 모든 사람들을 우습게 여기지. 죽을 때까지 왕따로 살 거야. 녀석은 현실에 적응할 생각이 없어."

알렉스가 말했다.

"녀석을 이해해야 해. 어려운 환경에서 자랐잖아."

노르베르가 외쳤다.

"하지만 녀석은 이곳에서 얼마든지 배울 수 있고 교양을 쌓을 수도 있어. 녀석은 그러기는커녕 구석에 처박혀서 귀머거리처럼 음악을 듣고 엉터리로 일을 하지. 게다가 내가 환경운동가라는 것을 알고는 동물들을 학대해. 그런 짓을 하라고 월급을 주는 게 아니잖아. 오늘 하는 짓을 보면 녀석을 해고해버렸으면 좋겠어."

알렉스가 분개했다.

"하지만 한번 상상해봐! 일자리를 잃으면 더욱 비참한 궁지에 빠질 거야!"

"그건 내 소관이 아니야. 알랑은 위험한 놈이야. 제기랄, 녀석은 마치 아니타 엘베르그의 책에서 빠져나온 사람 같아……. 그런데 너희는 아니타 엘베르그 소식 들었어?"

레오폴딘은 하늘을 올려다보았다. 사람들이 이 사건을 그녀에게 상기시켜주는 것이 필요하단 말인가!

"문제는 개인이 공동체 안에서 점점 더 웅크리고 언어나 문화 속에 틀어박혀서 자기들끼리만 번식하는 거야. 결국 권력을 위해 서로 죽이는 다수의 독특한 부류가 생기게 될 거야. 더구나 그런 현상은 이미 시작된 것 같아……."

레오폴딘이 물었다.

"아니타 엘베르그는 그런 현상을 피하기 위해 무엇을 제안했지?"

"오, 그녀 역시 머리가 돌았어. 그녀는 사회 안정을 위해 위험한 사람들을 감시하고 그들이 늘어나지 않게 막자고 제안했어. 철저한 우생학의 관점이지."

레오폴딘은 생물학자 아니타 엘베르그가 불러일으킨 거부반응을 생각해보았다. 하지만 다른 의문이 머릿속에서 떠나지 않았다.

"알랑이 아니타 엘베르그를 알고 있었을까?"

"그럴 리가 없어. 알랑은 외톨이야. 엘베르그 역시 관대한 사람은 아니었지……. 그런데 그건 왜 묻는 거야?"

레오폴딘은 어깨를 으쓱하며 대답했다.

"그냥 생각이 났을 뿐이야. 대수롭지 않은 거야. 나는 이만 가야 해. 진화생물학과에서 약속이 있거든."

노르베르가 말했다.

"나는 15분 후에 동물원을 방문하는 관광객을 안내해야 해. 나중에 봐!"

레오폴딘은 엊저녁의 폭풍우 탓에 사람들이 마음을 진정시키지 못했다고 생각했다. 숨겨진 분노 같은 것이 여전히 도처에 떠돌고 있었다. 곧 그녀의 예감이 옳다는 것이 밝혀질 것이다.

*

노르베르 뷔송은 관광객 안내를 준비하기 위해 다시 사무실에 들렀다. 그는 손을 씻고 거울을 보며 얼굴을 살폈다. 알랑과 싸웠을 때 별로 아프지 않았다. 반대로 그는 알랑에게 끔찍한 고통을 주었다.

노르베르는 수건을 찾다가 거울에 비친 한 이미지에 시선이 끌렸다. 그는 획 돌아서서 핀으로 벽에 고정시킨 사진을 향했다. 그의 얼굴은 분노로 경련을 일으켰다. 날쌔게 사진을 낚아챘다. 바로 그때 누군가가 폭소를 터뜨렸다. 옆방에서 알랑이 낄낄대며 그를 관찰하고 있었다. 알랑은 격렬하게 발버둥치는 생쥐의 꼬리를 잡고 있었다. 그리고 생쥐를 심하게 혼내주는 척했다. 노르베르는 그 술책의 의미를 파악했다. 녀석은 두 손가락으로 천천히 생쥐를 쥐더니 머리통을 짓눌러버렸다. 그리고 플라스틱 용기 속에 생쥐 시체를 던져버리고 노르베르의 수건으로 손을 닦은 후 파충류에게 먹이를 주러 떠났다.

노르베르는 사진을 흔들며 버럭 소리쳤다.

"이 모욕의 대가를 반드시 갚아줄 테야!"

하지만 노르베르에게 돌아온 대답은 신랄한 냉소뿐이었다.

*

같은 순간, 피터 오스몬드 교수는 박물관 측이 마련해준 엑스레이 촬영기의 화면이 결함 신호를 나타내고 있다는 사실을 알아챘다. 오스몬드는 장비 결함에 투덜거리다가 프랑스인들의 태만에 대해 평소처럼 불평을 터뜨렸다. 이럴 경우 훌륭한 학자일지라도 조급하게 관찰에 몰두하다가 잘못된 결론을 도출할 수 있는 법이다.

피터 오스몬드의 의견에 동의하지 않는 마냐니 신부는 장비를 굽어보았다. 하지만 시간에 쫓겨 세심하게 살펴볼 수 없었다. 우리는 곧 그 결과를 보게 될 것이다.

13장. 표범에게 물려 죽은 사육사 알랑

레오폴딘 드베르가 로랑스 앵베르의 연구실 문을 두드렸을 때는 15시 24분이었다.

"들어오세요."

목소리에는 생기도, 따뜻함도 없었다. 레오폴딘은 기분 나빠하지 않았다. 앵베르는 엑스레이 사진을 보고 있다가 고개를 들었다.

"아, 당신이군요. 약속을 잊었다고 생각했어요."

이 지적에 레오폴딘은 몹시 짜증 났지만 의연하게 대처했다.

"무엇을 도와드릴까요?"

앵베르가 자리에서 일어났다. 하얀 가운을 입은 앵베르는 조금도 위엄을 잃지 않았다.

"세르방 교수하고 문제가 있어요. 세르방은 우리 진화생물학과 도서실에서 빌려간 몇 권의 책을 반납하지 않았어요. 내가 꼭 참조하고 싶은 책이에요. 여러 차례 반납을 요구했지만 묵묵부답이에요. 그래서 당신을 생각했어요……."

"왜 저죠? 교수님은 저보다 세르방 교수를 잘 아실 텐데요."

앵베르는 책상 모서리에 기대면서 한숨을 내쉬었다.

"그렇긴 해요. 사실인즉 세르방은 나를 만나려 하지 않아요. 그는 박물관이 아니라 어느 사립기관의 지원을 받아 연구를 한다는 구실로 누구에게도 설명할 필요가 없다고 생각해요. 대체 무엇을 연구하고 있는지도 몰라요! 하지만 당신은 거절하지 못할 거예요."

"무슨 말씀인지……."

"당신은 도서관 관리인이에요. 그는 당신을 모르고요. 더구나 당신은 나보다 더 좋은 구실을 갖고 있어요. (로랑스 앵베르는 레오폴딘을 복도로 밀면서 말을 이었다.) 저기 보세요. 그의 연구실은 복도 구석 왼쪽 문이에요."

레오폴딘은 친밀하게 어깨를 누르는 손의 무게를 느꼈다. 결국 선택의 여지가 없었다.

레오폴딘은 어두운 복도를 걸었다. 이곳에서도 진열장은 일그러진 형태를 보여주었다. 포르말린 속에서 생각에 잠긴 듯한 모습으로 떠다니는 태아와 머리, 기형의 배아……. 이상야릇하게 짓누르는 듯한 분위기……. 레오폴딘은 질식할 것 같은 이 폐쇄된 공간 속에서 나아갔다. 생명이 시작되는, 인체에서 가장 은밀하고 가장 깊은 곳. 그녀는 자궁의 세계 속에서 움직이고 있다는 느낌이 들었다. 이 찌푸린 괴물들은 배아 단계에서 정지된 채 혼란스러울 정도로 다양한 성장 단계별로 표본병 속에 잠겨 있었다.

레오폴딘은 불편한 심기를 극복하고 부드럽게 세르방 교수의 연구실 문을 두드렸다. 문이 삐걱거리면서 열렸다.

"세르방 교수님?"

대답이 없었다. 레오폴딘은 연구실 안으로 몇 걸음 들어갔다. 이곳에서도 이상한 기운이 감돌았다. 문어, 오징어, 낙지 등 십여 종의 연체동물이 뇌를 훤히 드러낸 채 지독한 냄새를 풍기는 누르스름한 액체 속에서 떠다녔다. 레오폴딘은 구토를 참을 수 없었다. 이곳은 쾌적하지 않았다. 낡은 철제 장롱은 책과 서류의 무게로 주저앉았고, 벽의 페인트는 얇게 벗겨져 떨어져 나갔으며, 개수대의 법랑은 긴 녹 줄기로 더러워져 있었다. 천장은 습기로 인한 얼룩이 가득했고, 바닥에는 먼지가 수북이 쌓여 있었다. 반대로 연구 시설과 과학 장비는 최첨단이었다. 장비소독기, 원심기, 분광 광도계, 제어장치……. 이 새로운 장비들은 커튼 뒤편에 따로 보관되어 있었다.

레오폴딘은 금이 간 유리창을 바라보았다. 이곳에서는 동물원이 훤히 보였다. 노르베르는 일단의 방문객을 데리고 우리에서 우리로 돌아다니고 있었다. 그는 동물에 대한 놀라운 열정을 방문객들과 함께하고 있었다. 틀림없이 방문객들에게 동물 보호에 대해 한바탕 연설을 늘어놓았을 것이다! 그에 따르면 생명계에는 연속성이 존재하기 때문에 인간이 동물을 경멸하는 것, 물건처럼 취급하여 축사에 가두거나 약물 실험을 받게 하는 것은 부조리한 짓이었다. 그것은 이치에 맞지 않았다. 더더구나 그것은 몰인정한 짓이었다. 자주 그는 감격한 얼굴로 식물원 샛길에서 테오도르 모노와 나눈 긴 대화를 떠올렸다. 황혼기에 들어선 이 저명한 학자는 노르베르의 신념과 같았기 때문에 그의 일을 후원하면서 충고와 격려를 아끼지 않았다. 그린피스(핵무기 반대와 환경 보호를 목표로 국제적 활동을 벌이는 단체—옮긴이)와 여러 환경단체에서 열렬히 활동하고 있는 노르베르는 줄곧 자신의 견해를 주장하였고, 사법당국에서 몇 차례 난처한 일—가령 화장품 연구소에 침입한 한심한 사건—을 겪기도 했다.

레오폴딘은 소스라치게 놀랐다. 방금 방문객들로부터 조금 떨어진 곳에서 깔끔하게 단장한 요한 키르허를 발견한 것이다. 그녀는 한숨을 내쉬었다. 이 남자는 뭔가 특별한 기운을 발산하고 있었다. 아무튼 그는 레오폴딘에게 기이한 매력을 발휘했다. 그녀뿐만 아니라 많은 여자들에게…….

레오폴딘은 정신을 차렸다. 그녀는 몽상에 잠기기 위해 이곳에 있는 게 아니었다. 연구실을 훑어보았다. 그녀의 시선이 즉각 서재의 선반과 가죽으로 제본된 총서에서 멈췄다. 그녀는 몇 권의 제목을 하나하나 읽었다. 프리드리히 니체의 『도덕의 계보』, 토머스 홉스의 『리바이어던』, 폴 레의 『도덕적 감정의 기원』, 허버트 스펜서의 『심리학 원리』……. 이 작품들은 희귀본서고에서 나온 것이었다. 이 책들이 왜 이곳에 있는 것일까? 그녀는 이 책들과 진화생물학과 도서실에 속하는 책들을 꺼냈다. 또 책상 위에서 다음과 같이 라틴어 제목을 가진 아이작 뉴턴의 소책자를 발견했다.

『Collectiones ex Novo Lumine Chymico quae ad Praxin spectant—Collectionum explicationes』

레오폴딘은 책 더미를 내려놓고 이 8절판 소책자를 대충 훑어보았다. 이상한 경험 이야기, 이상야릇한 그림, 수학 공식이 씌어 있었다. 한 크로키 아래 다음과 같은 문구가 있었다.

"공기는 칼리브스(쇠)나 자석을 낳고, 칼리브스는 바람을 발생시킨다. 공기의 아버지는 태양(금)이고 어머니는 달(은)이다. 바람이 뱃속에 가지고 있는 것은 마그네시아(혹은 스티빈)의 뱃속에 숨어 있는 수산화칼륨이나 암모니아 성분이 내포된 소금이다."

레오폴딘은 눈썹을 치켜들고 조금 더 훑어보았다.

"'가장 좋은 물'은 안티몬 속에 숨어 있는 왕의 힘에 끌린다. 안티몬은 에어리즈(양자리)가 황도 12궁의 첫 번째 별자리—태양이 이글거리기 시작하는 지점—이며 금이 특히 안티몬 속에서 활성화되기 때문에 고대인들이 에어리즈라고 명명했다."

이 횡설수설은 대체 무엇을 뜻하는 것일까?

갑자기 들려온 거만한 목소리에 레오폴딘은 화들짝 놀라며 책을 떨어뜨렸다.

"내 연구실에서 뭐 하는 거요? 누가 들어오라고 했소?"

회색 머리와 속마음을 짐작할 수 없는 얼굴의 육중한 남자가 그녀를 날카롭게 노려보았다. 그는 뉴턴의 책을 집더니 슬그머니 검은 줄무늬가 있는 벨벳 상의 호주머니에 넣었다. 그리고 레오폴딘이 알아듣기 힘들 만큼 빠르게 말했다.

"세르방 교수님, 저는 도서관 관리인입니다. 그리고……."

"앵베르 교수가 보냈소? 당장 그만두시오. 나는 그 여자에게 해명할 게 없소. 내가 잠시만 자리를 비워도 밀정을 보내니……. 즉각 나가시오!"

"교수님은 중앙도서관 희귀본서고에서 나온 책들을 갖고 있어요. 이 책들은 언제든 즉석에서 열람할 수 있어야 해요. 교수님이 어떤 권리로 이 책들을 가지고 있는지 묻고 싶어요."

"그러는 당신은 무슨 권리로 내 연구를 방해하는 것이오? 나는 이 책들이 필요해요. 이곳에 둘 테니 귀찮게 굴지 말아요. 제기랄!"

레오폴딘 드베르는 자신을 무시하게 내버려두는 사람이 아니었다. 그녀는 허리에 두 손을 얹고 버티고 섰다. 두 눈에서는 불꽃이 튀는 듯했다.

"그런 말투로 말하지 마세요! 잘 알다시피 교수님은 희귀본서고에서 이 책들을 반출할 권리가 없어요! 책들이 이곳에 있을 이유가 없어요. 저는 절대로 그냥 떠나지 않겠어요! 그래도 거절하신다면 박물관 본부에 교수님에 대한 조사를 요청하겠어요!"

두 사람은 눈싸움을 했다. 결국 세르방은 시선을 떨구었고 레오폴딘은 책들을 회수했다. 하지만 여전히 한 권이 부족했다. 그녀는 집요하게 손을 내밀었다. 세르방은 투덜거리면서 뉴턴의 책을 넘겨주었다. 레오폴딘은 청바지 호주머니 속에 책을 집어넣고는 돌아보지도 않고 당당하게 빠져나왔다.

*

레오폴딘은 로랑스 앵베르의 연구실 문을 두드리지 않고 들어가서 책상 위에 거칠게 책 더미를 내려놓았다.

"교수님 책을 가져왔어요. 이런 상황에서는 뻔뻔하게 굴어야 좋은 효과를 낼 수 있죠. 다음부터는 그렇게 해보세요."

레오폴딘의 교만한 태도에 놀란 로랑스 앵베르가 뭔가 대꾸하려는 순간, 밖에서 비명소리가 들렸다. 동물원이 온통 울부짖었다. 본능적으로 불안에 휩싸인 동물들은 우리 안에서 동요하고 있었다.

레오폴딘은 급히 계단을 내달려서 맹수 우리 앞에 모인 무리를 향해 돌진했다. 고양이과 동물들의 포효는 그녀의 피를 얼어붙게 했다. 알렉스는 총을 들고 탈출구를 마련하려고 애썼다. 표범이 누군가를 악착같이 추격하고 있었다. 남자는 몸부림치고 있었다. 피 냄새로 흥분한 맹수는 단념하지 않았다. 죽음의 냄새를 맡은 다른 맹수들이 이구동성으로 울부짖었다. 아연실색한 방문객들은 어쩔 줄 몰라 서로 얼굴만 바라보았다.

알렉스는 위태로운 모험을 감행하고 있었다. 그는 창살 틈으로 표범에게 총을 겨누었다. 그리고 표범이 2미터 가까이 다가오자 어깨뼈 사이의 융기에 마취앰풀을 쏘았다. 격분한 맹수가 그에게 달려들었다. 사육사는 가까스로 빠져나왔다.

알렉스가 레오폴딘에게 외쳤다.

"나와 함께 가자! 저 사람을 끄집어내야 해!"

두 관리인이 구경꾼들을 제지하는 동안 동물원의 수의사 아니 브레트만이 우리 문을 열고 외쳤다.

"알렉스, 쇠스랑을 잡고 표범을 밀어내!"

알렉스는 즉각 표범 앞을 막아섰다. 마취제는 효과를 발휘하기 시작했다. 맹수는 위협적인 이빨을 드러내고 으르렁거리면서 달려들려고 했다. 하지만 쇠스랑의 위협에 밀려 후퇴하기 시작했다. 아니와 레오폴딘은 끔찍하게 찢어진 남자의 몸을 안전한 곳으로 끌어냈다.

희생자는 알랑이었다. 그의 두 팔은 발톱에 할퀴어 찢어졌고 얼굴에서는 피가 줄줄 흘러내렸다. 표범이 잔혹하게 물어뜯어 경동맥이 잘렸다. 수의사는 출혈을 막으려고 애썼다.

레오폴딘이 울부짖었다.

"빨리 의사를 불러요!"

아니 브레트만은 슬픈 표정을 짓고 고개를 저었다. 더 이상 아무 일도 할 수 없었다.

14장. 이상한 풀잎

부아쟁과 코메르송 경위는 시신을 수습하기 직전 엘베르그의 몸을 면밀히 살폈다. 두 사람은 겨우 100여 미터 떨어진 엘베르그의 연구실에서 단서를 찾기 위해 수색하고 있다가 사고 소식을 듣고 즉시 달려왔다. 그들이 도착했을 때 상황은 이미 종료되어 있었다.

두 경위는, 흥분한 채 담배를 피우고 있던 아니 브레트만을 신문했다. 그녀는 믿을 수 없다는 듯 고개를 저으며 말했다.

"이런 사고는 결코 일어나서는 안 되는데……. 우리는 아주 엄격하게 안전규칙을 적용하고 있어요. 맹수 우리 안에 혼자 들어가는 것은 엄격히 금하고 있어요. 왜 알랑이 저 안에 들어갔는지 도무지 이해할 수 없어요."

코메르송 경위는 평소처럼 모든 것을 수첩에 기록하면서 용기를 내서 물었다.

"혹시 알랑이 안전규칙을 모르는 게 아닐까요?"

수의사 아니는 단호한 목소리로 말했다.

"아니에요. 알랑은 6개월 전부터 이곳에서 일해왔어요. 규칙은 잘 알아요. 그리고 그렇게 열심히 일하는 사람이 아니에요. 그는 적어도 30분 전에 퇴근했어야 했어요."

부아쟁 경위는 자신의 손목시계를 바라보았다. 17시 30분이었다.

"알랑은 17시에 일을 마칩니까?"

"네. 하지만 더 일찍 끝낼 수도 있어요."

"알랑이 별로 성실한 직원이 아니었다고 얘기하는 것 같은데요."

"우리는 알랑과 사이가 좋지 않아요. 알랑은 아주 불성실한 직원이죠."

"알랑이 당신 요구를 들어주지 않았습니까?"

"그보다는 품행의 문제죠. 그는 특히 사생활에 심각한 문제가 있는데 흔히 술을 마시고 잊으려고 했어요. 다른 방법도 썼어요."

코메르송이 물었다.

"마약을 했습니까?"

"네, 최근에 많이 했어요. 마약 탓에 더욱 공격적인 사람이 되었죠. 나는 마약을 끊으라고 여러 번 말했지만 아무 소용도 없었어요. 그러니 더욱 악화될 수밖에 없죠……."

어리둥절한 부아쟁이 물었다.

"무슨 뜻입니까?"

수의사는 담배꽁초를 바닥에 버리고 발로 짓밟았다.

"너무 함부로 행동하면 사고를 당할 위험이 있는 법이죠. 그뿐이에요."

"오늘 사건에 대해 이야기합시다. 알랑은 비정상적으로 행동했습니까?"

"알랑은 분명 마약에 사로잡혀 있었어요. 오늘 오후에는 더욱 그랬죠. 하지만 그가 마약을 했기 때문에 혼자 저 우리 안에 들어갔다고는 단정할 수 없어요."

"혹시 환각에 사로잡혔을까요?"

"어쩌면……. 죄송합니다만, 저는 지금 극도로 흥분해 있어요. 제가 필요하지 않다면 좀 쉬고 싶어요."

부아쟁이 물었다.

"이해합니다. 혹시 고도프스키라는 사람을 압니까?"

"에릭 고도프스키 말인가요? 물론이죠. 그는 조류학자예요. 박물관 건너편에서 연구해요. 그런데 왜요?"

부아쟁은 손가락으로 수염을 비비 꼬더니 어깨를 으쓱했다. 하지만 그의 느긋한 태도는 속임수였다.

"우리는 그를 만나 얘기를 나누고 싶습니다."

*

레오폴딘은 주의깊게 이 대화를 들었다. 그녀는 24시간 간격으로 죽은 두 사람의 언쟁을 경찰에게 털어놓을지 망설였다. 그것은 불길한 우연의 일치일 뿐일까? 아무튼 알랑이 죽었는데 무슨 소용이 있겠는가. 에릭 고도프스키는 아니타 엘베르그의 죽음과 어떤 관계가 있을까? 레오폴딘은 구내식당에서 텁수룩한 수염과 광기가 서려 있는 어두운 시선에 언제나 검은 옷을 입는 이 40대 남자를 눈여겨보았다. 그의 큼직한 반지들과 가죽 잠바 차림은 그녀를 다소 두렵게 했다.

알렉스의 말에 레오폴딘은 몽상에서 깨어났다.

"자, 이거 조금 전에 네 호주머니에서 떨어진 거야."

알렉스는 뉴턴의 책을 내밀었다.

"고마워, 알렉스. 네가 여기에 있어서 다행이야."

알렉스는 몸을 좌우로 흔들었다. 그는 뭔가 할 말이 있는 듯했다.

레오폴딘이 걱정스럽게 물었다.

"알렉스, 무슨 일이야? 너, 뭔가 보았지?"

알렉스는 머릿짓을 하며 말했다.

"이쪽으로 올래? 보여줄 게 있어."

두 사람은 한적한 곳으로 갔다. 알렉스는 주위에 아무도 없다는 것을 확인한 후 호주머니에서 봉투를 꺼냈다.

"알랑이 오늘 아침 이것을 주었어."

봉투 속에는 마른 잎사귀 몇 장이 들어 있었다.

"이게 뭐야?"

"나도 몰라. 알랑은 내가 약간 특이한 것을 좋아하니까 이것을 피워보라고 준 거야. 그는 어제부터 이것을 피웠대. 그리고 이것만큼 맛이 기막힌 것은 피워보지 못했대."

"그런데 이 잎은 어디에서 났을까?"

"전혀 모르겠어."

"너는 피우지 않았겠지?"

"그럴 시간이 없었어."

"이 고약한 것 때문에 알랑이 현실 감각을 잃었다고 생각하니?"

알렉스는 초조하게 한숨을 내쉬었다. 그는 레오폴딘이 스스로 깨닫기를 원했지만 자신만큼이나 알랑을 알지 못했다.

"들어봐. 알랑은 동물들을 좋아하지 않았어. 아니, 분명히 맹수들을 두려워했지. 말하자면 그는 결코 맹수에게 다가가지 않았어."

"그렇다면 누군가가 그를 우리 안으로 밀어 넣었다는 말이니?"

"내가 어찌 알겠어? 하지만 알랑이 대마초 때문에 발을 헛디뎠다고는 생각하지 않아. 혼자서 표범 우리 안으로 들어갔을 리가 없어. 나는 그렇다고 확신해."

레오폴딘의 눈이 휘둥그레졌다.

"하지만 알렉스, 네가 방금 나한테 무슨 말을 했는지 아니? 그건 범죄야. 왜 경찰에 알리지 않았어?"

알렉스는 변명해야 하는 처지가 되어 분한 생각이 든 것 같았다.

"내가 호주머니 속에 가지고 있던 이 잎 말이야? 내가 미쳤니? 나는 이미 이런 일로 골치를 앓았어……. 나는 공범으로 기소되고 싶지 않다고!"

레오폴딘은 골치가 아픈 듯 관자놀이를 문질렀다. 몇 시간 전부터 그녀의 세계가 블랙홀 같은 광대한 혼돈의 소용돌이 속으로 빨려 들어가고 있는 것처럼 보였다. 그녀는 결심했다.

"이 봉투를 내게 맡겨."

"왜? 차라리 없애버릴 테야. 그래야 경찰이 귀찮게 하지 않지."

"말도 안 돼. 나는 단지 무슨 식물인지 알고 싶을 뿐이야."

알렉스는 체념하는 몸짓을 했다. 이 아가씨가 일단 결심하면 토론하는 것은 쓸데없는 일이었다.

레오폴딘이 덧붙였다.

"그 대신 오늘 저녁 나랑 같이 가자."

"하지만 오늘 저녁 약속이 있는데……."

"이게 더 위급한 일이야. 우리는 초대를 받았어. 그는 우리에게 설명해줄 수 있을 거야."

그때 알랑의 시체를 영안실로 옮기는 구급차가 그들 앞으로 지나갔다.

*

레오폴딘은 확고한 걸음걸이로 동물원 출구를 향해 걸었다. 수위들이 폐관을 알리는 호각을 불고 있었다. 그녀는 야생 염소 울타리 앞에서 어깨까지 내려오는 검은 머리에 수염을 기른 남자를 눈여겨보았다. 그는 주위에서 일어난 동요에 무관심한 것 같았다. 그는 끝이 뾰족한 칼로 열심히 나무토막을 다듬고 있었다. 틀림없이 모델을 찾고 있는 예술가 중의 한 사람일 것이다. 그녀가 다가가자 사내는 머리를 치켜들고 미소를 보냈다. 레오폴딘은 즉각 이상야릇한 불안감에 사로잡혔다. 그는 깊숙이 박힌 두 눈으로 그녀를 차갑게 노려보더니 다시 작업을 시작했다. 실팍진 다리와 쌍발굽을 가진 숫염소를 조각하고 있었다. 하지만 레오폴딘이 보고 있는 것은 악마의 화신에 지나지 않았다.

15장. 운석의 정체가 밝혀지다

레오폴딘은 식물학관 회랑의 계단을 급히 뛰어 올라가서 플로루스 교수 연구실로 돌진했다. 그는 부재중이었다. 한 기술자가 식물표본실에서 교수를 보았다고 알려주었다. 그녀는 다시 3층으로 내려갔다.

레오폴딘은 5미터 높이의 네 개 층에 길이가 100미터 이상이고 폭이 20미터에 달하는 산더미 같은 칸막이 선반 앞에서 언제나 현기증을 느꼈다. 실제로 세계에서 가장 큰 식물표본실이다. 수 세기에 걸쳐 수집한 온갖 식물 표본이 묵직한 마분지 덮개 속에 오랫동안 보존되어 있었다. 실내 공기는 종이로 감싼 소장품 특유의 부패 냄새와 먼지로 포화되어 있었다. 그것은 눅눅한 습기를 품은 부드러우면서도 씁쓸한 냄새였다. 레오폴딘은 들어오자마자 구토를 느꼈다.

레오폴딘은 나무의자 위에 서서 마른 꽃을 응시하고 있는 노학자를 찾아냈다. 그녀가 외쳤다.

"교수님! 교수님의 도움이 필요해요!"

플로루스 교수는 깜짝 놀랐다.

"오, 레오폴딘! 자네는 자주 이렇게 불시에 방문하나? 나는 이제 스무 살의 젊은이가 아니야! 내 심장은 약해!"

"죄송해요. 교수님께 부탁할 게 있어요. 아주 중요해요."

"부탁이라고? 내가 들어줄 수 있을지 모르겠네……. 내가 모든 질문에 척척 대답할 수는 없는 노릇이야……. 그리고 아직도 찾고 있는 꽃 이름을 알아내지 못했어……. 영국 여왕의 모자에 꽂혀 있던 꽃 말이야……. 찾기 어렵네……."

"교수님, 급한 일이에요! 부탁이에요……."

레오폴딘의 부탁이라면 어떤 부탁도 거절하지 못하는 플로루스 교수는 투덜거리면서도 제안을 받아들였다.

"알았어."

레오폴딘이 나무의자 아래서 초조하게 기다리는 동안 노교수는 조심스럽게 두 장의 종이 사이에 꽃을 놓고는 가운데가 불룩한 커다란 마분지 바인더 속에 표본을 넣은 후 지정된 자리에 끼워 넣었다. 아주 작은 분류 실수도 심각한 결과를 초래할 수 있기 때문에 교수는 아주 천천히 그리고 신중하게 진행했다.

마침내 노교수가 물었다.

"레오폴딘, 내가 도와줄 일이 뭐지?"

레오폴딘이 호주머니에서 봉투를 꺼내려는 순간, 위게트 몽타냑이 천천히 다가왔다. 신경쇠약에 걸린 하마처럼 생긴 그녀의 얼굴이 선량한 미소로 환하게 빛나고 있었다. 레오폴딘은 이 만성적인 우울증 환자와 맞설 자신이 없었다.

레오폴딘이 제안했다.

"교수님 연구실로 가서 조용히 이야기를 나누기로 해요."

레오폴딘은 교수의 손을 잡고 승강기 쪽으로 데려갔다. 위게트는 표정이 굳어지더니 방금 일어난 일을 곰곰이 생각했다.

*

레오폴딘은 플로루스 교수의 연구실 문을 잠그고 뉴턴의 책 속에서 수상쩍은 잎이 들어 있는 봉투를 꺼냈다.

"교수님, 이게 어떤 식물인지 아세요?"

노교수는 앉으면서 말했다.

"이봐요, 아가씨. 조금만 참고 기다려. 나는 기계가 아니야. 쉽게 해결할 수 있는 문제라고 생각하면 지금 보여줘."

플로루스는 레오폴딘이 내민 잎을 주의깊게 살펴본 후 식물학자용 확대경을 들이대고 손가락으로 돌리면서 관찰했다.

"음, 이 털은 가지과를 떠올리는데……. 토마토나 감자 잎 같네. 레오폴딘, 어디에서 이 잎을 찾아냈지?"

"실은 한 친구가 주었어요. 어쩌면 일종의 마약일 수도 있어요."

플로루스 교수는 어리둥절한 표정으로 레오폴딘을 바라보았다.

"자네는 이런 소일거리에 빠졌나?"

"아니에요. 안심하세요. 저는 단지 이게 위험한 것인지 알고 싶을 뿐이에요."

"어쨌든 이 식물이 환각을 일으키는 속성을 갖고 있다면 틀림없이 가지과 식물이야."

"그럼 이게 어떤 식물인지 아시겠네요?"

"레오폴딘, 너무 재촉하지 마. 일일이 찾아봐야 해. 내일쯤 알려줄게. 우선 저기에 있는 사전 좀 건네줘."

레오폴딘은 국립파리자연사박물관의 운영 평가보고서를 비롯한 여러 자료를 따로 떼어놓고 엄청 두꺼운 책을 교수 앞에 놓았다. 플로루스 교수는 천천히 책장을 넘기기 시작했다. 교수가 어찌나 식물도감의 세계 속에 몰두하던지 레오폴딘은 곧장 작별인사를 하고 물러나지 않을 수 없었다.

레오폴딘은 사전을 집으면서 이번 사건과 관계없는 작은 서류를 옮겨놓았다. 이 서류는 플로루스 교수만이 자세한 내용을 알 수 있는 문서 보관용 서류였다. 레오폴딘은 실수로 이 서류를 아이작 뉴턴의 가죽 제본된 책 위에 놓았다. 그리고 노교수의 연구실을 떠나면서 이 책의 존재를 깡그리 잊었다.

박물관에서는 이런 식으로 수집품이 분실된다. 이런 망각이나 부주의는 상상할 수 없는 결과를 초래하기도 한다.

*

오스몬드 교수와 마냐니 신부는 조마조마하게 신부의 노트북 화면을 관찰하고 있었다. 하늘이 박물관 위에서 무너진다 해도 그들의 집중력은 흐트러지지 않았을 것이다.

피터 오스몬드가 중얼거렸다.

"신부님 말씀이 옳다고 생각해요. 아무튼 이것은 충분히 납득할 수 있는 가정입니다."

신부가 덧붙였다.

"제 눈에도 가장 사실적인 가정입니다."

레오폴딘은 방금 연구실에 도착했다. 오스몬드는 기뻐서 어쩔 줄 몰라 하는 표정으로 그녀를 맞이하면서 두 어깨를 잡았다.

"레오폴딘! 당신을 만나서 기뻐요!"

오스몬드는 그녀를 나무라는 척하면서 말을 이었다.

"오늘 당신은 우리에게 신경 쓰지 않았어요! 당신은…… 바람둥이예요."

"죄송해요. 오늘은 상당히 심각한 일들이 있었어요. 게다가……."

미국인은 레오폴딘의 말을 끊었다. 그는 마냐니 신부의 발견으로 극도로 흥분해 있었다.

"우리가 운석의 기원을 밝혀냈다고 생각해요. 얼마나 멋진 일인가요!"

레오폴딘은 한 마디를 내뱉으려다가 컴퓨터 화면에서 운석의 궤도를 3차원으로 나타낸 모델을 바라보았다. 오스몬드는 집게손가락으로 빨간 선을 따라가며 말했다.

"보이나요? 이 운석은 약 60억 년 전에 생성된 혜성의 폭발에서 유래되었을 거예요."

마냐니 신부가 확인해주었다.

“실제로 이 운석의 물의 수소 동위원소비(D/H)는 오리온성운의 유기분자의 그것과 매우 흡사합니다.”

“분자 합성은 태양계 형성 초기에 다른 은하계에서 이루어졌어요. 틀림없이 오리온성운입니다. 오리온성운!”

레오폴딘은 길게 한숨을 내쉬었다. 이 두 학자는 정말이지 다른 행성에서 살고 있었다. 그녀는 최대한 무뚝뚝한 목소리로 말했다.

“아주 흥미진진한 일이네요.”

오스몬드는 고개를 들었다.

“뭐가 잘못 되었나요? 이 운석이 오리온성운에서 왔다고 믿지 못하겠어요?”

“이 운석이 당신 정원에서 가져온 거라고 말해주면 마음에 들겠죠!”

어안이 벙벙해진 오스몬드와 마냐니 신부는 서로 얼굴을 바라보았다. 도대체 어찌된 일일까? 기진맥진한 레오폴딘은 털썩 주저앉았다.

“두 분이 우주에서 유람하는 동안 오늘 오후 동물원에서 한 사람이 죽었어요.”

두 과학자는 멍하니 입을 벌린 채 가만히 있었다. 마냐니 신부가 먼저 정신을 가다듬고 물었다.

“무슨 일이 있었어요?”

“사육사 한 명이 표범에게 공격을 당했어요.”

오스몬드는 믿을 수 없다는 듯이 끼어들었다.

“표범이요?”

“네, 지상에서는 이런 일이 종종 일어나죠. 구급차의 사이렌을 듣지 못하셨나요?”

오스몬드는 사이렌을 들은 기억을 희미하게 떠올렸다. 하지만 특별히 주의를 기울이지 않았다.

레오폴딘이 말했다.

"사고는 제 눈앞에서 일어났어요. 괜찮다면 내일 다시 들러서 작업을 마치겠어요. 지금은 바람을 쐬고 싶어요."

"물론 괜찮아요, 레오폴딘. 나는……."

오스몬드는 말을 끝맺지 못했다. 레오폴딘은 이미 외투를 걸치고 테오도르 모노실을 떠났다.

피터 오스몬드는 중얼거렸다.

"표범이라……."

*

레오폴딘은 보석 전시회를 한창 준비 중인 광물학관 회랑을 떠나 퀴비에 가 출구를 향해 단호한 걸음으로 나아갔다. 자동차가 그녀를 기다리고 있었다. 건장한 검정색 BMW는 의기양양하게 파리 시내로 들어섰다. 자동차는 순식간에 오스테를리츠 교에 도착했다. 신호등이 빨간불로 바뀌자 레오폴딘은 한바탕 경적을 울리면서 왼쪽으로 핸들을 꺾었다. 그리고 리옹 역 방향으로 돌진했다.

16장. 생명의 기원 '원시수프'

테오도르 모노실은 어둠 속에 잠겨 있었다. 갑자기 널찍한 수족관에서 섬광이 치솟았다. 오스몬드, 에르완, 마냐니 신부의 흥분된 시선은 생명의 발생에 필요한 환경을 되찾고 있는, 운석에서 채취한 시료(試料)에 고정되었다. 생화학자 앙투안 버클러가 다시 전기 방전을 일으켰다. 섬광이 일어나는 순간 세 과학자의 유령 같은 윤곽이 벽에 뚜렷이 드러났다. 지구 최초의 생명체 출현 순간을 재현하고 있는 수족관 위로 불쑥 나와 있는 측정기들이 나지막하게 윙윙대는 소리를 내면서 자료를 기록하고 있었다. 날카롭게 시료를 관찰하던 오스몬드는 이 운석을 향해 조용히 질문하는 듯했다. 이 시료는 이들에게 비밀을 넘겨줄 것인가? 이들은 이 시료에게 최초의 상태, 즉 생명이 발생했던 '원시수프(soupe originelle. 생명의 기원으로 추정되는 원시의 액체—옮긴이)'를 만들어줄 수 있을 것인가?

다시 불을 켰을 때, '생명의 기원'이라는 최후의 비밀에 도달했다는 확신에 사로잡힌 오스몬드는 현실감을 되찾기가 힘들었다.

에르완은 믿을 수 없다는 듯 고개를 저으면서 나지막하게 물었다.

"우리의 가정이 정말로 맞을까? 이해력을 뛰어넘는 일이라는 생각이 들어."

오스몬드는 눈을 비비면서 속삭였다.

"내일 대답해주겠네. 배양 분석이 끝나면 더욱 자세히 알 수 있을 거야. 모든 일이 잘 된다면 생명이 이 운석 속에 숨어 있는지 알게 될 거야."

에르완이 제안했다.

"그러겠지……. 우선 점심식사를 같이 할까?"

"오, 미안해. 아직 일이 끝나지 않았어. 내일 저녁에는 시간이 날 거야."

두 사람은 작별인사를 나누고 오스몬드는 테오도르 모노실로 돌아왔다. 마냐니 신부는 벌써 노트북 앞에 앉아서 침착하게 연구를 진행하고 있었다. 순박하고 겸허하며 신중한 신부는 놀라운 인내심을 발휘했다. 피터 오스몬드는 신부의 과학적 학식이 천체물리학 연구의 궁극에 이르렀다고 인정하지 않을 수 없었다. 오스몬드 입장에서 젊은 신부에게 피로를 털어놓는 것은 괴로운 일이었다. 두 사람은 열 살 이상 차이가 났다. 건장한 체격을 갖춘 미국인은 지구력의 한계를 조금 더 발휘하기로 결심했다. 동료의 피로를 눈치 챈 마냐니 신부는 그에게 충분히 쉴 자격이 있으니 휴식을 취하라고 권했다.

오스몬드가 시인했다.

"신부님 말씀이 옳다고 생각해요. 우리 연구는 많이 진척되었어요. 이제 남은 것은 숙면하는 것뿐이죠."

그러고는 무균함 속에 나란히 놓인 배양상자를 가리키며 말했다.

"이 '작은 짐승들' 이 우리 대신에 일할 겁니다."

오스몬드는 신중하게 운석을 들어 금고 안에 넣고는 신부에게 돌아섰다.

신부가 앞질러 말했다.

"제게 비밀번호를 알려주지 않아도 됩니다."

피터는 약간 난처한 표정을 짓더니 미소를 지었다.

"그래도 알려드리겠어요. 어제는 제가 신부님께 퉁명스럽게 굴었어요. 죄송해요. 신부님은 신뢰할 만한 분이라는 걸 깨달았어요. 비밀번호는……."

마냐니 신부가 피터의 말을 가로챘다.

"1633."

깜짝 놀란 오스몬드는 신부의 얼굴을 뚫어지게 바라보았다.
"신부님은 저를 염탐했어요?"
마냐니 신부는 환히 웃으면서 대답했다.
"전혀요. 단순한 추론입니다."
"어떻게요?"
"우리 만남에 역사적 유사성을 적용했을 뿐입니다. 당신이 저를 편협한 성직자로 여기고 자신이 박해받는 과학자의 역할을 자임한다고 확신했어요. 당신은 자연스럽게 1633년 종교재판에 의해 자신의 이론을 공공연히 포기해야만 했던 갈릴레이를 생각했을 테고……."
피터 오스몬드는 천천히 고개를 끄덕였다. 그는 이 신부를 과소평가했던 것이다.
"좋습니다, 마냐니 신부님. 저는 신부님이 정직한 분이라고 확신해요."
"고맙습니다, 피터. 내일 아침 분명히 대강당에 오시겠죠? 10시에 호완싸인 교수님의 추도식이 있습니다."
"참석할 겁니다."
"그럼 내일 그곳에서 만납시다."
마냐니 신부는 노트북을 닫은 후 자료를 모아 손가방 안에 넣으며 물었다.
"오늘 저녁 뭐 하세요?"
"글쎄요……. 호텔에 돌아가서 일찍 잘 겁니다. 녹초가 되었거든요. 신부님은요?"
"저도 당신처럼 할 생각입니다. 중대한 내일이 우리를 기다리고 있잖아요. 그럼 편안히 쉬세요."
"신부님도 편히 쉬세요."
마냐니 신부는 연구실을 떠났다. 피터 오스몬드는 천체물리학자의 발소리가 계단에서 멀어지기를 기다렸다. 이윽고 그는 다시 연구에 몰입했다.

*

고생물학자 피터 오스몬드는 테오도르 모노실과 DNA 배열을 분리하는 옆 연구실에서 늦은 밤까지 열심히 연구했다. 한편 마르첼로 마냐니 신부는 호텔 방으로 돌아가서 긴 편지를 한 통 쓰고 22시쯤 나왔다. 빛의 도시 파리의 전설적인 아름다움과 감미로운 저녁 시간을 즐기고 싶었을까? 분명히 아니었다. 그는 윌슨 대통령 가(街)에 위치한 오스만(파리 시를 재배치한 파리 시장 조르주 유젠 오스만—옮긴이) 양식의 한 빌딩 우편함에 신중하게 편지를 넣고 누가 뒤쫓지 않는지 몇 번이고 확인한 후 자리를 떴다. 이 빌딩에는 교황대사 관사, 즉 파리 주재 바티칸 대사관이 입주해 있었다. 신부가 이 편지를 넣은 시각은 22시 7분이었다. 신부는 왜 이 시각에 우편함에 편지를 넣었을까? 이상한 일이다.

*

같은 시각, 파리 동쪽 끝에 위치한 메닐몽탕(파리 동부 지역 20구에 있는 서민 주거 지역—옮긴이)에서 레오폴딘과 알렉스는 검정색 BMW를 타고 카스카드 가(街)까지 올라갔다. 두 사람의 일그러진 얼굴은 경악스러움을 감출 수 없었다.

30분 전, 두 사람은 노르베르 뷔송의 집을 찾아가서 초인종을 눌렀다. 노르베르는 온화한 표정으로 문을 열어주었다.

"안녕, 레오폴딘. 알렉스, 너도 왔구나! 너는 먹을 복이 많구나. 3인분의 먹을거리가 있어."

알렉스는 굳은 얼굴로 투덜대며 말했다.

"별로 배고프지 않아."

레오폴딘은 자신을 열렬히 반기는 개를 쓰다듬으면서 말했다.

"실은 너와 이야기를 나누고 싶어 왔어."

"좋지. 소파에 앉아. 레오, 조금 있다가 내게 골칫거리를 안겨준 책을 보여줄게. 뭐 좀 마실래?"

레오폴딘은 다리에 달라붙는 두 마리의 샴고양이를 밀어내면서 대답했다.

"아니야."

노르베르는 안경 위로 시선을 치켜들며 물었다.

"이렇게 너희를 성가시게 하는 게 뭐야? 오늘 있었던 싸움 때문이야?"

알렉스는 등받이 없는 의자에 앉으면서 대답했다.

"그래, 그 싸움이지. 그리고……."

알렉스는 방을 둘러보았다. 벽에는 전투적인 포스터가 가득했다. 피라미드 형태로 쌓아 올린 도살된 양 사진은 시체로 뒤덮인 전쟁터 사진과 나란히 붙어 있었다. 그 아래에는 혈서로 인쇄된, 레프 니콜라예비치 톨스토이의 유명한 격언이 있었다.

"**인류가 도살장을 없앨 때 비로소 전쟁이 사라질 것이다.**"

노르베르는 잔에 포도주를 따르고 안락의자에 앉았다.

"알랑의 사고에 대해 말하고 싶니?"

레오폴딘은 소파에 앉아 깊은 한숨을 내쉬었다.

"바로 그거야. 우리는 그게 정말 돌발 사고인지 확실히 알고 싶어."

"물론 돌발 사고지. 녀석이 함부로 행동하더니 결국 일이 터진 거야."

레오폴딘은 비웃는 웃음을 지으며 물었다.

"혼자서 표범 우리 안에 들어갈 정도로 무분별했단 말이지?"

구석에서 개 한 마리와 고양이 두 마리가 경계하는 모습으로 대화를 엿듣고 있었다.

노르베르의 시선이 레오폴딘에서 알렉스로 옮겨갔다.

"혹시 나를 의심하는 거야? 나는 아니야. 너희도 돌았군!"

알렉스가 단숨에 말했다.

"너는 알랑을 제거할 충분한 이유가 있잖아. 아무튼 레오폴딘과 나는 알고 있어."

"대체 뭘 상상하는 거야? 사고가 일어났을 때 나는 진료실에서 일하고 있었어."

레오폴딘이 몰아세웠다.

"증인이 있어?"

"아니. 하지만 너희가 상상하는 건 아니야. 나는 미치지 않았어."

알렉스가 말했다.

"사람들은 동물 보호에 대한 네 입장을 잘 알고 있어. 또한 모두 알랑이 동물원의 동물들을 학대한다는 사실을 잘 알고 있어. 두 사람의 갈등은 즉각 들통 났어."

"바로 그거야. 너희는 너무 성급하게 판단하는 거야. 상황이 분명해질 때까지는……. 그래, 나는 동물의 삶이 인간의 삶만큼 가치가 있다고 생각해. 동물을 죽이는 건 아무 문제도 되지 않는데 사람을 죽이는 건 범죄가 된다는 사실이 불쾌해. 또 때로는 동물이 사람보다 존중을 받을 만하다고 생각해. 예를 들어 동물들은 노예제도, 인종차별, 고문 혹은 인종 청소 같은 짓은 결코 하지 않아. 그러니 인간의 우월감이란 게 얼마나 웃기는 것인지……. 나는 경찰에게 똑같이 말했어."

레오폴딘이 벌떡 일어나면서 외쳤다.

"그러니까 해로운 인간을 제거하는 게 그다지 심각한 일이 아니란 말이지?"

그러자 노르베르가 소리쳤다.

"그런 식으로 결론을 끌어낼 수는 없어! 아니타 엘베르그의 말을 듣고 있는 것 같아!"

알렉스가 지적했다.

"그녀도 죽었어……. 아주 기이하고 비참하게."

"너희는 미쳤어. 너희와 더 이상 얘기하지 않겠어."

거실 탁자 위에 네 귀퉁이가 찢긴 사진 한 장이 굴러다니고 있었다. 한 미국 여군이 아부 그라이브 포로수용소에서 한 이라크군 포로를 모욕하는 장면이었다. 누군가가 실제 얼굴들의 자리에 다른 얼굴들을 서툴게 붙여놓았다.

레오폴딘과 알렉스는 알랑이 그 여군의 역할을, 노르베르가 그 이라크 포로의 역할을 하고 있다는 사실을 쉽사리 알아보았다. 레오폴딘은 노르베르의 앞을 막아서고 그 사진을 내밀었다.

"이게 뭐야? 이래도 우리가 미쳤다는 거야?"

노르베르는 레오폴딘을 노려보았다. 하지만 아무 대답도 하지 않았다.

*

DNA 추출실의 컴퓨터를 확인한 바에 의하면 피터 오스몬드 교수는 23시 41분에 분석 작업을 마쳤다. 한 가지는 분명했다. 그가 분자유전학의 최첨단기술로 분석한 것은 아니타 엘베르그의 엄지발가락에서 벗겨낸 꼬리표였다.

그날 저녁 국립파리자연사박물관 관내에서 늦게까지 연구를 하거나 돌아다닌 사람은 많았다. 플로루스 교수의 연구실도 밤새도록 불이 켜져 있었다. 마찬가지로 부아쟁과 코메르송 경위는 대생명진화관 주위에서 순찰을 도는 것 같았다.

또한 「파리지앵」의 기자 뤼시앵 미샤르는 극히 이례적인 동물원 사고에 대해 여러 직원들에게 질문한 후 다음 날 발행될 사회면에 실을 기사에 매달리고 있었다. 몇몇 증인들은 전날 저녁 박물관 관내에서 저질러진 범죄도 언급하는 게 좋다고 말했다. 결국 뤼시앵은 그 사건에 흥미를 느끼고 조사를 시작했다.

수요일

"만일 어느 날 과학이 홀로 이 세상을 지배한다면
쉽게 믿는 사람들은 과학적인 고지식함만을 갖게 될 것이다."

아나톨 프랑스, 『문학생활』에서

17장. 추도식장의 격론

어슴푸레한 빛 속에 잠긴 수백 명의 청중은 그래프를 이용해서 일련의 기하학적 도형을 설명하는 젊은 연구원의 복잡한 발표를 경청하고 있었다.

"이렇게 해서 호완싸인 교수님은 평행우주론(다중우주론)을 내세우는 데 성공하셨습니다. 이 대담한 이론은 측량할 수 있는 유한우주론과 결부된 몇몇 개념을 재검토하게 합니다. 또 이 이론은 다소 정연하게 카오스이론을 발전시키면서 빅뱅론에 새롭게 접근할 수 있게 합니다. 만일 이 관점이 확인된다면 우리는 다른 기준의 틀을 예상해야 합니다. 이 틀은 더 이상 다윈식의 엄격한 환경결정론에만 좌우되지 않을 것입니다. 호완싸인 교수님이 해독할 시간이 없었던 이 수수께끼에 전념하는 것은 젊은 세대의 몫입니다."

청중은 박수갈채로 답례했다. 불이 다시 켜졌다. 청중은 자신의 위치를 다시 확인하려는 듯 머리를 좌우로 돌렸다. 우주 끝으로의 여행 후 무사히 지구로 귀환한 듯했다.

250석을 가득 채운 베르니케 강당에 박물관의 모든 석학이 참석했다. 어떤 사람들은 서서 호완싸인 교수에게 경의를 표하기도 했다. 그 어느 때보다 옷차림이 단정치 못한 피터 오스몬드는 회의적인 표정을 지었다. 그는 맹목적인 지지자가 아니었다. 호완싸인의 이론은 독창적이긴 했지만 그를 열광시키지는 못했다. 단 하나의 우주의 윤곽을 파악하는 것도, 한 운석의 기원을 밝혀내는 것도 어려운데 다중우주라니……. 이 이론은 그에게는 기상천외한 것처럼 보였다. 그런 생각이 들자 오스몬드는 빙그레 웃고 말았다.

두 줄 앞에 있던 한 남자는 오스몬드와는 반대로 보란 듯이 적대적인 표정을 짓고 눈에 띄게 화를 내며 팔걸이를 두들기고 있었다. 오스몬드는 체 게바라처럼 수염을 기른 에릭 고도프스키를 알아보았다. 또 강당 입구 옆에서 그저께 저녁, 자신을 신문했던 경찰들 가운데 한 명을 알아보았다. 조금 더 멀리 떨어진 곳에 늦게 도착한 마나니 신부가 앉아 있었다. 피터 오스몬드는 신부가 옆에 있지 않은 것을 다행스럽게 여겼다. 그는 신부의 학식을 존중하면서도 공공연하게 신부의 동료임을 드러내고 싶지 않았다. 입실할 때만 해도 충분히 여러 사람들 눈에 띄었다. 몇몇 사람은 그에게 인사를 했고, 또 몇몇은 멀리서 휘둥그레진 눈으로 뚫어지게 그의 얼굴을 쳐다보았다. 이런 식의 경탄은 언제나 미국인을 곤혹스러운 궁지에 몰아넣었다. 다행히 로랑스 앵베르가 손짓으로 옆 자리에 앉으라고 불렀다…….

피터 오스몬드는 연단을 바라보았다. 미셸 델마 박물관장이 마이크를 들고 연설을 하려는 참이었다. 칠판 위쪽에는 희끗희끗한 머리에 신뢰하는 미소를 짓고 있는 한 아시아 남자의 사진이 걸려 있었다.

델마가 연설을 시작했다.

"이번 발표에 비추어볼 때 우리는 호완싸인 교수님이 과학계에서 얼마나 아쉬운 분인지 헤아려볼 수 있습니다."

그때 또렷한 목소리가 들려왔다.

"종교계에서도 마찬가집니다!"

강당은 어리둥절한 침묵에 휩싸였다. 사람들은 누가 무례하게 연설을 방해하는지 찾기 위해 고개를 두리번거렸다.

박물관장은 이마를 찌푸렸다.

"뭐라고 하셨죠?"

사람들의 시선이 일제히 고도프스키에게 집중되었다. 그는 벌떡 일어났다.

"호완싸인이 특히 영성 분야에 관심을 가졌기 때문에 과학계에 아쉽단 말입니까?"

미셸 델마가 말을 이었다.

"고도프스키 교수님, 이 세상에 더 이상 존재하지 않아 자신을 변호할 수 없는 분을 비난하는 것은 가슴 아픈 일입니다. 당신 입장을 알고 있지만 우리는 호완싸인 교수님께 소송을 걸기 위해서가 아니라 위대한 과학자에게 경의를 표하기 위해 이곳에 모였습니다. 호완싸인 교수님의 신념이 연구와 충돌한 적은 결코 없었습니다."

고도프스키가 빈정거렸다.

"죄송합니다. 호완싸인 교수가 최소한 그의 다중우주에서 추구했던 천국을 발견했기를 바랄 뿐입니다."

격분한 청중은 고도프스키에게 야유로 응대했다. 하지만 고도프스키는 별로 당황하지 않았다.

"아무튼 잘 모르는 분들이 있을 테니까 이름만 과학적인 '과학클럽' 의 창립에서 호완싸인이 어떤 역할을 했는지 알아야 합니다. 저는 특히 그의 토론회에 협력하고 그의 잡지인「평행우주론」에 기고하고 있는, 이곳에 모인 분들에게 말씀드리고자 합니다. 이것은 또한 박물관장님과도 관계되는 문제라고 생각합니다."

이번에는 청중석에서 탄성이 울렸다. 미셸 델마는 언성을 높이지 않을 수 없었다.

"고도프스키 씨, 당신 지적은 과학클럽의 이론에……."

고도프스키는 박물관장의 말을 끊었다.

"합당치 않다는 말입니까? 저는 그러기를 바라고 있습니다! 박물관장님, 저는 과학과 종교를 뒤섞지 않습니다. 저는《과학과 불교》혹은《다윈의 최후》같은 토론회에 참가하지 않습니다. 저는《우주의 인력》이라는 논문을 발표한 로랑스 앵베르와 달리 모든 길모퉁이에서 하느님을 찾지 않습니다. (그는 논문을 증거품처럼 휘두르면서 소리쳤다.) 이건 하찮은 이야기뿐이에요! 로랑스 앵베르는 과학클럽의 모든 회원들과 마찬가지로 과학 지식의 근본을 파괴하여 최악의 미신으로 대체하려는 목적밖에 갖고 있지 않습니다! 사람들은 테야르 드 샤르댕(1881~1955. 프랑스. 가톨릭 신부, 신학자, 고고학자—옮긴이)이 몹시 고생하며 연구했던 50년 전으로 후퇴했다고 생각할 겁니다!"

청중은 이 적대적인 고성에 박수갈채로 응답했다. 오스몬드는 로랑스 앵베르를 바라보았다. 이번에는 납빛처럼 창백해진 그녀가 일어나서 소리를 높였다.

"고도프스키! 당신은 정말로 무례하군요! 당신은 단지 당신 수준으로 깎아내리기 위해 당신을 비난했던 사람들의 사상을 왜곡하고 있어요. 아무도 당신 수작에 속지 않아요!"

"반대로 당신은 다른 사람들을 잘도 속이죠. 당신이 올리비에 같은 대형 제약회사들의 후원을 받아 개최한 강연회에 노벨상 수상자들을 초대했던 것은 당신이 파놓은 함정에 그들을 더욱 쉽게 빠뜨리기 위한 것이죠. 그렇습니다. 저는 이것을 지적 무례함이라고 부릅니다! 종교와 과학은 함께할 게 전혀 없습니다!"

강당 곳곳에서 아우성을 쳤다. 고도프스키는 풍랑이 심한 바다를 자신있게 지배하는 것 같았다. 한편 오스몬드는 고개를 저으며 격분했다. 하여튼 프랑스인들이란……. 프랑스인들은 추문이 일어나기만 하면 너도나도 달려들지 않던가!

분노로 얼굴이 빨개진 미셸 델마는 마이크를 꼭 잡고 말했다.

"고도프스키 교수, 당신의 너그럽지 못함은 당신 명예를 훼손합니다! 지적 안락 속에 따뜻하게 있고 싶으면 토론을 그만두세요!"

"진리의 탐구가 조작과 미신을 거부하는 일부터 시작되는 거라고 인정한다면 그만두죠. 네, 저는 너그럽지 못한 사람입니다! 저는 그 점을 자랑스럽게 여깁니다!"

소란은 절정에 달했다. 오스몬드는 슬쩍 마냐니 신부를 훔쳐보았다. 신부 역시 이 분노의 폭발에 당황한 듯했다. 갑자기 나이 지긋한 남자가 천천히 일어서더니 발언권을 요청했다. 강당은 즉각 조용해졌다.

"저는 물리학 교수입니다. 몇몇 분은 틀림없이 저를 알고 계실 겁니다."

이 재치 있는 언급은 청중에게 시기적절한 기분전환이 되었고 미소를 짓게 했다. 이 노인은 다름 아닌 노벨물리학상 수상자 알베르 레비였다. 이 강당에서 그의 명성을 모르는 사람은 아무도 없었다.

알베르 레비는 심술궂은 표정을 짓고 말했다.

"먼저 여러분에게 한 가지 사실을 고백해야겠습니다. 저는 과학클럽이 주최한 토론회에 여러 차례 참석했습니다. 사람들이 견갑골에 총을 겨누고 저를 토론회에 끌고 간 건 아닙니다. 저는 흔쾌히 참석했습니다. 과학자라면 자신의 확고한 신념을 재검토할 줄 알아야 한다고 생각합니다. 가령 다윈의 진화론은 주목할 만한 이론입니다. 하지만 우리는 그것이 완전하지 않다는 사실을 아주 잘 알고 있습니다. 몇 가지 주장은 설명되지 않았으며, 로랑스 앵베르는 자신의 저서에서 이런 반론을 진지하게 받아들여야 한다고 설득력 있게 보여주었습니다. 그런 이유로 그녀를 음모자라고 몰아붙일 수는 없습니다!"

청중은 통쾌하게 웃었다. 하지만 고도프스키는 주눅 들지 않았다.

"박물관장님, 이 책은 받아들일 수 없는 일련의 일탈을 일삼고 있습니다. 로랑스 앵베르는 마침내 오직 인간의 존재만으로 우주 진화를 설명하기에 이르렀습니다. 그녀는 인간이 창조의 유일한 목적이며 절대자의 의도에 부응한다고 주장합니다. 반대로 우리는 인간이 불안정하고 혼란스러운 진화 과정을 겪었다는 사실을 잘 알고 있습니다. 이 책은 성경과 마찬가지로 어이없는 것이며 창조론만큼 부조리한 이론의 온상입니다!"

고도프스키의 고발에 강당은 글자 그대로 폭발했다. 어떤 이들은 분노의 고함을 질렀고 다른 이들은 열렬히 찬동했다. 차분한 오스몬드는 프랑스 대혁명이 달리 시작된 게 아니구나 생각했다. 수많은 피를 흘리게 한 대언쟁……. 박물관에서 보낸 처음 이틀간의 기억이 그의 마음을 불편하게 했다.

미셸 델마의 요청에 분위기는 조금씩 진정되었다.

잠자코 있던 레비 교수가 말을 이었다.

"과학은 언제나 똑같은 질문에 직면해 있습니다. 모든 것을 설명할 수 없다는 이유로 어떤 이론을 버려야 하는가? 아니면 결함이 가장 적다는 이유로 그 이론을 간직해야 하는가? 우리는 모두 의식을 가진 존재입니다. 호완싸인 교수님 역시 반증되기 전까지는 가장 일관성 있는 것처럼 보이는 이론들을 활용하였습니다. 그렇다 해도 우리는 끊임없이 그 이론들을 향상시키려 애쓰고 있으며 위대한 발견을 할 때는 그 이론들을 넘어서려고 애씁니다. 아인슈타인이 일반상대성이론을 만들 때도 그렇게 했습니다. 그는 뉴턴의 물리학을 폐기하지 않고 오히려 기준의 틀을 확대함으로써 보완했습니다. 뉴턴도 자신의 체계가 완벽하지 않다는 사실을 알고 있었습니다."

고도프스키는 퉁명스럽게 반박했다.

"물리학에서 통용되는 것이 생물학에서 반드시 유효하다고 볼 수 없습니다. 필연적 질문과 그릇된 해석을 혼동해서는 안 됩니다! 그렇지 않으면 우리가 양자점성술을 수용하는 것은 시간문제입니다!"

이 도발적인 발언에 청중은 웅성거렸다. 노학자는 충격을 감출 수는 없었지만 당황하지 않았다. 하지만 그의 말투는 더욱 냉소적으로 바뀌었다.

"당신 의견에 동의합니다. 하지만 우리는 이론마다 나름대로 한계에 부딪친다는 사실을 인정해야 합니다. 물리학은 세상이 존재한다는 것조차 증명할 수 없습니다. 그러니……."

다시 한 번 청중의 웃음소리가 분위기를 누그러뜨렸다. 고도프스키는 주눅 들지 않고 반격했다.

"그것은 바로 우리 학식에서 부족한 부분을 채운다는 저의 개인적인 견해입니다. 그렇더라도 과학클럽처럼 영성 논리로 부족한 부분을 채울 수는 없습니다. 과학클럽의 모든 간행물은 알려지지 않은 부분을 하느님의 영역으로 대체하고 있습니다! 그것이야말로 기절초풍할 일이죠! 그것이야말로 완전히 비과학적입니다! 이 연구는 어떤 가치도 없습니다!"

고도프스키는 몸짓을 섞어가며 열변을 토하더니 로랑스 앵베르의 책을 벽에 내던졌다.

점점 더 반감을 느낀 피터 오스몬드는 온통 까만 옷에 야위고 완고해 보이는 에릭 고도프스키를 지켜보았다. 고도프스키는 순수성과 청렴결백의 이름으로 수많은 무고한 사람들을 단두대로 보냈던 혁명정부 검사들을 떠올리게 했다. 진리의 이름으로 말한다고 주장하는 자들은 흔히 피로 얼룩진 손을 가졌다…….

하지만 오스몬드는 훨씬 더 불편한 다른 감정에 조금씩 휩싸였다. 대부분의 청중도 마찬가지처럼 보였다. 이 뛰어난 과학자들은 모두 마음속에서 은밀하게 억누르면서 똑같은 문제를 생각하고 있었다. 이들 가운데 누가 아니타 엘베르그를 죽였을까?

흥분한 이 석학들은 각자 나름대로 이론을 갖고 있었다. 이번 사건에 대한 견해는 오직 가정을 근거로 한 것이며 불확실한 부분이 많았다. 각자는 어둠이 멀리서 빛을 잠식하고 있음을 예감하고 있었다.

*

소란이 가라앉고 두 진영이 화해할 수 없다는 결론에 이르자 미셸 델마는 폐회를 선언하는 게 현명하다고 판단했다. 그는 친구인 호완싸인 교수의 명성에 걸맞게 경건한 추도식을 원했다. 그는 과학계에서 어떤 토론도 논쟁의 여지를 남기지 않고는 끝날 수 없다는 사실을 오래전부터 잘 알고 있었다. 그렇긴 해도 그는 지나치게 격렬한 참견, 특히 에릭 고도프스키의 언어도단적인 태도에 놀라지 않을 수 없었다. 이런 긴장은 틀림없이 최근 며칠 동안에 벌어진 처참한 사건과 관련이 있었을 것이다. 하지만 고도프스키는 지나치게 인신공격에 몰두했다……. 그는 35년의 직장 생활 동안 이런 일은 한 번도 겪은 적이 없었다.

청중이 조금씩 강당을 떠나는 동안 많은 사람들에게 에워싸인 고도프스키 교수는 질책만큼 축하도 많이 받았고, 사람들의 질문에 하나하나 대답해주었다. 그는 피터 오스몬드가 옆을 자나가는 기회를 이용해서 자신을 소개했다.

"오스몬드 교수님, 저는 당신의 열렬한 팬 가운데 한 명입니다. 제가 과학계에 발을 들여놓게 된 것도 교수님 덕분입니다. 교수님의 단속평형이론(생물이 안정된 평형 상태에서는 오랜 기간 동안 거의 진화하지 않다가 빙하기, 운석 충돌 등 환경이 변화하면 순식간에 형태의 변이나 종의 분화가 일어난다는 주장—옮긴이)은 극히 중요한 가설입니다. 저는 또한 교수님이 미국에서 종교단체에 맞서 투쟁하시는 것을 대단히 존경합니다. 특히 과학을 신앙에 복종시키려는 사람들과 맞선 싸움은 참으로 대단합니다."

깜짝 놀란 피터 오스몬드는 흥분된 눈길로 그를 쳐다보았다. 오스몬드는 심사숙고해서 대답했다.

"글쎄요……. 이렇게 칭찬해주시니 고맙습니다. 하지만 저는 우리가 적과 싸우는 데 똑같은 방법을 사용하고 있다고는 확신할 수 없습니다. 개인적으로 저는 더욱 과학적인 논증을 활용하고 싶습니다."

고도프스키는 다소 놀라움을 드러냈다.

"무슨 말씀이시죠? 제 논증은 전적으로 과학적이라고 생각합니다만……."

"전적으로 과학적이라고요? 제가 볼 때는 오히려 지나치게 강경한 것처럼 보입니다."

미국인은 고도프스키에게 다가가면서 덧붙였다. 그의 늠름한 체격은 가냘픈 고도프스키의 몸을 짓누를 것만 같았다.

"다소 지나쳤다고 생각하지 않나요? 저는 책을 던지는 짓을 몹시 싫어합니다. 그것은 별로 과학적인 처신이 아닙니다. (그는 고도프스키의 귀에 대고 속삭였다.) 특히 여자의 책을 던지는 것은 더더욱 싫어합니다. 그것은 여자에 대한 정중한 예의에서 벗어난 짓 아닌가요? 게다가 로랑스 앵베르는 제가 대단히 존경하는 부인입니다. 과학자로서 존경하는 것만큼 인간적으로도 존경합니다."

피터 오스몬드는 심술궂은 고도프스키의 어쩔 줄 모르는 얼굴을 보고 만족스러운 미소를 억누를 수 없었다. 그는 고도프스키에게 눈길조차 주지 않고 강당 출구로 걸어갔다.

*

코메르송 경위는 방금 목격한 공개적인 토론에 대해 어떻게 생각했을까? 이 격론은 그에게 깊은 인상을 주었다. 아직 신참인 그는 침착하고 온화하다고 여겼던 학자들이 그 같은 열정을 터뜨릴 거라고는 예상하지 못했다. 분명히 그는 경찰대학에서 모든 가능성에 대처하라는 교육을 받았다. 그렇지만 탁월한 과학자들의 심한 언쟁을 목격할 거라고 예상했을까? 전혀 아니었다. 그는 과학에 흥미를 갖고 있었지만 토론을 이해하는 데는 한계가 있었다.

젊은 경위는 배지를 들고 고도프스키 교수를 향해 걸어가면서 무엇을 생각했을까? 고도프스키가 미국인과 언짢은 대화에 몰두하고 있었을 때 그의 얼굴에는 어떤 의혹도 감돌지 않았다. 코메르송 경위는 상당히 확신을 갖고 어리둥절한 증인들 앞에서 고도프스키 교수에게 배지를 제시하고 아니타 엘베르그의 죽음에 관해서 몇 가지 질문을 해도 되겠냐고 물었다. 교수가 이 부탁에 깜짝 놀랐기 때문에 경위는 포스트잇을 보여주었다.

"우리는 이것을 아니타 엘베르그의 연구실에서 발견했습니다."

포스트잇에는 깨알 같은 글씨로 휘갈겨 쓴 메모가 있었다.

"O.가 박물관에 도착했다. 고도프스키에게 알릴 것."

대경실색한 고도프스키는 고개를 돌렸다. 피터 오스몬드는 이미 자리를 뜨고 없었다.

18장. 독말풀

이 소동에서 멀리 떨어져 있던 레오폴딘은 세르방 교수 연구실에서 회수한 책들을 두 팔에 안고 중앙도서관 희귀본서고로 갔다. 그녀는 짧은 휴식 시간을 이용해서 서고를 정리했다. 그녀는 뭔가 중요한 것을 잊었다는 느낌이 들었다. 하지만 그게 정확히 무엇인지는 떠오르지 않았다.

놀랍게도 문이 살짝 열려 있었다. 서고는 어둠 속에 잠겨 있었다. 지글거리는 기계소리가 들리는 가운데 누군가가 콧소리로 이야기하고 있었다. 모터 돌아가는 소리도 들렸다.

"이제 이국 풍경 속에 푹 잠겨봅시다."

레오폴딘은 어깨로 살며시 문을 밀었다. 영사막에서 떨리고 흐릿한 흑백 영상이 단속적인 리듬으로 펼쳐지고 있었다. '1931년 파리 식민지 박람회 방문' 이라는 광고판이 보였다. 영사기 옆에는 훤칠한 요한 키르허가 팔짱을 낀 채 태연하게 서 있었다.

레오폴딘은 최대한 신중하게 처신하려 애썼다. 우선 책들을 책상 위에 내려놓았다. 하지만 호기심—어쩌면 더욱 자극적인 다른 감정—에 사로잡힌 그녀는 물러가지 않기로 작심했다. 그녀는 뉴스영화를 보기 위해 조용히 문을 닫았다.

기자가 해설하고 있었다.

"오늘 1931년 따뜻한 봄날, 가스통 두메르그 대통령과 이 야심적인 행사의 기획자인 리오테 원수 앞에서 파리 식민지 박람회가 개막되었습니다. 관람객들은 프랑스 식민지제국의 보배들과 개화활동의 성과를 보실 수 있습니다."

남자들과 여자들은 정원 산책로에서 옛날 뉴스영화에 적합한 기계적인 걸음으로 거닐고 있었고, 어린이들은 두 손으로 가장 눈부신 구경거리를 가리키며 사방으로 달리고 있었다. 카메라는, 깃털 모자에 전통 의상을 입고 눈매가 사나운 아프리카 흑인을 클로즈업했다. 기자는 위협적인 북소리가 울리는 가운데 전통음악의 리듬에 맞춰 시청자들에게 설명했다.

"이 사람은 다호메 족의 전사입니다. 이 부족은 아프리카에서 가장 잔인하고 냉혹한 원주민입니다. 적들은 이 부족의 이름만 들어도 벌벌 떱니다."

이어서 재현한 오두막 마을의 전경이 나타났다. 주민들은 울타리를 경계로 방문객들과 일정한 거리를 유지했다.

"다호메 족은 아프리카에서 똑똑한 부족 가운데 하나입니다. 이 여인의 오두막집 문을 보십시오. 그녀는 추장의 아내입니다."

카메라는 우수에 젖은 눈빛으로 말없이 렌즈를 바라보는 젊은 흑인 여인을 클로즈업했다. 기자는 서둘러 열정적인 해설을 이었다.

"프랑스의 문명화 사명은 쉬지 않고 계속되고 있습니다. 아프리카 대륙의 오지에서, 대양 너머에서, 세상 끝에서 여러 가지 임무를 수행하고 있습니다. 파리 시민들이 이 사실을 확신할 수 있도록 식민지 박람회 말고도, 4월 초부터 불로뉴 숲 동물원에서는 아주 인상적이고 동시에 끔찍한 구경거리를 보여주고 있습니다."

호기심이 많고 명랑한 한 무리가 철책 앞으로 몰려들었다. 이들은 '식인종' 이라고 씌어 있는 플래카드 옆에 파뉴(토인들이 허리에 두르는 간단한 옷—옮긴이)를 걸친 한 원주민에게 손가락질을 해댔다.

"뉴칼레도니아 흑인들은 아직도 미개 상태로 살고 있습니다. 이들은 동물적 본능을 만족시키기 위해 서슴지 않고 인육을 먹습니다. 이들의 손아귀에 떨어지는 백인 여행자는 참변을 면할 수 없을 것입니다! 백인 여행자들은 이 원시인들이 적들을 위해 마련해놓은 최악의 운명을 겪게 될 것입니다."

관람객들은 가슴을 드러낸 채 춤—친절한 기자가 '미개한 관습'이라고 규정한 춤—을 추고 있는 여인들과 환각에 사로잡힌 모습으로 날고기를 삼키는 체하는 남자를 보고 웃음보를 터뜨렸다.

"이 불행한 사람들을 행복, 발전, 문명의 길로 안내하기 위해 교육을 책임진 것은 프랑스의 위대함입니다. 용기 있는 식민지 개척자들은 이 막중한 임무를 잘 해낼 것입니다!"

활기찬 음악 속에 진행된 이 의기양양한 마지막 설명은 절망적인 모습으로 렌즈를 바라보고 있는 흑인 아이의 모습을 곁들였다.

영화는 갑자기 멈췄다. 영사기의 빈 릴(필름을 감는 틀—옮긴이)이 정적 속에서 돌아가고 있었다.

레오폴딘은 흥분을 억누르기가 쉽지 않았다. 어떻게 이런 일이 가능했단 말인가? 어떻게 동물처럼 인간을 우리 안에 전시할 수 있었단 말인가? 어떻게 이런 활동을 '문명화 사명'이라고 규정할 수 있었단 말인가? 그녀는 요한 키르허를 바라보았다. 그의 얼굴은 눈물로 흠뻑 젖어 있었다. 레오폴딘은 어떻게 말을 해야 좋을지 몰랐다. 그녀는 살며시 사라지고 싶었다. 하지만 동시에 요한 키르허를 위로해주고 싶기도 했다…….

말을 건 사람은 요한이었다. 목소리는 침착했지만 흥분을 감출 수는 없었다. 요한은 눈물을 닦으면서 말했다.

"미안해요. 이 영화가 내 마음을 뒤흔들었어요. 이런 박람회가 있었다는 것은 알고 있었지만 박람회의 영상을 보니 눈물을 참을 수가 없었어요. 우리 조부모님들이 이런 가증스러운 악행을 목격했을 거라고 생각을 하면……."

레오폴딘은 용기를 내서 맞장구쳤다.

"정말이에요……. 이 박람회는 1931년에 열렸어요. 노예제도는 아주 오래전에 폐지되었는데……."

"이 행사를 준비한 사람들은 사명을 부여받았다고 생각했을 거예요. 사실 이들은 그 가엾은 사람들을 호기심 많고 상스럽고 건방진 관객들에게 팔아넘긴 셈이죠……."

요한 키르허는 깊이를 알 수 없는 우수의 심저에서 길을 잃은 것처럼 보였다.

"내가 신심이 매우 깊은 가정에서 태어났다는 사실을 생각하니 가슴이 더욱 저몄어요. 아버지는 언제나 인간을 존중하고 더욱 고귀한 것을 추구하라고 가르쳤어요. 아버지가 흑인이 백인보다 열등하다고 언급한 적은 결코 없었어요. 인간 자체가 불가침의 가치라고 말씀하셨죠. 그 누구도 피부 색깔이 어떻든 간에 인간의 품위를 떨어뜨리는 짓에 몰두할 권리는 없어요. 아버지는 생명은 하늘의 선물이라고 말씀하셨죠. 어떤 대가를 치르더라도 생명은 존중해야 해요."

레오폴딘은 잠시 기다리다가 용기를 내서 말했다.

"하지만 이 박람회 주최자들은 자신을 과학자, 인류학자, 민족학자 등으로 소개했어요. 그들은 과학적 활동을 한다고 생각했어요."

요한 키르허는 트인 공간으로 가서 블라인드를 걷었다. 부드러운 빛이 희귀본서고 안으로 들어왔다. 그는 돌아서더니 파란 눈으로 레오폴딘의 눈을 물끄러미 바라보았다.

"사실이에요. 하지만 사람들이 '과학'이란 말로 호도하는 것을 경계해야 해요. 과학이 모든 것을 증명할 수는 없어요. 과학은 사람이 만든 것이고, 따라서 사람만큼 과오를 범하기 쉽다는 사실을 잊지 마세요. 특히 과학이 인간을 위해 있는 것이지, 과학을 위해 인간이 존재하는 것이 아님을 잊어서는 안 됩니다. 레오폴딘, 과학이라고 해서 모든 것이 허용되는 것은 아니에요. 과학자들은 너무 자주 도덕적 책임감을 잊는 경향이 있어요. 인간은 동물이 아니죠. 인간은……."

요한 키르허는 말을 끝맺지 않았다. 그는 자신의 말에 귀를 기울이는 레오폴딘을 물끄러미 응시했다. 시간이 멈춰버린 듯했다.

갑자기 누군가가 문을 두드렸다. 키르허는 자신의 조교인 메디가 들어올 수 있게 옆으로 살짝 비켰다.

"키르허 선생님, 자료는 찾으셨어요?"

키르허는 평소의 뻣뻣함과 약간 쌀쌀맞은 매력을 감추었다. 그는 젊은이에게 미소를 짓고 영사기에서 릴을 빼냈다.

"그래, 찾았어. 다음 전시회 때는 이 영화를 상영하자. 고마워, 메디. 이 장비를 정리해줘."

레오폴딘은 이렇게 대화를 끝내고 싶지 않았다. 그녀는 경쾌한 말투로 대화를 재개할 실마리를 찾았다.

"키르허 선생님, 실은……. 지난번에 식물학관 6층 복도에서 트렁크 하나를 발견했어요. 누군가가 선생님에게 보고했다고 플로루스 교수님이 말해주셨어요. 알고 있나요?"

당황한 요한 키르허는 팔짱을 낀 채 되물었다.

"트렁크라고요? 그런 얘기는 듣지 못했어요. 트렁크에 뭐가 들어 있었나요?"

"내가 갖고 있는 서류에 의하면 영장류과(科)의 뼈와 화석의 견본이에요. 1941년에 중국에서 발송한 것이죠."

키르허는 조각상처럼 꼼짝하지 않고 생각에 잠겼다. 레오폴딘은 갑자기 혼자 있다는 느낌이 들었다. 그만큼 키르허는 멀리 있는 것 같았다. 마침내 그는 그녀를 바라보며 말했다.

"알아볼게요. 고마워요, 레오폴딘."

키르허는 공손하게 미소를 짓더니 말 한 마디 없이 희귀본서고를 떠났다. 레오폴딘은 다시 작업을 시작했다. 그녀는 책상 위에 놓았던 책들을 해당되는 책꽂이에 정리하기 위해 책의 분류기호를 확인하다가 갑자기 손을 멈췄다.

키르허가 그녀의 성이 아니라 이름을 불렀지 않은가. 두 사람은 이전에 이름으로 부른 적이 한 번도 없었다. 그는 어떻게 그녀의 마음을 알았을까? 감미로운 불안의 불길이 그녀의 마음을 사로잡고 몸을 뜨겁게 했다.

*

몇 분 후, 레오폴딘은 입가에 환한 미소를 머금은 채 미친 사람처럼 뛰어서 식물원을 가로질렀다. 그녀의 모습을 본 산책자들은 흔히 '사랑에 빠진 사람' 에게서 볼 수 있는 그런 특별한 상태라고 진단했다. 사랑은 인간의 신비로운 불가사의 가운데 하나다. 어떻게 그처럼 단순한 감정이 뜻밖의 생기를 줄 수 있을까? 신경학처럼 생물학에서 가장 심오한 연구도 아직까지는 해답을 찾지 못했다.

레오폴딘은 전속력으로 식물학관 계단을 뛰어 올라가서 돌풍처럼 플로루스 교수 연구실로 들어갔다. 목에 망원경을 두른 교수는 두꺼운 책을 펼쳐놓고 졸고 있었다.

레오폴딘은 속삭였다.

"플로루스 교수님."

노교수는 눈을 깜박거리면서 정신을 되찾는 것 같더니 이렇게 외쳤다.

"다투라 피그날리이(가지과에 속하는 독말풀. 알카로이드 성분을 포함하고 있어 환청, 환각, 망상, 위치 감각 상실 등을 초래하는 맹독성 식물—옮긴이)!"

레오폴딘은 교수의 건강을 걱정해야 하는 것은 아닌지 자문했다.

노교수는 서류 보관용 파일을 흔들면서 의기양양하게 말했다.

"다투라 피그날리이! 밤을 꼬박 새서 마침내 찾아냈어!"

어떤 일이 있더라도 남의 의견을 고려해서 처신할 수밖에 없는 노교수는 잔소리를 늘어놓기 시작했다.

"레오폴딘, 자네는 내게 일거리를 주었지……. 이건 무척 드문 희귀종이야……. 가장 오래된 『라마르크 식물표본집』에서 찾아보자는 생각이 떠올랐어."

"교수님, 그렇게 긴박한 일이 아니었잖아요! 휴식을 취하셔야 했어요."

"시간이 가는 줄 몰랐어. 그리고 나는 일할 때는 일만 하지."

"분명히 이 식물이라고 확신하세요?"

플로루스 교수는 젊은 여인에게 심술과 자신감이 뒤섞인 눈길을 보냈다.

"백 퍼센트 확신하지. 자, 보게나."

노교수는 서류 보관용 파일을 펼쳤다. 파일에 노랗게 물든 자국이 선명하게 드러났다. 교수는 조심스럽게 마른 잎 하나를 집어서 종이 위에 올려놓았다. 잎과 자국은 완전히 일치했다.

"이 식물이 언제 도둑맞았는지 모르겠어. 아무튼 최근에 일어난 일이야. 환각을 일으키는 다른 식물들도 사라졌어. 정말 창피한 짓이야! 박물관 소장품이 분실되다니 참담한 재앙이야! 보고서를 작성해야겠어."

레오폴딘은 어쩔 줄 몰랐다.

"도둑은 틀림없이 사전에 정보를 입수했을 거예요……. 수백만 개의 표본 가운데 이게 어디에 있는지 알아야 했을 테니까요……."

플로루스 교수는 위협적으로 손가락을 치켜들었다. 마치 정의의 여신의 살아 있는 화신 같았다.

"도둑은 세계 과학계에 해명해야 할 거야!"

레오폴딘은 회의적인 의미로 입을 삐쭉거렸다. 어떻게 알랑은 7백만 개의 표본 중에서 이 식물을 찾아낼 수 있었을까? 불가능한 일이었다. 레오폴딘은 『라마르크 식물표본집』에서 작가가 직접 공들여 가느다랗게 쓴 꼬리표를 읽었다.

"**다투라 피그날리이. 1776년 푸스터 씨가 가져옴. 뉴그라나다**(콜롬비아, 파나마, 베네수엘라를 포함한 스페인의 옛 식민지 제국—옮긴이)의 원주민들은 이 식물이 접근할 수 없는 세계를 보여주기 때문에 대단히 소중히 여기고 숭배했다. 이들의 사제들은 이 풀을 가루로 만들어 먹었다. 이 풀을 복용하는 사람은 혼미 상태에 빠졌다가 희열을 느끼고, 과용하는 사람은 누구든지 도덕이 비난하는 행위도 서슴지 않는다."

노교수는 다리를 약간 절면서 커피포트를 향했다.

"우리 박물관에 엄청난 피해야! 우리 명성이 걸린 문제야! 레오폴딘, 내가 이미 말했듯이 이곳에선 많은 것들이 사라지지만 누구도 걱정하지 않아……."

레오폴딘은 잠시 생각에 잠기더니 집게손가락으로 자신의 입을 톡톡 쳤다.

"교수님, 말씀해주세요……. 이 잎은 얼마 동안이나 환각 효과를 유지할 수 있어요?"

노학자는 레오폴딘의 이 질문을 자신의 정직성에 대한 극도의 모욕처럼 느꼈다.

"레오폴딘, 이 표본의 보관 상태는 완전무결해! 이 식물들은 발견했을 때의 상태를 거의 그대로 유지하고 있어. 우리는 기생충을 박멸하기 위해 여러 차례 메틸렌 살충제를 뿌렸지. 게다가 이 독말풀 표본은 독성이 몹시 강하지. 제발 내 말을 믿어!"

"정말이세요?"

"진짜 독이야! 이 식물은 사람을 완전히 미치게 할 수 있어!"

아, 그래서 알랑이 그처럼 엉뚱하게 처신했구나!

그래도 여전히 의문이 남았다. 대체 누가 이 잎을 알랑에게 주었을까?

*

레오폴딘과 플로루스 교수는 함께 커피를 마셨다. 뉴턴의 책은 그녀로부터 30센티미터 떨어진 곳에 놓여 있었다. 하지만 책은 여러 겹의 서류에 덮여 있었기 때문에 그녀는 책의 존재를 전혀 생각하지 못했다.

플로루스 교수는 추억을 하나씩 풀어놓았다. 레오폴딘은 교수의 이야기에 싫증 난 적이 없었다.

"로랑스 앵베르? 성미는 고약하지만 상당히 예쁜 여인이지. 그녀가 우리 박물관에 도착한 날이 기억나……. 그녀는 몇 사람을 사랑에 빠지게 했지. 내가 이름을 거론할 거라고는 기대하지 마. 비록 나는 그녀와 신념이 같지 않지만 로랑스 앵베르는 신념이 강한 여인이야. 테야르 드 샤르댕 재단이 발주하는 연구를 맡기 위해서는 쫓기는 시간 때문에 어느 정도 용기가 필요해. 그런데 나는 이 재단이 불러일으키는 반감이 뭔지 모르겠어. 1960년대 이 재단이 설립되었을 때 어떤 반대에도 부딪히지 않았거든. 이 재단은 과학자들이 주도하는 비종교적인 연구센터야. 테야르 드 샤르댕 신부는 만인으로부터 존경을 받았던 지질학자이자 고생물학자였어. 그런데 오늘날은 수단의 옷자락만 보아도 경보를 발령하지……."

노교수는 배시시 웃었다.

"경찰을 위해 일한 적이 있어. 내가 말하지 않았나? 오, 물론 나는 엄밀한 의미에서 수사에 참여하지는 않았어. 말하자면 전문가로서 도왔지."

"교수님을 보면 셜록 홈스가 생각나요."

"과장하지 맙시다. 언젠가 경찰이 라데팡스 신도시 주차장에서 발견된 아직 온기가 남아 있는 시체에 대해 자문을 요청했어. 신분증이 없는 낯선 사람이었지. 그런데 구두 바닥에 아주 작은 꽃이 짓이겨져 있었어. 과학수사대가 내게 그 꽃을 확인해달라고 부탁한 거야. 우리 지방에서는 아주 희귀한 꽃이었지. 나는 정확히 기억하고 있어. 별

모양의 바위떡풀류(saxifrage stellearis)였지. 남자는 네 시간 전에 죽었지. 그는 근처에서 살해당했던 거야. 나는 수사관들에게 파리지방에서 같은 종류의 바위떡풀이 자라는 장소를 알려주었지. 쉬운 일이었어. 이 식물은 물이 많은 환경을 좋아하니까. 이틀 후, 경찰은 사망자가 망트라졸리 마을 방면 센 강변에 살고 있던 지인을 방문했다는 사실을 밝혀냈어. 범인은 즉각 범행 일체를 자백했지."

레오폴딘은 감탄 어린 시선으로 노교수를 바라보았다.

플로루스 교수는 겸손해했다.

"대수롭지 않은 일이야……. 어쨌든 그 일로 과학수사대와 좋은 관계를 맺게 되었지. 레오폴딘, 가장 우스꽝스러운 일은 한 직원이 같은 시기에 이곳 식물원에서 인도 대마를 키웠다는 사실이야. 오, 벌써 20년 전에 있었던 일이기 때문에 말하는 거야……. 그는 인도 대마를 키울 권리가 있었지. 그것 역시 식물이었으니까! 그런데 그는 관찰할 여유가 없었어. 대마는 얼마 후 연기로 사라졌지. 내 말이 무슨 뜻인지 알겠지?"

"그럼요, 알고말고요."

"내가 이미 말했듯이 박물관에서 분실사건은 어제오늘의 일이 아니야……."

플로루스 교수는 마치 비상한 기억력의 밑바닥에서 천연 금괴라도 찾아낸 것처럼 알쏭달쏭한 이야기를 꺼냈다.

"기억이 가물가물해……. 당시에 아니타 엘베르그는 불길한 사건에 연루되어 있었지……."

"기아나 탐사 말인가요?"

"아니야. 이곳 박물관에서……. 굉장한 스캔들이었지……. 그런데 정확히 어떤 사건이었는지 기억나지 않아. 기록이 있다면 분명히 찾아낼 수 있을 텐데……. 정확히 어떤 문제였는지 모르겠어……. 모두 그 사건에 대해 떠들어댄 것까지는 기억나는데……. (노교수는 회의적인 표정으로 결론을 내렸다.) 언젠간 기억이 나겠지……."

레오폴딘은 플로루스 교수에게 작별인사를 한 후 유쾌한 가곡을 콧노래로 부르면서 계단을 내려왔다. 그녀는 쾌청한 날이 될 거라고 확신했다. 마침내 요한 키르허에게 말을 거는 데 성공하지 않았는가. 게다가 그는 성이 아니라 이름을 불러주었다…….

몽상에 잠긴 레오폴딘은 불현듯 자신이 식물학관 지하실에 도착했다는 사실을 깨달았다. 끝없는 복도에는 아무도 없었다. 그녀 앞에 가로세로가 각각 3미터인 거대한 회색 입방체가 윙윙거리고 있었다. 진공과 독가스 주입으로 식물과 꽃 수집품에 있을지도 모르는 기생충을 제거하는 증기소독기였다. 인기척을 느끼고 돌아선 레오폴딘은 비명을 억눌렀다. 흉측한 형체가 그녀에게 천천히 다가오고 있지 않은가. 툭 튀어나온 눈에 보기 흉한 얼굴…….

19장. 불길한 증기소독실

오스몬드 교수는 고도프스키와 말다툼 후 어떻게 되었는지 전혀 신경쓰지 않았다. 그는 연구하고 있을 마냐니 신부를 만날 생각으로 조용히 연구실로 향했다.

오스몬드는 멀리 광물학관 회랑의 현관 앞 낮은 층계에서 한 무리를 발견했다. 미셸 델마와 요한 키르허였다. 두 사람은 연회색 양복을 입은 한 남자를 맞이하고 있었다. 남자는 수갑으로 손목과 연결된 서류가방을 들고 있었다. 그의 호기심을 자극할 정도로 기이한 광경이었다. 그들이 건물 안으로 들어가기를 기다렸다. 이윽고 그는 전시회용 이동식 칸막이 뒤에 몸을 숨기고 그들을 관찰했다. 그는 숨이 멎을 정도로 깜짝 놀랐다.

연회색 양복의 남자는 책상 위에 서류가방을 올려놓더니 가방을 열었다. 어슴푸레한 건물 안에서 10여 개의 아주 맑은 광채를 지닌 다이아몬드가 반짝거렸다. 가방 주인이 옆으로 돌아서는 순간 피터 오스몬드는 욕설을 억눌렀다.

"빌어먹을……."

60대의 방문객은 놀랄 만한 기와 의지를 발산하고 있었다. 사각턱과 깔끔한 머리 손질은 뛰어난 협상가이자 사업가임을 드러냈다. 하지만 그게 전부가 아니었다. 그는 극히 위험한 인물이었다. 피터 오스몬드는 그를 아주 잘 알고 있었다.

갑자기 미국인은 인기척을 느꼈다. 그의 왼쪽에서 마냐니 신부 역시 그 장면을 지켜보고 있었다. 신부는 입술에 손가락을 대면서 침묵을 지시하고 출구 쪽으로 따라오라고 신호했다. 두 사람은 공모자처럼 속삭이며 계단을 올라갔다.

오스몬드는 간신히 목소리를 낮춰 물었다.

"신부님, 여기서 뭐 하셨어요?"

신부는 살짝 미소를 지으며 대답했다.

"저도 똑같은 질문을 하고 싶어요."

"신부님이 농담으로 대답할 거라고는 예상하지 못했어요. 마냐니 신부님, 당신은 정정당당하지 않아요."

"제게는 여러 가지 사명이 있어요."

"저를 염탐하는 것도 포함되나요?"

"피터, 저는 당신을 염탐하는 게 아니라 보호하는 거예요."

"하느님께서 저를 돌보시다니! 어떻게 이런 은총이……. 하지만 신부님, 저는 어른이니 혼자 방어할 수 있어요."

"이런 표현을 써서 미안하지만 제게는 또한 '감시' 사명이 있어요."

깜짝 놀란 미국인은 계단의 두 손잡이 사이에서 꼼짝하지 않고 물었다.

"그럼 신부님은 토비 파커를 염탐하고 있어요?"

"사실 우리는 수년 전부터 그를 감시하고 있어요. 그가 다이아몬드 밀매상들과 교류하는 일은 바티칸과 아무 관계도 없지만 그의 정신적 영향력은 훨씬 염려스럽거든요……."

마냐니 신부는 투철한 신념가인 오스몬드에게 한바탕 설교를 했다. 피터 오스몬드는 여러 차례 미국 과학당국에 텔레비전 방송 설교가 토비 파커의 영향력을 규탄했다. 미디어의 마력은 파커에게 점점 더 큰 명성을 부여했다. 그는 개신교 근본주의 교회들을 짓기 위해, 그리고 우주 창조와 지구 생명체 출현에 관한 논리를 개발하는 패서디나 창조다큐멘터리센터 같은 무수한 사이비 과학기관을 후원하기 위해, 설교 활동과 다이아몬드 거래로 벌어들이는 막대한 재원을 활용했다. 이 광신적인 개신교 신자들은 과학자들에게 창세기를 글자 그대로 읽어야 한다고 주장했다. 그들의 말에 따르면 세상은 정확히 엿새 동안에 창조된 것이다! 진짜로 미친 이 사람들은 터키 아라라트 산 정상에서 노아의 방주 잔해를 발견하기 위해 탐험대를 꾸릴 준비를 했었다.

마냐니 신부는 속삭이는 목소리로 이야기를 계속했다. 오스몬드는 자신이 마치 고해실에 들어온 기분이었다.

"우리는 토비 파커가 보석 전시회에 자신의 소장품 가운데 몇 점을 대여했다는 소식을 들었어요. 운석과 유사한 것은 아마 우연의 일치일 거예요. 하지만 우리는 명백하게 그 진상을 파악하려고 해요."

"그런데 '우리'가 누구죠?"

"베드로가 교회를 세웠던 곳에서 살고 있는 우리입니다."

고생물학자는 조소했다.

"그렇게 수줍어하시다니……. 신부님도 틀림없이 로마에서는 현실 감각을 갖고 있을 거예요. 파커는 자신의 아프리카 광산에서 캐내는 다이아몬드를 슬그머니 팔아먹기 위해 이런 기회를 이용하는 거예요……."

"그의 친구인 독재자 부베이아 대통령과 공모해서 말이죠? 파커는 그리스도의 애덕(愛德)에 대해 아주 독특한 개념을 가지고 있어요."

"괴상한 사람이죠."

"피터, 아주 멋지게 정의했어요. 아무튼 그가 파리에 있다는 것은 아주 수상쩍어요."

선량한 미국인 피터 오스몬드는 어떤 상황에서도 낙관적으로 생각했다.

"걱정하지 마세요……. 운석은 안전한 곳에 있어요. 아무튼 '차고'에 드나드는 것처럼 쉽게 이 건물에 침투할 수 없어요!"

"'차고'가 아니라 '풍차방앗간'이겠죠?"

"맞아요. 풍차방앗간처럼. 저는 『돈키호테』를 제대로 읽지 않았어요."

미국인은 배가 볼록 나온 산초 판사의 시중을 받는, 이상주의적이고 열광적인 편력기사 돈키호테를 상상하면서 미소를 지었다. 운석의 비밀을 발견할 준비를 하면서 느끼는 흥분을 가라앉히기 위해 이 같은 경쾌한 웃음이 필요했을 것이다.

*

위게트 몽타냐은 가스마스크를 벗고 또박또박 말했다.

"레오폴딘, 조심해요! 진공실이 작동 중이에요. 떨어져 있는 편이 좋아요. 만일 누출이 생기면 중독사할 수 있어요."

레오폴딘은 평소의 심장박동을 회복했다. 마스크를 쓴 위게트의 느닷없는 출현은 그녀에게 공포심을 일으켰다. 그것은 그녀의 신경이 몹시 예민하다는 증거였다. 이제 위게트의 우울한 얼굴을 알아본 이상 그녀는 자신의 업무로 복귀하고 싶었다. 그렇지 않으면 위게트의 지겨운 수다에 기진맥진하고 말 테니까.

위게트가 말을 이었다.

"나는 아주 신중한 사람이에요. 의사선생님이 어제도 이렇게 말씀하셨어요. '위게트, 당신 체질을 고려해서 아주 신중해야 해요. 잊지 말고 약을 드세요. 아주 중요한 일이에요.' 나는 의사선생님의 말씀을 잘 들어요. 훌륭한 의사니까요. 어쨌든 내가 만족하는 것은 당연해요."

"맞아요, 위게트. 당신은……."

"중요한 것은 자신을 잘 아는 것이죠. 다른 사람들은 별로 그렇지 못해요. 예를 들면 가엾은 엘베르그 부인을 보세요. 나는 그녀를 조금 알아요. 하지만 그녀가 그렇게 살해될 거라고는 전혀 생각하지 못했어요. 생각만 해도 끔찍한 일이에요…….”

“정말이에요. 나는 이제…….”

레오폴딘은 출구를 찾으려고 애썼다. 하지만 증기소독실은 출구가 하나뿐인 막다른 장소였다. 그녀는 위게트의 질식시키는 듯한 호감의 함정에 빠진 게 분명했다. 위게트의 물렁물렁한 몸이 문을 가로막았다.

“레오폴딘, 내가 이미 말했죠? 우리 박물관에서 이상한 일들이 일어나고 있어요. 포르말린 표본병 속에 들어 있는 저 온갖 동물들과 해골들을 볼 때마다…… 물론 죽은 것들이지만……. 그래도 그것들은 분명 모종의 영향력을 갖고 있어요. 악은 도처에 있어요. 나는 그것을 느껴요. 신부님이 나보고 아무리 걱정하지 말라고 해도 소용없어요. 나는 뭔가가 일어나고 있다는 것을 분명히 느껴요…….”

살찐 얼굴은 갑자기 피를 많이 흘린 것처럼 보였다. 위게트는 유령처럼 변했다.

“레오폴딘, 끔찍한 일들이 일어날 거예요. 내 말을 믿어요. 지금은 시작일 뿐이에요. 우리는 맞서 싸울 수 없어요. 이 악의 세력은 우리의 힘을 넘어서거든요. 레오폴딘, 이해하겠어요?”

“그럼요, 이해하고말고요. 하지만 나는…….”

“새로운 비극이 일어나면 당신은 내가 했던 말을 부인하지 못할 거예요……. (그녀는 위협적인 시선으로 재차 또박또박 말했다.) 그때는 부인하지 못할 거예요.”

점점 더 불편해진 레오폴딘은 집게손가락으로 위게트 뒤쪽을 가리키며 “어머나!” 하고 외쳤다. 위게트는 천천히 돌아섰다. 레오폴딘은 그 순간을 이용해서 살며시 문 쪽으로 다가간 다음 뒷걸음질을 쳤다.

“위게트, 알려줘서 고마워요. 지금 나는 일하러 가야 해요.”

위게트가 다시 레오폴딘에게 다가올 것만 같았다. 위게트는 체념한 듯 환히 웃으며 입을 열었다.

“레오폴딘, 진심으로 한 이야기였어요. 당신도 잘 알다시피 나는 도와주는 것을 좋아해요.”

레오폴딘은 그녀에게 진정하라는 손짓을 하고 계단을 통해 도망치듯 빠져나왔다. 한편 위게트 몽타냑은 잠시 생각에 잠기더니 다시 마스크를 착용하고 화장실로 향했다.

20장. 운석이 사라지다

피터 오스몬드가 가장 먼저 주목한 것은 방긋 열린 문틈으로 새어 나오는 푸르스름한 빛이었다. 이상한 느낌이 든 마냐니 신부와 오스몬드는 동시에 연구실로 달려갔다.

배양상자는 열린 채 자외선 후광 속에 잠겨 있었다. 견본은 하나도 남지 않고 사라졌다. 극도로 분노한 오스몬드는 반죽용 그릇을 집어서 힘껏 벽에 던졌다. 유리 용기는 산산조각 났다.

낙심한 마냐니 신부는 금고 앞에 멍하니 서 있었다. 금고는 텅 비어 있었다. 운석이 사라진 것이다!

오스몬드는 울부짖었다.

"빌어먹을! 완전 개자식이야!"

오스몬드는 앉아서 문을 살폈다. 불법 침입의 흔적은 조금도 없었다. 다시 일어난 그는 간신히 자제하며 말했다.

"그래도 저는 신부님을 믿었는데……. 아, 내가 얼마나 바보인가!"

"피터, 당신은 잘못 생각한 거예요. 저 역시 엄청난 충격을 받았어요……."

"신부님, 정체를 밝히세요! 오늘 아침 어디서 왔어요? 회의에 늦었잖아요."

"교통 문제가 있었어요……."

"물론 그러시겠죠! 신부님이 실컷 저를 골탕 먹였으니 멋지게 성공했다고 확신했겠죠. 축하합니다, 마냐니 신부님! 당신 상관들은 신부님에 대해 자랑스럽게 여길 겁니다!"

"터무니없는 얘깁니다. 저는……."

오스몬드는 비웃었다. 그는 초보자처럼 휘둘려서 창피했다.

"터무니없다고요? 신부님의 신앙을 소멸시킬 수 있는 증거들을 없애버린 것이 터무니없는 짓이죠 이번이 처음은 아니겠죠? 저는 당신네 성직자들이 신을 구하기 위해 어떤 일이라도 할 각오가 되어 있다는 것쯤은 잘 알고 있어요. 당신네들은 더 이상 장작불에 이단자들을 태울 수 없죠. 그래서 진실을 털어놓지 못하게 하는 것으로 만족하죠."

마냐니 신부는 강력하게 항의했다.

"피터, 그렇지 않아요. 저는 당신 적이 아니에요! 우리 교회도 당신 적이 아니에요!"

"하지만 시기가 딱 맞아떨어진다는 점은 인정하겠죠. 마침내 우리는 성경의 우주 창조 이야기가 어리석음의 더미에 지나지 않는다는 증거를 확보하고 파커와 그의 제자들에게 그 증거를 들이대고 입을 닥치라고 말할 참이었어요! 신나셨겠네요! 그 증거가 사라졌으니까요."

마냐니 신부는 눈물을 흘리며 주저앉았다.

"저 역시 당신만큼 실의에 빠졌어요. 저는 이 도난사건에 아무런 책임도 없어요. 다만 임무를 성공적으로 수행하지 못해서 몹시 죄의식을 느끼고 있을 뿐이에요."

오스몬드는 마냐니 신부를 바라보았다. 신부는 진지한 모습이었다. 미국인은 의자를 힘껏 걷어찼다. 의자는 연구실 다른 쪽 끝까지 날아갔다. 최근 100년 사이에 가장 중대한 발견물이 코앞에서 사라지다니! 경계를 해야 했는데……. 현장에서 잤어야 했는데……. 잠시도 운석에서 눈을 떼어서는 안 되었는데……. 국립파리자연사박물관은 자료를 곧잘 분실하는 곳이었다. 온갖 사람들이 혼란스럽게 왕래하는 곳이었다. 아, 우리가 미국에 있었더라면 상황은 아주 달랐을 텐데…….

하지만 이 원통한 일을 되새긴들 무슨 소용이 있겠는가. 오스몬드는 창가에 서서 뷔퐁 가를 거슬러 올라오는 자동차들을 바라보았다.

*

부아쟁 경위가 물었다.

"몇 사람이 이 금고의 비밀번호를 알고 있습니까?"

피터 오스몬드는 한숨을 내쉬었다. 그는 이 경찰이 초연하게 묻고 있는 이 질문을 30분 전부터 자신에게 되묻고 있었다.

"마냐니 신부님과 나, 이렇게 두 사람입니다."

침묵이 모여 있던 사람들을 짓눌렀다. 불법 침입 소식을 듣자마자 달려온 미셸 델마 관장은 대재앙을 확인할 수 있을 뿐이었다. 몹시 명랑한 모습으로 도착한 레오폴딘은 연구실을 지배하는 비탄의 분위기에 표정이 굳어졌다. 고개를 떨구고 어깨가 축 처진 오스몬드와 마냐니는 어떤 의욕도 발휘할 수 없을 것 같았다.

부아쟁 경위는 실마리를 찾기 위해 성큼성큼 걸으면서 물었다.

"혹시 의심이 가는 사람이 있습니까? 특별히 당신을 원망할 이유를 가진 사람은 없습니까?"

피터 오스몬드는 최면 상태에 빠진 듯 침울하게 의자에 앉아 있는 마냐니 신부를 바라보았다.

미국인은 한숨을 내쉬었다.

"없어요. 특별히 의심이 가는 사람은 없어요. 하지만 적은 많아요. 나는 중요한 과학지의 편집장입니다. 논문을 거절할 때마다 적을 만드는 셈이죠. 연구 결과에 이의를 제기하면 더욱더 그렇죠. 하지만 이런 일은 주로 미국에서 일어나요. 프랑스에서 이런 문제는 전혀 없어요."

미셸 델마는 제자이자 친구인 오스몬드를 옹호하는 것이 좋겠다고 생각했다.

"미국 법원은 과학 사기를 밝혀내기 위해 오스몬드 교수에게 자주 도움을 요청했어요. 최근에도 그는 세포의 생화학적 구조의 복잡성을 내세워 신의 존재를 증명하려고 시도했던 사이비 생물학자들에게 맞서 캔자스 법원에서 증언했어요."

부아쟁은 수염을 만지작거리면서 회의적으로 말했다.

"글쎄요……. 학자들의 싸움이 그 정도로 악화될 수 있는지는 몰랐습니다."

오스몬드는 한숨을 내쉬며 말했다.

"미국에서는 걸핏하면 소송을 제기해요. 많은 사람들이 함부로 이야기하기 때문이죠……. 그렇지만 어리석은 짓에도 한계가 있죠."

"어리석음이 과학적으로 측정될 수 있다는 사실은 몰랐습니다."

부아쟁 경위는 결코 화를 내지 않는 대단한 장점을 지녔다. 그가 재치 있는 말을 해도 아무도 웃지 않았다. 그에게는 또 다른 장점이 있었다. 그것은 독특한 관찰력이었다. 그는 눈 하나 깜짝이지 않고 정면에서 신문을 하거나 가택수색을 진행했다.

"마냐니 신부님은 적이 많습니까?"

마냐니 신부는 성직자에게 하는 질문치고 너무 무례하다고 지적하지 않았다.

"제가 아는 바로는 없어요. 저는 과학자입니다. 연구실을 떠나는 경우는 거의 없어요. 설령 내가 원한다 해도 적을 만들 시간이 없어요."

부아쟁 경위는 재치 있는 대답을 음미하며 살짝 미소를 지었다. 그는 금고를 살피다가 중얼거렸다.

"어? 이게 뭐지?"

모든 시선이 부아쟁 경위에게 집중되었다. 금고 자물쇠 앞에 웅크린 경위는 호주머니에서 크리넥스를 꺼내더니 금고 안쪽에서 까만 알약 같은 것을 꺼냈다.

"탐지기……."

부아쟁 경위는 10원짜리 동전보다 크지 않은 물건을 전문가의 안목으로 자세히 살펴보았다.

"초소형 자기파(磁氣波) 탐지기입니다. 어떤 소리의 고저도 녹음할 수 있는 아주 예민한 탐지기죠. 이것은 번호를 누르는 대로 비밀번호를 기억했습니다."

레오폴딘은 불현듯 대수롭지 않은 한 장면이 떠올랐다. 그녀가 광물학관 회랑으로 가고 있었을 때 수염이 덥수룩한 한 남자가 귀에 이어폰을 낀 채 기계를 조작하고 있다가 문을 쾅 닫았다. 따라서 범인은 사전에 만반의 준비를 갖추고 연구실에 금고를 설치하는 순간을 기다리고 있었던 것이다…….

레오폴딘의 가슴이 두근거렸다. 소장품 관리인 요한 키르허가 방금 도착한 것이다. 부아쟁 경위가 탐지기를 보여주며 물었다.

"키르허 선생님, 이 금고가 어디에서 왔는지 아십니까?"

"1층 보석 전시회를 위해 장비를 빌려준 기업입니다."

"연구실에 이 금고를 설치한 사람들을 알고 있습니까?"

미셸 델마가 대답했다.

"박물관 소속 기술자들입니다. 그들에게 혐의가 있다고는 생각하지 않아요."

키르허가 한탄했다.

"이 금고를 설치하기 전에 많은 사람들이 이 금고에 손을 대지 않았을까요? 사실 우리는 전시회를 준비하느라 몹시 바빴습니다. 모든 것을 감시하기는 어렵죠. 그리고 테오도르 모노실의 문을 여는 것은 그다지 어렵지 않습니다. 이 자물쇠는 흔한 모델이죠. 보통 침입 강도라면 10초면 열 수 있을 겁니다."

하지만 이 강도는 평범한 강도가 아니었다.

미셸 델마, 피터 오스몬드, 마냐니 신부가 후속조치에 대해 토의하는 동안, 레오폴딘은 이어폰을 끼고 일하던 남자의 방으로 부아쟁 경위를 안내했다. 예상했던 대로 장비는 이미 사라지고 없었고 도둑은 어떤 흔적도 남기지 않았다.

레오폴딘이 테오도르 모노실로 돌아왔을 때 오스몬드는 혼자였다. 그는 창틀에 기댄 채 멍하니 허공을 바라보고 있었다. 그녀는 이 미국인 학자에게 깊은 연민을 느꼈다. 그녀는 조심스럽게 다가가서 그의 어깨 위에 손을 얹었다.

"괜찮아요?"

오스몬드는 여전히 허공을 응시했다. 그는 움직이지 않은 채 맥없는 목소리로 말했다.

"내 생애 최악의 실패에요. 25년의 연구 생활에서 가장 중요한 증거를 분실했어요……."

한참 동안 침묵이 흘렀다. 레오폴딘은 쓸데없는 짓임을 알지만 격려의 말을 찾았다.

"하지만 되찾을 수도 있잖아요. 단순한 실수일지도 몰라요……."

피터 오스몬드는 고개를 저었다.

"레오폴딘, 당신은 친절한 사람이에요. 하지만 희망이 없어요. 놈들은 무턱대고 행동하지 않아요. 이제는 이 운석에 대한 이야기를 결코 들을 수 없을 거예요. 끝났어요."

레오폴딘은 그처럼 건장한 남자가 정신적 혼란에 빠진 모습을 보고 몹시 당황했다.

오스몬드는 부드럽게 미소를 짓고 말했다.

"아무튼 도와줘서 고마워요. 당신과 함께 일해서 즐거웠어요."

그러더니 다시 고요한 명상에 잠겼다. 레오폴딘은 점점 더 깊어가는 공허감을 헤아려보았다.

*

레오폴딘은 중앙도서관으로 가는 도중, 몹시 흥분한 채 신문을 들고 있는 알렉스와 마주쳤다. 그는 「파리지앵」을 내밀면서 말했다.

"이 신문 봤어? 나에 대한 기사가 났어!"

6면 맹수 우리 사진 위에 멜로드라마풍의 제목이 붙어 있었다.

"국립파리자연사박물관에서 사망 사고 : 표범에게 잡아먹힌 한 사육사."

레오폴딘은 재빨리 기사를 훑어보았다. 기자는 모든 동료들로부터 인정받는 젊은 사육사 알랑 테이소가 맹수들에게 먹이를 주는 순간 잔인한 맹수가 그에게 달려들어 오른팔을 물었다고 썼다. 동료 사육사가 용감하게 맹수를 제압하려고 애썼지만 불쌍한 사육사는 깊은 상처로 사망하고 말았다. 비극의 원인을 규명하기 위해 수사가 개시되었다. 마지막으로 기자는 주초에 박물관에서 일어난 첫 번째 인명사고를 넌지시 암시하면서도 자세한 내용은 언급하지 않았다.

레오폴딘은 기자의 창의성에 깜짝 놀랐다. 하지만 알렉스는 그런 고찰에 관심이 없었다.

"용감한 사육사는 바로 나야!"

그러더니 의혹의 눈초리로 주위를 둘러보고는 그녀에게 속삭였다.

"사람들이 또 뭐라고 하는지 아니? 아니타 엘베르그를 죽인 사람이 에릭 고도프스키라는 거야. 훔친 운석에 대한 보복이라는 거지. 무슨 말인지 알겠니?"

깜짝 놀란 레오폴딘은 험담이라는 기계가 전속력으로 회전했다는 사실을 확인했다. 그녀는 당황한 눈빛으로 알렉스를 주시했다.

"그게 모두 사실이라고 생각하니?"

"아무튼 오늘 아침 회의 후 경찰이 고도프스키에게 뭔가를 물어본 것은 사실이야."

"그리고?"

"나머지는……."

알렉스는 실상을 전혀 모르면서 아주 엉뚱한 소문을 열심히 전하는 대부분의 사람들과 마찬가지로 더 이상 아는 게 없었다. 당사자인 에릭 고도프스키와 코메르송 경위만이 실제로 일어난 일을 상술할 수 있을 것이다.

21장. 잃어버린 고리, 베이징원인

피터 오스몬드, 마냐니 신부 그리고 미셸 델마는 계속 연구를 진행할 것인지에 대해 토론했다. 박테리아 배양은 쓸모없게 되었다. 단순히 박테리아를 배양하고 싶다면 버클러 교수가 실험했던 운석 견본을 사용할 수도 있었다.

미국인은 체념한 듯 어깨를 으쓱하며 말했다.

"아무튼 저는 운석 없이는 아무것도 발표할 수 없어요. 사람들은 이번에는 내가 속임수를 썼다고 비난할 겁니다. 이 점을 생각해보셨어요? 사기꾼 피터 오스몬드! 파커와 그의 패거리에게는 횡재가 되겠죠. 이제 미국으로 돌아가는 일만 남았습니다……."

미셸 델마는 침묵을 지켰다. 그는 오스몬드가 옳다는 사실을 알고 있었다. 타당한 물증이 없다면 모든 것은 끝장난 것이다.

미국인은 다시 한 번 자신의 소홀을 비난했다. 젠장! 어떻게 이런 사태를 예상하지 못했단 말인가? 그것도 자기파 탐지기에 이런 망신을 당하다니! 그는 과학적 사명의 중요성에 너무 몰두한 나머지 가장 초보적인 예방조치를 잊어버렸던 것이다.

갑자기 오스몬드는 눈살을 찌푸렸다.

"왜 파커는 오늘 아침 이곳에 있었죠?"

박물관장은 당혹스러운 표정을 지었다.

"그게 말이네……. 그는 아주 특별한 보석을 소장하고 있네……. 사실 나는 이 전시회를 직접 준비하지 않았네. 요한 키르허가 여러 참가자들을 섭외했네."

"파커는 개신교 근본주의 운동과 관련 있습니다. 알고 계셨어요?"

미셸 델마는 눈에 띄게 난처한 모습이었다.

"최근에야 그 사실을 알았네. 나에게 파커는 처음에는 다른 사람과 마찬가지로 한 수집가였을 뿐이네. 나는 할 일이 무척 많네……. 모든 것을 확인할 시간이 없네……."

피터 오스몬드는 운석 분실사건으로 원망하지 않는다는 사실을 보여주기 위해 박물관장의 어깨 위에 손을 얹었다. 마냐니 신부는 의혹의 눈초리로 박물관장을 집요하게 바라보았다. 미셸 델마는 신부의 시선을 피했다.

*

"페이는 동굴의 석회화(石灰華) 속에 파묻힌 매끈매끈한 두개관(頭蓋冠)을 발견했다. 그는 정수리가 원숭이나 다른 모든 영장류의 것보다 컸다고 기록했다."

중앙도서관 열람실에 앉은 레오폴딘은 먼지투성이 서류함에서 찾아낸 수첩을 펴놓고 여기저기에 줄이 그어진 작은 글씨를 해독하고 있었다. 이 자료는 점점 더 그녀의 호기심을 끌었다. 우니베르살리스 백과사전에 따르면 1932년 앙드레 시트로앵이 기획한 중국횡단탐험대는 20여 명의 프랑스인들을 데려갔다. 그들 가운데는 국립파리자연사박물관 소속인 테야르 드 샤르댕 신부와 몇몇 과학자가 포함되어 있었다. 진화론과 그리스도교 신앙을 화해시키려는 샤르댕 신부의 철학적 주장은 교회의 반감을 샀다. 로마교황청은 그를 이교적 교리의 선전자, 신자들을 교리로부터 떼어놓을 위험이 있는 무책임한 사람이라고 여겼다.

실제로 샤르댕의 지질학과 고생물학 연구는 '진화 과정이 점점 증가하는 복잡화의 논리'—결국에는 정신을 통해 물질이 오메가 점, 즉 그리스도 초월성의 현현(顯現)으로 변화하기에 이르는 논리—에 따른다는 것을 입증하는 경향을 띠었다. 신자들의 정신을 혼란스럽게 할 수 있는 샤르댕 신부의 견해와 충돌한 고위 성직자들은 그가 중국에서 수행한 선사유적 연구를 이용하면서도 그를 멀리했다. 샤르댕은 유럽으로 돌아와 1955년 뉴욕에서 죽기 전까지 25년 동안 중국에서 살았다. 그는 살아 있는 동안 철학적이고 종교적인 발표를 금지당하긴 했지만 과학 연구는 마음껏 할 수 있었다. 그래서 중국 횡단 여행에 참가할 수 있었던 것이다. 소문에 따르면 그는 여행 중에 놀라운 발견을 했다고 한다. 하지만 그 발견은 흔적도 없이 사라졌다. 누군가를 난처하게 하는 것이었을까?

레오폴딘은 혼자 중얼거렸다. '흔적도 없이 사라졌다'고? 그럼 지금 그녀의 수중에 있는 것은 무엇일까? 이게 테야르 드 샤르댕의 수첩이 아닐까? 그리고 그 트렁크는? 만일…….

갑자기 문이 열렸다. 경탄의 물결이 열람실에 퍼져 나갔다. 마치 고요가 물질화되는 것 같았다. 섬세한 얼굴, 등에서 폭포처럼 찰랑거리는 흑옥처럼 새까만 머리카락, 하얀 옷을 입은 젊은 미녀가 도서대출대를 향해 고양이처럼 사뿐사뿐 가고 있었다. 마치 마루판 위에서 떠다니는 것 같았다. 하지만 열람자들이 절대적인 의심을 가지고 관찰한 것은 얇은 옷 속에서 자랑스럽게 우뚝 솟은 가슴이었다. 그 멋진 가슴은 중력의 법칙에 도전하고 있었다. 즉각 레오폴딘은 마법 혐의로 고소되어 종교재판소의 화형대로 이송된 처녀들의 판화를 떠올렸다.

젊은 미인은 도서대출대 앞에서 멈추더니 자클린에게 쪽지를 건넸다. 그녀의 낮은 목소리는 감미롭고 매우 관능적이었다.

"안녕하세요. 이 작품을 열람하고 싶어요. 주베르 부인의 허가서를 가지고 있어요."

레오폴딘은 자클린에게 다가갔다. 자클린은 한참 동안 젊은 여자의 얼굴을 뚫어지게 바라보더니 쪽지를 움켜쥐었다. 그녀는 쪽지를 대충 훑어보더니 레오폴딘에게 질겁한 시선을 보냈다. 문제의 작품은 『솔로몬의 쇄골의 비밀』이었다. 1686년 슈브뢸의 기증도서였다.

이 이상한 방문객은 태연한 모습으로 기다렸다.

레오폴딘이 희귀본서고의 열쇠를 건네자 자클린은 책을 찾으러 떠났다. 마침내 레오폴딘이 더듬더듬 말했다.

"앉으세요. 제 동료가 책을 찾아다 드릴 거예요."

눈부시게 아름다운 아가씨는 반듯하게 앉아서 기다렸다. 그녀는 입을 크게 벌린 채 자신을 주시하는 10여 명의 찬미자들에게 눈길 한 번 주지 않았다. 잠시 후 자클린은 새로 왁스를 칠한 송아지 가죽 장정을 한 작은 책을 가지고 돌아와서 학생 앞에 책을 놓았다. 학생은 가방에서 천천히 종이와 만년필을 꺼내더니 메모하기 시작했다. 그녀 주위에 있던 사람들은 다시 연구를 시작할 생각을 하지 못했다.

격분한 자클린이 레오폴딘에게 속삭였다.

"저 바보들 좀 봐……. 저런 여자를 한 번도 본 적이 없을까?"

"눈길을 끌 만하다는 점은 인정해야 해……. 브래지어를 착용하지도 않았는데 어떻게 저렇게 유지할 수 있을까?"

"저 학생은 아직 젊잖아. 몇 년 후에 두고 보면 알 거야……."

"마법일지도 몰라……."

며칠 전부터 박물관을 지배하는 숨막힐 듯한 분위기 속에서 이 문장은 보기보다 가벼운 게 아니었다.

레오폴딘은 자신의 책상으로 돌아와서 수첩 몇 쪽을 읽었다. 출처를 알 수 없어 몹시 낙담한 그녀는 가르쳐줄 수 있을 만한 사람에게 문의하러 가기로 결심했다.

레오폴딘은 나오면서 그 이상한 학생 옆을 지나쳤다. 학생은 여전히 상체를 꼿꼿이 세우고 반듯하게 앉아서 큼직하고 꼼꼼한 필체로 단어들을 늘어놓고 있었다. 그녀는 엄지손가락과 집게손가락 그리고 가운뎃손가락 사이에 만년필을 끼우고 있었고, 손목은 직각으로 꺾여 있었다. 손은 발굽, 숫양의 발굽 모양이었다.

학생은 갑자기 머리를 들고 레오폴딘에게 미소를 지었다.

*

레오폴딘은 그 모습에 강한 인상을 받은 채 중앙도서관 계단을 급히 내려갔다. 본관을 우회한 다음 나란히 심어진 등나무에 가려진 별관에 도착했다. 문 위에는 다음과 같은 현판이 붙어 있었다.

피에르 테야르 드 샤르댕 재단

레오폴딘은 문을 밀자마자 뜻밖에도 로랑스 앵베르와 마주쳤다. 두 사람의 얼굴에는 이런 우연한 만남이 두 사람에게 얼마나 불쾌한 것인지 얼굴에 확연히 나타났다. 하지만 불운에 굴복해서는 안 되었다. 더구나 레오폴딘은 과학 문제를 해결하기 위해 오지 않았는가.

로랑스 앵베르가 먼저 반응을 보였다. 그녀는 눈썹을 치켜들고 경멸적인 미소를 지었다.

"아, 당신도 테야르 드 샤르댕의 연구에 관심이 있나요? 당신은 오스몬드 교수를 도와주느라 바쁠 거라고 생각했는데……."

로랑스 앵베르는 이 지적을 통해 자신이 직업적인 거만함과 개인적인 자만심을 섞음으로써 여성적 갈등의 비법을 터득했다는 사실을 입증했다. 하지만 레오폴딘 드베르는 검 끝에 가죽 뭉치를 댄 플뢰레(펜싱 종목의 하나—옮긴이) 결투에서도 미숙하지 않았다.

"맞습니다. 당신이 이 재단의 행정관인가요?"

로랑스 앵베르는 품위 있게 그리고 어쩔 수 없이 초연한 태도로 모욕을 참고 대답했다.

"그래요. 무엇을 도와드릴까요?"

레오폴딘은 자료용 파일에서 수첩을 꺼냈다.

"여기에 육필원고가 있는데 누가 썼는지 알고 싶어요. 테야르 드 샤르댕의 필체 같은데 확신할 수 없어요. 그래서 샤르댕의 개인 문집을 참고하고 싶어요."

로랑스 앵베르의 날카로운 시선이 즉각 수첩에 꽂혔다. 그녀는 강제로 수첩을 낚아채고는 책상 뒤에 앉았다. 레오폴딘이 항의를 할 짬도 없이 그녀는 열정적으로 확인해주었다.

"맞아요. 틀림없이 그분의 필체예요. 테야르 드 샤르댕은 단어를 촘촘하게 붙여 쓰는 특이한 습관이 있었어요. 정정하기 위해 그은 줄이 많은 것은 그분이 아주 정확하고 세심하게 묘사를 했기 때문이죠. 어디에서 이 자료를 찾았어요?"

직업적 위계 문제가 대두될 경우 자존심을 제쳐놓을 수 있는 것은 레오폴딘 드베르의 장점이었다.

"인부들이 식물학관 6층 회랑에서 옮겼던 서류함 안에 있었어요. 트렁크와 함께 있었다고 들었어요."

로랑스 앵베르는 즉각 머리를 쳐들었다.

"트렁크라고요? 어디에 있죠?"

"정확히 아는 사람이 없어요."

"아주 중요한 트렁크일 거예요. 어떤 일이 있어도 트렁크를 꼭 찾아야 해요!"

"왜 그렇게 중요하죠?"

로랑스 앵베르는 일어나더니 사무실 안에서 서성거렸다. 경멸의 흔적은 그녀의 목소리에서 완전히 사라졌다. 그녀는 과학자로 돌아왔고 연구 대상을 털어놓았다.

"1930년대 초 테야르 드 샤르댕은 한 발굴 현장에 참가했어요. 이 현장에서 많은 유골이 발굴되었죠. 사람들이 '베이징원인' 이라고 부르는 영장류과(科)였어요. 중국 박물관에 복제품이 하나 있어요. 그런데 원래 화석들은 2차 세계대전 중에 분실되었어요. 이 사건은 현대 과학계의 큰 수수께끼 중 하나죠. 어떤 사람들은 해골이 가득 들어 있는 트렁크가 미국 배에 실렸다가 1941년 일본 잠수함에 의해 침몰되었다고 주장해요. 그리고 또 다른 사람들은 트렁크를 중국 어딘가에 숨겨놓았다가 잊어버렸다고 주장해요. 실제로 그 해골이 어떻게 되었는지 아무도 몰라요."

레오폴딘이 물었다.

"그처럼 중요한 건가요? 아무튼 만일 모형이 있다면……."

로랑스 앵베르는 그녀 앞을 막아서고는 두 눈을 똑바로 쳐다보았다. 그리고 믿을 수 없다는 표정을 짓고 물었다.

"정말로 모르겠어요? 우리는 DNA 분석을 통해 이 조상이 진화의 어떤 시기에 존재했는지 알아낼 수 있어요! 베이징원인은 인간 의식의 탄생에 관한 증거, 즉 원숭이와 인간 사이에서 발견해야 하는 최후의 고리를 지녔을 거예요!"

레오폴딘이 외쳤다.

"요컨대 빠진 고리(생물의 진화 과정에서 화석으로 입증되지 않은 부분—옮긴이)군요!"

로랑스 앵베르는 이 지적을 놓치지 않고 손가락을 치켜들며 말했다.

"나는 '공동조상' 이라는 용어를 선호해요. 트렁크가 수년 전부터 박물관에 있었는데도 아무도 몰랐다니……."

레오폴딘은 깜짝 놀랐다. 다윈 진화론에서 마지막 미지의 존재가 아닌가. 코페르니쿠스부터 갈릴레이, 뉴턴, 다윈을 거쳐 아인슈타인까지 인간이 스스로 형성되었다는 사상을 뒤흔들었던, 기나긴 역사의 최후의 고리…….

로랑스 앵베르는 단호하게 집게손가락을 치켜들었다.

"트렁크를 꼭 찾아내야 해요. 어떤 대가를 치르더라도."

이런 의도적인 선언은 무모한 사람들을 끌어들일 수도 있는 법이다. 박물관에 물건이나 사람을 영원히 없애기 위해 무슨 짓이든 할 각오가 되어 있는 사람이 있었기에 더더욱 그렇다.

22장. 근본주의자 토비 파거

오후 끝 무렵 바람이 다시 불었다. 구름은 조금씩 하늘을 혼란스럽게 만들었다. 레오폴딘은 여름이 언제나 똑같은 방식으로 끝난다고 생각했다. 어느 날 바람은 불가사의하게 더욱 시원해지고 하늘은 더욱 무거워진다. 그러면 사람들은 좋은 계절은 이미 지나가버렸다고 느낀다. 가을은 감미롭긴 하지만 비와 잿빛 풍경을 동반하면서 코끝을 꼿꼿이 세운다.

이 젊은 여인은 우수에 마음을 달래고 있었다. 레오폴딘은 앉아서 단풍나무의 첫 낙엽이 우아하게 떨어지는 모습을 바라보았다. 벽 밑의 따뜻한 곳에서 자신을 되돌아보는 것은 별로 불쾌한 일은 아니었다. 그녀는 여름 끝에서 일종의 우울한 기쁨을 느꼈다. 한 주기가 마무리되고 더욱 느리고 더욱 조용한 다른 주기가 자리를 잡아갔다. 가을은 레오폴딘처럼 책 속에 푹 빠지기를 좋아하는 몽상가들에게는 아름다운 계절이다.

이런 계절의 전망은 피터 오스몬드를 만족시키지 못한 듯했다. 오스몬드는 식물원 산책로를 혼자 거닐었다. 그러다가 아이들이 즐거운 음악에 맞춰 웃고 있는 회전목마 앞에서 멈추었다. 레오폴딘은 오스몬드의 기분을 전환시켜주기로 결심하고 그를 만났다. 그는 레오폴딘을 보며 쓸쓸한 미소를 지었다.

"아, 레오폴딘, 일과는 끝났어요?"

오스몬드는 조금 전보다 더 낙심한 모습이었다. 마치 엄청난 기운이 그에게 해를 끼치고 그의 내부를 괴롭히는 것 같았다. 레오폴딘은 약간의 희망이라도 불어넣어 주고 싶었다.

"정말로 아무것도 건질 수 없나요? 실험과 관찰은 성공적이었는데……."

오스몬드는 허공을 바라보며 고개를 저었다. 그리고 약간 긴장을 풀며 대답했다.

"끝났어요. 집으로 돌아갈 거예요. 만일 경찰이 단서를 찾아내지 못하면 월요일 아침 비행기를 탈 거예요. 아들이 보고 싶어요."

레오폴딘은 깜짝 놀라며 물었다.

"아드님이 있어요?"

"네, 열두 살이에요. 프린스턴에 살고 있죠. 녀석의 엄마와 나는 이혼소송 중이에요. 나는 아들 녀석을 아주 가끔 만나요."

"죄송해요……."

"레오폴딘, 당신이 미안할 필요는 없어. 이게 흔히 말하는 인생이지."

레오폴딘은 오스몬드의 느닷없는 평칭에서 미국인이 속내 이야기를 하고 싶어 한다는 것을 깨달았다. 침묵이 가장 좋은 대답일 것이다. 오스몬드는 길게 한숨을 내쉰 후 마치 자신에게 말하듯 이야기를 계속했다.

"나는 일을 너무 많이 해. 그래서 가족에게 별로 신경쓰지 못했지. 조애너는 더 이상 참지 못했어. 그녀는 아들보다 연구에 더 관심이 많다고 나를 비난했지……. (그는 씁쓸한 미소를 지었다.) 피터 오스몬드 교수는 지위에 걸맞게 처신해야 했어. 아내가 옳았어. 하지만 나는 그녀가 나로부터 멀어지는 것조차 눈치 채지 못했지."

오스몬드는 회전목마에서 얼굴을 돌렸다. 아이들을 보고 있자니 아들이 간절히 보고 싶었다. 그는 레오폴딘을 산책로로 데려갔다.

"나는 개신교 근본주의 교파와 싸웠어. 살인 협박을 받기도 했지. 조애너는 이런 압력을 받으면서 살 수가 없었던 거야. 그녀는 케빈을 데려간 후 이혼을 요구했어."

갑자기 그의 눈동자는 분노로 이글거렸다.

"게다가 마치 내 불행을 상기시키려는 듯 최악의 적이 오늘 아침 이곳 박물관에 있었다니!"

레오폴딘의 얼굴이 굳어졌다.

"최악의 적이요? 이곳에서요?"

"응, 텔레비전 방송 설교가 토비 파커 말이야. 한가한 때는 다이아몬드를 밀매하는 종교적 과격주의자지. 그는 극단적 보수주의 운동을 후원하고 있어. 나는 몇 년 전부터 그들의 주장에 반론을 제기해 왔지. (그는 두 주먹을 불끈 쥐면서 말했다.) 바로 오늘 아침에 운석을 도둑맞았는데 이게 과연 우연일까?"

"토비 파커가 장본인이라고 생각하세요?"

"모르겠어. 확실한 물증은 없지만 심증은 갖고 있어."

오스몬드는 갑자기 젊은 여인의 두 어깨를 붙잡고 말했다.

"레오폴딘, 도움이 필요해. 나를 도와주겠어?"

그녀는 겁에 질린 표정으로 대답했다.

"제가요? 제가 뭘 할 수 있을까요?"

"먼저 누가 이 전시회의 배후이고, 왜 파커가 이 전시회에 참여했는지 알아야 해. 그런 다음 최근에 일어난 살인사건에 대한 단서를 찾아야 해. 이곳에서 이상한 일이 너무 많이 일어나고 있어. 나는 우연을 믿지 않아."

"아니타 엘베르그의 죽음을 말하는 건가요?"

"그뿐만이 아니야. 호완싸인 교수와 사육사의 죽음, 그리고 운석의 분실. 이 모든 일은 연관이 있어. 나는 확신해. 박물관에 모종의 계획을 실행하는 누군가가 있어. 그 계획이 뭔지 알고 싶어."

오스몬드가 아니타 엘베르그의 몸에서 훔쳤던 꼬리표를 가지고 지난밤에 실시한 DNA 분석 결과에 대해 말하자, 레오폴딘은 소스라치게 놀랐다. 레오폴딘은 자신이 방금 들은 내용을 곰곰이 생각하다가 무의식적으로 식물학관 회랑 쪽으로 머리를 치켜들고 4층 창가에서 두 사람을 지켜보고 있던 위게트의 뚱뚱하고 물렁물렁한 얼굴을 발견했다.

*

"다시 말하지만 알랑이 나를 신경질 나게 하기 위해 사진을 합성했던 거야!"

노르베르 뷔송은 알렉스에게 자신이 그 합성사진을 만들지 않았다고 재차 설명했다. 알렉스는 풀이 죽은 채 노르베르가 열심히 먹이를 주는 새장을 청소하고 있었다.

"너도 기이한 사진이란 것은 인정할 거야. 자연 보호를 지지하는 너와 네 친구들은 동물 우리를 개방함으로써 인류를 해방한다고 주장하지. 너희는 모든 것을 뒤섞잖아!"

"참 괴상한 논리네! 왜 동물 보호에 대해 말할 때마다 사람들은 뭔가를 끌어내야 한다고 생각하지? 사실은 그 정반대야! 우리가 요구하는 유일한 것은 모든 형태의 생명에 대한 존중이야. 인도적이고 문명화되었다고 주장하는 우리 사회가 동물들을 학대하고 끔찍한 환경에서 닭이나 젖소를 집단사육한다면, 인간은 혹독한 대가를 치러야 할 거야. 생태계 변화는 위험을 감수해야 해. 내 말을 믿어. 이런 식으로 동물들을 다룬다면 인간에게도 똑같은 운명을 강요할 수 있어."

"너는 언제나 과장이 심해!"

"전혀 그렇지 않아! 나는……."

노르베르는 입을 다물었다. 레오폴딘과 피터 오스몬드가 동물원 치료실로 들어왔던 것이다. 노르베르는 고생물학자를 알아보았다. 그는 수많은 간행물에서 피터 오스몬드의 사진을 보았다.

레오폴딘이 말했다.

"노르베르, 하버드 대학교의 오스몬드 교수님을 소개할게. 이분은 네게 한두 가지 질문을 하고 싶어 하셔."

"정말로 오스몬드 교수님이세요? 와, 믿기지 않습니다……."

오스몬드는 아첨이나 지나친 예의 따위로 낭비할 시간이 없었다.

"저는 요전에 바코딩(DNA 배열 계측법으로 생물의 종을 판별하는 유전자 기술—옮긴이)을 개발했습니다. 몇 가지만 확인하고 싶습니다. 최근에 박물관에서 표범을 치료한 적이 있습니까?"

노르베르는 알렉스가 즉각 내민 장부를 확인하고 대답했다.

"네, 지난주에 이틀 동안 한 표범을 관찰한 후 우리로 돌려보냈습니다."

"의료 처치는 어떻게 했습니까?"

"백신 접종을 하고 다시 문신을 넣었습니다."

"이상한 점은 없었습니까?"

"특별한 점은 없었습니다. 표범은 최근 약간 신경질적으로 보였습니다. 하지만 그건 틀림없이 피부를 자극하는 문신 때문일 겁니다."

"좋습니다. 제가 알고 싶은 것은 이게 다입니다. (그는 레오폴딘에게 머리로 신호를 보내며 덧붙였다.) 이제 우리는 알랑이 표범 우리 안에 들어간 것이 단지 마약 중독 때문만이 아니었다는 사실을 확신할 수 있어요."

두 사람은 얼빠진 노르베르를 남겨놓고 떠났다. 세상에서 가장 유명한 과학자 중 한 명이 몸소 찾아와서 그처럼 터무니없는 질문을 던지다니!

*

마냐니 신부는 긴장된 전화 통화를 서둘러 마무리했다.

"오늘 저녁에 꼭 뵈어야 합니다. 네, 아주 중요한 일입니다. 전화로는 말씀드릴 수 없습니다. 너무 위험합니다. 누군가가 우리 통화를 감청하고 있을 겁니다……. 좋습니다. 그럼 15분 후에 뵙겠습니다."

신부는 황급히 수화기를 내려놓았다. 피터 오스몬드가 연구실로 들어왔던 것이다. 오스몬드는 신부에게 적의를 품은 시선을 던지더니 메모를 분류하기 시작했다. 마냐니 신부는 창가로 가서 로만칼라를 매만졌다. 공기가 무거웠고 새로운 뇌우가 준비되고 있었다. 신부는 정원을 둘러보았다. 날카로운 호루라기 소리가 한가한 구경꾼들을 출구로 내쫓고 있었다. 신부는 분명 동료의 냉대에 충격을 받았다. 그는 마른기침을 한 후 말했다.

"그럼 저는 가겠습니다. 좋은 저녁 시간 보내세요."

응답이 없었다.

마냐니 신부는 수건을 쥐고 문턱을 넘으면서 말했다.

"피터, 늦게까지 연구할 생각이라면 문을 잠그는 편이 좋을 겁니다. 그게 더욱 신중한 처신입니다."

피터 오스몬드는 몸을 돌렸다. 신부의 얼굴에는 불안의 그림자가 드리워져 있었다.

*

그때 식물원은 아주 기이한 야간 발레 무대였다. 성직자의 통통한 실루엣이 서둘러 본관으로 가고 있었고, 레오폴딘 드베르는 경쾌하고 단호한 발걸음으로 퀴비에 가의 포치 아래를 지나가고 있었다. 언제나 마지막으로 박물관을 떠나는 플로루스 교수는 식물학관 회랑의 황량한 복도에서 절뚝거리고 있었고, 손전등을 든 부아쟁과 코메르송은 의견을 나누고 있었다.

부아쟁이 동료에게 물었다.

"그럼 고도프스키는? 좀 이상한 사람이라고 생각하지 않나?"

"맞아. 신경쇠약환자야. 그의 연구실은 완전히 잡동사니 창고야. 도처에 새 뼈가 널려 있지. 또 약간 머리가 돌았어. 그는 미셸 델마 박물관장이 확실한 증거를 감추는 일종의 광신자라고 공언할 정도로 많은 사람들을 광신도라고 생각하지. 나는 이 고도프스키가 지독한 편집광이라고 생각해. 하지만 현재로서는 그에게서 어떤 혐의도 발견할 수 없어."

"고도프스키는 엘베르그의 살해에 대한 알리바이가 있어?"

"그는 자기 집에 있었대. 증인은 아무도 없고."

불길한 침묵이 흘렀다. 부아쟁 경위는 초연한 말투로 말을 이었다.

"그런데 고도프스키는 엘베르그에 대해 뭐라고 했지?"

"두 사람은 각각 박물관 끄트머리에서 일했기 때문에 그는 개인적으로 그녀를 잘 알지 못한다고 주장하고 있어."

"'O.가 박물관에 도착했다'는 포스트잇에 대해서 고도프스키는 뭐라고 설명했어?"

"그는 설명하지 못했어. 엘베르그는 뜻밖의 위급한 일을 고도프스키에게 경고하려 했을 거야."

"고도프스키가 쪽지의 장본인을 모르다니 이상해. 그럼 너는 미국인에 대해서는 어떻게 생각해?"

"피터 오스몬드? 고도프스키에 의하면 아주 탁월한 과학자야."

부아쟁은 평소처럼 익살스런 말투로 대화를 이었다.

"그럼 네 생각은?"

코메르송 경위는 중립을 지키면서 대답했다.

"나는 오스몬드가 파리에 온 이래로 이상한 사건들이 일어났다는 사실만을 인정할 뿐이야."

부아쟁은 평소보다 훨씬 덜 태평한 목소리로 결론을 지었다.

"우리는 생각이 같네."

*

알렉스는 푸른 작업복을 탈의실 사물함에 넣으면서 동물들이 이상한 흥분에 사로잡혀 있다는 사실을 깨달았다. 귀를 기울였다. 그는 소지품을 챙기고 문을 닫으면서 중얼거렸다. 걱정할 만한 일은 아니군. 틀림없이 뇌우가 다가오고 있기 때문일 거야. 동물의 직감은 인간이 짐작하지 못하는—정확히 말해서 짐작할 수 없는—여러 가지 잠재적 능력을 갖고 있다. 하지만 이 미세한 차이는 우리를 끝없는 논란으로 이끌 것이다.

동물들과 마찬가지로 몹시 흥분한 마냐니 신부는 박물관장의 널찍한 집무실에서 서성대고 있었다. 세심하게 관찰하고 있던 신부는 몇 가지 요소로 인해 더욱 불안감을 느꼈다. 미셸 델마의 레인코트는 양복걸이에 걸려 있었고, 덮개를 닫지 않은 만년필은 눈부신 루이 15세풍 책상 위에 놓여 있었다. 또 오뷔송 융단의 한쪽 귀퉁이는 뒤집어져 있었다. 집무실의 전체적인 조화와 정연한 배치가 뒤틀린 듯 보였다.

마냐니 신부는 이번에는 바위, 화석, 돌 따위의 수많은 견본이 놓여 있는 진열장을 면밀히 살폈다. 어떤 견본은 빼어나게 아름다웠다. 특히 주먹만큼 큼직한 석영 조각에 주목했다. 석영은 거대한 샹들리에의 섬광 아래서 반짝반짝 빛났다. 그는 벽난로 앞에 멈췄다. 벽난로 위에는 뷔퐁 백작인 조르주 루이 르클레르크—눈에 띄게 풍채를 과시하고 사명의 고귀함을 의식하는 하얀 가발에 빨간 프록코트를 입은 귀족—의 초상화가 걸려 있었다.

갑자기 한 가지 사소한 장면이 신부의 관심을 끌었다. 두 개의 표본병이 벽난로 위 선반에 놓여 있었다. 이 표본병은 지질학자의 세계와는 전혀 무관한 것이었다. 한 표본병에는 임신 5개월에 성장이 멈춘 고릴라 태아가 떠다니고 있었고 다른 표본병에는 같은 단계의 인간 태아가 있었다. 마냐니 신부는 잠시 관찰한 후 두 표본 사이에 실제적으로 어떤 차이도 없다는 사실을 인정하지 않을 수 없었다.

바로 그 순간, 한 줄기의 긴 울부짖음이 밤의 정적을 깨뜨렸다. 탄식은 한없이 길어졌고 조금씩 수그러지는가 싶으면 다시 들리곤 했다. 늑대의 울음소리였다. 곧바로 동물원의 다른 동물들이 일제히 울부짖었다. 이 요란한 울음소리는 별 하나 반짝이지 않는 어두운 하늘로 올라갔다.

마르첼로 마냐니는 손가방을 움켜쥐고 기도문을 중얼거리면서 전속력으로 박물관을 떠났다.

"주님, 제 기도를 들어주소서. 저의 보잘것없는 요청에 귀를 기울여주소서. 제 영혼을 괴롭히는 자들의 계획을 꺾어주소서……."

*

한편 아파트에 틀어박힌 레오폴딘 드베르는 자신이 찾아낸 원고를 거실 바닥에 펼쳐놓고 연구하고 있었다. 그녀는 펼쳐진 종이를 굽어보면서 파피루스 고문서 연구가 같은 인내심을 가지고 해독했다. 테야르 드 샤르댕의 힘차고 열정적인 필체는 한 줄 한 줄 다른 세계관의 윤곽을 묘사하고 있었다.

"우주에서 가장 작은 조각 속에서도 하느님의 임재(臨在)를 보십시오. 종교와 무관한 것은 하나도 없습니다."

한 종이의 여백에 아무렇게나 휘갈겨 쓴 이 문장은 레오폴딘을 깊은 명상에 잠기게 했다. 이 남자의 확신은 세월을 뛰어넘어 그녀에게 말을 걸고 있었다. 하늘에서 말없는 거대한 허공밖에 본 적이 없었던 그녀에게…….

목요일

"과학은 하느님 안에서 이루어지는 발굴 작업이다."

빅토르 위고

23장. 증기소독기 안에서 죽은 박물관장

위게트 몽타냐은 느린 걸음으로 승강기로 향했다. 그리고 숨을 가다듬기 위해 잠시 멈췄다. 그녀는 끔찍한 밤을 보냈다. 그 어느 때보다 소름 끼치는 악몽은 뇌를 뒤집어놓았다. 그녀는 매일 저녁 약을 먹고 기도했다. 하지만 악령이 그녀의 정신을 사로잡았다. 꿈속에서 미셸 델마 박물관장이 18세기식 복장에 분칠한 가발을 쓴 신사들 앞에서 자신을 놀려댔다. 그는 이렇게 외쳤다. "위게트, 깨어나야 해요. 깨어나야 해요!" 그는 위게트에게 깨어나라고만 요구했다. 하지만 악몽 속에서 일어난 일이었기에 그녀는 꿈이 끝나기를 기다려야 했다. 아침에 눈을 떴을 때 그녀는 지난밤보다 더욱 기진맥진했다.

만일 마음대로 할 수 있다면 위게트는 침대에 남아 있었을 것이다. 하지만 일하러 가야 했다. 집에 있어야 할 일도 없었다. 기분전환을 하기 위해 머리를 감았다. 일반적으로 머리를 감으면 정신이 완전히 돌아왔다. 하지만 불행은 언제나 연달아 일어나는 법이기 때문에 귀에 물이 가득 들어갔다. 그래서 화장지를 뜯어 꼬아서 귓속에 밀어 넣었다. 한 시간 후면 물은 분명히 사라질 것이다. 지하철에서 사람들이 이상한 표정으로 그녀를 쳐다보았다. 틀림없이 기진맥진한 꼴이었기에 그런 시선으로 보았을 것이다.

위게트는 승강기 단추를 누르려는 순간 자신의 이름을 부르는 목소리에 소스라치게 놀랐다.

"위게트, 안녕하세요. 잘 지내시죠?"

박물관 소장품 관리인 요한 키르허는 먼지투성이의 낡은 파일들을 들고 있었다. 미남에 아주 예의 바른 요한 키르허. 그녀는 세상에 아직도 정직한 사람들이 있다는 사실을 보여주기 위해 담당 정신과 의사와 신부에게 요한에 대해 얘기했다.

위게트는 매혹적인 미소를 지으며 대답했다.

"오, 안녕하세요, 키르허 선생님. 죄송해요. 오시는 소리를 듣지 못했어요. 오늘 아침 머리를 감았거든요. 아직도 귀에 물이 있어 잘 듣지 못해요. 한 시간 후면 나아질 거예요. 아시겠지만 물을 흡수할 시간이 필요해요. 왜냐하면……."

요한 키르허는 위게트의 귀에서 튀어나온 종이 끄트머리를 보았다. 질겁한 그는 고개를 끄덕였다. 즉각 위게트의 말을 중단시키고 싶었다.

"위게트, 이해해요. 그런데 『발루아 식물표본집』이 어디에 있는지 아세요? 내가 무슨 말을 하는지 아시죠? 박물관이 최근에 구입한 식물표본집 말이에요……."

위게트는 깊은 생각에 빠졌다. 그녀는 약을 먹기 때문에 아침마다 항상 정신이 혼미했다.

"『발루아 식물표본집』……. 아, 생각이 났어요……. 그것은 키르허 선생님이 구입하신 멋진 수집품이죠. 제 생각에 아주 오래된 표본집이에요. 그런데 그게 어디에 있는지 확실히는 몰라요……."

한없이 얘기를 늘어놓는 위게트의 기질을 잘 알고 있는 요한 키르허는 그녀의 말을 끊었다.

"당신은 분명 그 표본집을 소독했겠죠?"

가엾은 여인은 어쩔 줄 몰랐다. 그녀는 머리 구석구석에서 수수께끼의 해답을 찾는 듯했다.

시간을 잃고 싶지 않은 소장품 관리인이 엄하게 지시했다.

"위게트, 빨리 뛰어가서 확인하세요! 아주 중요한 일이에요! 기생충이나 버섯균류에 감염되면 안 돼요!"

몹시 당황한 위게트는 황급히 돌아서서 승강기 단추를 눌렀다. 뒤에서 요한 키르허의 최종 경고가 들렸다.

"신중하세요! 잊지 말고 가스마스크를 착용하세요!"

지하실로 내려간 위게트는 장비를 착용하고 거대한 금속 통이 우뚝 솟아 있는 작은 소독실 안으로 들어갔다. 그녀는 계측기를 자세히 관찰했다. 뭔가가 제자리에 없는 것 같았다. 실제로 증기소독기가 압력 상태임을 나타내는 경고등에 불이 켜져 있었다. 지난밤에 식물 표본을 소독했단 말인가? 그녀는 기억을 되살리려고 애썼다. 도무지 기억나지 않았다. 때로는 5분 전에 했던 일을 잊을 정도로 그녀는 약물 효과에 시달렸다. 만일 기계가 작동되었다면 그녀가 작동했을 것이고 스위치를 내리는 일을 잊었을 것이다.

더욱 안전을 기하기 위해 세척 스위치를 눌렀다. 한참 동안 휘파람 소리가 들리더니 이윽고 평소처럼 윙윙거리는 소리가 났다. 기계 내부에서 진공이 기생충을 말끔히 제거하고 있을 것이다. 위게트는 의자를 꺼내 앉았다. 세척 과정이 끝나려면 15분을 기다려야 했다. 그녀는 뭔가를 떠올리려고 애썼다. 하지만 아무 생각도 나지 않았다.

마침내 세척이 끝났다. 위게트는 기계를 멈추고 닫혀 있던 문을 열었다. 그녀는 소독기 안의 식물 표본 한가운데서 미셸 델마의 시신을 발견했다. 충혈된 얼굴, 축 늘어진 혀, 툭 튀어나온 두 눈, 귀와 코에서 흘러나오는 핏줄기…….

위게트 몽타냐은 긴 비명을 내질렀지만 가스마스크를 착용하고 있어서 아무도 듣지 못했다. 그녀는 이 상황에서 소리를 질러보았자 아무 소용도 없기 때문에 차라리 기절하는 편이 낫다고 판단했다.

*

수사 결과 위게트 몽타냐이 세척 스위치를 눌렀을 때만 해도 미셸 델마는 살아 있었다. 진공세척은 박물관장에게 치명적이었다. 위게트는 미셸 델마가 절망적으로 증기소독기 내부 벽을 두드리는 소리를 들었을까? 그럴 가능성은 매우 적었다. 소독기는 엄청 두껍기 때문이다. 더구나 위게트는 화장지로 두 귀를 틀어막고 있었기에 청력은 아주 약한 상태였다. 따라서 박물관장은 그 끔찍한 죽음에서 벗어날 가능성은 조금도 없었다.

피터 오스몬드는 망연자실했다. 친구이자 스승인 델마 관장은 시신용 가방 속에 들어 있었다. 그 옆에서 등이 굽은 플로루스 교수가 떨리는 지팡이에 의지한 채 눈물을 닦고 있었다. 경찰의 비상선은 범죄 현장에 접근하는 불청객을 차단했다. 알 수 없는 어떤 직감에 따라, 사진사들의 도움을 받은 몇몇 기자들—가령 「파리지앵」의 뤼시앵 미샤르—이 독수리처럼 맴돌고 있었다. 마냐니 신부만이 시신을 축복할 수 있도록 증기소독기가 우뚝 세워져 있는 소독실에 출입이 허용되었다.

레오폴딘은 미국 과학자 옆에 있었다. 두 과학자가 박물관장의 죽음을 알리는 전화를 받았을 때 그녀는 테오도르 모노실에 있었다. 그녀는 피터 오스몬드를 혼자 내버려두지 않기로 결심했다. 그는 쓸쓸한 연구실에서 심사숙고하고 운석 분실에 대해 죄의식을 느끼며 하얀 밤을 보낸 탓에 녹초가 되었고 흥분이 극도에 달해 있는 것 같았다. 그는 너무 피로한 나머지 책상에 엎드린 채 잠들었고 끔찍한 소식을 듣고 깨어났다. 벽에 등을 기대고 웅크리고 앉은 채 어찌할 바를 몰랐다. 하지만 그는 단호한 태도로 나지막하게 반복했다.

"관장님을 죽인 녀석을 꼭 찾아내고 말겠어. 맹세코."

레오폴딘은 그의 어깨 위에 손을 얹었다.

약간 멀리 떨어진 곳에서 요한 키르허는 실신 직전의 얼빠진 상태에 있던 위게트를 부축하고 있었다. 위게트를 다시 보지 못할까봐 걱정된 키르허는 그녀를 찾으러 갔다가 불길한 계기판을 발견했던 것이다. 그는 즉각 경찰에 신고했다. 그는 위게트를 데리고 가는 도중에 레오폴딘의 시선과 마주쳤다. 레오폴딘은 시선을 떨구었다.

루셀 경찰서장이 직접 나타났다. 그는 어느 때보다 강압적이었다. 자신의 무능을 숨길 수 없기에 더욱 격한 분노로 얼굴이 붉어졌다. 마르첼로 마냐니는 오스몬드에게 다가가서 손을 내밀었다. 미국인은 그의 손을 모르는 체하고 혼자 일어났다. 그때 코메르송 경위는 수첩을 들고 다짜고짜로 신부에게 다가갔다. 박물관에서 일어난 연쇄살인사건은 젊은 경위에게 뜻밖의 권한을 부여했다.

"신부님, 말씀해주세요. 어제 저녁 정원에서 뭐 하셨습니까?"

마냐니 신부는 경위에게 돌아서서 경멸하듯 아래위를 훑어보았다.

"당신이 이 질문을 하는 것은 이미 대답을 알고 있다는 것이죠?"

"20시 무렵에 박물관장의 집무실에서 신부님을 보았다는 사람이 있습니다."

경찰은 어느 것도 놓치지 않을 만큼 주도면밀하게 수사하고 있었다. 하지만 마냐니 신부는 코메르송 경위의 관찰력에 대해 조금도 칭찬하고 싶지 않았다.

"저는 집무실에서 미셸 델마와 약속이 있었어요. 출발하기 전에 그에게 전화를 했죠. 제가 소지품을 챙기고 정원을 가로지르는 사이에 박물관장님이 사라진 겁니다. 저는 한 시간 동안 기다린 후 그의 집무실을 떠났어요."

"이상하다는 생각이 들지 않았습니까?"

"제가 털어놓을 수 있는 것은 이게 전부예요. 당신이 은연중에 암시하고 있는 것과 달리 저는 박물관장님의 실종에 아무 책임도 없어요."

"저는 아무것도 암시하지 않았습니다. 신부님이 박물관장님과 이야기를 나눈 마지막 사람이라는 사실을 확인하고 싶을 뿐입니다. 박물관장님은 불안해했습니까? 혹시 신경질적이었습니까? 누군가가 박물관장님을 위협했습니까?"

신부는 집게손가락을 입술에 대고 생각에 잠겼다.

"아니에요. 그는 어떤 협박도 받지 않았어요. 하지만 매우 바쁜 듯했어요."

"신부님도 매우 바쁘셨던 것 같은데……."

신부는 경위를 쏘아보며 말했다.

"맞습니다. 저는 매우 바쁩니다. 뭔가가 있어요. 그렇게 생각하지 않나요? 당신도 알아챘겠지만 이 박물관에서는 극히 심각한 일들이 일어나고 있어요……. 저는 불행을 예감하고 있어요."

코메르송 경위는 심기가 불편했던지 더듬거렸다.

"저는 예감을 별로 믿지 않습니다."

"실은 저도 예감을 믿지 않아요. 저는 과학자입니다. 하지만 어떤 어둠의 힘이 이곳에서 맹위를 떨치고 있다는 생각이 점점 더 확고하게 들어요. 당신과 저를 능가하는 어둠의 힘 말입니다. 당신은 경찰 배지를 가지고 있지만 이 힘에 대항할 수 없을 겁니다. 이 힘은 우리보다 훨씬 더 영리하기 때문이죠. 또 이 힘은 어떤 경우에도 물러나지 않고, 길을 막는 것은 무엇이든 없애버릴 겁니다."

코메르송 경위는 어떤 증인으로부터도 강한 감동을 받아서는 안 된다고 배웠다. 하지만 마냐니 신부의 날카로운 시선을 본 그는 어떤 소리도 낼 수 없었다.

*

기자들이 구급차 문 앞으로 몰려들었다. 가엾은 위게트는 이 혼란에 무관심한 채 두 손을 맞잡고 겁에 질린 눈으로 시편을 노래하고 있었다. 틀림없이 그녀는 오늘 아침 사건으로 치유할 수 없을 정도의 정신적 충격을 받았을 것이다.

24장. 창조론과 진화론

플로루스 교수는 잔에 커피를 따르면서 나뭇잎처럼 손을 떨었다. 여전히 충격에 휩싸인 노교수는 맛좋은 에스프레소를 마시면서 기분이나 전환하자며 피터 오스몬드를 불렀던 것이다. 노교수는 귀를 기울이더니 오는 사람이 없다고 확신하고는 공모자의 모습으로 서류로 가득한 가구에서 코냑 한 병을 꺼냈다.

노교수는 미국인의 커피 잔에 알코올을 조금 따르면서 말했다.

"이게 우리의 기분을 북돋아줄 것이네."

그들은 조용히 커피를 마셨다.

몇 분 후 오스몬드가 물었다.

"도무지 믿기지가 않습니다. 미셸 델마는 뛰어난 분입니다. 대체 누가 그에게 원한을 품을 수 있을까요? 그에게는 적이 없었습니다. 친절의 화신이었습니다."

"맞네. 우리가 함께했던 멋진 소풍이 기억나네. 또한 피터, 자네가 강의를 하러 이 박물관에 왔을 때 어떤 모습이었는지 아주 잘 기억하고 있네. 미셸은 자네를 대단히 경탄했네."

"미셸은 저의 스승이었습니다. 그는 저에게 모든 것을 가르쳐주었습니다. 저는 그의 가르침을 반복하기만 하면 되었습니다."

"미셸은 완전한 자연주의자였네……. 19세기식으로 말하자면 신사였지. 최근 몇 년 동안 미셸이 다소 민속적인 연설을 뿌리치지 않았던 것은 유감스러운 일이네……."

"무슨 말씀입니까?"

플로루스 교수는 자신의 말에 후회했다. 하지만 이미 너무 많은 것을 말해버렸다. 그는 숙명론자처럼 손짓을 했다.

“아마 나이 때문일 것이네……. 미셸은 토론할 여지가 있는 이론들을 너무 호의적으로 받아들였네…….”

“저도 어제 호완싸인 교수님의 추도식에서 그렇게 느꼈습니다.”

“호완싸인 교수도 신비주의 연구 재개로 인해 목숨을 잃었네……. 나는 두 사람을 이해할 수가 없네. 내가 아무리 일흔네 살이나 먹었고 살 날이 별로 남지 않았지만 그처럼 하찮은 일로 하느님을 믿지는 않을 것이네!”

“혹시 누군가가 미셸의 그런 입장 표명에 대해 이의를 제기했습니까?”

“아, 아닐세! 박물관의 직원들은 너그럽네.”

“하지만 저는 그런 소리를 들었습니다. 에릭 고도프스키…….”

플로루스 교수는 커다랗게 눈을 떴다.

“고도프스키! 그자는 지독한 무정부주의자네! 그는 과학자로서는 능력이 있겠지만 인간으로서는 가까이 사귈 수 없는 사람이네!”

플로루스 교수는 심술궂고 매서운 시선을 내리깔고 피터 오스몬드에게 다가갔다.

“만일 자네가 충고를 원한다면 그자를 피하게! (노교수는 관절염으로 변형된 손으로 명확하게 손짓을 하며 덧붙였다.) 그자가 찾아오면 내쫓게!”

그들은 커피에 코냑을 약간 더 섞어 마셨다.

피터 오스몬드는 노교수와 작별하고 나오면서 복도에서 요한 키르허를 발견했다. 그는 한쪽 무릎을 바닥에 대고 오래된 잡지 더미를 샅샅이 뒤지고 있었다. 그는 잡지를 다시 서류함 속에 넣고는 옆으로 밀어붙인 후 다시 일어나 우아하게 바지 먼지를 털고 책장을 열었다. 오스몬드는 ‘참 이상한 양반이네’ 하고 생각했다. 방금 네 개 층 아래서 살인사건이 일어났는데 마치 아무 일도 없었던 듯이 평소처럼 일을 하다니…….

미국인은 자신의 사명이 끝났음을 인정하지 않을 수 없었다. 이제 무한한 에너지를 쏟아야 할 구체적인 임무는 없었다. 이런 생각이 들자 그는 몹시 화가 나서 정신을 잃을 뻔했다. 하지만 모든 것을 망치기보다는 순서에 따라 처리하기로 결심했다. 차례대로. 그는 과학적인 방식으로 수사를 진행할 것이다.

*

박물관 구역은 식물원과 동물원 쪽으로 나 있는 웅장한 건물들뿐만 아니라 뷔퐁 가 건너편 골목길과 막다른 골목에 흩어져 있는 수많은 연구실과 실험실은 물론 한창 정비 중인 공터까지 이르고 있다.

고도프스키의 연구실은 공포영화에 어울릴 법한 고립된 검은 석조 건물 안에 숨어 있었다. 둥근 지붕이 우뚝 솟아 있었고 페인트가 비늘 모양으로 벗겨진 문은 그리스식 두 기둥 사이에 끼워져 있었다. 상인방(上引放) 위에는 잊혀진 어느 현자의 흉상이 놓여 있었다. 담장나무로 뒤덮인 정면은 건물 전체에 위협적이고 불길한 느낌을 덧붙였다. 내부는 온통 낡았고 손상되었으며 어두웠다. 오스몬드는 연구실 문을 두드렸다. 딱딱하고 퉁명스런 목소리가 들어오라고 했다.

평소처럼 검은 옷을 입은 남자는 죽음의 무도회에 끌려온 수많은 새들의 뼈가 널려 있는 연구실을 군림하고 있었다. 뼈만 남은 새들은 인상을 찌푸리면서 금방이라도 날아오를 것 같았다. 오스몬드는 앞에 서 있는 날카로운 눈에 터부룩한 수염을 기른 공격적이고 신경질적인 남자와 뼈만 남은 새들을 비교하지 않을 수 없었다.

"안녕하세요, 오스몬드 교수님. 또 경찰이라고 생각했습니다."

"두세 가지 질문을 하고 싶습니다."

"교수님도요? 델마의 죽음에 대해서 말인가요? 저는 그의 죽음에 아무 책임도 없습니다. 안타깝게도 알리바이는 없습니다."

"고도프스키, 저는 당신을 비난하지 않습니다."

고도프스키는 부자연스런 미소를 짓고 다시 앉았다.

"마침내 저의 결백을 믿는 사람이 있네요!"

"그렇다고도 말하지 않았습니다."

"저는 마치 괴물이 된 느낌입니다. 적(敵)그리스도의 화신처럼 말입니다!"

"저는 단지 당신이 미셸 델마를 비난한 것이 무엇인지 알고 싶을 뿐입니다."

오스몬드는 고도프스키 책상 앞에서 팔짱을 끼고 두 다리로 떡 버티고 섰다. 주위에는 책 더미가 무질서하게 쌓여 있었다. 오스몬드는 벽에서 환각에 사로잡힌 시선을 지닌 앙토냉 아르토 시인의 포스터를 보았다. 고도프스키는 안락의자에서 몸을 잔뜩 뒤로 젖히고 생각에 잠긴 채 수염을 가다듬었다.

"저는 개인적으로 박물관장에게 전혀 불만이 없었습니다. 저를 분개시킨 것은 그가 표현한 것들니다. 과학클럽 주위를 맴돌고 있는 모든 과학자들, 정신, 물질, 진화 방향에 관한 토론, 그런 종류의 횡설수설……."

"각자 자신이 원하는 것을 생각할 자유가 있습니다."

"하지만 어리석은 내용을 발표해서는 안 됩니다. 미안한 말이지만 편협한 믿음을 가진 로랑스 앵베르처럼 말입니다……. 그녀의 말에 귀를 기울이면 진화는 단 한 가지 목적밖에 없다고 믿게 될 겁니다. 그것은 마침내 인류의 기원에 이르는 겁니다."

오스몬드는 다시 분노가 치솟는 것을 느꼈다. 결국 이 괴짜는 마음에 드는 일은 조금도 하지 않았다. 오스몬드는 주먹을 불끈 쥐었다.

"당신은 미셸 델마가 존경받을 만한 과학자가 아니라고 넌지시 암시하고 싶소?"

"저는 결코 그렇게 말하지 않았습니다. 저는 종교에 대해 지나치게 신중한 그의 연설을 비난했습니다. 과학자들은 중립 의무가 있습니다. 정교분리 원칙을 존중하게 하는 것은 과학자들의 의무입니다. 이 박물관에도, 어떤 과학 연구센터에도 종교를 위한 자리는 없습니다. 그것은 우리 일이 아닙니다."

"설령 당신 마음에 들지 않더라도 남들이 철학적 신념을 갖는 것을 방해할 수는 없습니다."

"저도 교수님의 의견에 동의합니다. 하지만 과학 연구의 테두리 안에서는 철학적 신념을 표현할 권리가 없습니다. 그것은 금지된 사항입니다! 과학은 그 점을 고려해서는 안 됩니다! 이런 실수를 저지르는 사람들은 과학계에서 영원히 추방해야 합니다!"

고도프스키의 눈에서 불꽃이 튀는 듯했다. 피터 오스몬드는 동료들에게서 이런 공격적 태도를 본 적이 없었다. 이것은 단순한 중립을 훨씬 넘어서는 짓이었다. 미국인은 이 조류학자가 미쳤을 거라고 생각하기에 이르렀다.

"고도프스키, 당신은 도를 넘었습니다. 모든 점을 고려해야 합니다. 미셸 델마는 위대한 과학자입니다. 그가 말년에 지지하는 신념은 별로 중요하지 않습니다. 테오도르 모노를 떠올려보세요. 그는 자신의 영적 신념을 숨기지 않았습니다. 하지만 그의 과학적 업적은 권위가 있습니다."

고도프스키는 불쾌한 웃음을 터뜨렸다. 그는 위협적으로 집게손가락을 휘둘렀다.

"오스몬드 교수님, 문제는 다른 사람들이 뒤에서 은밀히 그들을 이용해서 훨씬 더 위험한 사상을 주장하는 겁니다. 증거를 말씀드릴까요?"

고도프스키는 신문을 집어 펼치더니 큰 소리로 읽었다.

"수많은 과학자들이 다윈의 진화론을 재검토하고 있는 것은 분명하다. 이 이론은 세심하게 재검토를 받아야 한다. 다윈이 자연선택의 과정에 대해 완전히 틀렸을 수도 있다. 진화론은 증거가 충분히 뒷받침된 이론이 아니다. 따라서 만일 다윈주의를 일종의 신념으로 간주한다면 왜 우리는 학습커리큘럼에서 마찬가지로 가치가 있는 다른 모든 신념들—예를 들면 종교—을 거부해야 한단 말인가?"

고도프스키는 의기양양한 모습으로 신문을 접었다. 오스몬드는 깜짝 놀랐다.

"누가 이처럼 어처구니없는 기사를 썼습니까?"

"이브 마티올레라는 프랑스 생화학자입니다. 어제 그는 아니타 엘베르그의 후임으로 학습커리큘럼위원회의 위원장에 임명되었습니다. 오스몬드 교수님, 생각나는 게 없습니까?"

오스몬드는 고개를 저었다. 물론 그는 이미 미국에서 이런 유형의 주장을 들었다. 갑자기 창조론자들에게 반론으로 내세웠던 수많은 논리가 떠올랐다. 1980년대에 프린스턴 대학교의 젊은 교수였던 오스몬드는 개신교 근본주의자들이 창설한 유명한 과학 연구센터인 패서디나 창조다큐멘터리센터에 이의를 제기하기 위해 한 법정에서 증언했다. 그는 창세기 신화인 대홍수가 어떻게 1만 년 전에 지각(地殼)을 형성했는지를 설명할 수 있다고 주장하는 어느 지질학자의 터무니없는 주장을 조목조목 반박했다. 그는 저명한 창조론자인 헨리 모리스의 책에서 발췌한 것을 인용하면서 판사에게 확신을 심어주었다.

"성경에서 과학적 오류는 조금도 있을 수 없다. 과학은 하나의 지식이고 성경은 다루고 있는 모든 주제에 대한 구체적 지식과 진리를 제공하는 책이다. 성경은 과학서다!"

재판관들과 방청객들은 웃지 않을 수 없었다. 더군다나 『수많은 확실한 증거들』이란 책은 1974년도에 출간된 저서였다! 20세기 말에도 그런 헛소리를 출판할 수 있다는 것이 그런 장르의 이론을 표방하는 사람들의 신뢰성을 떨어뜨렸다. 창조다큐멘터리센터의 소송은 기각되었다. 피터 오스몬드는 하룻밤 사이에 전국적인 스타가 되었다.

하지만 공화당이 다시 권력을 장악하자 창조론자들은 더욱 치밀한 전략을 가지고 소송을 제기했다. 그들의 소송은 단순한 사실로부터 출발했다. 즉 민주국가에 살고 있으므로 모든 의견은 허용될 권리가 있다. 다윈의 지지자들이 학교에서 자유롭게 진화론을 가르치고 있는데 왜 그리스도의 주장에 더욱 가까운 다른 이론을 가르치는 권리는 거부한단 말인가? 그들은 공판 중에 미국의 방어원칙을 글자 그대로 적용했다. "**나는 내가 옳다고 주장하지 않지만 나의 적 또한 자신이 옳다는 것을 증명할 수 없기 때문에 내가 틀린 것은 아니다.**"

사흘 동안 피터 오스몬드는, 인간이라는 자연의 기적이 신의 개입 없이는 그처럼 복잡한 단계에 도달할 수 없다는 사실을 입증하고자 애쓰는 그 사이비 과학자들에 맞서 싸웠다. '**인간은 우연의 산물이라고 보기엔 너무 완벽하다.**' 이것은 '지적 설계론' 을 옹호하는 사람들의 주장이었다. 하지만 오스몬드는 이 추론이 어떤 과학적 가치도 없다고 펜실베이니아 재판관들을 설득하는 데 성공했다. 증명해야 하는 것을 공리(公理)로 내세울 수 없는 법이다. 누가 인간의 완전함을 입증할 수 있단 말인가? 복잡성이라는 증거는 없다. 설령 인간의 복잡성이 입증된다 할지라도 왜 그것을 창조주의 공로로 돌려야 한단 말인가? 어떤 과학 법칙에 근거한 것인가? 따라서 다윈의 이론은 비록 모든 것을 설명할 수는 없을지라도 유일하게 납득할 수 있는 것으로 남게 되었다. 「뉴욕 타임즈」가 표현한 것처럼 '하버드의 거인' 오스몬드의 명예는 더욱 높아졌다.

오스몬드는 이 사건 이후 많은 적을 갖게 되었다. 수많은 살해 협박을 받기도 한 그는, 광신적인 그리스도교 신자들이 낙태를 시술하는 의사들을 살해했다는 사실을 의식하고 위협을 심각하게 받아들였다. 하지만 위험 앞에서 물러서지는 않았다. 그것은 진리의 승리를 위해 치러야 할 대가였다. 이 일은 미국에서 일어났다. 하지만 프랑스에서는…….

누군가가 문을 두드렸을 때 오스몬드와 고도프스키는 경악스러운 시선을 교환했다.

고도프스키는 냉소를 짓고 말했다.

"경찰 친구들일 겁니다!"

실제로 부아쟁과 코메르송이 심각한 표정으로 문턱에 서 있었다.

부아쟁이 말했다.

"우리는 잠시 교수님과 이야기를 나누고 싶습니다. 우리를 따라오십시오."

고도프스키는 오스몬드를 바라보고는 어쩔 수 없다는 듯 두 팔을 벌렸다. 그는 단지 과학 법칙의 불가피성만을 인정하는 듯했다.

"오스몬드 교수님, 죄송합니다. 저는 이 나리들의 호기심을 만족시켜줘야 합니다. 만일 이들이 고문서 몇 권을 참조한다면 모든 질문에 대한 대답을 찾을 수 있을 텐데……."

피터 오스몬드는 눈살을 찌푸렸다. 이자는 대체 무슨 말을 하고 싶은 것일까? 고도프스키는 정말로 이해하기 어려운 작자였다.

미국인 과학자는 연구실을 떠나려 했다. 하지만 코메르송 경위가 그의 어깨에 손을 얹으면서 불러 세웠다.

"오스몬드 교수님, 박물관에서 너무 멀리 벗어나지 마십시오. 우리는 교수님도 신문하고 싶습니다."

두 사람은 서로 째려보았다. 이 젊은 경위는 갑자기 거드름을 피웠다. 미국인은 웃었다. 경위는 어떤 새를 생각나게 했다. 그 새의 이름이 뭐였더라? 아, 그래 공작이지. 깃털은 매우 아름답지만 부리를 벌리기만 하면 끔찍한 비명이나 삐걱거리는 도르래 굴러가는 소리를 내는 공작.

피터 오스몬드는 30분 전보다 더욱 당혹스러운 모습으로 고도프스키의 연구실을 나왔다. 만일 이자의 말이 옳다면……. 그는 미셸 델마가 죽음으로써 박물관에서 자신의 주요한 버팀목이 사라졌다는 사실을 알고 있었다. 레오폴딘 말고도 새로운 지지자가 필요했다. 과학적이고 정신적인 차원에서…….

*

레오폴딘은 열심히 컴퓨터 자판을 두드렸다. 그녀는 전문가의 안목으로 주요어를 선별하고 화면에 펼쳐진 작업 메뉴를 토대로 하이퍼텍스트(서로 관련된 정보를 연결하는 것으로 네트워크상으로 구성된 데이터베이스를 말함—옮긴이)를 연결하여 새로운 정보를 입력하고 자료 분류를 진행하였다. 바위에서 채집한 단순한 화석을 토대로 종의 기원을 그리는 고생물학자 방식으로 지식의 원천으로 거슬러 올라갔다.

레오폴딘은 겨우 한 시간 만에 간신히 검색 대상을 한정했다. 박물관에서 개최되는 전시회는 CVP은행, 미메시스보험, 아틀란티스그룹(출판과 미디어), 트루밸류즈 투자회사 등 수많은 기업의 지원을 받았다.

레오폴딘은 '트루밸류즈'를 선택하고 인터넷에서 정보를 찾기 시작했다. 이 미국 투자회사는 자선 성격을 띤 기관과 연구소의 설립 및 후원을 목적으로 한다고 서문에 밝혔다. 회사 소개란은 후원을 했던 프로젝트의 도덕적·인도주의적 차원을 강조했다. 여러 장의 사진은 신설학교에서 즐거워 보이는 어린이들과 오지에서 집중적으로 공작기계를 살펴보는 남자들을 보여주었다.

레오폴딘은 회사의 정관을 읽었다.

"트루밸류즈. 자본금 1백 50만 달러의 주식회사. 회장 토비 파커."

한 페이지에는 최근 몇 년 동안 회사의 원조를 받았던 기관의 이름이 나열되어 있었다. 카리타티스협회, 로잔 유럽생물윤리연구센터, 마이크로크레디트(저소득, 빈민에게 제공하는 소액금융서비스)를 위한 세계원조은행, 올리비에그룹, 더블린 정신과학 아카데미…….

레오폴딘은 오스몬드가 이 미국 텔레비전 방송 설교가에 대해 했던 간략한 소개와 한 아프리카 독재자와의 확인된 관계에 대해 다시 생각했다. 트루밸류즈. 다이아몬드 채굴과 노동력 활용으로 벌어들인 돈을 어떻게 윤리적으로 재활용하고 있을까?

25장. 파스칼의 내기

마르첼로 마냐니는 노트북 앞에 혼자 앉아 있었다. 그는 자신이 조정한 3-D 그래픽을 두 번째로 세밀히 관찰하고 있었다. 그것은 우주 공간을 가로지른 운석의 궤도를 그린 것이었다. 이제 이 모든 연구는 가소로운 일처럼 보였다……. 미셸 델마의 죽음은 신부에게 깊은 충격을 주었다. 대체 누가 그런 음모를 꾸미고 그처럼 잔인하게 살해할 정도로 미쳤을까?

마냐니 신부가 축복하기 위해 시신에 다가갔을 때 박물관장의 얼굴에서 타격 흔적을 발견했다. 박물관장은 집무실에서 납치되어 증기소독실로 강제로 끌려온 게 틀림없었다. 납치범—혹은 납치범들—은 어떻게 범행에 착수할 수 있었을까? 정원에는 사람들이 있었다. 특히 신부가 델마와 약속한 장소로 갔을 때 두 경위는 그의 움직임을 파악하지 않았는가. 살인자들이 그런 위험을 감수할 리는 없었다. 그런데 경찰은 아무것도 보지 못했다.

피터 오스몬드는 테오도르 모노실에 들어서면서 생각을 멈추고 신부 앞에 앉았다. 미국인은 마치 악의의 흔적을 조금이라도 찾아내려는 듯 신부의 얼굴을 유심히 살폈다. 그리고 느닷없이 물었다.

"뭘 생각하세요?"

마냐니 신부는 예의를 잃지 않고 대답했다.

"피터, 추측하는 게 어렵지 않다고 생각해요. 저는 미셸 델마를 생각하고 있었어요. 그 끔찍한 범죄를 말입니다."

"그럼 누가 범인이라고 생각하세요?"

"제가 아는 건 당신이 아는 것보다 적어요. 아무튼 이 사건은 완전히 머리가 돈 자의 소행임이 틀림없어요. 아니타 엘베르그의 죽음, 그리고 미셸 델마의 죽음……."

"호완싸인도 살해되었어요……."

마냐니 신부는 어리둥절한 얼굴로 눈썹을 치켜들었다.

"그건 사고였지 않나요?"

피터 오스몬드는 고개를 저었다.

"저는 그 건물을 자세히 관찰했어요. 폭발 피해는 막대했어요. 따라서 가스 유출량이 엄청났을 겁니다. 가스가 층 전체에 퍼지는 동안 호완싸인 교수님이 연구실에 가만히 있었다고 생각하세요? 불가능한 일이에요!"

마냐니 신부는 어떻게 그처럼 명철하게 분석할 수 있을까 자문하면서 몹시 놀란 표정으로 피터 오스몬드의 얼굴을 뚫어지게 바라보았다.

"그럼 동물원 사육사는요?"

"그것 역시 사고로 위장한 살인입니다. 저는 확신해요."

"소름 끼치는 일이군요……."

"이 연쇄살인이 아직 끝나지 않았을까봐 두려워요."

신부는 조심스러운 눈빛으로 오스몬드를 바라보았다.

"그런데 왜 저에게 이 이야기를 하는 거죠?"

"마르첼로, 저는 정보가 필요해요. 혼자서는 필요한 정보를 입수할 수 없어요. 신부님은 친구들의 도움을 받으면 정보를 얻을 수 있을 겁니다. 제가 아는 바를 말씀드릴 테니까 신부님도 교계제도를 통해 입수하는 것을 저에게 알려주세요. 교환 조건으로 말입니다."

마냐니 신부는 잠시 침묵을 지켰다. 그는 이해득실을 따졌다. 그의 눈동자에서 짓궂은 눈빛이 반짝였다.

"우리는 서로 '적' 이 아니었던가요?"

오스몬드는 신중하게 대답했다.

“‘불가침조약’을 맺읍시다……. 이 혼돈의 실마리를 해결할 때까지 말입니다.”

“그건 경찰이 할 일입니다.”

“경찰은 아무것도 해결할 수 없을 겁니다. 이유는 두 가지입니다. 첫째는 과학적인 이유입니다. 이 연쇄살인을 저지른 쓰레기 같은 놈의 정체를 밝히기 위해서는 경찰이 갖고 있지 않은 사고방식이 필요해요. 과학자만이 살인자의 정신 상태를 이해할 수 있어요. 놈은 우리 과학계의 일원이기 때문이죠.”

“당신도 범인이 박물관 직원이라고 생각하세요?”

“물론입니다! 놈은 현장을 잘 알고 있어요. 놈은 능숙하게 시체를 해부하고 독초를 구별하며 사람을 증기소독기 안에 넣고 질식시켜 죽일 줄 알아요……. 범인은 매우 영악한 놈입니다. 그리고 과학적 지식도 가지고 있어요.”

마냐니 신부는 잠시 생각에 빠졌다.

“그럼 왜 제가 당신에게 도움이 될 수 있다고 생각하세요?”

피터 오스몬드는 일어났다.

“그게 두 번째 이유예요. 저는 범행 동기가 영적인 거라고 확신해요. 토비 파커의 개입이 그 점을 말해줘요.”

마냐니 신부는 인정했다.

“실제로 우연의 일치치고 너무 이상합니다.”

“이상한 것 이상이에요. 저는 개신교 근본주의자들과 자주 싸우다 보니 중요한 사실을 알게 되었어요. 그들에게 우연한 일은 없어요.”

마냐니 신부는 심각하게 오스몬드를 바라보며 말했다.

“저는 당신이 교회에 도움을 요청해서 놀랐어요.”

“교회가 아니라 신부님께 도움을 요청하는 겁니다.”

“결국은 마찬가집니다.”

미국인은 신부의 두 눈을 똑바로 바라보며 말했다.

"좋습니다……. 사실 저는 내기를 하고 있어요. 파스칼의 내기. 며칠만이라도…… ."

피터 오스몬드는 손을 내밀었다. 마냐니 신부는 그의 손을 잡았다. 마치 이 단순한 악수가 미국인에게 새로운 힘을 불어넣은 듯 오스몬드는 대단히 만족해했다.

"좋습니다. 신부님, 이브 마티올레라는 생화학자에 관한 정보를 찾아줄 수 있어요?"

"시간을 허비하지 마세요."

"이제 1초도 낭비할 시간이 없습니다."

*

실제로 박물관을 짓누르고 있던 아주 불쾌한 분위기는 소문과 속삭이는 대화로 윙윙거리는 진짜 벌통으로 바뀌었다. 미셸 델마의 사망 소식은 음속으로 건물들을 한 바퀴 돌았다. 직원들은 사무실에서 사무실로 전화를 하거나 복도나 두 문 사이에서 매우 불안한 마음으로 의견을 교환했다. 각자는 최근 며칠 동안에 일어난 사고에 대해 나름대로 논리를 갖고 있었지만 신중하게 표현하려고 애썼다. 호완싸인 교수의 추도식에서 벌어진 격렬한 논쟁은 사람들에게 강한 인상을 주었다.

에릭 고도프스키 교수의 이름이 모든 사람들의 입에 오르내렸다. 그가 공명정대했다고 옹호하는 사람이 있는가 하면 너무 신랄하게 박물관장을 공격했다고 비난하는 사람도 있었다. 조금 전 경찰은 치밀한 신문 후 조류학자 고도프스키를 구치소에 감치(監置)했다. 사건이 급변함에 따라 어떤 사람들은, 모두가 그를 주요한 용의자로 지목하고 있기 때문에 오히려 그가 결코 살인을 저지르지 않았을 거라고 생각했고, 또 다른 사람들은 그의 격렬한 성격이 결국에는 사고를 치고 말았다고 강조했다.

사람들은 서로 마주치기만 하면 나지막하게 대화를 한 후 헤어졌고, 밀담은 연구실, 승강기, 지하실 등 은밀한 곳에서 이어졌다. 즉시 여러 가지 가설이 나돌았다. 각자 자신의 논리를 짜맞추려 애썼다. 또한 희생자들을 연결지어 생각하고 엘베르그와 고도프스키, 엘베르그와 델마 사이의 관련성을 찾으려 했으며 맹수에게 잡아먹힌 사육사도 잊지 않았다. 호완싸인 교수의 사고사는 점점 더 미궁에 빠졌다. 가장 터무니없는 설명은 학자들이 30년 동안 끊임없이 은밀한 추론을 하느라 머리가 텅 비어버렸다는 것이다. 어떤 사람은 치정 살인이라는 가정을 내세웠고, 또 어떤 사람은 악마의식을 떠올렸으며, 또 다른 사람은 사후의 복수, 심령 현상, 사악한 힘을 암시했다. 엄청난 사건을 목격한 몇몇 연구원들은 탁월한 과학자임에도 불구하고 합리적 설명을 포기하고 유령과 악의 힘에 호소하면서, 템플기사단과 노스트라다무스의 예언을 떠올리면서 환상과 비교(秘敎)라는 비뚤어진 길을 택했다.

실험적 방법에 익숙해진 사람들은 회의(懷疑)와 재검토의 시간을 가졌을 것이다……. 그렇다고 해서 수 세기 동안 지속된 데카르트 철학을 쓰러뜨려야 할까? 분명히 박물관을 강타한 연쇄살인은 안정된 정신을 지닌 사람조차 동요하게 하는 뭔가가 있었고, 범행의 음산한 광경은 반향을 일으키지 않을 수 없었다. 하지만 이 연쇄살인사건이 이성적인 것이 더 이상 받아들여지지 않는다는 판단을 도출하는 데 충분한 이유가 될 수 있을까?

박물관의 흥분은 언론사의 집요한 취재 열기로 배가되었다는 점을 덧붙이지 않을 수 없다. 미셸 델마의 암살 소식은 즉각 편집국을 한 바퀴 돌았고, 언론사마다 가장 뛰어난 정보원을 현장에 급파했다. 기회가 주어지면 즉각 직원을 붙들고 비열한 소문을 비롯해서 각종 정보를 수집하고 전반적인 분위기를 파악하는 호기심 많은 산책자는

셀 수 없이 많았다. 그 결과 이론마다 흥미를 갖고 귀를 기울이는 사람이 있었고, 기자들은 선택의 여지가 너무 많아 선정성과 기이함이 난무하는 기사 작성에 곤혹스러워했다. 곧이어 터무니없는 억측으로 난무하는 보도가 전적으로 사실에 근거한 보도를 앞섰다. 수많은 기자들의 간곡한 부탁을 받은 알렉스는 거리낌 없이 자신의 견해를 털어놓았고, 박물관에서 돌고 있는 대부분의 소문을 열심히 전해주었다. 기자가 바뀔 때마다 그의 이야기도 바뀌었다. 하지만 상황이 어찌나 빨리 변하는지 어느 날 예측한 것이 그 다음 날 사실로 밝혀지기도 했다. 기자들은 기사를 외설스럽게 만들기 위해 필요하다면 가필도 마다하지 않았다. 그때부터 알렉스 증언의 정확성 문제는 완전히 부차적인 것이 되었다. 아무튼 알렉스는 자신의 사진이 실린 기사를 수집하기에도 바빴다.

한편 위게트 몽타냑은 정신착란에 빠진 몰상식한 학자의 상징, 의무와 열렬한 과학적 진리 탐구의 희생자가 됨으로써 거의 신화적인 신분을 획득했다.

회의적인 독자는 당시의 일간지를 탐독하길 바란다. 그러면 다양한 소설의 소재를 발견할 수 있을 것이다.

26장. 음울한 파리

피터 오스몬드의 예상대로 이브 마티올레 교수는 매우 정중한 태도를 보였고 연구실에서 아주 공손하게 손님을 맞이했다. 오스몬드는 화려한 서재에서 이 프랑스 생화학자의 이름이 서명된 수많은 작품을 보았다. 책상 위에는 공화국 대통령이 직접 그에게 레지옹 도뇌르 훈장을 수여하는 사진이 놓여 있었다.

마티올레는 자신의 말을 음미하면서 말했다.

"과학클럽은 제가 보기에 보잘것없는 단체입니다. 그들은 사기꾼들이죠. 몇 달 전 저는 한 토론회에서 발표를 했어요. 저는 그들이 그 토론회의 주최자였다는 사실을 몰랐죠. 저를 함정에 빠뜨렸던 겁니다. 그들은 외부 발언자들을 끌어들이기 위해 자주 그 방법을 써먹죠. 그들은 건물 간판 뒤에, 일반적으로 상황을 고려해서 만든 협회 이름 뒤에 정체를 숨깁니다. 만일 제가 어찌된 영문인지 알았더라면 당연히 발표하지 않았을 겁니다."

분명히 이 프랑스인은 자신의 막강한 영향력과 탁월한 지성이 특별한 대우를 받을 자격이 있다고 생각했다. 풍채는 그의 정신을 반영하고 있었다. 당당하고 부어오른 육체.

두 뺨은 입을 삐죽거리며 경멸하는 바람에 가볍게 떨렸다.

"그들의 방법은 비열해요. 그들은 유명한 과학자들을 희생시켜 자신들을 광고합니다."

"그럼 그들의 철학적 선택에 대해서는 어떻게 생각하세요?"

마티올레 교수는 굵고 둥근 손가락 끝을 모으면서 말했다.

"그들이 테야르의 몇 가지 주장과 가깝다고 말하는 것을 들었어요……. 물론 각자 원하는 대로 생각할 수 있죠……. 그들이 간절히 신을 믿기를 원한다면 그건 그들의 문제입니다. 하지만 지나친 근친 교배가 처참한 결과를 초래할 수 있는 것은 분명해요. 어쨌든 그들의 술책은 폭로되었어요. 그들은 조만간에 법정에서 해명해야 할 겁니다. 저를 믿어주세요."

30분 전부터 이브 마티올레는 자신의 견해를 드러내지 않도록 극히 조심하면서 오스몬드를 화려한 수사학적 표현 속에 빠뜨렸다. 그는 미꾸라지처럼 오스몬드의 질문을 요리조리 피해 다녔다. 미국인은 마티올레 교수의 방호벽을 뚫으려고 시도했다.

오스몬드가 도발적으로 물었다.

"과학클럽은 진화론을 버리지 않았어요. 그게 본질입니다."

"실제로 그것이 본질입니다. 적어도 그들은 진화론의 관점에서는 정정당당하게 승부를 겨룹니다. 하지만 저는 더 이상 그들과 접촉하고 싶지 않아요. 제가 새로운 임무를 맡았기 때문에 더욱 그렇죠. 저는 지금 학습커리큘럼위원회의 위원장입니다. 당신도 짐작하겠지만 이 임무는 정말 매력적인 일입니다."

마티올레는 시계를 바라보더니 놀라는 척했다.

"이만 일어나야겠습니다. 중요한 회의가 있어서요."

마티올레는 일어났다. 오스몬드는 그가 앉아 있을 때보다 서 있을 때 몸집이 더욱 거대하다는 사실에 주목했다. 마티올레 교수는 넥타이를 가다듬고 웃옷의 단추를 잠근 후 오스몬드를 문까지 배웅했다.

"오스몬드 교수님, 뵙게 되어 영광이었습니다."

마티올레의 얼굴에 나타난 경멸적인 표정은 그의 예절과 조금도 부합되지 않았다. 오스몬드는 통통하고 물렁물렁한 손과 악수를 나눈 후, 자신의 진짜 신념을 드러내지 않으면서도 마티올레를 10시간 이상 신문할 수 있을 거라고 생각하면서 박물관으로 발길을 돌렸다.

*

오스몬드는 몽주 가(街)를 통해 돌아왔다. 파리는 조금씩 어두워졌다. 가로등은 자동차 물결 위에서 점화되었고, 지하철 입구는 바쁘고 성마른 무리를 토해냈다. 이들은 그를 떼밀면서도 눈길 한 번 주지 않았다. 자신의 체류가 운 나쁘게 펼쳐질 거라고 전혀 상상하지 못한 피터는 갑자기 '빛의 도시' 파리가 음울하고 적대적으로 보였다.

오스몬드는 박물관 쪽으로 구불구불 뻗어 있는 골목길을 걸었다. 15년 전만 해도 파리는 얼마나 낭만적으로 보였던가! 공들여 건축한 빌딩, 큰 거룻배들이 흔들거리던 센 강의 부두, 시민들이 즉흥적인 몽상을 즐기기 위해 틀어박힌 그늘진 골목길……. 이 모든 풍경은 이미 지나간 일이었다. 오늘 그는 굳어진 얼굴, 독창성 없는 대문, 불길한 기호, 위협적인 정적만을 볼 수 있었다. 비밀을 꽁꽁 감추고 두문불출하는 도시. 그는 집에 돌아가 아들을 보고 싶었다…….

오스몬드는 밀려드는 향수의 물결 속에 잠겼다. 마치 사람들이 과거라는 따뜻하고 깊은 곳에 웅크리듯, 그리운 옛 시절을 떠올리고 싶었다. 그는 누구에게 저녁 시간을 함께 보내자고 제안할 것인지 알고 있었다.

*

진화생물학과 복도에서 고함소리와 욕설이 들렸다. 로랑스 앵베르는 몹시 화가 나 있었다.

"이렇게 흥분해서 날뛰다니! 당신이 나를 두렵게 할 수 있다고 생각해?"

"앵베르, 꺼져버려. 당신의 편협한 신앙심과 함께 말이야!"

암고양이가 눈을 번득이고 날카로운 발톱을 세운 채 먹이에게 달려들 태세를 취하듯, 로랑스 앵베르는 거대한 실루엣과 맞서고 있었다. 오스몬드는 즉각 세르방을 알아보았다. 그가 박물관에 도착하던 날 자신을 떼밀었던 작자. 빈정거리는 웃음을 짓고 있던 세르방은 금방이라도 동료를 때릴 기세였다. 정신을 가다듬은 로랑스는 연구실로 돌아가는 척하다가 상대방에게 쏘아붙였다.

"당신은 사기꾼이야! 다른 말이 필요 없지!"

"당신이 뭔데 나를 그렇게 판단해? 앵베르, 당신은 유전학이 뭔지 전혀 몰라! 과학이 뭔지도 모르지!"

"당신은 지능 유전자를 바꿀 수 있다고 생각하나? 하지만 그건 고리타분한 인종차별주의자의 환상이야! 지능 유전자를 바꿀 수 없다는 사실은 모두 알고 있지!"

"당신 정신력은 거기까지 미치지 못하지. 분명해."

"당신은 박물관에 보고하지도 않고 영원히 연구를 진행할 수 있을 거라고 믿나? 미셸 델마가 박물관장으로 있었을 때는 가능했겠지만 이제는 바뀔 거야! 그 점은 내가 보장하지!"

세르방은 히죽히죽 웃으면서도 두 눈으로는 위협했다. 그리고 빈정거렸다.

"당신은 성령과 관계를 맺을 거야? 아니면 '오르가슴 어트랙터' 에 연결할 거야?"

"잘했어, 세르방. 상당히 재치 있는 말이네. 당신 뇌가 낙지 뇌처럼 성장 중이라고 믿지 않을 수 없어……."

"그럼, 낙지는 당신에게는 없는 그런 행운을 갖고 있지."

"세르방, 당신은 실패한 과학자야. 더군다나 위험한 인물이지. 당신은 어떤 규칙도 존중하지 않잖아……."

세르방의 안색이 변했다. 표정이 굳어졌고 입은 증오로 비틀렸다.

"당신이 들먹이는 규칙은 내가 알 바 아니야. 나는 누구처럼 엉덩이 덕분에 그 잘난 학과장 자리를 차지한 사람이 아니라 과학자란 말이야!"

로랑스 앵베르는 선반에서 굴러다니는 낡은 책상용 램프를 집었다. 오스몬드가 말리지 않았더라면 틀림없이 고약한 교수의 머리에 던졌을 것이다. 그래도 그녀는 휘둥그레진 눈으로 히스테리환자처럼 울부짖기 시작했다.

"이 늙은 바보야, 그렇게 말한 것에 대해 후회하게 될 거야! 나는 미셸 델마를 대신해서 윤리위원회의 수장이 될 거야. 모든 수단과 방법을 동원해서 너를 파면시키고 말 테야. 세르방, 당신은 끝났어!"

세르방의 괴상한 얼굴은 경멸의 미소로 더욱 일그러졌다. 그는 끔찍한 공포에 사로잡힌 사람을 흉내 내면서 가슴 위에 두 손을 얹었다.

"당신이 무서워 죽겠어요……."

그러고는 쩌렁쩌렁하게 웃어댔다. 이윽고 그는 로랑스의 어깨 위에 손을 얹고 있던 미국인을 뚫어지게 쳐다보았다. 그러더니 폭발 소리를 모방하면서 물었다.

"자, 미국인 정의의 수호자여! 구석기시대의 조로여! 잘 지내시는가?"

세르방은 정신착란자의 눈으로 두 사람을 쏘아보더니 살짝 손을 흔들어 작별인사를 한 후 복도 끝으로 사라졌다.

로랑스 앵베르는 오스몬드의 품에 뛰어들어 오열을 터뜨렸다.

"더 이상 뭐가 뭔지 모르겠어……. 피터, 무슨 일이 일어나고 있어? 모두 미쳐버렸어……. 그리고 이 연쇄살인……. 이제 사람들은 오직 살인사건에 대해서만 얘기하고 있어……."

오스몬드는 최대한 그녀를 위로하려고 애썼다. 그녀는 눈물을 닦고 떠듬떠듬 말했다.

"몹시 두려워. 나를 혼자 내버려두지 마……. 내게 가해진 이 폭력……. 숨이 막혀 죽는 줄 알았어……."

"진정해. 누구도 당신을 괴롭히지 않을 거야. 집까지 데려다줄게."

로랑스 앵베르는 유감스런 표정으로 고개를 저었다.

"내 출판기념회에 참석해야 해. 가고 싶지 않지만 참석하지 않을 수가 없어. 나와 함께 가지 않겠어?"

"좋아."

이 제안이 피터 오스몬드에게 원기를 되찾게 했다고 말할 수는 없다. 하지만 적어도 그는 자신이 유용한 사람이라고 느낄 수 있었다.

오스몬드는 연구실 거울 앞에서 화장을 고치는 로랑스 앵베르를 바라보았다. 여인이 이처럼 소박하고 섬세하게 화장하는 모습을 본 게 대체 언제였던가? 기억이 떠오르지 않았다. 그는 얼마나 자신이 서정이 없는 추상적인 개념으로 가득한 세계 속에 살고 있는지 깨달았다.

로랑스 앵베르가 혼자서 광물학관 꼭대기 층에 있는 한 고미다락방의 소박한 광원추(光源錐) 아래서 혼란스러운 의례와 사교 행사에 잠길 준비를 하는 동안 레오폴딘 드베르는 1930년대의 중국을 상상 여행하고 있었다. 집으로 가져온 테야르 드 샤르댕의 수첩에 몰두한 그녀는 베이징 서부에 있는 어느 산 밑, 작은 텐트 속에 있는 자신의 모습을 상상했다. 그곳에서 고고학자들은 영장류과의 모든 속성을 갖춘 유골들을 발굴했다. 그녀는 바람이 불어도 꺼지지 않는 램프의 불빛 아래서 초췌한 얼굴에 까만 옷을 입은 훤칠한 남자의 어깨 너머로 수첩을 읽고 있었다. 철제상자 위에 앉은 남자는 무릎 위에 수첩을 놓고 아주 빠른 속도로 메모하고 있었다. 남자는 가늘고 힘찬 필체로 낮에 발견한 것을 기록하였고 이미 무한한 우주의 광경, 아주 구체적인 전망, 신비주의적 계획의 초안을 세워놓았다. 테야르 드 샤르댕은 혼자서 아주 먼 곳에서 자신과 신을 연결하는 다리를 놓았다.

몹시 피곤한 레오폴딘은 수첩 위에서 잠들 뻔했다. 그녀는 하품을 하고 기지개를 폈다. 그리고 가방을 챙기고 불을 끈 후 마지못해 수첩의 상상 세계를 떠났다.

하지만 그녀를 기다리고 있는 광경은 더할 나위 없이 구체적이고 황홀한 것이었다.

27장. 지적 설계론

과학클럽 본부는 뤽상부르 정원에서 아주 가까운 생·미셸 대로에 온통 유리와 금속으로 만든 6층짜리 현대식 빌딩에 입주해 있었다. 로비의 밝은 목재 카운터 뒤에서 여자 안내원들은 손님 명부에 이름을 표시하고 있었다. 이웃한 홀에서는 다른 여직원들이 샴페인 잔과 작은 과자가 담긴 접시를 돌리고 있었다. 양복 차림의 남자들과 진주 목걸이를 한 우아한 파리 여인들은 좋은 집안 출신답게 자신 있게 담소하고 있었다. 반바지에 로고가 없는 티셔츠 차림의 피터 오스몬드는 조금도 자신의 세계라고 느끼지 않았다. 솔직히 말해서 그는 밭갈이에서 돌아와 사교계의 칵테일 파티에 들이닥친 아칸소 주의 농부처럼 보였다. 그를 보며 잘 알고 있는 듯한 미소를 짓는 몇몇 부인들을 제외하고 이 사람들은 그의 우스꽝스런 옷차림을 못 본 척할 정도로 좋은 교육을 받았다. 그는 로랑스의 초대가 좋은 생각이 아니었다는 생각이 들었다. 하지만 재빨리 자신의 기묘한 처지를 체념했다. 그는 제복을 입은 아가씨가 친절하게 내미는 샴페인 잔을 집었다. 피터 오스몬드가 분명하게 의심치 않는 것은, 자신의 두뇌가 이 작은 무도회에 참석한 모든 손님들의 뇌를 합한 것보다 훨씬 더 영리하다는 사실이었다.

로랑스가 기자와 인터뷰를 하는 동안 오스몬드는 무도회장을 한 바퀴 돌았다. 게시판은 과학클럽이 개최한 여러 토론회를 상기시켰다. 근엄한 눈빛을 지닌 과학자들의 사진 아래에는 몇몇 사람들이 유네스코나 유엔, 때로는 공화국 대통령의 후원을 받았다고 설명되어 있었다. 사진에서 정치가들은 조용히 거드름을 피움으로써 주제에 대한 몰이해를 감쪽같이 숨기고 있었다.

오스몬드는 이브 마티올레가 단언했던 것을 다시 생각했다. 과학클럽 회원들은 자신과 같은 사람도 악용할 수 있었을까? 그럴 가능성은 거의 없었다. 마티올레는 그에게 조금도 신뢰감을 주지 않았다. 오스몬드는 여직원들의 저고리 깃에서 올리비에그룹의 녹색과 적색 로고를 보았다. 이 대형 제약회사가 출판기념회를 후원한다는 사실은 누구나 알고 있었다. 누가 이 주제를 언급했더라? 그는 잠시 기억을 더듬었다. 고도프스키가 베르니케 강당에서 꺼낸 문제였다. 그의 말에 따르면 이 협력이 투명성이나 객관성을 보장하는 것은 아니었다. 고도프스키는 짜증 나게 하는 인물이었지만 아무튼 정보에 매우 밝은 것 같았다. 피터는 그와 다시 대화를 나누어야겠다고 생각했다. 경찰이 허락한다면…….

오스몬드는 바에 몰려드는 무리를 헤치고 흉악한 얼굴을 가진 바텐더에게 자신도 손님이므로 샴페인을 한 잔 마실 자격이 있다고 설득하는 데 성공했다. 바텐더는 의혹의 눈빛으로 쏘아보더니 마지못해 한 잔을 내밀었다. 오스몬드는 무도회장으로 돌아서면서 이 파티의 유쾌한 면을 발견했다. 그는 자신이 여러 곤충의 해부학적 특징을 면밀히 관찰하는 곤충학자와 공통점이 있다는 사실을 깨달았다. 대머리에 포동포동하고 땅딸막한 남자는 풍뎅이를 생각나게 했고, 공손하게 그의 말을 듣고 있던 야회복 차림의 늘씬한 부인은 잠자리를 떠올리게 했다. 아니 사마귀를 생각나게 했다. 그녀는 포식자의 미소를 지녔으니까. 그리고 안경 너머에서 움직이는 눈동자는 진짜 개미를 닮았다…….

고생물학자는 곧 이 연구에 싫증 났다. 그는 고상한 샤넬 양장 차림의 멋진 로랑스 앵베르가 카메라 렌즈 아래서 보조기자의 질문에 대답하고 있는 VIP 자리로 다가갔다.

“따라서 당신은 진화가 적응이라는 내부적 논리에 따른다고 생각합니까?"

"만일 진화가 내부적 논리에 따른다면 적응은 각자에게 달려 있다고 말하는 것이 더 정확할 겁니다. 저는 최근 저서에서 생물이 배아 단계부터 어떤 일관성을 가지고 진화하는지를 입증했습니다. 만일 인간이 이 복합성의 단계에 도달한다면 그것은 단지 우연과 자연선택의 결과일 수는 없습니다. 환경 적응만으로 모든 것을 설명할 수는 없습니다."

"그 가정은 '지적 설계' 라는 용어로 통합하고 있는 최근 이론과 일치합니까?"

생물학자 로랑스 앵베르는 이 질문에 당혹스러워했다.

"글쎄요……. 이 용어에 대해 이러쿵저러쿵 뒷말이 많습니다. 저는 이 기회에 사람들이 가끔 저의 연구와 아무 관계도 없는 주장을 퍼뜨리기 위해 제 말을 왜곡한다는 점을 언급하고 싶습니다."

"알겠습니다. 하지만 당신은 「비교론」 같은 몇몇 유심론 잡지에서 그렇게 표현했습니다."

앵베르는 거칠게 말을 끊었다.

"그래서요? 제게는 그럴 권리가 없단 말인가요? 「비교론」은 과학지가 아닙니다……. 저 이전에 몇몇 학자도 그렇게 했지만 트집을 잡지 않았습니다……."

"과학은 절대적으로 중립을 지켜야 하는데 당신이 종교적 신념을 내세웠다고 비난하는 비평가들에 대해서 어떻게 생각하십니까?"

격분한 로랑스 앵베르는 한숨을 내쉬었다. 그녀의 미소는 조금씩 사라졌다.

"과학의 중립성이 존재하지 않는다고 대답하게 되어 유감스럽게 생각합니다. 과학의 중립성은 대부분의 과학자들이 자신의 무책임과 무분별을 그럴싸하게 정당화하기 위해 줄기차게 꺼내는 하나의 신화입니다. 원자력 산업 장려, 유전자 조작 혹은 인간 복제가 공정한 일입니까? 과학을 발전시킨다는 구실로 아무것이나 지지할 수는 없습니다! 이 과학자들은 자신이 공정하다고 주장합니다. 하지만 이들은 실험을 이용해서 로비를 할 뿐입니다. 그것은 전적으로 위선입니다!"

"하지만 과학클럽은 올리비에 같은 그룹의 후원을 받지 않습니까? 게다가 당신은 과학클럽의 핵심 인물 가운데 한 분이죠."

"맞습니다. 우리는 숨기지 않습니다. 그럼에도 불구하고 우리가 절대적으로 독립적이라는 점을 알려드리고 싶습니다. 우리는 올리비에의 책임자들에게 보고하지 않습니다. 또 그들은 우리 연구에 간섭하지 않습니다. 그래서 저는 이 자리를 빌어 그들에게 꼭 경의를 표하고 싶습니다."

오스몬드는 웃었다. 로랑스 앵베르는 자신의 말이 얼마나 모순되는지 헤아리지 못했다. 그녀는 강력한 후원자의 보호를 받기 위해 객관성을 표방하면서도 공인된 과학자들의 객관성을 통렬히 비난했다. 하지만 이 문제는 과학 자체만큼 해묵은 것이고 그날 저녁에 깨끗이 해결될 일이 아니었다.

오스몬드는 잠시 사람들 사이에서 돌아다녔다. 파티의 주인공은 잠시 더 손님들의 간청에 응대할 것이다. 그는 미셸 델마, 호완싸인, 로랑스 앵베르의 저서들이 놓여 있는 진열대 앞에서 멈추었다. 그는 델마의 책을 대충 훑어보았다. 속표지에서 그의 사진을 보고 마음이 아팠다. 멋진 나비매듭, 대학을 갓 졸업한 젊은 연구원처럼 쾌활하고 열정적인 노스승……. 오스몬드가 여러 가지로 빚을 진 정신적 아버지…….

오스몬드는 머리를 들었다. 모든 점에서 훌륭한 한 여인이 몰래 그를 지켜보고 있었다. 그가 책을 훔치려 한다고 의심하는 것 같았다. 그는 짜증을 내기보다는 책을 제자리에 놓고 그 불쾌한 여자를 향해 옛날에 아인슈타인처럼 혀를 길게 내밀고 험상궂게 얼굴을 찡그렸다. 가엾은 여인은 알 낳는 암탉처럼 눈동자를 굴리더니 조금 먼 곳으로 가서 꼬꼬댁거렸다.

그렇게 여인에게 설욕을 했더니 마음이 조금 편해졌다. 갑자기 오스몬드는 부인할 수 없는 사실을 깨달았다. 진열대 위에 전시된 세 명의 저자들 가운데 두 사람은 변사를 당했다. 그는 미신을 믿지 않지만 로랑스 앵베르가 죽은 두 사람과 가까운 사이라는 사실은 그를 얼어붙게 하는 뭔가가 있었다.

다행히 바로 그때 로랑스가 그에게 다가왔다. 집중적인 주목 대상이 되어 몹시 기뻐하는 그녀는 글자 그대로 환하게 빛났다. 그녀는 폭소를 터뜨리며 외쳤다.

"당신은 가장 좋은 샘에서 지식을 끌어내는 것 같아!"

분명히 로랑스의 희열은 샴페인과 언론의 인정 덕분이었다. 오스몬드는 어리석은 예감일지도 모르는 견해로 그녀의 환희에 찬물을 끼얹지 않는 게 좋다고 판단했다. 그는 어깨를 으쓱하면서 그녀에게 짓궂게 굴었다.

"당신 책을 내게 헌정한다면 끝까지 읽겠다고 약속할게."

"예상한 일이야. 내 책은 이미 「누벨 옵세르바퇴르」와 「엑스프레스」에서 찬사로 가득한 평가를 받았어. 「르몽드」에도 기사가 실렸어!"

"흡족해할 사람은 고도프스키야……."

"아, 고도프스키……. 내가 얼마나 그를 무시하는데……. 그 불길한 인간은 어떻게 생각하고 있지? 내가 복제할 수 있는 실험 기준을 만족시키기 위해 수백 개의 인간 배아를 희생시킨다고 생각할까? 꿈을 꾸고 있는 것 같아……."

오스몬드는 다른 기회를 위해 말을 아끼고, 웃으며 말했다.

"고도프스키에 따르면 진화는 단 한 가지 방향밖에 없어. 그건 너의 배꼽(배꼽은 인간의 중심, 피조물(인류)의 기원을 상징함—옮긴이)이야."

"정말이야? 그는 대체로 세련되지 못한 어휘를 사용하지."

"고도프스키는 또한 당신을…… 어떤 단어였더라? 아, 편협한 신앙심을 가진 사람이라고 생각해!"

"나도 그 점은 인정해!"

로랑스는 두 잔의 샴페인을 집더니 즐거운 눈빛으로 잔을 들었다. 그리고 짓궂게 물었다.

"무엇을 위해 건배할까?"

오스몬드는 다시 추억 속에 잠겼다. 예전에 두 사람은 자주 사랑을 위해 건배했다. 당시에 그들은 건배를 영원히 신성한 법칙으로 간주했다. 그리고 지상에서 일어나는 모든 일이 그렇듯이 두 사람도 상대성을 경험했다…….

오스몬드는 신중하게 직업적 중립성을 존중해서 제안했다.

"과학을 위해서?"

로랑스가 동의했다.

"좋아. 그다지 낭만적이진 않지만 적어도 우리는 그 점에 대해선 의견이 같으니까."

"그래……. 배아의 내부적 논리에 관해서……."

로랑스는 하늘을 바라보면서 말했다.

"알아. 당신은 아무것도 믿지 않지. 당신은 궁극 원인에 대해서 자문하지 않고 사실을 관찰하는 것으로 만족하지……."

오스몬드는 과학자가 동료와 마주칠 때마다 그렇듯 그들의 대화가 불가피하게 이론 논쟁으로 옮아갈 거라고 생각했다. 그는 논쟁하고 싶지 않았다. 그래도 그런 식으로 말하게 내버려둘 수는 없는 노릇이다! 갑자기 논쟁에 휘말린 탓인지 수정 샹들리에, 우아한 의상, 작은 과자 접시는 더 이상 눈에 들어오지 않았다.

"로랑스, 모든 사람들처럼 나도 궁극 원인에 대해 자문해……. 하지만 하느님이 이 문제와 관련해서 무슨 일을 하시는지 정말로 모르겠어! 당신은 결국 무엇을 입증하고 싶어? 신성의 화학 공식? 수소원자와 탄소원자의 수?"

"피터, 바보 같은 소리하지 마! 마치 고도프스키의 말을 듣고 있는 것 같아! 그에 따르면 우리는 욕구불만에 빠졌거나 노화 증상에 시달린다는 거야. 아니면 당신처럼 미국 제국주의의 앞잡이든지!"

오스몬드는 분개했다.

"오, 맙소사!"

로랑스는 즐기는 듯했다.

"모르는 것에 대해선 이야기하지 마."

갑자기 로랑스의 얼굴이 어두워졌다. 은밀한 상처가 얼굴에 나타났다.

"당신은 내가 날마다 겪는 고통을 모를 거야. 신뢰를 얻고 연구 성과를 발표하기 위한 끊임없는 싸움……. 모델화할 수 있는 인간 게놈의 속성에 관한 내 연구 프로그램을 위한 열정……. 그래서 고도프스키 같은 사람들이 나를 광신자로, 심지어 무능자로 간주하는 거야. 솔직히 말해서 그들의 말을 듣게 되면 당신은 반계몽주의가 편을 바꿨다고 생각할 거야. 오늘날 과학자들은 중세의 종교재판관처럼 보여. 이들은 자신과 똑같이 생각하지 않는 모든 사람들을 비난하잖아. 신앙을 가진 과학자를 사기꾼이라고 생각하잖아. 만일 내가 불교도라면 내 의도를 무척 비난할 거야."

오스몬드는 여자친구의 얼굴을 바라보고 그녀의 혼란을 간파했다. 그는 이런 문제를 추호도 예상하지 못했다.

대화에 열을 올린 두 사람은 빅뱅에 관한 3-D 애니메이션과 초신성 폭발의 재구성을 상영하는 어두운 홀에서 걷고 있었다. 오스몬드는 염탐하는 사람이 없는지 주위를 둘러본 후 나지막하게 말했다.

"그런데 토론회에서 고도프스키가 당신이 과학클럽 회원이 아니라 올리비에그룹의 보호를 받고 있다고 주장할 때 당신은 그에게 뭐라고 대답하지?"

로랑스 앵베르의 눈에서 분노의 섬광이 지나갔다.

"솔직히 말해서 발언자들이 사정을 모른 채 참석한다고 생각해? 우리의 각종 토론회에 모인 사람은 1만 명이 넘어. 그 많은 사람들을 속일 수는 없어! 그리고 우리는 사상이 같지 않은 과학자들을 초대하는 것을 명예로 삼아. 당신 같은 학자들 말이야."

"나는 미국에 그런 적(敵)이 상당히 많아……. 하지만 고도프스키만이 그렇게 말하는 것은 아니야. 생화학자 이브 마티올레도 있어."

로랑스 앵베르가 외쳤다.

"마티올레라고? 하지만 그는 흔쾌히 왔어! 그가 발언했던 토론회의 소개 책자에는 분명히 과학클럽이라고 명기되어 있었어. 그는 거짓말쟁이거나 머저리야."

오스몬드는 그 걸출한 인물을 떠올렸다. 마티올레는 머저리를 제외한 모든 면모를 갖추었다.

로랑스는 사람들이 흩어지기 시작하는 대형 홀로 오스몬드를 데려갔다.

"과학클럽의 부회장을 맡고 있는 자크 루아예를 소개시켜줄게."

얼굴이 몹시 붉고 명랑한 50대의 땅딸막한 남자가 다가오고 있었다. 보험대행업자의 용모에다가 별로 민첩하지 못한 기지를 가진 작자였다. 미국인이 참기 힘든 인물이었다.

오스몬드는 로랑스 앵베르의 팔을 잡으면서 말했다.

"아, 아니야. 파티는 다른 곳에서 계속하자고! 이곳은 내가 있을 곳이 아니야!"

28장. 사랑과 죽음의 관계

광물학관 회랑 1층 보석 전시회장. 인적이 없는 이 시각에 레오폴딘은 십여 개의 다이아몬드가 별빛처럼 어둠을 뚫고 있는 진열장을 발견했다. 간접조명등의 희미한 불빛 아래서 보석들은 반짝거리면서 서로 순도와 우아한 자태를 겨루고 있었다. 암홍색과 암청색 벨벳 진열대 위에 배치된 보석들은 어느 석상 거인이 흩뿌린 눈물을 닮았다.

레오폴딘은 아주 정교하게 세공된 화려한 보석들에 매혹되었다. 그녀는 자신이 광물성 분홍빛 진주의 탄생을 목격하면서 눈이 휘둥그레진 어린 소녀처럼 느껴졌다. 각 보석은 대지가 아주 정묘한 것을 생산했다는 특별한 예증이었다.

레오폴딘은 진열장 귀퉁이에서 갑자기 빛의 드레스와 마주쳤다. 그녀의 눈이 휘둥그레졌다. 드레스는 너무 아름다워서 비현실적으로 보였다. 다색의 섬세한 다이아몬드가 박힌 긴 드레스, 반짝반짝 빛나는 따뜻한 색조의 방추형 드레스였다. 레오폴딘은 한참 넋을 놓고 바라보았다. 그녀는 이처럼 멋진 드레스를 본 적이 없었다.

"드레스가 마음에 들어요?"

어둠속에서 빠져나온 이 목소리는 미학적 충격에 빠져 있던 레오폴딘을 소스라치게 했다. 요한 키르허의 얼굴이 누그러진 빛 속에서 뚜렷이 드러났다. 두 사람은 잠시 섬유와 돌의 합작품을 바라보며 감탄했다.

"이 드레스, 정말 눈부시게 아름답지 않나요?"

"그래요. 정말로 멋져요. 어디에서 온 것이죠?"

소장품 관리인은 대답하지 않았다. 두 사람의 호흡은 침묵 속에서 뒤섞였다. 레오폴딘은 키르허의 시선을 느꼈다. 이윽고 그녀는 키르허를 바라볼 힘을 찾았다. 그녀는 얼빠진 사람 같았다. 그들은 말없이 한참 동안 마주 보았다.

요한 키르허는 호주머니에서 열쇠를 꺼내 진열장을 열었다. 레오폴딘은 그가 무슨 일을 할지 깨달았다. 그녀는 원치 않았다. 하지만 이 남자의 의지를 꺾을 수 없었다. 그는 진열장에서 옷을 꺼내 그녀에게 내밀었다.

요한 키르허는 부드러운 목소리로 말했다.

"나를 기쁘게 해줘요. 제발 입어봐요. 당신이 이 드레스를 입고 있는 모습을 무척 보고 싶어요."

레오폴딘은 손가락 끝으로 옷을 잡았다. 꿈속에서처럼 그가 기절하는 모습을 볼까봐 두려웠다. 이처럼 멋진 옷을 입어볼 수 있다니 믿기지 않았다. 키르허는 그녀에게 팔짱을 끼었다.

"제발, 레오폴딘."

몹시 당혹한 레오폴딘은 옷을 갈아입을 수 있는 어두운 구석을 찾아보았다. 그녀는 홀딱 벗고 빛의 베일을 입었다. 조금 떨어진 곳에서 키르허는 호흡이 곤란했던지 깊은 숨을 몰아쉬었다.

*

검정색 피아트 판다는 팡테옹을 우측에 남겨두고 5구(區)의 골목길로 살며시 들어가더니 푀이앙틴 가의 어느 낡은 술집 앞에 멈추었다. 늦은 밤이었기에 술집 문은 이미 닫혀 있었다. 차에 타고 있던 사람들은 그곳에 들를 생각은 없었다. 그들은 파티에서 이미 술을 충분히 마셨다. 솔직히 말해서 대충 혈중 알코올 농도를 측정했더라도 당장에 파출소로 끌려갔을 것이다. 그들은 온종일 긴장한 탓에 생제르맹데프레의 바에서 긴장을 풀 필요성을 느꼈다. 그들은 추억과 오래전부터 보지 못한 사람들을 떠올렸다. 자동차 안에서 웃으면서 학생시절에 즐겨 불렀던 옛 록 가요를 불렀다. 승객은 딥 퍼플(deep purple)의 가수도 흉내 낼 수 없을 가성으로 "Smoke on the water……."를 큰 소리로 부르더니 비행기 제트엔진의 우아함으로 기타의 반복악절을 부르기 시작했다. 운전자는 배꼽을 잡고 웃었다.

로랑스 앵베르가 외쳤다.

"피터, 당신은 이상한 록 가수가 되었을 거야!"

"하지만 나도 노력은 했다고! 고등학생이었을 때 그룹에서 기타를 연주했지. 세 곡 정도는 연주했어."

"그런데?"

"네 번째 곡은 결코 연주할 수 없었어. 그래서 해체했지."

두 사람은 박장대소했다.

거구의 미국인은 자동차에서 빠져나오면서 말했다.

"제기랄, 유럽 사람들은 왜 자동차를 이처럼 작게 만들지? 다른 나라처럼 뷰익이나 시보레를 굴릴 수 없을까?"

"우리는 크기에 대한 광기를 갖고 있지 않아! 당신도 잘 알면서!"

피터 오스몬드는 알코올 탓에 중심을 잃고 가볍게 비틀거렸다. 평소의 음량을 되찾은 그는 조심성 없이 소리를 내질렀다.

"오, 로랑스……. 우리는 왜 이처럼 다르지?"

로랑스는 그의 팔을 붙잡았다. 그들은 감미로운 밤을 음미하며 천천히 걸었다.

로랑스는 심술궂은 어조로 물었다.

"'우리'라니 누굴 말하는 거야?"

"미국인들과 유럽인들……."

"당신이 생각하는 것은 단지 그뿐이야?"

피터 오스몬드는 젊은이처럼 얼굴이 빨개졌다.

"내가 정말로 말하고 싶은 것은 당신과 나 말이야. 우리는 아주 달

라. 당신은 아름답고 매혹적이며 훌륭해……."

"그리고 당신은 시대에 뒤떨어진 늙은 히피지!"

"시대에 뒤떨어진 건 아니야……. 덜 훌륭한 거지……. 당신은 당신 나름대로 과학에 대한 견해가 있고 나도 그렇고. 우리 둘의 견해는 정말이지 양립할 수가 없어……."

"피터, 그것 가지고 더 이상 문제 삼지 마……. 광신이 물러서는 것은 바로 우리 덕분이야. 우리는 다윈의 이론과 신앙을 화해시키기에 이른 거야. 우리는 과학이 악마적이지 않다는 것을 증명할 수 있어."

"당신의 '교향악 같은 어트랙터(매력)' 에도 불구하고 말이지?"

로랑스 앵베르는 사랑스럽게 오스몬드의 팔을 톡톡 쳤다.

"당신은 개구쟁이야. 나를 놀리고 있어."

오스몬드는 발길을 멈추더니 하늘을 탐색한 후 그녀를 바라보았다.

"사흘 전부터 나는 이렇게 생각했어. 이 모든 게 의미가 있을까? 나는 현명한 선택을 했을까? 우리 둘이 결혼했다면 인생의 길을 잘 걸을 수 있었을까?"

로랑스는 숙명론자처럼 어깨를 살짝 으쓱였다.

"적어도 나의 철학적 견해에 따르면 모든 것에서 의미를 찾을 수 있지!"

오스몬드는 통쾌하게 웃었다. 그는 흐릿한 눈으로 방향을 찾았다.

"의미는 그렇다 치고……. 내 호텔이 어느 방향이지? 페르아물랭가……."

로랑스는 가방에서 열쇠를 꺼내고 오스몬드의 눈을 응시했다. 그녀의 두 눈은 밤 속의 다이아몬드처럼 반짝반짝 빛났다.

"이걸 다시 꽂는 게 어때?"

오스몬드가 이해하지 못하고 물끄러미 그녀를 바라보자 로랑스는 이렇게 덧붙였다.

"내 말은…… 마지막으로 한 잔 더하자는 거야."

두 사람은 말없이 오랫동안 마주 보았다.

*

레오폴딘은 어둠속에서 천천히 모습을 드러냈다. 보석의 섬광으로 둘러싸인 날씬하고 섬세한 실루엣. 걸음을 뗄 때마다 몸에서 빛이 출렁거렸다. 요한 키르허는 그녀에게 매료되어 꼼짝할 수 없었다. 다가오는 그녀를 바라보았다. 레오폴딘은 그가 내민 손을 붙잡았다. 그는 그녀를 끌어당기고 물끄러미 바라보았다. 마치 이 광경이 그에게 진짜 고통을 주기라도 하듯 그는 몹시 당황한 것 같았다. 그는 두 눈을 감고 떨리는 손으로 그녀의 허리를 붙잡더니 천천히 손을 올려서 두 가슴을 애무했다. 레오폴딘은 두 눈을 감고 머리를 뒤로 젖힌 채 그토록 남몰래 갈망했던 남자의 애무에 몸을 맡겼다.

*

로랑스 앵베르는 탁자 위에 잔을 놓았다. 그리고 콤파이 세군도의 음악 리듬에 맞춰 몸을 흔들며 피터 오스몬드에게 다가가서 목을 껴안았다. 오스몬드는 살며시 포옹을 풀려고 했다.

"로랑스……. 이런다고 무슨 소용이 있지?"

하지만 로랑스는 아무것도 알고 싶지 않은 척하면서 목에 키스를 퍼붓고 속삭였다.

"물론 아무 소용도 없지……."

피터 오스몬드는 더 이상 나아가지 않기로 결심했지만 매정하게 뿌리치지는 못했다. 그는 위스키 잔을 놓지 않은 채 여자친구의 몸에서 팔을 떼어놓았다.

"나는 공식적으로는 아직 유부남이야……."

하지만 젊은 여인은 두 손을 미국인의 티셔츠 밑으로 밀어 넣고 등을 애무했다.

"당신은 '아주 조금만' 결혼한 거야……. 당신은 헤어졌다고 말했잖아……."

"그건 사실이야. 하지만……."

아직 잔을 들고 있던 오스몬드의 손이 로랑스가 잔을 올려놓았던 탁자에 닿았다. 그녀는 지금 남자친구의 허리 쪽으로 몸을 기울일 여유가 있었다. 그녀는 신비로운 매력의 법칙에 따라 움직이는 것 같았다. 하지만 오스몬드는 마지막으로 한 번 더 변증법적인 교란작전을 시도했다.

"로랑스……. 덧없는 일이야."

여인은 자신의 힘을 잘 알고 있었다. 그녀는 풍만한 가슴을 드러내면서 상체를 내밀었다. 동시에 암고양이가 발톱으로 긁듯이 손톱으로 천천히 남자의 등을 긁었다. 이 애무는 예상한 대로 언제나 효과를 발휘했다. 짜릿한 전율이 머리에서 발끝까지 피터의 전신을 지나갔다. 그는 그녀의 몸에 들러붙어 미친 듯이 포옹했다. 3초 후 그들은 옷을 벗으면서 침대로 갔다.

다음과 같은 사실은 조심성 없는 설명을 필요로 하지 않을 만큼 충분히 입증되었다. 중립적이고 객관적인 관찰자라면 레오폴딘 드베르와 요한 키르허의 일시적 사랑과 로랑스 앵베르와 피터 오스몬드의 결합을 이끌었던 유혹이 아주 다른 과정을 따랐다는 사실을 확인하는 것에 그칠 것이다. 아무튼 인간의 다양한 품행은 경탄을 자아낸다. 그런데 이 호르몬 분출은 연쇄살인사건이 발생하고 있는 상황에서 일어났다. 단순히 우연의 일치일까? 아니면 인과 관계가 있을까? 죽음의 임박이 이들의 번식 행동에 영향을 미쳤을까?

감상적인 면이 없다면 이 질문이 굉장히 다윈주의적인 것이라는 사실을 인정해야 할 것이다.

금요일

"저승 문을 열기 위해서는 균열이 생긴 정신이 필요할 뿐이다."

에밀 시오랑, 『고뇌의 삼단논법』

29장. 배신과 질투

두 남자는 테오도르 모노실에서 나지막하게 의논하고 있었다. 그들의 태도를 보고 판단하건대 연구실을 비우기 위해 소지품을 정리하는 것 같았다. 실제로 피터 오스몬드와 마냐니 신부는 그렇게 하고 있었다. 그들은 관찰 기간에 기록했던 자료를 분류하고 편집하는 한편 세심하게 '작전' 을 짰다.

신부가 중얼거렸다.

"저는 이브 마티올레에 대해 조금 알고 있어요. 그는 한때 미국 텍사스 주 오스틴 대학교에서 공부했어요. 아주 총명한 학생이었죠."

"그리고요?"

"1979년 수석으로 졸업하고 몇 년간 오스틴에서 가르치다가 1988년 프랑스로 돌아왔어요. 처음에는 몽펠리에에서, 1992년부터는 리옹에서 근무했어요. 1995년부터는 파리와 도핀에서 가르쳤죠. 그때부터 그는 대학에서 꾸준히 중책을 맡았어요."

"마르첼로 신부님은 대단한 정보통이시네요."

성직자는 겸연쩍게 살짝 미소를 지었다.

"우리는 자유롭게 수많은 자료를 다룰 수 있어요. 바티칸과 프랑스 정부의 협력이 효과적이라는 사실이 밝혀진 셈이죠."

"그래도 신부님에게 그 정도까지는 기대하지 않았는데……."

"피터, 모든 정보망은 로마에 이릅니다. 이번 정보는 우리에게 소중한 도움이 될 수 있어요."

"무슨 뜻이죠?"

"이브 마티올레는 복음주의교회의 일파인 클레르부아 교회와 가까워요. 매우 전통적인 개신교계—특히 미국—와의 친분으로 유명한 교회이죠."

"맞아요! 오스틴 대학교는 1980년대에 수많은 논쟁의 중심지였어요. 그곳에서 몇몇 과학자들이 진화론 교육을 재검토하고자 제안했죠."

"정확해요. 그 동요는 연방최고재판소가 다윈 지지자들이 옳다고 판결할 때까지 몇 년간 계속되었어요. 하지만 저는 다른 것을 발견했어요. 교수님은 분명히 이 문제에 흥미를 느낄 거예요."

마냐니 신부는 서류를 뒤적이더니 자료를 내밀었다.

"마티올레의 옛 제자들에게서 찾아낸 거예요."

오스몬드는 아연실색했다.

*

레오폴딘은 도서관 화장실에서 거울을 바라보며 마지막으로 머리와 화장 상태를 점검했다. 그녀는 아주 경쾌한 모습으로 꾸민 후 가벼운 걸음으로 출구로 향했다.

마치 여름이 끝나고 싶지 않은 듯 찬란한 날씨였다. 레오폴딘이 어찌나 행복한 모습이었던지 알렉스는 아침에 그녀를 보자마자 이렇게 말했다.

"너 사랑에 빠졌구나!"

실제로 레오폴딘은 숨길 수 없었다. 그녀는 키르허와의 키스, 애무, 파리 골목길에서 생·루이 섬의 곶까지의 낭만적인 산책, 그리고 센 강의 조명을 떠올렸다. 키르허는 그녀를 집까지 바래다주었다. 신사인 키르허는 그녀에게 더 이상 요구하지 않았다. 레오폴딘이 거절해서가 아니었다. 하지만 그녀는 아주 부드러운 접근 방식에 쉽게 빠져들었다. 그들은 서로에 대해 알 시간이 있었다. 그것은 두 사람의 욕망을 고조시킬 뿐이었다.

레오폴딘은 급한 용무를 핑계로 자리를 비웠다. 그녀는 관광객들이 몰려 있는 대생명진화관의 가장자리를 따라 걷다가 웅장한 건물 안으로 들어갔다. 그리고 사무실이 모여 있는 오른쪽으로 향했다. 복도 끝에 총관리인이라는 청동명패가 있었다. 그녀는 심호흡을 한 다음 문을 두드렸다. 들어오라는 키르허의 목소리가 들렸다.

가슴이 두방망이질 치기 시작했다. 레오폴딘은 사무실 안으로 들어갔다. 키르허는 책상 뒤에 앉아 있었다. 커다란 유리판이 정묘하게 나선형으로 구성된 금속 튜브 위에 놓여 있었다. 벽에는 과학사 책으로 가득한 책장 하나가 있었고, 선반 위에는 박제한 스라소니가 물의 결정처럼 맑고 투명한 자수정 및 원주민 가면과 함께 나란히 놓여 있었다. 목재와 강철, 예술과 과학이 조화롭게 배치된 이 사무실은 질서, 맑음, 균형의 인상이 풍겼다.

요한 키르허는 책에서 눈을 떼고 차가운 어조로 말했다.

"무엇을 도와드릴까요?"

레오폴딘은 몹시 당황했다. 그녀는 많은 것을 상상했는데……. 광물학관 회랑에서 사랑을 나눈 후 서른여섯 가지 시나리오를 생각했다. 하지만 이처럼 굳은 표정과 쌀쌀한 시선은 생각하지 않았다.

"음…… 제가 말하고 싶은 것은……."

"말씀하세요."

레오폴딘은 키르허의 냉대에 어쩔 줄 모르면서 직업적인 태도를 취하고 즉흥적으로 둘러댔다.

"네, 제가…… 제가 부탁하고 싶은 것은…… 트렁크에 관해서……. 기억하세요? 희귀본서고에서 말씀드렸던 트렁크 말입니다……."

요한 키르허는 천천히 일어나 창가에 자리를 잡더니 넋을 놓고 식물원 풍경을 바라보았다.

"그래서요?"

"당신이 트렁크를 찾았는지 알고 싶을 뿐이에요……. 나는 트렁크와 함께 있던 서류를 분석했거든요……."

"그래요?"

"트렁크는 분명히 테야르 드 샤르댕의 거예요. 혹은 트렁크의 수신자가 샤르댕이죠. 아무튼 테야르 드 샤르댕과 관계가 있어요."

레오폴딘은 살금살금 다가갔다. 키르허가 조금도 관심을 나타내지 않자 그녀는 그의 팔뚝을 잡았다.

키르허는 소스라치게 놀라면서 손을 뿌리쳤다. 그녀는 얼빠진 표정으로 그의 얼굴을 빤히 쳐다보며 물었다.

"왜 그래요?"

키르허는 불만에 찬 모습으로 대답했다.

"아무것도, 당신은 내게 아무 짓도 하지 않았어요."

"엊저녁엔……."

"어제는 이미 과거에 속해요. 그 일에 대해서는 더 이상 얘기하지 맙시다."

레오폴딘은 두 다리에서 기운이 쑥 빠지는 것을 느꼈다.

"하지만…… 내가 꿈을 꾸었나요?"

키르허는 지평선에 시선을 고정시켰다.

"들어봐요……. 상황이 특별했어요. 그때 나는 일종의 흥분에 휩싸였어요. 어쩌면 우리 주위에 있던 그 다이아몬드 때문이었을 거예요……. 무엇이 나를 사로잡았는지 모르겠어요. 죄송해요. 하지만 우리 관계가 엄격히 직업적인 것에 그치기를 원해요."

키르허는 그녀에게 돌아섰다. 짧은 순간이지만 그는 무정한 말을 내뱉게 되어 고통스러워하는 것 같았다. 하지만 그는 재빨리 위압적인 태도를 되찾았다.

"미안해요. 지금 경비과에서 아주 중요한 모임이 있어요. 트렁크에 관한 소식이 있으면 연락하겠어요. 고마워요."

레오폴딘은 믿을 수 없다는 듯 조용히 그의 얼굴을 쳐다보았다. 그녀는 그처럼 빈틈없이 이미지를 관리하는 남자가 그처럼 무례한 태도를 취할 거라고는 꿈에도 짐작하지 못했다.

그녀는 후다닥 사무실을 뛰쳐나오면서 문을 쾅 닫아버렸다.

*

피터 오스몬드는 기분이 좋았다. 상당히 짧은 밤이었기에 약간 피곤했지만 매우 흡족했다. 그는 로랑스와 함께 머무르고 싶은 유혹에 저항해야만 했다. 그녀는 어느 때보다 다정하게 굴면서 늦잠을 자자고 제안했다. 연장전을 하는 것이 싫지는 않았다. 하지만 모호한 상황을 오래 지속하는 위험을 무릅쓰고 싶지 않았다. 특히 그는 수사를 시작해야 했다. 어쨌든 이 하룻밤의 사랑은 그의 유혹 능력을 확인시켜주었다. 그것은 정신노동에 매달리는 과학자에게 결코 소홀히 할 수 없는 부분이었다.

오스몬드는 경쾌한 걸음으로 17구의 평범한 건물들이 끝없이 늘어선 르장드르 가를 거슬러 올라갔다. 그는 멋진 바티뇰 성당과 숲이 우거진 작은 광장 앞을 지나서 100미터쯤 가다가 마침내 23번지에 도달했다. 특별한 명패 없는 단층의 커다란 하얀 집. 그는 원목 문을 밀고 최근에 하얀 페인트를 칠한 널찍한 방으로 들어갔다. 책상 하나가 열 줄의 간소한 떡갈나무 벤치와 마주 보고 있었다. 십자가도 없었고, 종교적 순명에 관한 어떤 지시사항도 없었다. 널판지 왼쪽에 검정색 큰 글씨로 '클레르부아 복음주의교회'라고 씌어 있었다. 오스몬드는 다가가서 여러 가지 정보를 읽었다.

"9월 15일 20시, 마르탱 휘슬러의 강연회. 주제 : 성경, 주해의 역사. 9월 17일 20시, 『과학 윤리와 신앙』의 저자 히에로니무스 파프와의 만남. 9월 18일 13시, 21세기 성도덕에 관한 고찰 모임."

개신교 근본주의자들은 혹시 있을지도 모르는 훼방꾼을 속이기 위해 언제나 아주 애매한 주제 뒤에 자신들의 정체를 숨겼다. 그들은 직접적인 대립은 자신들을 정신경직을 보이는 광신적 신봉자로 간주하게 하며, 신분을 숨기면서 사업을 진행하는 것이 유리하다는 사실을 알고 있었다.

문이 쾅 닫히면서 메아리가 울렸다. 검은 양복을 입은 머리가 희끗희끗한 50대 남자가 측문으로 들어왔다. 목사라기보다는 사업가처럼 보였다. 피터 오스몬드는 이 유형의 목사들 옷차림, 즉 존경심을 자아내도록 연구된 복장을 알아보았다. 그는 이 남자와 철학적 토론을 개시하고 싶지 않았다. 그래서 교회를 떠나 몽소 공원의 철책을 향해 급히 걸어갔다.

*

레오폴딘은 동물원 벤치에 앉아 머리를 숙이고 있었다. 알렉스는 옆에서 노발대발했다.

"키르허가 감히 네게 그런 짓을 했다고? 그놈이 너를 속이고는 다음 날 헌신짝처럼 버렸다고? 내가 그 비열한 놈의 낯짝을 갈겨버릴 테야!"

알렉스는 분명히 협박을 실행에 옮길 준비가 되어 있었다. 그는 누군가가 자신의 여자친구를 농락했다는 생각에 견딜 수 없었다. 당사자가 박물관의 총관리인이라는 사실은 조금도 중요하지 않았다. 60센티미터에 가까운 키 차이도 문제가 되지 않았다. 키르허는 무엇보다도 신의를 잃었고, 그런 짓은 알렉스에게 최악의 모욕처럼 보였다. 게다가 최근에 언론은 그에게 정의의 기사라고 치켜세우지 않았는가. 적어도 그는 그렇게 생각했다.

"그놈은 도대체 자신을 뭐라고 생각하는 거야?"

레오폴딘이 말했다.

"내 잘못도 있어. 그의 말을 믿어서는 안 되었는데. 내가 순진했던 거야."

분노가 절정에 달한 알렉스가 외쳤다.

"한번 생각해봐! 놈은 권력 좀 갖고 있다고 해서 모든 것을 마음대로 할 수 있다고 생각하는 거야. 내가 놈에게 예절이 뭔지 가르쳐줄 테야. 두고 보면 알 거야!"

"알렉스, 내버려둬……. 다음부터는 내 멋대로 상상하지 않을 테야……."

젊은 사육사는 화를 풀지 않았다. 레오폴딘이 알렉스에게 이런 사실을 털어놓기 전, 레오폴딘은 의자에 앉아서 방문객들의 왕래에는 무관심한 채 허공을 바라보고 있었다. 알렉스는 그런 레오폴딘을 놀래주었다. 그리고 레오폴딘이 수심에 잠겨 있는 이유를 털어놓을 때까지 다그쳤다.

"나는 키르허가 그런 사람이라고는 생각하지 않았어. 어제만 해도 그는 무척 상냥하고 친절했는데……."

"레오, 남자들은 언제나 똑같아. 외모만 보고 믿어서는 안 돼."

알렉스는 자신이 뭐에 대해서 말하고 있는지 알고 있었다. 그는 보호자처럼 그녀 어깨에 손을 얹고 물었다.

"괜찮겠지? 네가 원한다면 오늘 저녁 함께 있겠어. 약속이 하나 있지만 취소할 수 있어."

레오폴딘은 고개를 저었다.

"고맙지만 아니야. 혼자 있고 싶어. 그리고 일하러 갈 시간이야. 오늘 아직 아무것도 하지 않았어."

레오폴딘은 마르모트(마멋. 다람쥐과 마멋속의 포유류를 통틀어 이르는 말—옮긴이)들이 땅속 보금자리 주위에서 뛰노는 모습을 바라보았다. 이 녀석들은 이런 부류의 문제는 모른 채 무사태평하게 사는데……. 이 녀석들에게는 '배신' 이나 '순정' 이란 단어는 아무 의미도 없을 것이다. 제기랄, 누가 사랑이란 단어를 만들 생각을 했을까? 다윈은 이 문제에 대답할 수 있을까? 사랑의 유전자를 추출할 수 있을까?

이 무언의 질문에 대답하려는 듯 세르방이 보였다. 분명히 그는 가르쳐줄 수 없는 사람이다……. 유전학은 잘 알고 있겠지만 감정이 뭔지는 모르는 작자가 아닌가. 또 얼마나 상스러운 작자인가! 그런데 어디에서 나타났지? 그는 유리 사육장 바로 뒤쪽, 동물원 가장자리에 있는 낡은 창고 문을 닫고 있었다. 레오폴딘이 알기로는 이 부속건물은 폐쇄된 건물이었다.

"알렉스……."

알렉스는 주위에 아무도 없다는 것을 거듭 확인한 후 대충 둥글게 말은 이상한 담배를 꺼내 공모자의 표정을 짓고 내밀었다.

"피울래? 구석으로 가서 피우자. 이게 모든 근심거리를 사라지게 하거든."

레오폴딘은 땅딸막한 알렉스의 볼에 뽀뽀를 한 후 살짝 웃으면서 말했다.

"알렉스! 너는 구제불능이야!"

레오폴딘은 동물원을 떠났다. 여전히 마음이 무거웠지만 속사정을 털어놓았더니 다소 진정되었다. 우정이 없다면 삶은 어떻게 될까? 이것도 과학이 결코 증명할 수 없는 것이다…….

*

레오폴딘은 여전히 자신의 순진함을 저주하면서 광물학관 회랑으로 향했다. 어떻게 요한 키르허의 장난에 놀아날 수 있었을까? 그녀는 백마 탄 왕자를 믿을 나이가 지나지 않았는가! 이 작자는 양의 탈을 쓴 비열한 유혹자, 저속한 멋쟁이일 뿐이다. 그녀는 훨씬 더 중요한 업무에 정신을 집중해야 했기에 쉽게 자신의 연약함을 용서할 수 없었다. 피터 오스몬드 교수와 마르첼로 마냐니 신부는 쓸데없는 짓에 정신을 팔거나 사리에 어긋나는 행동에 빠져 만족해하는 부류가 아니었다.

레오폴딘은 복도에 설치된 복사기 옆에서 두 사람이 밀담하는 모습을 보고 깜짝 놀랐다. 두 사람은 서른 번이나 검토했던 서류에는 눈길 한 번 던지지 않고 심각하게 얘기를 나누고 있었다. 그들의 목소리는 윙윙거리는 기계소리 탓에 거의 들리지 않았다.

오스몬드가 속삭였다.

"제가 기자회견장에 가야 한다고 생각하세요?"

마냐니 신부는 자신의 의견을 밝혔다.

"물론이에요. 토론에 참가하는 게 아니라 누가 그곳에 있는지를 알아보기 위해서입니다. 그들이 노골적으로 사업을 진행할 가능성이 아주 높아요."

"그리고 루아예도 참석한단 말이죠?"

"분명해요."

두 사람은 레오폴딘이 나타나자마자 입을 다물었다.

레오폴딘은 심술궂은 어조로 물었다.

"제가 독송미사(노래가 따르지 않는 미사—옮긴이) 중인 두 분을 놀라게 했나요?"

레오폴딘은 성직자에게 말을 걸고 있다는 사실을 깨닫고 즉각 냉정을 되찾았다.

"앗, 죄송해요, 신부님……."

"괜찮아요, 레오폴딘. 당신이 옳아요. 우리는 따로 이야기를 하고 싶어요. 그게 더욱 안전하니까요."

레오폴딘의 호기심은 다시 타올랐다. 분명 두 사람은 뭔가 중요한 일을 꾸미고 있었다. 그녀는 더 자세히 알아보기로 결심하고 팔짱을 낀 채 기다렸다.

오스몬드가 다시 말을 이었다.

"그럼 좋습니다. 신부님이 저를 설득하셨어요."

마냐니 신부는 손가방에 사본을 쑤셔 넣으면서 말했다.

"좋습니다. 피터, 그럼 내일 볼까요?"

"약속대로 합시다."

두 사람은 합의된 시선을 교환했다. 레오폴딘은 암호를 사용하는 첩보영화를 보고 있는 느낌이었다. 신부는 조심스럽게 자리를 떴다.

레오폴딘은 초조하게 물었다.

"두 분이 무슨 일을 꾸미고 있는지 말씀해주시겠어요?"

오스몬드는 대답 대신에 입술 위에 집게손가락을 대고 살며시 벽을 가리켰다. 벽에도 귀가 있다는 뜻이었다.

두 사람은 잠시 기다렸다가 기계로부터 멀어졌다.

주말이라 대부분의 직원이 이미 떠났기 때문에 그들의 발소리는 인적 없는 복도에서 유난히 크게 울렸다. 레오폴딘은 슬쩍 창문을 바라보았다. 하늘은 흐렸고 새로운 뇌우가 준비되고 있었다. 책장과 진열장은 어둠 속에서 희미하게 보였다. 역광을 받은 녹색 식물이 바위 옆에서 기이한 모습을 띠었다. 이 바위는 베수비오 산의 용암으로 뒤덮인 폼페이의 횡와상들을 떠올렸다. 다시 짓누르는 듯한 분위기가 조성되었다.

레오폴딘은 승강기 안에 두 사람만이 남게 되기를 기다렸다가 오스몬드에게 나지막이 물었다.

"무슨 일이 있어요?"

"마르첼로 신부님이, 내일 아침 과학클럽이 주최하는 기자회견의 초대장을 가로챘어. 나는 참가하고 싶지 않은데 신부님은 내가 「진화소식」지의 편집장으로서 참석하는 게 좋을 거라고 했어."

"초대장을 가로채다니 무슨 뜻이에요?"

"신부님과 그의 친구들이 초대장을 빌려서 위조했다는 거야."

"말도 안 돼요……. 그런데 왜죠?"

"신부님 말씀에 따르면 바로 그곳이 신비의 열쇠를 숨기고 있대. 지금으로서는 더 이상 말할 수 없어. 그런데 파커에 대해 새로운 정보는 없어?"

레오폴딘은 호주머니에서 메모로 뒤덮인 종이를 꺼냈다.

"토비 파커는 트루밸류즈라는 투자회사를 통해 부정한 자금을 세탁하고 있어요."

오스몬드가 냉소했다.

"트루밸류즈라고? '진정한 가치'라……. 놈은 틀림없이 성덕(聖德) 증명서를 원할 거야."

"트루밸류즈 사이트엔 회사가 오직 인도주의적 성향을 띤 기관만 지원한다고 써 있어요. 어쨌든 이 회사가 투자하는 협회와 기업은 상당히 다양해요. 자, 보세요."

두 사람은 1층에 이르렀다. 오스몬드는 보석 전시회장에 시선 한 번 던지지 않고 종이에 시선을 고정시켰다. 그리고 곧 얼굴이 굳어졌다. 한편 이 매혹적인 광경이 어찌나 잔인한 추억을 떠올렸던지 레오폴딘은 미국인을 밖으로 데리고 나갔다.

바람이 불었다. 관리인들이 호각을 불고 큰 소리로 식물원 폐장을 알리고 있었다. 호기심 많은 산책자들은, 유서가 깊지만 갑자기 위험한 곳이 된 이 지역의 분위기에 젖어들기 위해 산책로를 성큼성큼 걷고 있었다. 독수리처럼 산책자들은, 이 일련의 비극에서 책임감의 무게를 따져보면서 건물에서 빠져나가는 여러 직원들을 관찰하고 있었다. 박물관의 연쇄살인범은 누구일까? 산책자들은 박물관이라는 소우주에 속하지 않는다는 사실에 안심하는 듯했다. 벤치에서 한 남자가 「르몽드」를 읽고 있었다. 한 제목이 눈에 띄었다.

"국립파리자연사박물관에서 벌어진 설명할 수 없는 연쇄살인"

레오폴딘과 오스몬드는 최대한 빨리 탐색하는 시선에서 벗어나기 위해 퀴비에 가의 출구를 향해 서둘렀다. 그들은 낮은 목소리로 대화를 계속했다. 오스몬드는 종이의 한 단어를 가리켰다.

"올리비에재단……. 그들은 도처에 있어……. 정밀과학에 대한 열정을 불러일으킬 수 있는 것이 무엇인지 궁금해……. 레오폴딘, 나는 당신을 위한 아주 중대한 사명을 갖고 있어. 하지만 먼저 당신에게 위험을 경고하지 않을 수 없어. 당신은 절대적으로 누군가를 멀리해야 해. 나는 나와 관계없는 일에 개입하고 싶지 않아. 하지만……."

레오폴딘은 오스몬드의 암시를 중단시키고 싶었다.

"노르베르 말인가요? 사람들이 알랑의 사망사건과 관련해서 그를 의심하고 있다는 것은 알아요. 하지만 노르베르는 그 사건과 아무 관계도 없어요. 약간 경솔하긴 해도 정직한 사람이에요……."

그때 어떤 목소리에 두 사람은 즉석에서 굳어졌다. 키르허의 목소리였다.

"드베르 양."

요한 키르허의 날씬한 실루엣이 온실 모퉁이에서 나타났다. 레오폴딘의 가슴이 콩닥거렸고, 두 다리가 떨리기 시작했다. 그녀는 완전히 방향 감각을 잃었다. 그럼에도 불구하고 총관리인의 모순되는 처신에 반발심을 느낀 그녀는 제정신을 되찾고 차갑게 거리를 두려고 애썼다.

"키르허 씨, 무슨 일이죠?"

"방해를 해서 죄송합니다만……."

키르허는 레오폴딘의 시선을 외면하고 바로 옆에 우뚝 솟아 있는 청동상에 집중했다.

"내일 아침 잠깐 만났으면 합니다. 당신이 말했던 수첩에 관해서 할 이야기가 있습니다. 10시쯤 희귀본서고로 와주겠어요?"

레오폴딘은 너무 분해서 쉽게 그의 요구를 들어줄 수 없었다. 그녀는 생각하는 척했다.

"10시라……. 어려울 것 같은데요. 중요한 회의가 있어서……. 괜찮다면 11시가 어떨까요?"

"좋습니다. 11시. 그럼 내일 봅시다."

물론 키르허는 예절을 지켰고, 미국인에게 친절하게 굴었다.

"오스몬드 교수님, 교수님의 연구가 이처럼 느닷없이 끝나게 되어 정말로 유감입니다. 우리 박물관에 있으면서 아주 나쁜 추억을 갖게 된 건 아닌지 모르겠네요."

오스몬드는 차갑게 대꾸했다.

"내 연구가 끝났다고 누가 말하던가요?"

레오폴딘은 갑자기 오스몬드에게 머리를 돌렸다. 이 반응은 무슨 뜻일까? 오만일까? 질투일까? 오스몬드는 분명히 총관리인을 증오하고 있었다……. 그럼에도 불구하고 키르허는 친절한 태도를 견지했다. 그는 제오프루아·생·틸레르 가의 주요 관문이 가로수 정비로 통행이 불가능하기 때문에 가장 가까운 출구, 즉 그곳에서 30미터 떨어진, 발렌 빌딩에서 가까운 출구를 이용하라고 알려주었다.

키르허는 탄식했다.

"불행하게도 운석 분실은 돌이킬 수 없는 일인 듯합니다. 경찰이 수사를 했지만 운석을 찾아내지 못했을 뿐 아니라 도둑놈들을 잡지도 못했습니다."

오스몬드는 무뚝뚝한 목소리로 말했다.

"범인들은 박물관 사정에 밝은 놈들입니다."

"아무튼 교수님은 언제 오시더라도 환영한다는 사실을 알고 계십시오."

"고맙습니다. 하지만 아직 떠난 게 아닙니다."

레오폴딘은 약간 거리를 두었다. 빈번하게 되풀이되는 갈등은 그녀에게는 고통이었다. 그녀는 모든 사람들을 위협하고 뇌우처럼 공기 속에 퍼지고 있는 은밀한 공격으로부터 자신을 보호할 필요성을 느꼈다.

포유류 및 조류 연구소 근처에 위치한 작은 안뜰에 도착한 레오폴딘은 누군가가 자신을 지켜보고 있다고 느꼈다. 3층 창문을 올려다보다가 로랑스 앵베르의 시선과 마주쳤다.

로랑스는 그녀를 물끄러미 내려다보고 있었다. 시체처럼 전혀 움직이지 않은 채.

30장. 인간 박제가 된 로랑스 앵베르 교수

키르허는 황급히 낡은 별관으로 달려가더니 마그네틱 카드로 문을 열었다. 그리고 황량한 복도로 들어갔다. 오스몬드와 레오폴딘이 뒤따라갔다. 그곳에는 박제된 소형 포유류와 설치류, 살아 있는 상태에서 붙잡혀 뒷다리로 서 있거나 주둥아리를 벌린 채 번득이는 이빨을 드러낸 들쥐, 비버, 담비, 여우 등이 도처에 쌓여 있었다. 조금 더 멀리 창문을 통해 떨어지는 석양 속에서 펼쳐진 날개에 다채로운 깃털을 가진 박제된 십여 마리의 새를 볼 수 있었다.

돌처럼 굳어진 이 동물들 중앙에 로랑스 앵베르는 마치 유령처럼 어슴푸레한 빛 속에서 하얀 블라우스만 달랑 걸친 채 전시되어 있었다. 살인범은 모종의 자세를 암시할 정도로 성도착증을 보였다. 놈은 밀랍인형처럼 로랑스의 두 팔을 가볍게 구부렸다. 그리고 시신을 투명한 받침대 위에 올려놓고, 서 있도록 하기 위해 금속 지주로 고정시켰다. 그녀의 무표정한 얼굴은 끔찍해 보였다. 놀란 흔적이 그녀의 얼굴에 어렴풋이 나타나 있었다.

블라우스의 깃에는 오스몬드가 아니타 엘베르그의 시체에서 빼냈던 것과 비슷한 꼬리표가 꽂혀 있었다. 이번에는 꼬리표에 다음과 같이 대문자로 인쇄된 두 단어가 새겨져 있었다.

HOMO DEGENERIS(퇴화한 인간)

코메르송 경위가 요한 키르허에게 물었다.

"당신은 도서관에서 온종일 지냈습니까?"

총관리인은 신경질적으로 대꾸했다.

"네. 증인들을 내세울까요?"

경위는 공격적인 말투에 놀랐다. 그는 해명을 하는 게 좋겠다고 생각했다.

"죄송합니다, 키르허 씨. 저는 수사를 하고 있습니다."

바로 그 순간 천둥이 쳤다. 그리고 폭풍이 불었다. 사법경찰들이 현장에 몰려왔다. 그들은 이번에도 너무 늦게 도착했다는 사실을 인정할 수밖에 없었다. 루셀 서장은 약간 낡은 열람실에서 서성거렸다. 그는 모든 것에 몹시 화를 내면서 신문했다. 특히 박물관에 많은 사복경찰들을 파견했는데도 이 연쇄살인에 종지부를 찍을 수 없는 자신에게 화가 치밀었다. 어떻게 공권력 앞에서 전혀 발각되지 않고 시신들을 옮길 수 있었단 말인가? 이것은 상식적인 의미에서 도전이었다. 로랑스의 시신이 발견된 순간 대부분의 방문객은 이미 정원을 떠났다. 살인자는 어느 정도 조심을 하며 창문 앞에 시신을 배치하는데 성공했던 것이다. 하지만 그래도 그렇지! 얼마나 오만방자한가! 이 범행을 저지르기 위해 몸을 숨기고 여러 기구들과 탁자를 사용했을 것이다…….

루셀 서장은 과학수사대 반장을 불렀다.

"바르니에, 이 미친놈이 어떻게 이런 짓을 할 수 있었는지 설명해 주겠소?"

"솔직히 말해서 정말 기가 막힙니다. 살인자는 상당히 정교한 박제술을 사용했습니다. 먼저 내장을 비운 후 폴리우레탄 지주를 이용해서 형태를 만들었습니다. 또 그럴듯한 인간 외양을 부여하기 위해 피부막을 발포 폴리스티렌으로 가득 채우고 다시 꿰맨 후 합성수지를 이용해 고정시켰습니다. 그리고 빠른 중합을 얻기 위해 합성수지에 아주 강력한 응고제를 첨가했습니다. 이 폴리에스테르 수지는 한 시간 이내에 응고합니다. 살인범은 이런 식으로 시신을 준비한 후 전혀 도움을 받지 않고 재빨리 옮길 수 있었습니다. 주도면밀한 범행입니다."

"미화적인 평가에 대해 감사드려요. 이 비열한 작자를 잡으면 당신의 축하를 전달하겠소. 그럼 나머지는요?"

과학수사대 반장은 영문을 모르겠다는 표정으로 상관을 바라보았다. 서장 역시 정신을 잃었단 말인가?

"서장님, 나머지라니요?"

"제기랄, 사체의 나머지 말이오! 그게 어디 있소?"

"내장과……."

"맞소. 더 이상 자세히 언급할 필요는 없소."

"전혀 모르겠습니다. 찾고 있습니다."

루셀 서장은 몹시 화를 냈다. 찾는다고? 그는 나흘 전부터 오직 범인을 찾기만 했는데……. 아무것도 보지 못한 사람들을 신문하고 보이지 않는 단서를 찾으려 했는데……. 서장의 상관은 최단기간 내에 성과를 얻지 못하면 수사 자료를 내놓아야 할 거라고 경고했다. 24년 동안 봉직하면서 이런 일은 한 번도 없었는데……. 그의 명성이 걸린 문제였다.

부아쟁 경위는 피터 오스몬드를 신문했다. 절망에 빠진 미국인은 그의 질문에 단음절로만 대답했다. 그랬다. 오스몬드는 로랑스 앵베르를 잘 알고 있었다. 그는 아침 8시에 그녀와 헤어졌다. 하지만 살인자의 신원에 대해서는 아는 바가 없었다. 그에게 알리바이는 있었다. 마냐니 신부는 두 사람이 테오도르 모노실에서 대부분의 낮 시간을 함께 보냈다고 입증해줄 수 있었다. 오스몬드는 말이 나온 김에 로랑스 앵베르와 세르방의 싸움을 언급했다. 하지만 로랑스 앵베르의 시신이 발견된 순간 세르방은 박물관의 한쪽 구석에 있는 지질학관 회랑 옆에 있었다. 그것은 명백한 사실이었다.

루셀 서장이 소리쳤다.

"세르방을 소환하시오! 내가 직접 신문하겠소. 오스몬드 교수님은 프랑스 법정에 협조해주시기 바랍니다!"

미국 과학자는 머리를 치켜들었다.

"뭐라고요?"

"저도 무례하게 굴고 싶지 않습니다. 하지만 교수님이 박물관에 도착한 이래로 범죄가 계속 일어나고 있다는 사실을 깨달았습니다. 교수님은 당혹스러운 우연의 일치라고 말씀하시겠죠."

피터 오스몬드는 벌떡 일어나서 영어로 고래고래 소리를 질렀다.

"이 개자식, 뭐라고 하는 거야? 당신은 내가 그럴 수 있다고 생각해?"

루셀이 소리쳤다.

"조용히 하시오! 내 집무실에 가서 이야기를 계속합시다!"

오스몬드는 두 주먹을 불끈 쥐고 화를 참았다. 그는 숨을 깊게 들이마시고 서장을 노려보았다. 이윽고 발로 문을 박차고, 제복을 입은 경찰을 떼밀며 그곳을 떠났다.

*

레오폴딘은 1층 창문에 이마를 기댄 채, 나무에 몰아치는 비를 바라보고 있었다. 섬광이 식물원에 유령 같은 빛을 뿌려대고 있었다. 천둥이 으르렁거릴 때마다 신경에 핀이 꽂히는 것 같았다. 그녀는 유령의 실루엣을 떨쳐낼 수 없어 사시나무처럼 떨었다. 누가 이처럼 가증스런 짓을 저지를 정도로 미쳤단 말인가? 이 잔혹한 짓은 악마적이었다. 그녀는 두려웠다. 존재의 부분마다 공포로 얼어붙었다.

바로 그때 누군가가 그녀의 어깨를 잡았다. 그녀는 비명을 질렀다. 요한 키르허는 부드러운 목소리로 말했다.

"레오폴딘, 떨고 있군요. 괜찮아요?"

그녀는 길게 숨을 들이마셨다.

"그 장면이 끝없이 생각나요. 너무도 끔찍해요."

"일찍 귀가하는 편이 낫겠어요. 데려다줄까요?"

레오폴딘은 그의 의지가 확고하다는 것을 느꼈다. 그녀는 감사하는 마음으로 요한 키르허를 바라보았다. 하지만 그때 피터 오스몬드가 다가왔다.

"내가 데려다주겠소."

미국인의 어조는 어떤 이의도 허용하지 않았다. 두 남자는 눈싸움을 했다. 레오폴딘이 나섰다.

"나는 오스몬드 교수님과 함께 있겠어요. 교수님은 약간의 도움이 필요할 거예요. 아무튼 고마워요."

총관리인은 신사답게 물러났다. 레오폴딘과 피터 오스몬드도 자리를 떴다.

*

루셀 서장은 집무실에 모인 부관들에게 지시했다.

"요점을 정리하자고. 로랑스 앵베르는 오스몬드와 함께 밤을 보냈소. 오스몬드는 두 사람이 아침에 헤어졌다고 주장했지. 앵베르가 거주하는 건물 관리인은 오스몬드가 8시 무렵에 떠난 것을 보았다고 증언했고. 앵베르는 9시 30분에 아파트를 떠났지. 오스몬드는 박물관에 도착해서 마냐니 신부와 함께 낮 시간을 보냈다고 했소. 그는 13시에서 15시까지 파리 골목길을 산책하기 위해 박물관을 비웠어."

부아쟁 경위가 넌지시 암시했다.

"그것 참 이상합니다."

"그렇습니다. 하지만 앵베르를 죽이고 그렇게 박제할 만한 시간이 있었을까요?"

바르니에가 딱 잘라 말했다.

"없습니다. 그런 범행을 완수하려면 적어도 다섯 시간이 필요합니다. 그것도 해부학 전문가라야 가능합니다."

루셀 서장이 거만한 말투로 물었다.

"당신 생각에 로랑스 앵베르는 몇 시에 살해되었소?"

그러자 바르니에는 겁을 먹고 대답했다.

"정확한 시간은 말씀드릴 수 없습니다. 추가 분석을 위해 시간을 조금 더 주십시오."

루셀 서장은 탁자를 두드리면서 소리쳤다.

"더 이상 시간이 없소! 대충 몇 시오?"

"11시에서 13시 사이입니다."

코메르송이 대담하게 말했다.

"그럼 미국인도 용의선상에 있습니다."

루셀 서장이 말했다.

"그렇소. 더구나 조금 전 그의 반응은 그다지 명쾌하지 않았소. 마치 현실을 직시하고 싶지 않은 듯했소."

부아쟁 경위가 물었다.

"하지만 만일 오스몬드가 범인이라면 왜 델마를 죽였을까요? 그는 델마를 존경했습니다. 그의 스승이었고요. 또 왜 앵베르를 죽였을까요? 그는 그녀와 함께 밤을 보냈는데……."

"나는 이미 그것보다 더 이상한 경우도 많이 봤소. 내 말을 믿게. 원한이나 회한에 시달려 머리가 돈 놈들이지……. 아무튼 이 미국인은 마음에 걸려. 엘베르그의 연구실에서 발견된 포스트잇을 잊지 말게……. 아니야, 한 사람이 저질렀다고 보기엔 너무 큰일이야. 코메르송, 자네는 내일 오스몬드를 미행하게. 그의 뒤를 졸졸 따라다니게. 분명히 그는 뭔가 숨기고 있네."

코메르송 경위는 평소처럼 수첩에 메모를 하면서 복종했다.

"알겠습니다."

누군가가 물었다.

"그럼 신부님은요?"

루셀 서장은 대체 누가 그처럼 어리석은 질문을 하는지 알아보기 위해 고개를 돌렸다. 그는 이미 전설적인 분노를 터뜨릴 준비가 되어 있었다.

부아쟁 경위는 여느 때처럼 큰 목소리로 말했다.

"그렇습니다. 양심적으로 괴로워할 수 있는 사람이 있다면 그것은 신부님입니다……."

루셀 서장은 급히 기억을 더듬었다.

"오스몬드는 그들이 함께 낮 시간을 보냈다고 말했소."

"그거야 오스몬드의 주장입니다. 그는 다른 곳에서 시간을 보냈을 수도 있습니다. 아무튼 운석 분실 후 그는 파리에서 더 이상 할 일이 없습니다. 그는 좋은 시간을 즐길 수 있고 마냐니 신부에게 알리바이를 증명해달라고 부탁할 수도 있습니다. 신부님은 머릿속에 다른 계획이 있기 때문에 기꺼이 받아들였을 겁니다……."

루셀 서장이 넌지시 물었다.

"오스몬드와 마냐니가 서로 옹호하고 있다는 말인가?"

부아쟁은 어깨를 으쓱이며 대답했다.

"그럴 가능성도 배제할 수 없습니다. 이번 사건은 모든 것이 이해력의 한계를 넘습니다. 지금까지 우리는 마냐니 신부가 성직자라는 단순한 이유로 용의자 명단에서 뺐습니다. 하지만 저는 아니타 엘베르그와 미셸 델마의 살해에 대해 신부님의 증언을 듣는 것으로 만족했다는 사실에 주목하고 있습니다."

모두 침묵으로 부아쟁의 진술을 받아들였다. 밖에서는 빗소리밖에 들리지 않았다.

부아쟁이 말을 이었다.

"더구나 우리는 미셸 델마가 사망한 날 저녁 박물관장의 집무실에서 신부님을 보지 않았습니까?"

코메르송 경위가 보충했다.

"게다가 신부님은 운석이 들어 있던 금고 비밀번호를 알고 있던 두 사람 가운데 한 명입니다. 그것도 고려해야 할 문제입니다."

루셀 서장이 한숨을 내쉬었다.

"예민한 문제야. 신부님에 대해 알아보게. 하지만 신중하게 진행하게."

부아쟁 경위는 머리를 끄덕이며 찬성했다.

코메르송 경위가 물었다.

"그럼 고도프스키는요?"

루셀 서장이 말했다.

"그 사람은 석방시키게. 하지만 계속 감시하도록 해. 아무튼 한 가지는 분명하네. 그는 로랑스 앵베르의 죽음과는 아무 관계가 없네. 결국……."

루셀 서장은 잠시 침묵을 지켰다. 그는 창가에 가더니 마치 진리의 빛을 찾으려는 듯 어둠을 관찰했다.

루셀 서장은 팀원들에게 돌아오면서 말을 이었다.

"그런데 살인범이 혼자라면 우리는 그에 대해 알고 있는 게 뭐지?"

팀원들은 깊은 생각에 잠겼다. 코메르송이 말을 꺼냈다.

"범인은 건장한 놈입니다. 로랑스 앵베르는 시체가 발견된 곳에서 살해되지 않았습니다. 따라서 범인은 시신과 받침대를 동시에 옮겼을 겁니다. 그것은 상당한 체력을 요구합니다."

루셀 서장이 인정했다.

"맞아. 살인범은 남자야. 그건 틀림없는 사실이라고 생각하네. 그 다음은?"

부아쟁이 말을 이었다.

"범인은 기동력이 뛰어난 놈입니다. 놈은 박물관에서 자유자재로 이동하고 있습니다. 따라서 범인은 박물관 사람들에게 전적인 신뢰를 얻은 놈입니다."

"그건 두 번째 핵심이야. 그 다음은?"

바르니에가 말했다.

"범인은 심리적으로 강건한 놈입니다. 로랑스 앵베르가 당했던 일을 실행하려면 아주 침착해야 합니다. 그런 끔찍한 짓을 할 정도라면 놈은 진짜 정신병자입니다."

루셀 서장도 거들었다.

"따라서 범인은 자신감이 넘치는 놈이야."

"놈은 체계적인 사고와 놀랄 만큼 차분한 성격의 소유자입니다."

루셀 서장이 결론을 지었다.

"놈은 일종의 정의의 수호자야."

"놈은 마치 자신이 사명을 부여받았다고 생각하는 것 같습니다."

루셀 서장이 요약했다.

"결국 그것은 위대한 학자나 성직자의 심리검사 결과표야."

깊은 침묵이 감돌았다. 네 명의 경찰은 그물이 사냥감을 조여가는 것을 보고 있는 사냥꾼처럼 특별한 감정을 느끼고 있었다.

*

한편 호텔 방에 홀로 남은 마냐니 신부는 바닥에 무릎을 꿇고 기도에 몰두했다. 신부는 경찰이 전화로 알려줘서 로랑스 앵베르의 죽음을 알았다. 쉽게 절망감을 극복할 수 없었다. 그래서 십자가를 응시하고 주님께 애원했다.

"주님, 어떻게 이런 일이 일어날 수 있사옵니까? 깊은 속마음을 헤아리시는 주님께서 말씀해주실 수 있지 않사옵니까? 당신의 교회에서 잃어버린 이 양을 받아주실 수 있지 않사옵니까? 악이 이 정도까지 구체화될 거라고 어찌 상상할 수 있사옵니까? 자비로우신 주님, 이 불쌍한 죄인을 가엾이 여기소서."

31장. 지하 생활

레오폴딘과 오스몬드는 흠뻑 젖은 길에서 목적지 없이 걸었다. 오스몬드는 부드럽고 슬픈 목소리로, 박사논문을 준비하던 몹시 사랑스러운 로랑스 앵베르에 대한 열정을 털어놓았다. 그는 줄곧 반짝거리다가 마침내 돌로 변해버린 천연금괴 같은 몇 가지 추억을 들려주었다. 베르사유에서의 산책, 예술교(橋)에서의 소풍, 자신의 어깨에 머리를 기댄 채 짓궂게 굴면서 경청하던 로랑스……. 그는 지난밤과 과학클럽에 가기 전에 느꼈던 불길한 예감은 언급하지 않았다. 그 순간 분노가 섞인 향수의 물결에 휩싸여 잠시 말을 멈추었다. 그는 며칠 전까지만 해도 그토록 낭만적으로 보였던 센 강변의 빌딩을 자세히 관찰했다. 그리고 난간에 기대어 세월과 비극에 무관심한 채 흐르는 강물을 바라보았다.

레오폴딘이 그의 어깨에 손을 올렸다.

"무얼 생각하세요? 피터, 말해줘요……."

오스몬드는 레오폴딘에게 천천히 돌아서더니 그녀를 꽉 껴안았다. 그저 외로움을 덜 타기 위해 누군가를 안아보고 싶었던 것이다. 부조리한 삶이 덜 절대적인 것처럼 보이도록……. 당황한 레오폴딘은 가만히 있었다. 이윽고 그가 다소 안정을 되찾았다고 느낀 레오폴딘은 그의 등을 토닥거려주었다. 그녀는 완전히 형식적인 사람은 아니었다. 피터 오스몬드는 몸을 부르르 떨었다. 그것은 진짜 오열에서 비롯된 것 같았다.

*

"우리집에 가서 따뜻한 것을 마셔요. 기분이 좋아질 거예요."

레오폴딘은 아파트 문을 밀었다. 미국인을 파리의 밤 속에 혼자 남겨둔다는 것은 분명 잔인한 짓이다. 티투스가 야옹거리면서 여주인의 지각에 항의하는 동안 레오폴딘은 그를 거실에 앉혔다. 가정 생활의 사소한 걱정거리로 돌아오는 것은 그들이 며칠 전부터 가까이에서 느끼고 있던 공포를 잊는 가장 좋은 방법이었다.

"커피 드실래요?"

"혹시 위스키 없어? 기운을 돋울 필요가 있어."

"기운을 돋우고 싶으세요? 바로 가져 올게요."

레오폴딘은 벽장을 뒤져서 럼주 병을 찾아냈다. 이 술이면 알렉스가 말한 것처럼 걱정거리를 사라지게 할 만큼 충분히 독할 것이다. 그녀가 술을 조금 따라주자 오스몬드는 단숨에 비웠다. 두 번째 잔 역시 금방 비웠다. 세 번째 잔을 받고서야 조금 여유를 찾고 긴장을 풀었다. 그는 멍하니 허공을 바라보았다. 하지만 그의 뇌는 전속력으로 회전하고 있었다. 마침내 그는 큰 소리로 물었다.

"세르방은 어떤 부류지?"

레오폴딘은 잠시 생각했다. 가장 적절한 표현을 찾아보았다. 하지만 한 단어밖에 떠오르지 않았다.

"머리가 돌았어요."

그리고 집게손가락으로 관자놀이를 돌렸다. 그것은 세계 어디에서나 미친 사람을 가리킬 때 사용하는 손짓이었다. 오스몬드가 물었다.

"세르방의 연구실에 가본 적 있어?"

"네. 그의 연구실을 찾아갔던 일을 잊을 수가 없어요!"

"내부는 어땠어?"

"진짜 난장판이었어요! 지저분했고요. 폐쇄적인 느낌이 들었어요. 창문은 깨졌고 책은 사방에 널려 있었죠."

레오폴딘은 갑자기 말을 중단했다. 방금 뭔가가 떠올랐다……. 뉴턴의 책! 그녀는 플로루스 교수 연구실에 그 책을 놓고 왔던 것이다! 내일 반드시 회수해야 한다.

오스몬드는 계속 물었다.

"그의 기자재는 최신 모델이야?"

"최신형이죠. 모두 새것이었어요."

"하지만 사람들의 말에 의하면 그는 박물관으로부터 어떤 재정 지원도 받지 않았다던데. 그렇다면 연구비는 어디에서 오는 걸까?"

"내 생각엔 사립기관에서……."

"그럴 거야. 그런데 구체적으로 어떤 기관일까? 나는 올리비에그룹이 과학클럽에서 어떤 역할을 하는지 궁금해……."

"의심이 가는 구석이 있나요?"

"맞아. 하지만 정보가 필요해. 내일 아침, 당신이 올리비에그룹의 책임자들을 찾아가서 그들의 공식적인 동기를 알아봐주면 좋겠어. 만일 토비 파커가 이 그룹에 투자했다면 그럴 만한 이유가 있을 거야."

레오폴딘은 눈썹을 치켜들었다.

"하지만 방문 목적을 뭐라고 둘러대죠?"

"글쎄……. 당신은 박물관 소속 도서관 관리인이고 과학 후원에 관한 논문을 준비하고 있다고 해. 그들에 대한 연구인 이상 기부자들은 결코 거절할 수 없을 거야. 하지만 내 이름은 언급하지 마. 그들이 귀를 틀어막을 위험이 있으니까. 아니면 당신을 의심할 수도 있지!"

레오폴딘은 미소를 짓더니 자신이 준비한 녹차를 홀짝홀짝 마셨다. 그리고 회의적인 표정을 짓고 입을 삐죽거렸다.

"면담 약속을 얻어내도록 노력해볼게요. 하지만 세르방과 똑같은 문제를 겪게 될까봐 두려워요."

오스몬드는 럼 잔을 비우면서 말했다.

"나를 믿어. 이 회사들은 대화를 나누고 싶을 거야. 그들은 결코 기회를 놓치지 않지. 모든 일이 잘 될 거야."

레오폴딘은 고개를 끄덕였다. 그리고 마치 세르방의 연구실에서 겪었던 기억이 다시 그녀를 괴롭히는 듯 이맛살을 찌푸렸다.

"사실 교수님에게 묻고 싶은 게 있어요. 세르방은 정확히 뭐에 대해 연구하죠? 누구도 그를 신뢰하지 않는 듯해요."

오스몬드는 한숨을 내쉬고 머리를 뒤로 젖히더니 살짝 미소를 지었다.

"세르방은 뇌의 용량을 연구하지……. 그건 낡은 신화야. 19세기 인종주의 이론가들은 뇌의 용량과 지능의 관계를 믿었지. 나치 실험에 대해서는 말할 필요도 없고……. 과학자들은 이미 오래전에 이 어리석은 이론을 버렸어. 그는 무엇을 입증하고 싶었을까?"

레오폴딘은 바닥에 쭈그리고 앉아 턱을 무릎에 댄 채 용기를 내서 말했다.

"사회 계층의 유전학적 정당화가 아닐까요?"

"어떤 사람들은 명령하고 다른 사람들은 복종하기 위해 만들어졌다는 것을 입증하기 위한 거야……. 낡아빠진 이야기가 또 있지……. 다윈이 자연선택에 관한 가설을 내놓자마자 과학자들은 그것을 인간 사회에 적용하고자 했어. 예를 들면 다윈의 사촌 프랜시스 갈턴은 생물학적 능력을 고려해서 배우자를 선택하라고 권장했지. 20세기에도 노벨의학상을 수상한 맥팔레인 버넷은 범죄 행위는 유전에서 비롯되며 범죄인이 될 위험이 있는 모든 사람들을 격리시켜야 한다고 생각했어."

"괴상망측한 생각이네요! 그런 사람에게 노벨상을 주었어요?"

"그래……. 초기에 그들은 과학자였지. 하지만 노벨상을 받자마자 자신들을 철학자로 여긴 거야. 그러니……."

"하지만 피터, 당신도 철학자예요……. 미국에서 창조론자들과 싸우고 있잖아요. 당신은 분명 철학적 논리를 갖고 있어요."

오스몬드는 럼주 병을 가로채면서 한숨을 내쉬었다.

"어설픈 철학이야……. 어쨌든 당신이 옳아. 과학은 형이상학적 고찰 없이 존재할 수 없어."

오스몬드는 다시 잔을 가득 채우고 술맛을 음미했다.

"우리와 관련된 이 사건에서 우리는 철학 한복판에 있어. 더 정확히 말해서 이 사건은 자신을 철학자로 간주하는 자의 광기와 관련되어 있어……."

"정말로 그렇게 생각하세요?"

"생각해봐. 호완싸인, 미셸 델마, 로랑스 앵베르, 이들은 과학자이지만 동시에 신앙인이야. 우연은 없어."

"그럼 아니타 엘베르그는요? 그리고 알랑은요?"

"아직 해답을 찾지 못했어. 하지만 해답은 악화된 형이상학적 싸움의 측면에서 찾아야 한다고 확신해. 어쩌면……."

"형이상학적 싸움? 구체적으로 무엇이죠?"

레오폴딘은 피터 오스몬드의 말을 경청했다. 거실 전등갓에서 발산하는 희미한 불빛은 미국인의 얼굴을 신비감을 자아내는 어슴푸레한 어둠 속에 잠기게 했다.

"종교적 싸움."

레오폴딘은 가만히 들었다. 제기랄, 우리는 21세기의 프랑스에 살고 있는데……. 신의 이름으로 더 이상 사람들을 죽이지 않는데……. 적어도 이곳 박물관에서는……. 오스몬드의 말을 믿고 싶지 않았다. 하지만……. 괴상망측한 생각이 득실거리는 음산한 지하 생활, 정상적인 기관으로 위장하고 엄격한 과학 연구 규정에 따르는 지하 세계……. 그 속에서 잔인한 사건이 일어나고 있었다. 지하 생활…….

레오폴딘이 중얼거렸다.

"지하 생활……."

오스몬드는 젊은 여인의 얼굴을 빤히 쳐다보며 물었다.

"방금 뭐라고 했지?"

"지하 생활이라고 했어요? 왜요?"

피터 오스몬드는 벌떡 일어났다. 합리적이고 경험적인 이 과학자는 의혹에 휩싸이고 낙심한 자신을 단번에 극복했다.

"레오폴딘, 어쩌면 바로 그게 우리 질문의 대답이야! 모든 게 우리 앞에 있었어. 눈으로 확인만 하면 돼!"

레오폴딘의 눈이 휘둥그레졌다. 저 사람이 별안간 왜 저럴까?

"지하실! 박물관에 분명 지하실이 있겠지?"

레오폴딘은 손으로 턱을 괴고 곰곰이 생각했다.

"맞아요. 1980년대 초 광장 밑에 동물표본관을 지을 때 지하 통로를 발견했어요. 하지만 이 지하도는 사방으로 뻗어 있기 때문에 길을 잃기 쉬워요. 1930년대에 이 지하도에서 아주 오래전에 죽은 빅토르 자크몽이라는 학자의 시신이 발견되었어요."

"어떻게 그런 일이 있었지?"

"빅토르 자크몽은 1832년 봄베이에서 임무 수행 중에 죽었어요. 1881년에야 그의 관이 박물관에 도착했어요. 그리고 흔히 그렇듯이 직원들은 관을 어딘가에 놓았다가 잊어버렸고 그러다가 50년 후에 우연히 다시 발견한 거죠. 박물관 측은 자크몽의 시신을 대생명진화관 지하에 안장했어요."

경악스러운 표정으로 피터 오스몬드는 레오폴딘이 전해주는 기상천외한 사건을 듣고 있었다. 아, 프랑스인들……. 그들은 바지를 잃어버린다 해도 당황하지 않을 사람들이다. 그만큼 프랑스인들은 위신을 문제 삼지 않는다. 오스몬드는 별로 과학적이지 않은 이 인류학적 고찰을 그만두었다.

"동물표본관을 건설하기 전의 박물관 설계도를 입수해야 해. 찾아낼 수 있겠어? 지금 몇 시지?"

여느 때처럼 이 고생물학자는 신속하게 일을 추진했다. 레오폴딘은 그처럼 떠밀려 일하는 것을 좋아하지 않았다. 그녀는 일어나더니 안심하라는 손짓을 했다.

"들어봐……."

오스몬드는 눈썹을 치켜들고 미소를 지었다.

"지금 내게 말을 놓은 거야?"

얼굴이 빨개진 레오폴딘은 당혹감을 드러내지 않기 위해 식탁에 널려 있는 식기를 모으려고 애썼다.

"이제 우리는 말을 놓을 수 있다고 생각해……. 사실 그러고 싶어……. 설계도 문제는 내가 할 수 있는 방법을 찾아볼게. 먼저 올리비에그룹의 본부를 들를 거야. 그리고 설계도 문제는 차분하게 검토할 거야. 그런데 우선 잠을 좀 자야 하지 않을까?"

잠시 난처한 순간이 흘렀다. 사실 서로 잘 모르는 남녀가 파리의 한 옹색한 아파트에 함께 있게 되었으니 어찌 난처하지 않겠는가. 피터는 당황하긴 했지만 전혀 내색하지 않았다. 레오폴딘도 당혹감을 나타내지 않으려고 애썼다. 하지만 그럴수록 당혹감은 더욱 커져갔다.

오스몬드는 상황을 진정시키기 위해 소파를 가리켰다.

"괜찮으면 저기서 자도 될까?"

"좋아. 이불을 갖다 줄게."

오스몬드는 마음을 가라앉히고 소파의 등을 뒤집었다. 그는 다시 불길한 예감에 사로잡혔다. 결국 그는 호텔로 돌아가지 않은 게 천만다행이었다. 나쁜 만남이 너무 빨리 일어났을 테니까.

내일이면 진실이 만천하에 밝혀질 것이다.

토요일

"신은 인간에게 자연을 완성하게 하고 또한 인간에게 자연을 선사하기 위해 인간을 자연 한복판에 놓았다."

폴 클로델

"우리는 동물을 우리의 노예로 만들었다.
우리는 동물을 우리와 동등한 존재로 여기려 하지 않는다."

찰스 다윈

32장. 신다윈설

경찰 수사는 예외적으로 이번에는 성공했다. 다음 날 아침 로랑스 앵베르의 잔여 사체를 찾아낸 것이다. 이 생물학자는 유감스럽게도 직원들이 보통 부패 구덩이라고 부르는 곳에서 살해됨으로써 존엄성을 훼손당했다. 부패 구덩이란 지질학관 회랑과 여러 행정관에서 300미터쯤 떨어진 공사장에 설치된 가로 5미터에 세로 3미터의 커다란 금속 탱크였다. 박물관에서 가장 불길한 이곳은 박물학자들이 원하는 동물 뼈를 회수하기 위해 활용하는 장소였다. 연마제나 부식성 화학물질은 민감한 뼈대를 상하게 할 위험이 있었다. 그래서 동물학자들은 구더기군단에게 살을 제거하는 작업을 맡겼다. 실제로 구더기는 며칠 만에 깨끗하게 살을 먹어치웠다. 그러면 뼈를 모아 연구실에서 재조합하면 실물보다 더 실감나는 표본을 얻을 수 있었다.

이 금속 탱크가 상당히 격리된 곳에 밀폐되어 있음에도 불구하고 지독하게 풍기는 악취는 결국 경찰에게 단서를 제공했다. 한 경찰이 무거운 강철문을 밀고 푸른 색깔의 쓰레기 봉지 속에 들어 있는 인간 장기를 발견한 것이다. 그는 장기를 보자마자 뒤로 물러나서 한참 동안 토했다. 최근 몇 주 동안 어떤 동물도 박제되지 않았다는 사실을 확인한 경찰은 쉽게 로랑스 앵베르의 시신과 그녀의 잔여 사체를 대조할 수 있었다.

수사관들은 살인자가 사법경찰의 연감에서 유례를 찾아볼 수 없을 만큼 병적인 범행을 넘어서 인명을 경시했다는 사실을 인정하지 않을 수 없었다. 그들이 상대하고 있는 범인이 괴물이라 해도 과언이 아니었다.

국립파리자연사박물관의 주변에는 주야 교대로 취재하는 수많은 특파원들이 있었고 공권력은 이 새로운 범죄를 감추려고 애썼다. 그러나 걱정했던 대로 사체가 발견된 지 겨우 몇 분 후 이 소식은 이미 편집국을 한 바퀴 돌았고, 13시 텔레비전 뉴스는 박물관 살인사건에서 새롭게 돌출한 이 범행을 알릴 참이었다.

*

과학클럽의 로비에서 피터 오스몬드는 혼자서 히에로니무스 보스의 「쾌락의 동산」을 눈여겨보았다. 비틀어졌거나 능지처참된 몸뚱어리들, 잘렸거나 산 채로 태워진 난잡한 육체들 한가운데에서 새 머리에 냄비를 뒤집어쓴 파란 인간이 영벌을 받은 사람의 몸을 게걸스럽게 먹고 있었다. 이 피조물은 죄의식이 전혀 없이 임무를 수행하는 괴물들에게 시선을 고정시키고 바라보았다. 오스몬드는 15세기 플랑드르 유파 화가의 번쩍이는 영감이 5세기 후 파리의 유서 깊은 과학기관에서 구체적인 모습을 띠고 있다는 사실을 생각하니 몸이 부르르 떨렸다.

"오스몬드 교수님이세요?"

빨간 제복에 올리비에그룹의 배지를 단 매혹적인 안내양이 다가오더니 환한 미소를 지었다.

"교수님은 초대 목록에 없습니다. 그렇지만 분명히 실수일 겁니다. 이 기자회견에 참석해주셔서 대단히 기쁩니다. 저를 따라오시겠어요?"

미국인은 무거운 발걸음으로 안내양을 따라갔다. 그는 지저분한 모습이었다. 헝클어진 머리, 면도하지 않은 초췌한 얼굴은 끔찍한 밤을 지새웠다는 사실을 드러냈다. 잠깐씩 잠이 들 때마다 히에로니무스 보스의 그림 못지않은 끔찍한 악몽을 꾸었다. 너절너절한 몸뚱어리들, 강렬한 섬광 속에서 공중에 나부끼는 시체들, 두개골과 대퇴골로 쌓은 벽을 따라 늘어선 망령들, 교수대에 매달린 해골 따위가 보였다. 선택할 수만 있다면 깨어나서 의식을 되찾고 싶었다. 물론 각성 상태가 악몽의 환각 상태보다 덜 끔찍하다는 가정에서 말이다. 그는 조용히 레오폴딘의 아파트를 떠나 카페에서 커피를 두 잔 마신 후 기분이 몹시 우울한 상태에서 마냐니 신부가 권했던 대로 과학클럽에 갔던 것이다.

오스몬드는 이틀 전 리셉션이 있었던 홀 안으로 최대한 눈에 띄지 않게 들어갔다. 연사는 초대장에 스트라스부르 대학교의 탁월한 생물학자로 소개되어 있는 저명한 루아예 교수였다. 연사는 커피 잔과 크루아상이 놓인 탁자 앞에 앉아 소수의 기자들과 사진사들 앞에서 이미 기자회견을 하고 있었다. 그는 상냥한 표정으로 10월 초에 예정된 다음 과학클럽 토론회의 주제와 별로 관계없는 내용을 발표하고 있었다. 몇몇 기자들은 박물관에서 발생한 최근 사건에 관심을 갖고 있는 게 분명했다.

"우리는 '진화 과정(processus)' 이라는 개념에 관심을 갖기로 결심했습니다. 이 용어는 무엇을 내포하고 있을까요? 이 용어는 현대과학의 최대 쟁점 중 하나입니다. 르네상스 시대까지 인간은 자연의 아름다움을 관찰하는 것에 만족하고 내재적 질서가 존재할 거라고 추측했습니다. 하지만 수 세기에 걸쳐서 인간은 모든 일이 그다지 조화롭지 않으며 이 질서가 보이는 것만큼 명백하지 않다는 사실을 인정하지 않을 수 없었습니다. 실제로 수많은 대재앙과 단절이 있었는데 어떻게 생물의 진화를 직선적 진화 과정으로 설명할 수 있을까요? 어떻게 지진, 화산 분출 혹은 페스트 전염을 입증할 수 있을까요? 인간 사회의 변화만큼 지질학이나 생물학 같은 과학 분야와 관계가 있다는 사실에 주목해야 합니다. 20세기에 일어난 히로시마 원폭투하 같은 집단학살은 역사에서 어떻게 의미를 찾을 수 있을까요? 어떻게 성전(聖戰) 혹은 더 넓은 맥락에서 온갖 종교적 박해를 재설정할 수 있을까요? 이상은 간단한 과학 문제가 아닙니다. 신다윈설에 맡기는 것만으로는 충분하지 않습니다."

루아예의 탁월한 견해에 당황한 한 기자가 손을 들었다.

"죄송합니다만 신다윈설을 어떻게 이해하고 계십니까?"

루아예는 솔직한 미소를 짓고 답변했다.

"아주 간단합니다. 신다윈설은 진화가 오직 우연히 일어난 현상이며 돌연변이를 통해 새로운 생물이 탄생한다고 주장하죠. 이 이론에 따르면 생물의 진화에는 어떤 역사적 일관성도 존재하지 않습니다. (그는 앙상한 손가락으로 괴상하고 음산한 나뭇가지를 그리면서 말했다.) 그것은 어떤 가지는 끝없이 성장하고, 또 다른 가지는 우연히 나타나는 것처럼 보이는 나무와 같습니다."

청중이 손짓을 덧붙인 자신의 설명을 잘 이해했다고 확신한 루아예는 세 번째 줄에 앉아 있던 피터 오스몬드를 뚫어지게 바라보면서 말을 이었다.

"여러 유명한 과학자들이 지지하고 있는 신다윈설은 진화에 방향이 있다고 생각하지 않습니다. 이 이론에 따르면 진화가 10억 번 되풀이된다 해도 다시 인간에 도달할 가능성은 거의 없습니다. 인간이 지상에 출현한 것은 순전히 우연의 산물이라는 거죠."

루아예는 빈정거림과 거만함이 깃든 미소를 참지 못했다.

"한편 우리는 과학에서 우연을 믿지 않습니다. 만일 우리가 열 번 진화를 거듭해서 마침내 인간에 이르렀다면, 저는 여러분 앞에 있는 이 표본에 이르기 위해서 경이로운 행운이 있었을 거라는 사실을 인정하겠습니다……."

기자들은 이 농담을 높이 평가했다. 청중의 찬동을 얻은 연사는 거리낌 없이 자신의 주장을 밀어붙였다.

"하지만 다윈과 그의 계승자들의 주장대로 만일 인간이 45억 년 동안 계속된 진화 끝에 10억 분의 1의 확률로 지상에 출현한 것이 사실이라면 저는 우리가 우연에 대해 더 이상 이야기할 수 없다고 생각합니다. 이 단계에는 분명히 어떤 목적이 있습니다. 우리가 기자회견 동안에 입증할 것은 바로 이 목적입니다."

루아예 교수에게서 더 이상 순박함이 넘치는 친절한 과학자의 모습은 찾아볼 수 없었다. 오스몬드의 눈앞에는 신념, 타협할 수 없는 신념으로 가득한 한 남자가 있을 뿐이었다. 오스몬드가 미국 법정의 모퉁이에서 마주쳤던 사람은 이처럼 자기 종파의 기묘한 복장을 숨기기 위해 학자의 옷을 입은 교활한 과학자였다. 루아예는 오스몬드를 증오의 시선으로 쏘아보았다. 하지만 곧 정신을 차리고 얼렁뚱땅 결론을 지었다.

"이상은 저의 개인적인 견해입니다. 여러분의 생각도 제 의견과 같기를 바랍니다."

상당히 많은 청중이 머리를 끄떡여 동의를 표시했다. 루아예는 분명 교활한 인간이었다. 그는 질문을 기다리고 있었다. 오스몬드는 입을 열지 않기 위해 초인적인 노력을 해야 했다. 그는 논쟁이 아니라 관찰하기 위해 왔기 때문이다. 이 기자회견이 선전포고와 아주 흡사할지라도 말이다. 결국 그는 마냐니 신부가 옳았다고 생각했다.

청중은 작별인사를 하기 위해 일어났다. 그때 오스몬드는 아주 짧은 밤색 머리카락과 단호한 의지가 엿보이는 얼굴에 단정한 검정색 정장을 입은 한 여인을 발견했다. 그녀는 누군가가 자신을 훔쳐보고 있다고 직감적으로 느끼고는 조심스럽게 돌아섰다. 두 사람의 시선은 단 한 번밖에 마주치지 않았지만 두 검이 부딪치면서 섬광을 발하는 것처럼 강렬했다. 그녀는 황급히 발길을 돌려 쏜살같이 출구로 달려갔다. 오스몬드는 그녀를 추적하고 싶었다. 하지만 오스몬드가 허둥대는 바람에 한 기자가 커피를 자신의 노트에 엎지르고 말았다. 당황한 미국인은 몇 마디 사과를 했다. 그가 생미셸 대로 쪽으로 달려갔을 때는 이미 그 여인은 보이지 않았고 토요일을 이용해서 쇼핑을 하거나 산책하는 행인들뿐이었다.

과학클럽에서 홍일점인 이 여인은 오스몬드에게는 일종의 징조였다. 위험이 분명해졌다는 징조…….

*

널찍한 유리창이 안뜰로 나 있는 어느 환한 사무실의 안락의자에 편안히 앉은 레오폴딘은, 손짓을 많이 섞어가며 회사를 자랑하는 활동적이고 친절한 직원과 마주하고 있었다. 올리비에그룹의 본사는 현대식 그룹답게 거대한 규모, 순수성, 투명성의 기준에 부응하고 있었다. 파리 한복판의 자연환경 속에 똬리를 튼 최신식 빌딩.

"당신은 프랑스 대기업들이 과학 분야에 후원하는 동기를 연구하고 계신다고요? 참으로 흥미진진한 연구군요! 국립파리자연사박물관처럼 권위 있는 기관이 쏟는 관심은 특히 우리에게 감동적입니다. 우리와 같은 대형 제약회사는 폭넓은 의미에서 과학 연구와 관계가 있는 것은 분명합니다. 더구나 올리비에그룹은 세계에 문호를 개방하는 회사입니다. 우리 그룹의 사훈처럼 말입니다. '더욱 건강한 세계에서 함께 나아갑시다.'"

명랑하고 자발적인 홍보부장은 자신의 열정과 신념을 레오폴딘에게 전달하려고 애썼다. 그는 30대 초임에도 불구하고 머리가 상당히 많이 벗겨졌다. 그에게 올리비에그룹을 위해 일하는 것보다 더 아름답고 품위 있는 것은 없는 것처럼 보였다.

"우리는 50개 국가 이상에 자회사를 갖고 있습니다. 우리는 어디에나 똑같은 메시지를 전달하려고 애씁니다. '우리의 발전은 여러분의 건강을 위한 것입니다. 올리비에는 여러분에게 봉사합니다. 우리는 여러분의 발전에 가장 유용한 제품을 선사합니다.'"

레오폴딘은 매혹적인 미소를 잃지 않았다. 그녀는 성공 가능성을 높이기 위해 화장을 약간 진하게 했다. 그렇지만 사소한 부분도 놓치지 않고 지적했다.

"귀 회사가 제품을 선사한다고 말씀하셨는데……."

홍보부장은 웃음을 터뜨리더니 안락의자에서 몸을 뒤로 젖히고는 아니라는 손짓을 했다.

"물론 우리는 기업이기 때문에 이윤을 남길 필요가 있습니다. 하지만 우리가 사람들에게 이해시키고 싶은 것은 우리 이익이 우리를 신뢰하는 모든 사람들의 만족에 비하면 한없이 작다는 겁니다."

레오폴딘은 올리비에그룹 홍보부장이 그녀에게 준 책자를 마스카라가 돋보이는 눈으로 슬쩍 보았다. 항상 빠지지 않는 녹색과 적색 로고 옆에 환한 얼굴들은, 소비자들이 '타이' 라는 인삼 환약, '플로르' 라는 천연 기름 강장제, '에너지' 라는 피부 재생 알약 그리고 '카스카드' 라는 예쁜 이름을 지어준 소화제 등을 먹게 되어 얼마나 행복한지를 보여주고 있었다.

레오폴딘은 최대한 직업적인 말투로 물었다.

"귀사는 특별한 손님들을 대상으로 삼습니까? 아니면 일반 대중을 겨냥하고 있습니까?"

홍보부장은 몹시 기쁜 미소를 짓고 두 팔로 지구본이라고 추측할 수 있는 원을 그렸다.

"우리는 당연히 우리 제품을 모든 사람들의 손이 미치는 곳에 두고 싶죠! 그래서 가격에 대해 대단히 신경을 씁니다. 이번 연말에는 올리비에 제품이 백화점과 슈퍼마켓에서 팔리게 될 겁니다. 우리는 사회 전체를 더욱 건강한 세계로 이끌고 싶습니다. 우리의 주요 관심사는 구매자들의 감각 추구에 부응하는 겁니다. 올리비에 제품은 천연산이고 환경과 개인의 행복을 존중합니다. 우리의 신조는 이렇습니다. '**올리비에 제품을 소비하는 것은 의미를 갖는 것입니다.**' 우리

동업자들이 호의적으로 부응하고 있기 때문에 우리는 선택의 올바름을 더욱 확신합니다. 우리의 성장 정책은 총매상고가 지지해주고 있습니다……."

레오폴딘은 상대방이 보이스카우트의 열정으로 장황하게 늘어놓는 숫자를 듣지 않았다. 그녀는 책자를 대충 훑어보았다. 그가 부하 직원의 회계장부를 꼼꼼히 점검하는 일을 끝냈다고 느낀 그녀는 매혹적인 미소를 짓고 대화를 적절한 방향으로 바꾸었다.

"올리비에그룹에서 가장 인상적인 것은 귀사가 재정적으로 지원하는 과학단체가 믿기 힘들 만큼 많다는 점입니다."

홍보부장은 예쁜 꽃무늬가 새겨진 넥타이를 고쳐 매고 온몸으로 자기만족을 드러내며 말했다.

"그것이 모든 직원들의 대단한 자부심이라는 사실을 털어놓지 않을 수 없네요. 올리비에그룹은 핵심 연구자들과 함께 시너지 효과를 극대화하는 일에 명예를 겁니다. 이 배려는 우리의 기업윤리에 부응합니다. 우리는 과학과 인간을 조화시키고자 합니다."

홍보부장이 미사여구와 대원칙을 늘어놓자 레오폴딘은 경탄의 표정을 짓고 물었다.

"당신은 과학과 인간의 사이가 좋지 않다고 생각하세요?"

홍보부장이 과묵한 표정으로 넥타이 끝을 만지작거리며 대답했다.

"꼭 그렇지는 않습니다. 하지만 우리는 과학이 도덕적 의미에서 노력해야 할 의무가 있다고 생각합니다. 과학은 인간에게 봉사해야 합니다. 그 반대가 아닙니다. '**양심 없는 과학은 영혼의 폐허에 지나지 않는다.**' 누가 말했더라……."

홍보부장은 난처했던지 겸연쩍게 웃었다. 레오폴딘은 대답을 곁들이면서 물었다.

"라블레(1494~1553. 프랑스의 작가—옮긴이)죠. 그런 이유로 귀사는 과학클럽의 토론회를 후원하나요?"

"물론입니다. 우리는 과학클럽 주위에 모인 연구자들이 과학계의 사회 참여의 의미에 대해 성찰하는 데 기여한다고 생각합니다. 연구자들이 활동을 하면서 우리에게 특히 호소하는 것은 학문 간의 협력입니다. 지금이야말로 연구가 상아탑에서 벗어나야 할 때입니다. 우리는 너무 전공을 세분화한 나머지 연구 목적의 총체성을 잃어버렸습니다. 세상으로부터 단절된 과학자들은 전문적인 문제에만 관심을 갖게 되고 결국 연구의 현실감, 즉 인간에 대한 책임감을 등한시하게 됩니다. 우리가 지지하고 장려하고 싶은 것은 바로 이런 윤리적 방식입니다."

레오폴딘이 비꼬았다.

"그럼 천체물리학과 점성술을 뒤섞어도 좋을까요? 혹은 생물학과 동양식 릴렉스 요법을 뒤섞어도 될까요?"

홍보부장은 신경과민 증상을 보이기 시작했다. 이 질문은 분명 그의 상품 판매 목록에 없는 것이었다.

"물론…… 시야를 넓혀야 합니다……. 그리고 논란의 여지가 없는 이론은 없죠."

"다윈의 진화론만큼 확고한 이론도 없죠."

홍보부장은 약간 자신감을 되찾고 말했다.

"다윈의 이론들이 만족스럽지 않다는 것은 과학계 중심에서 널리 인정된 사실입니다. 자연선택의 이론만으로는 생물의 진화를 설명할 수 없습니다. 더구나 이 이론은 공산주의와 나치즘처럼 위험한 사상을 조장했습니다. 다윈의 이론에는 도덕적이고 인도적인 것이 부족합니다. 어쨌든 다윈의 이론은 올리비에 제품의 이미지와 부합되지 않습니다. 우리는 개인의 자유의 필요성을 강조하려고 애씁니다. 그게 본질입니다."

레오폴딘은 이제 솔직하게 본론을 꺼낼 때라고 느꼈다.

"올리비에그룹의 주주들 가운데 토비 파커라는 사람이 트루밸류즈라는 투자회사를 통해 모습을 드러내고 있다는 사실을 알고 있나요?"

홍보부장은 레오폴딘이 방금 외국어로 말한 듯 그녀를 물끄러미 쳐다보았다.

"글쎄요……. 우리 그룹의 투자 정책은 제 영역이 아니라서……."

"그럼 토비 파커가 다이아몬드 광산 채굴처럼 별로 윤리적이지 않은 활동과 관련되어 있다는 것은 사실인가요? 광부들이 얼마나 굴욕적인 노동 조건에서 시달리는지 아시죠?"

홍보부장은 다시 한 번 부자연스런 미소로 난처함을 숨기려고 애썼다.

"불행히도 연구는 돈이 필요합니다. 그건 군자금 같은 것이죠. 자금 출처는 중요하지 않습니다."

레오폴딘은 경쾌한 말투로 위장해서 동의했다.

"군자금이라……. 이보다 더 멋지게 표현할 수는 없네요. 실제로 토비 파커는 아프리카의 한 독재자와 만족스럽게 사업하고 있습니다. 우리는 이 문제에 별로 관심이 없습니다. 저는 올리비에그룹이 제3세계에 싼 값으로 백신을 공급하는 일에 뛰어들었다고 알고 있습니다."

홍보부장의 미소는 마치 위통을 겪고 있는 듯 더욱 일그러졌다. 손의 움직임도 더욱 신중해졌다.

"물론…… 이 계획은…… 우리 계획에……."

"그럼 이 연구는 언제 끝날 예정인가요?"

"글쎄요……. 솔직히 말해서 아직 구상 단계에 있습니다……."

레오폴딘은 안락의자에서 몸을 일으키고 매혹적인 미소를 지었다.

"올리비에그룹 같은 회사가 기본 방침을 실천하고 있다는 사실을 확인하게 되어 기쁩니다. 이 인터뷰는 저의 연구에 아주 큰 도움이 될 거예요. 이처럼 신속하게 저를 만나주셔서 대단히 고맙습니다."

홍보부장은 초현대식 책상 위에 두 손을 모으고 미소를 지었다. 하지만 비죽거리는 입에는 기계적이고 몹시 어색한 느낌이 있었다.

레오폴딘은 몹시 고결한 척하는 이 제약회사의 본부를 떠나 박물관을 경유하는 89번 버스정류소로 달려갔다. 그녀는 활동적인 젊은 홍보부장과 예정보다 많은 시간을 보냈다. 하지만 그의 현란한 연설과 슈퍼마켓 철학을 무조건 믿는다는 것은 얼토당토않은 일이었다.

33장. 뉴턴의 연금술서

버스가 교통체증으로 옴짝달싹하지 않자 레오폴딘은 플로루스 교수 연구실로 뛰어갔다. 노교수는 커피를 따르고 있었다. 어리둥절한 교수는 헐떡거리는 젊은 여인이 허공에 사각형을 그리는 모습을 쳐다봤다.

"레오폴딘, 수화를 배우고 있어? 아주 흥미진지한 시도야! 사실 청각장애인을 위한 과학교육은 박물관의 약점이지."

레오폴딘은 머리를 흔들더니 조금씩 숨을 가다듬고 말했다.

"책…… 뉴턴…… 이곳에…… 놓았는데…… 보지 못했어요?"

더듬거리는 말투에 약간 당황한 교수는 젊은 여인에게 앉으라고 권하고 의자 위에 잔뜩 쌓여 있는 서류와 파일을 치웠다.

"레오폴딘, 잠깐 쉬어. 탈진한 것처럼 보여……. 영국 여왕의 모자 꼭대기에 꽂혔던 꽃 이름을 찾아냈어. 쉽지는 않았지……. 그 착한 부인은 내게 일을 시켰다고 자랑할 수 있을 거야……. 그런데 내가 그 종이를 어디에 놓았더라? (레오가 조금씩 정신을 되찾는 동안 노교수는 투덜거렸다.) 그 선생의 편지와 함께 내 손이 닿는 곳에 두었는데……. 저 아래에……. 아, 저기 있군!"

레오폴딘은 뉴턴의 책이 어디에 숨어 있을까 자문하면서 자료 더미를 응시했다. 노교수가 1979년도 박물관의 운용평가에 관한 유명한 보고서를 들어 올리고, 클립을 이용해서 편지에 붙여놓은 메모지를 뽑아냈을 때만 해도 그녀는 거의 자포자기 상태였다. 그런데 바로 그 순간 레오폴딘의 눈이 휘둥그레졌다. 바로 그 편지 밑에 뉴턴의 책이 있지 않은가! 그녀는 잽싸게 책을 낚아채고 환호성을 내질렀다.

안경을 쓴 플로루스 교수는 식물학자로서의 재능에 대해 경의를 표한다고 생각했다.

"고마워, 레오폴딘……. 석죽과(科)의 서양메꽃의 일종인 코리기올라 리토랄리스(corrigiola litoralis)야."

레오폴딘은 노교수의 볼에 뽀뽀를 해주었다. 노교수는 미소를 짓더니 말을 이었다.

"그렇게 어렵지는 않았어. 솔직히 말해서 상당히 간단했지……."

하지만 레오폴딘은 이미 계단 속으로 사라지고 없었다.

*

레오폴딘은 요한 키르허가 약속 장소로 지정한 희귀본서고로 향했다. 두려움이 없지는 않았다. 그의 기이한 행동은 어떻게 설명할 수 있을까? 시계를 슬쩍 쳐다보았다. 11시 12분. 이해해줄 만한 지각이었다. 그는 이런 홀대를 받아 마땅했다…….

레오폴딘은 유리창의 반사광 속에서 옷차림을 확인했다. 화장은 심하지 않은 것 같았다. 그녀는 단호하게 문을 두드렸다. 들어오라는 그의 목소리가 들렸다. 평소처럼 완벽하게 차려입은 소장품 관리인은 야생 벚나무로 만든 널찍한 탁자 위에 앉아 있었다. 여자의 웃옷이 옆 의자에 놓여 있었다.

레오폴딘은 아주 초연한 척하며 물었다.

"아, 죄송해요! 제가 방해하는 건 아닌가요?"

소장품 관리인은 상냥한 미소를 지으며 대답했다.

"전혀 아닙니다. 주베르 부인이 잠시 자리를 비웠어요."

레오폴딘은 다음 말을 기다렸다. 요한 키르허는 말 한 마디 없이 그녀에게 미소만 보내고 있었다. 점점 더 불편해진 그녀는 마법서 서가를 둘러보았다. 공들여 제본한 책들은 무수한 비밀을 감추고 있는 것 같았다. 그녀는 불안감을 내쫓기 위해 책상에 기대고 싶었다. 하지만 뉴턴의 책이 손에서 떨어졌다. 키르허는 일어나더니 빨간 모로코가죽으로 제본한 작은 책을 조심스럽게 주웠다.

"『Collectiones ex Novo Lumine Chymico quae ad Praxin spectant—Collectionum explicationes』. 아이작 뉴턴……. 아주 기이한 책이죠……. 그리고 아주 기이한 인물이고."

레오폴딘이 물었다.

"무슨 말이죠?"

"뉴턴이 당시의 많은 학자들처럼 여러 과학 분야에 관심을 가졌고 자신을 물리학자로만 간주하지 않았다는 사실을 알고 있겠죠? 그는 또한 천문학자이자 화학자였어요. 하지만 가장 믿기지 않는 것은 그가 이 학문들을 부차적인 것으로 여겼다는 점이죠. 그가 가장 긍지를 가지고 진지하게 연구한 학문은 연금술과 관련된 것이었어요."

레오폴딘이 눈썹을 치켜들면서 물었다.

"뉴턴이 현자의 돌(Philosopher's stone. 일반 금속을 금으로 바꾸어주는 신비의 물질—옮긴이)을 추구했나요?"

"그것까지는 몰라요. 뉴턴은 납을 금으로 바꿀 수 없다는 사실을 알고 있었어요. 하지만 그는 물질이 영혼을 갖고 있으며 자신의 연구 목적이 창조의 신비를 간파하기 위해 납, 비소 혹은 유황의 영혼을 파악하는 거라고 생각했어요. 그가 만유인력을 발견한 것은 **'납의 영혼을 발견한다'** 는 야심에 비하면 아무것도 아니었어요. 놀라운 일 아닌가요?"

요한 키르허는 명상에 잠겼다가 말을 이었다.

"오히려 실망스러운 일 아닐까요? 납의 영혼이라니! 역사상 위대한 학자 가운데 한 분이 비열한 사기꾼에 지나지 않았을까? 그런 의문이 생겨요. (그는 집게손가락으로 책을 톡톡 치면서 말했다.) 레오폴딘, 이 특별한 책이 어쩌면 그 증거일 거예요."

구름이 하늘에서 지나가자 희귀본서고는 어슴푸레한 빛 속에 잠겼다. 키르허는 아주 부드럽게 말을 계속했다.

"박물관의 도서관이 이런 종류의 작품을 소장하고 있다니 놀라운 일이죠. 레오폴딘, 그렇게 생각하지 않나요?"

"이 책들은 당시 과학 연구의 증언이에요. 우리처럼 대형 기관이 그 흔적을 간직하는 것보다 더 정상적인 것은 없어요. 몇몇 연구자들이 이 책들을 참고하고 있는 게 그 증거죠. 이 책이 대출 중에 사라질 뻔했다는 사실을 상상해봐요. 저는 이 책을 회수하기 위해 세르방 교수 연구실에 직접 갔어요. 그는 결코 이 서고를 떠나서는 안 되는 몇 권의 책을 가지고 있었어요."

소장품 관리인은 잠시 침묵을 지키다가 조용히 되물었다.

"세르방 교수가요?"

"네. 그 일을 잊을 수가 없어요. 강제로 책을 뺏지 않을 수 없었으니까요."

요한 키르허는 창문 앞에서 꼼짝하지 않았다. 그에게는 익숙한 태도였다. 이윽고 큰 소리로 물었다.

"그런데 세르방 교수는 연금술서로 무엇을 했을까요?"

"캐묻지 않았어요. 그는 정말이지 너무 이상한 분이에요."

"이치에 맞지 않네요."

"세르방 교수는 전혀 이해할 수 없는 인물이에요. 그는 유전학자인데 자신을 마법사의 제자로 간주하다니……."

키르허는 갑자기 그녀에게 돌아섰다.

"레오폴딘, 어쩌면 당신이 옳아요……. 마법사의 제자……."

두 사람은 서로의 얼굴을 쳐다보았다. 레오폴딘은 그의 수작에 진절머리가 나기 시작했다. 왜 그는 오늘 아침 들르라고 했을까? 아이작 뉴턴에 대해 대화하기 위해? 또 무슨 일을 꾸미고 있는 걸까?

레오폴딘은 팔짱을 끼고 과감하게 물었다.

"한 가지 묻고 싶어요. 이번만이라도 솔직하게 대답해주었으면 해요. 왜 그날 저녁 저를 껴안았죠?"

키르허는 고개를 떨구고 속삭였다.

"죄송해요, 레오폴딘. 당신에게 상처를 주고 싶지 않았어요. 우리는 더 이상 멀리 갈 수 없어요. 제 말을 믿어줘요. 이게 당신을 위해서 더 바람직한 일이에요……. 그리고 저를 위해서도. 하지만 괴로운 선택이라는 것만은 알아줘요."

"왜죠? 이유라도 말해줘요!"

"안 돼요."

그때 복도에서 발소리가 울렸다.

요한 키르허가 말했다.

"주베르 부인입니다. 그런데 당신이 말한 자료를 가져다 주겠어요? 테야르 드 샤르댕의 자료 말입니다."

레오폴딘은 입을 벌린 채 가만히 있었다. 이 남자는 눈 깜짝할 사이에 거리를 둘 줄 아는 경악스러운 능력을 지녔다.

레오폴딘이 더듬거렸다.

"자료……."

"그 자료를 참조할 수 있으면 몹시 기쁠 겁니다. 잠시 후에 제 사무실에 들러주지 않겠어요?"

"네, 알겠습니다. 그런데 자료와 함께 있던 트렁크는 찾았나요?"

"아직 찾지 못했어요. 하지만 조만간에 찾게 될 겁니다."

도서관장 드니즈 주베르가 서고 안으로 들어왔다. 그녀는 놀랍고 동시에 기쁜 눈으로 젊은 여인을 바라보았다.

"아, 레오폴딘. 만나서 기뻐! 그런데 무슨 일이야?"

키르허가 그녀 대신에 대답했다.

"제가 드베르 양에게 들러달라고 부탁했어요. 우리는 최근에 발굴한 자료에 관해서 해결해야 할 문제가 있어요. 그 자료와 관련된 몇 권의 책이 이 서고에 있다는 소식을 듣고 놀랐어요."

요한 키르허는 여전히 손에 들고 있던 소책자를 흔들었다.

"예를 들면 이 책이죠. 뉴턴의 연금술 개론."

주베르 부인이 말했다.

"정말이에요. 사람들이 원하든 원치 않든 간에 이 책은 뉴턴 작품의 일부분이에요. 역사적으로 대단히 흥미 있는 책이죠. 대단히 희귀한 책이기도 하고요. 이 세상에 세 권밖에 없을 거예요."

키르허가 선뜻 맞장구쳤다.

"정말입니다. 하지만 엄밀히 과학적 측면에서는……."

"키르허 씨, 당신도 잘 알고 계실 겁니다. 당시만 해도 아직 천문학과 점성술을 구별하지 않았어요."

키르허는 책꽂이를 검사하면서 말했다.

"옳은 말씀이에요. 그런데 『니콜라스 플라멜의 유언』이나 『위대한 알베르투스』가 왜 여기에 있죠? 꽤나 기이한 일이군요……. 엉뚱하기조차 해요……."

두 여인은 마치 도취된 듯 조용히 요한 키르허를 바라보았다. 레오폴딘이 먼저 매혹에서 벗어났다.

"죄송합니다만 저는 이만 가봐야겠어요. 제가 아직도 필요한가요?"

키르허는 그녀의 눈동자를 바라보며 말했다.

"아닙니다, 레오폴딘. 볼일은 끝났습니다. 고맙습니다."

레오폴딘은 마치 자석의 인력에서 벗어나려는 듯 힘찬 발걸음으로 희귀본서고를 떠났다.

*

이 기회에 천재적인 과학자 아이작 뉴턴에게 경의를 표해야겠다.

그는 우주에서 물체의 운동을 지배하는 힘을 명백히 밝혀냈다. 만유인력의 법칙은 인간에게도 적용될까? 비록 우리는 어떤 확실한 증거도 갖고 있지는 않지만 경험을 통해 때때로 누군가의 매력에서 벗어나는 일이 아주 힘들며 어떤 사람들은 대체로 예측할 수 있는 반복적인 궤도를 돈다는 사실을 알고 있다. 실제로 레오폴딘은 자연스럽게 테오도르 모노실로 가고 있었다.

어떤 인력이나 인간의 의지가 레오폴딘의 발걸음을 안내하고 있다고 누가 장담할 수 있을까? 인간의 행동에서 자유의지의 부분이 너무도 커서 결정적인 결론은 내릴 수 없다. 레오폴딘은 피터 오스몬드를 만나서 올리비에그룹의 홍보부장과 나눈 인터뷰 내용을 알리고 싶었을 것이다. 아무튼 미국인 교수는 아직 돌아오지 않았다. 레오폴딘 드베르가 광물학관 4층에 도착했을 때 마냐니 신부밖에 없었다.

마냐니 신부는 경찰용 곤봉을 저고리의 호주머니 속에 살짝 감추었다. 신부가 옷 속에 전혀 가톨릭답지 않은 이 물건을 숨겼다는 것은 생각의 여지를 남겼다. 하지만 곤봉의 휴대는 다시 한 번 육체의 저항에 관련된 뉴턴의 이론이 옳았음을 확인시켜준다.

34장. 전지전능한 초인

눈에 띄게 기진맥진한 프랑수아 세르방 교수는 의자에 반듯이 앉아 팔짱을 낀 채 격분을 삼키고 있었다. 루셀 서장과 코메르송 경위는 마치 1센티미터도 움직이지 못하게 하려는 듯 계속 세르방의 주위를 맴돌았다. 세르방은 모베르 경찰서로 소환된 아침부터 차가운 경멸의 태도로 경찰에 맞섰다.

"로랑스 앵베르가 당신을 감독위원회에 고소한 사실을 알고 있습니까? 그녀는 당신이 학과의 원활한 운영을 방해했다고 고소했습니다. 또한 당신의 실험을 감시할 권리를 요구했습니다."

세르방 교수는 벽면에서 눈을 떼지 않은 채 몇 마디를 내뱉었다.

"나는 개의치 않아요. 로랑스 앵베르가 뭐라고 지껄이든 나는 추호도 관심이 없어요. 나는 그녀와 아무 관계도 없지만 썩 잘 지냈어요."

코메르송 경위가 끼어들었다.

"하지만 앵베르 부인이 죽기 전날 당신이 그녀와 싸우고 있는 장면을 목격한 사람이 있습니다."

"아마 그 미국인이겠죠. 그래, 뭐라고 증언하던가요? 그들이 서로 잘 아는 사이라는 것을 제외하면…… 그들은 분명 함께 잤을 거예요."

"세르방, 당신은 앵베르 부인이 진화생물학과를 지도하는 동안 당신이 그 자리를 제의받았던 사실은 부인할 수 없을 거예요. 당신이 받았던 심리 테스트의 결과…… 1997년 정신병원……."

짜증이 난 프랑수아 세르방은 음울한 눈빛으로 경위에게 물었다.

"경위, 부탁 하나 해도 될까요? 나를 교수라고 불러주세요, 세르방 교수. 당신은 경위고 나는 교수입니다. 감사합니다."

루셀 서장이 개입했다.

"좋습니다, 교수님. 하지만 두 분 사이에는 소송이 있었습니다. 그것은 누구나 다 아는 사실입니다."

세르방은 이번에는 상세히 해명하는 게 좋다고 생각했다.

"그래서요? 나는 몇 년 전부터 주로 사립기관의 지원을 받아 연구를 수행했어요. 내가 특별한 지위를 누리고 있다는 점에 주목하세요. 나는 공식적으로 박물관에 파견된 학자죠. 여전히 박물관과 행정적 관계는 맺고 있지만 어떤 학과에도 속하지 않아요. 따라서 나는 로랑스 앵베르에게 종속되어 있지 않았고 그녀와 어떤 직업적 관계도 맺지 않았죠. 그런데 왜 내가 그녀를 죽이겠어요? 복수심 때문에? 하지만 왜 그처럼 바보 같은 여자에게 복수하겠어요? 그녀는 기괴한 이론 때문에 이미 충분히 웃음거리가 되었죠. 조화로운 어트랙터? 웃기고 있네. 차라리 쓰레기 같은 사육사를 맹수 우리 안으로 밀었다고 나를 고소하시구려! 차라리 타락한 델마를 증기소독기 안에 버렸다고 고소하시구려! 유전학에 대해 뭔가를 아는 아주 드문 사람이긴 했지만 심술궂은 엘베르그 할망구를 죽였다고 고소하시구려! 그런데 증거는 어디에 있죠? 그래도 만일의 경우에 대비해서 말씀드리죠. 앵베르의 시신이 발견되었을 때 나는 박물관 반대편 끝에 있었어요. 당신들은 내가 그 허수아비를 끌고 식물원에서 산책했다고 상상하시오?"

루셀 서장은 담배에 불을 붙였다. 그것은 심문이 시작되었다는 신호였다. 일단 접촉이 이루어지면 실패에서 실을 풀어야 했다. 먼저 상대방의 마음을 가라앉힐 것.

"세르방 교수님, 우리는 추호도 당신을 비난할 생각이 없습니다. 교수님은 증인 자격으로 여기에 있습니다."

"그렇다면 다행입니다."

"우리도 과학자 같은 사람입니다. 우리는 증거 없는 이론은 내놓지 않습니다."

"당신은 몹시 즐거워 보이는군요. 이제 질문 하나 드리겠습니다. 왜 내가 여기에 있어야 하죠?"

루셀은 미소를 지으면서 말했다.

"교수님이 놀란 것은 이해합니다. 우리는 모든 모호한 점을 제거하고 싶을 뿐입니다. 모든 문을 봉쇄하려는 겁니다."

"그토록 문을 봉쇄하고 싶다면 먼저 나를 보내주시오. 나는 할 일이 있어요."

코메르송 경위는 의자에 걸터앉고 거리낌 없이 물었다.

"뇌(腦) 고생물학은 정확히 뭘 연구하는 겁니까?"

프랑수아 세르방 교수는 체념한 듯 깊게 한숨을 내쉬었다. 그는 코메르송 같은 비전문가에게 자신의 연구 의미를 설명해야 하는 상황이 부당하다고 판단했다. 그는 코메르송의 눈동자를 똑바로 쳐다보고 무뚝뚝하게 대답했다.

"뇌 고생물학은 뇌의 크기와 구조, 대뇌 반구(半球)의 진화 정도 등을 연구합니다. 이해하겠소?"

코메르송 경위가 고개를 끄덕였다.

"저의 뇌는 상당히 진화했다고 생각합니다."

세르방은 그의 유머에 맞장구치지 않았다. 유머는 그의 인식 범주에 들어 있지 않았다.

"그런데 당신 뇌가 내 연구의 함축적 의미를 헤아릴 수 있을지 의심이 가는군요."

젊은 경위가 살짝 이맛살을 찌푸리자 루셀 서장이 말을 이었다. 어떤 대가를 치르더라도 접촉을 유지하려면 특별히 예민한 문제를 건드려서는 안 되었다.

"교수님은 생물학 차원에서 말하는 겁니까?"

"꼭 그렇지는 않아요. 내가 따르는 것은 정신적 자각입니다. 서장님이 방금 전에 언급한 그 발작은 진정한 영감의 원천이었어요. 그 순간 나는 인간에 대한 전체적이고 결정적인 지식에 도달할 수 있는 열쇠를 지녔다고 생각했어요."

정말로 혹한 코메르송이 물었다.

"그 열쇠가 뭡니까?"

"유전학! 유전학은 인간과 그 진화에 대해 우리가 아직도 제기하고 있는 모든 문제를 해결할 겁니다. 비록 내가 과학계 대다수의 반계몽주의에 부딪혔지만, 당연히 내게 돌아와야 하는 자리에 앵베르를 임명하는 악렬한 음모에 부딪혔지만, 나는 내가 지금 최후의 비밀에 도달했다는 사실을 알고 있소!"

두 경찰은 재빨리 눈짓을 교환했다. 세르방은 온화한 표정을 지었지만 편집증환자와 과대망상증환자에게서 자주 발견할 수 있는 형태의 연설을 늘어놓고 있었다.

루셀 서장이 물었다.

"최후의 비밀이라니 무슨 뜻입니까?"

세르방은 즉각 대답하지 않았다. 그는 거만한 미소를 짓고 두 경찰을 위아래로 훑어보았다. 그럼에도 불구하고 고정된 시선과 불규칙한 어조는 점점 더 커지는 신경과민과 심각한 동요에서 비롯된 심리적 불안을 드러냈다.

"당신들은 나를 미친놈으로 취급하고 있군요. 하지만 내가 말한 것은 전적으로 사실입니다."

루셀 서장이 말을 이었다.

"그럼 우리는 당신을 믿기만 하면 되겠군요. 하지만 교수님이 무슨 말씀을 하는 건지 정확히 모르겠습니다."

세르방은 두 사람을 노려보면서 말을 이었다.

"간단해요. 유전학이 실현시킬 것은 진화의 끝, 결정적인 끝이죠. 그것은 바로 초인입니다. 완전무결한 진화 작품으로서의 초인, 전지전능한 최후의 작품으로서의 초인, 창조주처럼 전지전능한 초인!"

잠시 침묵이 흘렀다. 하지만 세르방은 여세를 몰아 말을 이었다.

"유전학 덕분에 우리는 진화 메커니즘을 분석하고 해독할 수 있게 될 거예요. 모든 것은 우리의 유전자 속에 있어요. 이해하시겠어요? 유전자는 의식, 기억, 지식의 물질적 샘이죠. 발작했을 때 제가 피부에서 느꼈던 것은 바로 그거였어요. 얼마 전에 저는 지극히 맑은 정신 상태에 도달했어요. 최고 수준에 이른 인간 의식 말이에요. 유전자는 모든 진화가 내포되어 있는 가치의 단위죠. 완벽한 진화 과정 말이에요. 제 덕분에 사람들은 상상할 수 없는 속도로 이 진화 과정을 촉진시킬 거예요. 뇌의 능력은 수천 배, 수백만 배로 늘어날 거예요! 제 말을 잘 들으세요. 유전자의 잠재력은 무한해요. 저는 주문에 따라 천재를 만들 거예요. 신이 인간을 위해 계획했던 것을 실현하는 것은 나, 프랑수아 세르방의 소관이에요."

다시 침묵이 흘렀다. 세르방은 거만함과 우월감이 역력한 표정을 짓고 두 경찰을 관찰했다. 루셀 서장은 마지막 담배 연기를 내뿜더니 얼굴을 찡그리며 담배를 껐다. 코메르송 경위는 이 동작의 의미를 알고 있었다. '또 미친놈을 만났군. 아무것도 알아낼 수 없을 거야.'

루셀 서장이 투덜거렸다.

"고맙습니다, 교수님. 필요하면 다시 부르겠습니다."

세르방은 자못 과장된 목소리로 말했다.

"물체에서 빛으로, 빛이 물체로 바뀌는 것은 전적으로 자연의 법칙에 부응하는 겁니다. 자연은 변환을 통해 희열을 느낄 테니까요."

코메르송 경위가 말했다.

"아이작 뉴턴의 말이군요."

루셀 서장은 존경심이 섞인 놀라움을 가지고 부하의 얼굴을 빤히 쳐다보았다. 세르방 교수는 고개를 살며시 끄덕이고는 아주 당당한 걸음으로 집무실을 떠났다.

*

같은 시각, 에릭 고도프스키 교수는 자클린 뒤물랭 부인에게 고문서 열람을 요청했다. 그는 중앙도서관 열람실에서 등록카드와 용지를 참조하면서 한나절을 보냈다. 17시 30분 무렵, 격렬한 흥분에 사로잡힌 채 사서에게 자료를 반납하고 떠났다.

고도프스키 교수의 신경과민은 어쩌면 이틀 전부터 연구실에서 연구실로 돌고 있던 청원서, 사법수사가 종결될 때까지 박물관의 여러 위원회와 자문위원회에서 활동 중지를 요구하는 청원서에서 비롯되었을 것이다. 동기는 그다지 명료하지 않았다. 몇몇 연구자들은 최근에 일어난 일련의 사건으로 야기된 대혼란을 이용해서 옛 앙갚음을 하고 박물관의 원활한 운영에 해롭다고 간주되는 사람들을 해고하라고 요구하고 있는 것 같았다. 에릭 고도프스키는 분명히 이 명단의 맨 앞에 있었다. 고도프스키를 비방하는 사람들과 지지하는 사람들의 격렬한 공방이 점점 더 잦아졌다. 실제로 그의 지적 정직과 정교분리원칙 준수를 높이 평가한 여러 학과의 연구자들은 한목소리로 조류학자 고도프스키를 지지하기 위해 후원단체를 결성했다.

비밀집회는 치열한 격론장으로 변했고 대놓고 비난하기조차 했다. 복도는 고함소리와 협박으로 울렸고, 박물관의 몇몇 탁월한 과학자들이 예전의 학문적 적대감이나 예산 횡령과 결부된 원한을 구실로 주먹을 휘두를 뻔한 일도 몇 차례 있었다.

이처럼 해로운 분위기 속에서 냉정을 유지하고 논평을 자제하는 사람은 드물었다. 이 자리를 빌려 플로루스 교수에게 경의를 표한다. 노교수는 위치가 높은 연구실에서 쌍안경을 이용해서 이 난장판을 지켜보았다. 그는 찰스 다윈조차 부인할 수 없을 만큼의 명민함과 통찰력을 발휘해서 이번 사태를 분석했다.

35장. 샤르댕 신부의 수첩

마냐니 신부는 테야르 드 샤르댕의 수첩을 한 장씩 넘기며 살폈다.

"레오폴딘, 이 수첩이 트렁크와 함께 있었는데 그 트렁크가 사라졌다고 했나요? 아주 난처한 일이에요……."

"신부님, 정확히 누가 난처해진다는 거예요?"

최근 요한 키르히와의 면담으로 마음이 뒤숭숭한 레오폴딘은 상황을 정확히 파악할 필요가 있었다. 마냐니 신부는 기꺼이 자신의 의견을 밝혔다.

신부는 손깍지를 끼고 몸을 약간 뒤로 젖힌 채 깊은 생각에 빠졌다. 레오폴딘이 산더미 같은 자료를 쌓아놓은 고미다락방에서 한없이 천장을 바라보는 것처럼.

"모든 사람들에게 난처한 일이에요. 가장 먼저 교회가 난처해져요. (신부는 신중하게 단어의 무게를 재려는 듯 하나씩 끊어 말했다.) 레오폴딘, 로마교황청은 테야르 드 샤르댕 신부를 상당히 민감한 인물로 간주하고 있어요. 테야르는 확고하게 하느님의 존재를 믿었기 때문에 어떤 과학적 발견도 그의 신앙을 재검토하게 할 수 없었을 거예요. 하지만 그의 부하들은 주님의 의도를 신뢰하지 않았던 것 같아요."

레오폴딘은 점점 더 관심을 보이며 물었다.

"무슨 뜻이에요?"

"테야르 드 샤르댕은 탐구에 사로잡힌 나머지 결국은 주위에 평화보다는 혼란의 씨를 퍼뜨리고 말았어요. 그런데 로마가톨릭교회는 혼란을 끔찍이 싫어해요. 당시까지만 해도 교회는 창조론을 주장했어요. 그래서 교회는 테야르 드 샤르댕을 중국으로 추방했죠. 위계를 존중하는 이 예수회 신부는 명령에 순종했어요. 하지만 그가 죽은 후 1955년에 출간된 종교적 글은 엄청난 혁신을 불러일으켰어요. 레오폴딘, 상상해봐요. 그는 진화론을 받아들였을 뿐만 아니라 악(惡)의 문제를 최소화했어요! 그에게 악이란 인류 불행의 첫 번째 요인이 아니라 진화의 한 결과에 지나지 않았어요!"

젊은 여인이 이 민감한 신학상의 문제를 헤아리지 못하자 마냐니 신부는 중요성을 강조하기 위해 눈을 크게 뜨고 설명했다.

"레오폴딘, 악이 존재하지 않는다면 왜 하느님이 우리에게 아들을 보냈을까요? 어떤 잘못을 대속(代贖)하기 위해? 예수님의 희생이 헛된 것이란 말인가요? 그래서 교회의 모든 가르침을 다시 생각해야 했어요! 테야르는 원죄도, 대속도 없다고 생각했어요. 진화의 끝인 그리스도가 우리 각자의 안에 있으며 도처에 있다고 주장했어요. 그게 사실이라면 교회는 더 이상 존재 이유가 없는 것이죠……. 1950년대 이 혁신적인 사고방식은 신자들의 종교관을 근본적으로 바꾸었어요. 사람들은 지식을 갖췄고 더 이상 맹목적으로 믿지 않았어요. 과학은 신자들을 포함해서 많은 사람들에게 지식과 해방의 매체가 되었죠. 가톨릭교회는 원하든 원치 않든 간에 20세기 중반부터 줄곧 영향력을 잃고 있다는 사실을 인정하지 않을 수 없어요. 보수적인 계층에 속하는 일부 사람들은 그 잘못을 테야르 드 샤르댕의 탓으로 돌리고 결코 그를 용서하지 않았어요. 그들은 아직도 그의 인류 기원에 관한 연구가 인간 사회와 하느님을 연결하는 고리를 끊어버렸다고 주장하고 있어요. 또 그들은 테야르가 말년에 일종의 원시적 범신론에 빠졌다고 공언하고 있어요."

"하지만 샤르댕 신부는 끝까지 가톨릭교회에 충실했잖아요."

"물론이에요. 하지만 생각해보세요. 가톨릭교회가 성인들을 사랑한다면 신비주의자로 간주되는 사람들을 경계하는 것은 당연하지 않겠어요? 성인들은 엄격한 심사를 걸쳐 시성되죠. 신비주의자들은 예측할 수 없는 사람들이에요. 교회 당국은 이들의 신앙이 신비주의자들을 몹시 위험한 인물로 만든다고 생각해요."

레오폴딘이 큰 소리로 말했다.

"말하자면 이교도……."

마냐니 신부는 손을 떨면서 수첩을 대충 훑어보았다.

"이교도……. 이 표현은 어쩌면 약간 지나쳐요. 신비주의자들은 기성질서를 다시 문제 삼는 사람들이죠. 만일 이 수첩이 출간되었더라면……. 뭐라고 해야 할지 모르겠어요……. 당신이 찾아낸 것은 진짜 폭탄과 같은 거예요. 당신 말이 사실이라면, 그 트렁크에 정말로 베이징원인의 유해가 들어 있다면……."

마냐니 신부는 다시 일어나 조용히 합장했다. 그리고 눈을 감았다. 레오폴딘은 신부의 가슴에서 흔들리는 커다란 십자가를 발견했다.

"레오폴딘, 이 자료를 안전한 곳에 숨겨놓는 것이 가장 신중한 처신이라고 생각해요. 금고 안에 보관하는 게 좋겠어요. 누군가가 이 자료를 찾을 거라고는 생각하지 않아요. 그러면 우리는 생각할 시간을 벌 수 있어요. 그리고 그 트렁크를 찾아봅시다."

신부는 마음을 평온하게 해주는 미소를 지었다. 레오폴딘은 찬성했다. 실제로 그것은 가장 좋은 해결책이었다.

*

부아쟁 경위는 단풍나무 뒤에 숨어서 아침부터 먹고 싶었던 레몬 아이스크림을 맛보고 있었다. 마냐니 신부를 감시하는 역할을 맡은 그는, 신부가 아믈랭 가의 호텔을 출발한 순간부터 지하철로 이동하는 동안, 그리고 광물학관 회랑 속으로 들어갈 때까지 감시의 끈을 놓지 않았다. 이 회랑에 문과 측면 비상구가 각각 하나밖에 없다는 사실을 확인한 후 두 출입구를 감시할 수 있는 곳에 자리를 잡았다. 낮이 아주 지루하게 느껴질 거라고 예상하고 회전목마 옆에 있는 신문가판대에서 아이스크림을 사고 잠시 휴식을 즐겼던 것이다. 보석 전시회장 설치는 급히 마무리했다. 회랑 입구는 오가는 사람으로 붐볐다. 그는 치안국 소속 안전요원들을 쉽게 알아보았다. 이들은 역설적이게도 특징 없는 복장과 두리번거리는 눈만 봐도 구별이 되었다. 안전요원들은 다음 날의 개소식을 대비해 취해진 보안조치를 빈틈없이 점검하고 있었다. 이들은 최근에 일어난 사건들을 의식하고 더욱 민첩하게 움직였다. 요한 키르허는 평소처럼 신속하게 이 모든 사람들을 안내하였고 어느 때보다 많이 몰려온 기자들이 직원들의 활동을 방해하지 않도록 애썼다.

부아쟁 경위는 13시 15분쯤 피터 오스몬드가 도착하는 모습을 보았다. 이 고생물학자는 지친 모습으로 거구를 흔들면서 무기력하게 걷고 있었다. 부아쟁은 코메르송 경위가 현장에 없어 놀랐다. 그는 동료가 미국인 숙소 앞에서 오랫동안 기다렸다가 세르방 교수를 심문하기 위해 모베르 경찰서로 돌아갔다고 추측할 수밖에 없었다. 부아쟁이 언제 끝날지 모르는 지긋지긋한 감시를 하기로 결심했을 때 피터 오스몬드가 정확히 13시 18분에 단호한 발걸음으로 나와서 뷔퐁 가로 향하는 것을 보았다. 2분 후 마냐니 신부가 상쾌한 발걸음으로 같은 방향으로 가는 것을 보자 그의 놀라움은 더욱 커졌다. 부아쟁 경위는 마냐니 신부가 호주머니에서 꺼낸 물체를 확인하는 순간 흥분을 감출 수 없었다.

*

피터 오스몬드는 부패 구덩이의 우측을 지나 불도저가 서 있는 건설 현장으로 향했다. 몇 시간 전 로랑스 앵베르의 잔여 사체가 발견된 곳이지만 그는 이 사실을 모르고 있었다. 연구원들이 심각한 공간 부족을 호소하였음에도 불구하고 박물관은 18세기 때부터 빈 땅을 방치해왔다. 최근 예산이 확보되자 박물관 측은 '하늘의 만나(이스라엘 백성이 이집트를 탈출하여 가나안 땅으로 가던 중 하늘에서 내려주었다고 하는 기적의 음식—옮긴이)' 같은 이 정부의 결정이 취소될까봐 즉각 불도저를 동원해서 개발에 착수했다. 하지만 예산이 충분하지 않은 것으로 밝혀지자 공사는 지지부진했다.

피터 오스몬드는 이 건축 문제를 생각하다가 피식 웃고 말았다. 그에게는 지금 중요한 약속이 있지 않은가. 주요 건물들로부터 외떨어진 이곳은 황량했다. 미국인은 서성거렸다. 하늘은 낮았고 작은 까마귀들은 잎이 적갈색으로 변하기 시작한 나무에서 까악까악 울고 있었다. 밀담을 나누는 데 이상적인 장소였다. 경찰과 기자들은 식물원 주위에 몰려 있었다. 이곳에서는 엿듣는 귀를 걱정하지 않고 조용히 대화를 나눌 수 있었다.

불도저를 우회한 오스몬드는 막 파헤쳐진 구덩이를 발견했다. 하수도관을 매설하기 위한 구덩이었다.

별안간 발밑이 꺼졌다. 그곳이 자신의 무덤이 될 거라고 깨닫는 순간 누군가가 그의 머리를 세차게 내리쳤다.

36장. 죽음의 함정

처음에는 요란한 기계소리가 들리더니 곧장 오스몬드의 두 다리에 흙더미가 쏟아졌다. 오스몬드는 한쪽 눈을 떴다. 동력삽이 흙더미를 구덩이 속으로 밀어붙이면서 조금씩 지평선을 메웠다. 그는 다시 일어나려고 애썼다. 하지만 조금도 움직일 수 없었다. 손을 뻗어서 자신을 보호하고 싶었다. 하지만 손은 말을 듣지 않았다. 공격자의 계획을 파악하고, 그 뜻을 꺾을 수 없다고 판단한 피터는 체념하고 눈을 감고 죽기로 했다. 그의 유일한 희망은 지나친 고통이 없도록 순식간에 질식되는 것이었다.

하지만 죽음은 찾아오지 않았다.

*

부아쟁 경위가 루셀 서장에게 보고한 대로 사고는 다음과 같이 일어났다. 부아쟁은 50미터 뒤에서 마냐니 신부를 미행했다. 하지만 고도프스키 교수 연구실 앞에서 신부를 놓쳤다. 어느 방향으로 갈지 망설이다가 왼쪽으로 돌아서 조심스럽게 구내식당 쪽으로 올라갔다. 아무도 보이지 않자 그는 가던 길을 돌아와서 금속 탱크 쪽으로 갔다. 지독한 악취를 풍기는 탱크 안을 슬쩍 들여다보았다. 모터가 작동 중이었다. 소음이 들리는 공사장으로 갔다. 엔진이 전속력으로 회전하고 있는 불도저 옆에서 마냐니 신부가 손에 곤봉을 쥔 채 몸을 숙이고 있었다. 경찰을 보자 신부는 곤봉을 호주머니 속에 넣고 다가오라는 손짓을 했다. 황급히 달려간 경위는 구덩이 속에 쓰러져 있는 피터 오스몬드를 발견했다. 몸의 일부는 묻혀 있었지만 아직 살아 있었다. 마냐니 신부와 경위는 피터를 부축했다.

미국인은 연구실 책상 위에서 메모를 발견하고 황급히 약속 장소로 달려갔다고 설명했다. 누군가가 그의 머리를 내리치고 동력삽을 이용해서 파묻으려고 했다. 마냐니 신부가 개입하지 않았다면 그는 틀림없이 질식해 죽었을 것이다.

마냐니 신부 역시 메모를 발견하고 직감적으로 불길한 예감이 들어 오스몬드를 찾으러 부리나케 달려갔다. 다행히 제때에 도착했다. 불도저 기사는 신부가 달려오는 것을 보고 도망쳤다. 너무도 순식간에 일어난 일이라 신부는 공격자의 인상착의를 설명할 수 없었다.

*

몇 분 뒤, 공사장 주위는 경찰로 붐볐다. 경찰은 어떤 단서도 발견할 수 없었다. 부아쟁 경위의 개입은 서장의 신뢰를 얻기는커녕 실망감만 안겨주었다. 경찰은 철저한 경계근무에도 불구하고 항상 살인자보다 한 박자 늦었다. 감시조치는 아무 소용이 없었다.

위기대처반이 테오도르 모노실에 모였다. 머리에 엄청 커다란 혹이 생긴 피터 오스몬드는 정신을 되찾으려고 애썼다. 의자에 앉은 마냐니 신부 역시 흥분을 가라앉히고 있었다. 한편 루셀 서장은 두 학자가 발견한 메모를 검토했다.

"**지질학관 뒤쪽 공사장. 위급.**"

서장이 투덜댔다.

"오스몬드 교수님, 그러니까 당신은 이것을 보고 마냐니 신부가 당신에게 만날 약속을 했다고 생각했습니까?"

"그렇습니다."

"왜 연구실이 아니라 그곳이죠?"

신부가 끼어들었다.

"우리는 염탐을 당할까봐 두려워하고 있어요. 어딘가에 도청장치를 숨겨놓았을지 누가 알겠어요?"

루셀 서장은 고개를 갸우뚱거리면서 재차 투덜댔다.

부아쟁은 무의식적으로 수염을 만지작거리면서 아주 초연한 모습으로 물었다.

"신부님, 말씀해주세요. 대체 어떤 기적 덕분에 웅덩이에서 흙더미로 덮인 오스몬드 교수를 발견했습니까? 신성한 직감입니까?"

"불도저 소리를 듣고 이상한 생각이 들었어요."

"그럼 공격자는 보지 못했습니까?"

"유감스럽게도 못 봤어요. 모든 일이 너무 긴박했어요……. 그때 나는 충격에서 헤어나지 못했어요."

예술 애호가처럼 보이는 부아쟁 경위는 완벽한 신문 기교를 겸한 세심한 감각을 잃지 않았다.

"신부님이 충격에서 헤어나지 못하셨다고요? 호주머니 속에 곤봉을 감추고 있는 분이 그렇게 말씀하시다니!"

마냐니 신부는 미소를 짓더니 아무 거리낌 없이 곤봉을 꺼냈다.

"사실 현재와 같은 상황에서는 스스로를 방어해야 한다고 생각해요."

루셀과 부아쟁은 꾀바른 시선을 교환했다. 경위는 내친 김에 질문을 이었다.

"이 곤봉이 순수하게 방어용이라고 누가 입증할 수 있을까요?"

신부는 눈썹을 찌푸리며 물었다.

"무슨 뜻인가요?"

"글쎄요……. 이 무기로 오스몬드를 죽이지 않았다고 누가 증명할 수 있을까요? 그리고 범행을 끝내려는 순간 내가 개입해서 실패한 게 아닌가요?"

그러자 신부가 소리쳤다.

"터무니없어요! 내가 왜 오스몬드를 공격하죠? 나는 그를 해칠 이유가 전혀 없어요!"

부아쟁은 메모지를 보여주면서 말했다.

"신부님 그에게 만날 약속을 했잖아요? 아무튼 신부님은 상당히 수상해요."

"전혀 아니에요! 나는 누가 그 메모를 남겼는지 몰라요! 게다가 당신은 내가 하느님의 종이라는 사실을 잊었나요?"

"그래서요? 우연의 일치치고 너무 이상하다는 점은 인정하시죠."

그때 서장의 강압적인 목소리가 들려왔다.

"부아쟁, 진정해. 그건 단순한 추측일 뿐이야."

"맞습니다. 저는 사실을 지적할 뿐입니다."

서장이 말을 이었다.

"마냐니 신부님, 말씀해주세요. 오스몬드 교수님을 찾으러 가기 전에 뭐 하셨지요?"

"나는 드베르 양과 함께 있었어요. 그녀는 내게 몇 가지 자료를 꼭 보여주고 싶다고 했어요. 그것은 과학적으로 대단히 흥미로운 자료이기 때문에 나는 금고 안에 잘 보관하라고 충고했어요. 당신 부하에게 이미 말한 것처럼 나는 이 메모를 보고 누군가가 오스몬드 교수를 함정으로 유인했다고 추측했어요. 그래서 즉각 오스몬드 교수를 찾으러 떠났고 천만다행으로 제때에 도착했던 거예요."

서장은 잠시 침묵을 지켰다가 근엄하게 말을 이었다.

"그럼 그 자료는 어디에 있습니까?"

실제로 테오도르 모노실은 비어 있었고 금고 문은 열려 있었다. 금고 안에는 자료가 없었다.

모두 신부의 창백한 얼굴를 노려보았다.

*

같은 시각, 한 실루엣이 박물관에서 가장 의심할 수 없는 후미진 곳에서 박제한 동물들을 들어 올리고 거대한 유화를 옮기며 뒤죽박죽으로 감은 지도를 펼치고 버들가지로 엮은 광주리를 여는 등 분주히 움직이고 있었다. 해가 지자 이 그림자는 어둠과 분간되지 않았다. 틀림없이 어둠은 그의 영혼의 밑바닥까지 침투했을 것이다. 하지만 인간이 어느 정도까지 구렁텅이에 빠질 수 있는지 헤아릴 수 있을까?

37장. 십자가형을 당한 노르베르 뷔송

루셀 서장은 스무 번째 똑같은 질문을 했다.

"공사장으로 가는 신부님을 본 사람 없습니까? 증인이 한 사람도 없습니까?"

마냐니 신부는 모베르 경찰서의 의자에 웅크리고 있었다. 벽에는 선정적인 사진이 실린 달력과 함께 공공포스터와 우편엽서들이 붙어 있었다. 신부는 스무 번째로 "아니요"라고 대답했다.

"오스몬드 교수님을 공격한 자의 흔적을 전혀 찾아낼 수 없다는 사실을 어떻게 설명하시겠습니까?"

"설명할 수 없어요."

"그럼 드베르 양은요? 그녀는 어떻게 되었습니까?"

"다시 말하지만 몰라요. 나는 그녀의 실종에 아무 책임도 없어요."

"너무하십니다. 신부님은 수상쩍은 부분이 많습니다."

마르첼로 마냐니는 고개를 들었다. 강한 충격을 받은 게 분명했다.

"더 이상 무엇을 원하세요? 저는 진실만을 말했습니다. 만일 믿지 못하겠다면 감옥에 처넣으세요. 이제 더 이상 진술할 게 없어요."

루셀 서장은 사무용 램프의 불빛을 신부 쪽으로 돌리고—용의자를 불안하게 하는 낡은 방법—뭔가 메모하는 척하며 한숨을 내쉬었다.

"호주머니 속에 곤봉을 가지고 다니는 이유를 설명해주시겠습니까? 로마에서는 모든 성직자들이 무기를 휴대하고 다닙니까?"

마냐니 신부는 대답하지 않았다. 집무실에서는 벽시계가 똑딱거리는 소리밖에 들리지 않았다.

*

같은 시각, 먼지투성이의 하얀 가운을 입은 레오폴딘은 미친 사람처럼 분주히 움직였다. 그녀는 눈을 부릅뜨고 기계적인 동작으로 희귀본서고의 모든 상자와 책꽂이를 열어젖히면서 작업에 집중하려 했지만 불안감을 떨칠 수 없었다.

레오폴딘은 무엇이 자신을 사로잡았는지, 아침부터 자신이 어떤 공포에 사로잡혔는지 다시 자문했다. 마냐니 신부가 테오도르 모노실의 책상 위에서 메모를 발견했을 때 얼굴이 파랗게 질리더니 황급히 계단으로 달려갔다. 대체 박물관에서 무슨 일이 벌어지고 있는 걸까? 사람들의 행동은 정말로 기이했다. 레오폴딘은 더 이상 누구도, 신부조차 믿을 수 없었다. 공포에 사로잡힌 그녀는 누구도 찾아낼 수 없다고 생각되는 곳에 수첩을 감췄다. 그녀는 혼자 해결할 것이다. 먼저 65년 전 베이징에서 보낸 그 저주받은 트렁크를 찾아내야 했다. 그리고 박물관의 옛 설계도를 입수해야 했다. 그리고……. 그녀는 그 다음은 생각하고 싶지 않았다. 그녀는 한 가지 임무에 집중하고 싶었다. 그렇게 해야 광기 속에 침몰하지 않을 것이다.

레오폴딘은 갑자기 어떤 소리가 들리는 것 같아 소스라치게 놀랐다. 몇 초 동안 조용히 귀를 기울였다. 아무 일도 일어나지 않자 다시 열렬히 일에 몰두했다.

유명한 학자들의 흉상이 나란히 정리되어 있는 선반 앞에서 느닷없이 낡은 지도 밑에 숨겨져 있던 상자가 발부리에 채였다. 젊은 여인의 두 눈이 휘둥그레졌다. 누군가가 흉상 가운데 한 얼굴을 조각용 끌로 훼손해서 알아볼 수 없었다.

레오폴딘은 동판을 읽었다.

"찰스 다윈, 1809~1882"

*

피터 오스몬드는 호텔 방에서 샤워를 하고 있었다. 몸을 타고 물이 흘러내렸다. 머리를 뒤로 젖히고 살아 있다는 믿기지 않는 감동을 음미했다. 여전히 두개골에서 통증을 느꼈지만 그건 별로 중요하지 않았다. 아프다는 것은 살아 있다는 증거가 아닌가. 살아 있다…….

오스몬드는 며칠 전부터 발생한 모든 일들을 다시 곰곰이 생각했다. 구덩이 속에 거의 매몰된 자신을 떠올렸다. 황금 십자가가 눈앞에서 흔들거렸다……. 신부의 손이 다가왔다……. 이번 일은 꿈에도 상상하지 못한 어처구니없는 사건이었다…….

하지만 한 가지 논리가 있었다. 그는 이 논리를 파헤치기 시작했다…….

*

"그러니까 증인이 한 사람도 없단 말입니까?"

지금 이렇게 신문한 것은 부아쟁 경위였다. 루셀 서장은 담배 연기의 소용돌이를 바라보았다. 때때로 이 방식은 특히 비흡연자들에게 효과가 있었다. 담배 연기는 용의자들을 불안하게 했다. 담배 연기를 견디지 못한 용의자들은 평화를 얻기 위해 술술 털어놓았다.

루셀 서장은 목표에 접근하고 있음을 어렴풋이 느꼈다. 신문은 저녁 내내, 어쩌면 밤늦게까지 계속될 것이다. 그는 걱정하지 않았다. 완고한 서장은 전에 12시간의 신문 끝에 자백을 받아낸 적이 있었다.

부아쟁 경위가 재촉했다.

"신부님은 제 질문에 대답하지 않았습니다."

마냐니 신부는 침묵을 지켰다. 신부는 두 손을 잡아 무릎 위에 놓고 시선을 떨어뜨린 채 한참 동안 움직이지 않았다. 틀림없이 기도하고 있을 것이다. 하지만 서장은 이렇게 생각했다. '신의 법정에 소환되기 전에 인간의 법정에 대답해야 할 거야.'

옆 사무실에서 전화벨이 울렸다.

루셀이 다시 말을 이었다.

"신부님은 레오폴딘 드베르를 어떻게 했습니까?"

사람들이 복도에서 뛰어다녔다. 사무실 문이 쾅 하고 열렸다. 코메르송 경위가 살짝 얼굴을 들이밀고 말했다.

"신문을 멈추세요! 박물관에 새로운 범죄가 일어났습니다!"

*

모든 불을 켜고 요란한 사이렌 소리와 함께 박물관에 진입한 경찰차들은 차가운 조명을 받고 있는 대생명진화관의 가장자리를 따라 마련된 자갈 광장에서 삐걱거리면서 멈추었다. 메뚜기떼처럼 몰려온 기자들은 안전라인을 존중하면서 취재에 열을 올렸다. 경찰들과 민간인들은 형언할 수 없는 흥분에 사로잡혀 있었다.

루셀 서장은 열정적인 몸짓을 섞어가며 큰 소리로 지시했다.

"우리는 박물관의 집행부와 부서의 모든 책임자들을 소환했습니다! 박물관은 폐쇄되었습니다! 저는 경찰청장님과 통화했습니다! 이 사건이 종결될 때까지 박물관을 봉쇄하겠습니다!"

당황한 개미떼처럼 우글거리는 이 무리들 한복판에서 까만 옷을 입은 땅딸막한 한 사람만이 유일하게 이 사건에 무관심한 듯 명상 속에 잠겨 있었다. 신부는 체념이 섞인 눈빛으로 공권력의 전개를 지켜보았다. 그때 제복을 입은 젊은 경찰이 나타났다.

"신부님을 모셔 오라고 합니다. 저를 따라오십시오."

신부는 희미한 미소로 대답하고 경찰을 따라갔다. 그들은 광장 출입구로 향했다. 그곳은 화물용 승강기로 가는 길이었다. 경찰은 내려가는 단추를 눌렀다. 그들은 박물관에서 가장 은밀하고 가장 잘 보호된 지하로 내려갔다. 그곳은 세상에 알려진 모든 동물을 수집해놓은 3층짜리 동물표본관이었다. 소장품 가운데 극히 일부분만이 대생명진화관에 전시되어 있었다. 나머지 곤충, 어류, 조류, 포유류 등의 수백만 표본은 사람들의 시선으로부터 안전한 이곳, 갱도로 연결되고 원자력 발전소처럼 철저한 안전시스템으로 보호된 이 진짜 벙커 안에 조심스럽게 보관되어 있었다. 단지 20여 명의 직원만이 경비원들이 24시간 감시하는 이 특별보존구역에 접근할 수 있었다. 원칙적으로 주말에는 이곳에 접근할 수 없었다. 하지만 살인범은 이 지시사항을 무시하고 제집처럼 쉽게 들락거렸다.

화물용 승강기는 지하 3층에서 멈추었다. 마냐니 신부는 그때서야 자신을 데려온 젊은 경찰의 창백한 얼굴을 보았다.

"무슨 일이 있습니까?"

"신부님, 미리 말씀드리는데 상상을 초월하는 일이 일어났습니다. 이런 짓은 결코 본 적이 없습니다. 정말 가증스러운 짓입니다."

두 사람은 얼룩 한 점 없이 온통 하얀 복도 끝에 도달했다. 마냐니 신부는 찬 기운에 살짝 몸을 떨었다. 박제된 동물을 벌레로부터 보호하기 위해 온도가 15도를 넘지 않았던 것이다. 그들은 일련의 전자식 개폐문을 넘은 후 마침내 널찍한 멸균실에 도착했다. 이동식 선반에 놓여 있는 박제된 새들이 차갑고 무표정한 시선으로 두 사람을 노려보았다. 깃털의 빛깔을 보호하기 위해 설치된 자외선 차단 램프가 어슴푸레한 빛을 발산했다.

사복경찰과 과학수사대 소속 경찰들이 수백 마리의 알록달록한 앵무새 앞에 몰려 있었다. 마냐니 신부는 벌거벗은 한 남자의 시신을 발견하고 소스라치게 놀랐다. 십자가형을 모방했는지 두 팔은 선반에 묶여 있었고 얼굴은 옆으로 기울어져 있었다. 금속 막대기가 박혀 있는 가슴에서 한 줄기 피가 흘러내려 두 다리를 따라 방울방울 떨어졌다. 바닥의 빨간 웅덩이가 조금씩 넓어졌다. 기괴하고 동시에 병적인 범행이었다. 시신은 머리에서 배꼽까지는 파란 페인트로, 허리에서 발끝까지는 노란 페인트로 칠해져 있었다.

얼굴이 몹시 창백해진 코메르송 경위가 마냐니 신부에게 얼굴을 돌리고서 더듬더듬 말했다.

"희생자는 노르베르 뷔송입니다. 박물관에서 박사학위 논문을 준비하고 있었습니다. 관리인은 복도에서 불빛을 보고 놀라서 비상벨을 울렸습니다. 제 생각에 사망 시각은 한 시간도 채 안 되었습니다."

법의학자가 확인해주었다.

"범인은 쇠막대로 노르베르를 즉사시키지 않았습니다. 노르베르는 피를 많이 흘렸습니다. 과다출혈로 사망한 겁니다."

신부는 공포로 인해 화석처럼 굳어졌다. 감히 누가 이처럼 창조주에게 도전했단 말인가. 대체 어떤 악랄한 미치광이가 자신의 절대 권력과 인간의 생명에 대한 경멸을 선언할 목적으로 감히 그리스도의 희생을 이렇게 풍자적으로 모방했단 말인가!

만일…….

만일 신부의 신앙이 결국 환상에 지나지 않는다면? 노르베르에게 이런 고통을 가한 범인이 인간으로 밝혀진다면? 그 인간은 신의 심판을 조금도 두려워하지 않는 것이다. 신의 심판 따위는 전혀 아랑곳하지 않는 것이다…….

마냐니 신부는 불쌍한 희생자의 시신을 축복하기 위해 떨리는 손을 간신히 들어 올렸다. 그리고 말 한 마디 없이 머리를 숙이고 물러났다.

*

로익 에르완은 이 새로운 살인사건 소식을 듣자마자 호텔에 머물고 있던 피터 오스몬드에게 알렸다. 미국인은 즉각 현장으로 달려갔다. 보초를 서고 있던 경찰들이 범죄 현장에 접근하는 것을 막았다. 루셀 서장이 자동차 지붕에 기댄 채 경찰청장과 전화 통화를 시도하고 있었다.

오스몬드가 외쳤다.

"서장님! 무슨 일이 일어났는지 제가 봐야 합니다! 중요한 일이에요!"

서장은 다가오면서 투덜거렸다.

"오스몬드 교수님, 잘 들으세요. 교수님을 안내할 여유가 없습니다. 이런 난장판은 이제 지긋지긋합니다."

"저는 그의 논리를 알아냈어요! 범인의 논리 말이에요!"

"범인이 누군지 말해줄 수 있습니까?"

"아직은 아닙니다. 하지만……."

"그럼 관심 없습니다."

오스몬드는 서장의 어깨에 손을 얹고 말했다.

"서장님, 제 말을 믿어야 합니다. 이 살인은 모종의 법칙을 따르고 있어요! 상식을 벗어나긴 했지만 법칙은 법칙이죠. 비밀은 외과수술 방식에 있어요. 믿을 만한 단서를 갖고 있어요."

루셀 서장은 불신의 눈길로 오스몬드의 얼굴을 빤히 쳐다보았다. 그는 남의 말을 듣고 실천에 옮기는 데 익숙하지 않았다. 이 사건은 그가 맡은 수사였고, 그가 직접 해결해야 할 문제였다. 어떻게 이 텁수룩하고 훤칠한 교수가—비록 과학자이긴 하지만—미친놈들이 일으킨 사건의 자초지종을 풀 수 있겠는가?

루셀 서장은 단호하게 잘라 말했다.

"만일 교수님이 필요하면 연락드리겠습니다."

그러자 오스몬드가 외쳤다.

"최소한 제 추론이라도 들어주세요! 마냐니 신부는 결백합니다!"

서장은 자신의 자동차로 가면서 신랄하게 대답했다.

"그 문제는 이미 끝났습니다. 그런 소식을 알려주려면 차라리 미국행 비행기를 타고 돌아가세요. 여보세요? 경찰청장님? 안녕하십니까……."

서장은 긴 전화 통화에 빠졌다.

화가 난 오스몬드는 등을 돌렸다. 사람들 속에서 누군가를 찾고 있던 땅딸막한 남자가 그에게 달려왔다.

알렉스가 물었다.

"레오를 보지 못했습니까?"

"레오폴딘? 그녀가 아직 박물관에 있습니까?"

"네. 레오는 일을 끝냈을 겁니다. 일을 마치면 곧장 나를 부른다고 했어요. 오후부터 소식이 없어요."

미국인은 터져 나오는 욕설을 간신히 참았다.

"제길……. 레오폴딘을 꼭 찾아야 합니다. 위험에 빠져 있을지도 몰라요."

*

피터 오스몬드는 레오폴딘을 찾는 데 오래 걸리지 않았다. 그녀는 어두운 정원에서 수백 년 된 거대한 삼나무 아래에 혼자 웅크리고 앉아 화석처럼 굳은 채 추위에 맞서고 있었다. 고생물학자는 그녀에게 달려가 어깨를 감싸주었다. 그는 무슨 일이 일어날까봐 몹시 두려웠다……. 그녀는 겉보기에는 야무지게 보였지만 실은 몹시 연약하고 상처받기 쉬운 여인이었다…….

젊은 여인은 조금씩 현실감을 되찾았다. 그녀는 조용히 오스몬드의 얼굴을 쳐다보더니 그에게 몸을 바짝 붙였다.

오스몬드가 속삭였다.

“레오폴딘, 이곳에 있으면 안 돼. 신중하지 못한 처사야.”

그녀는 체념의 한숨을 깊게 내쉬었다.

“노르베르……. 가증스러운 짓이야……. 이 모든 사망자들……. 다음 차례는 누굴까?”

“힘내. 경찰은 반드시 놈을 체포하고 말 거야. 나를 믿어. 이곳에 있지 마. 자, 가자고.”

오스몬드는 강제로 그녀를 일으켜 세웠다. 바로 그때 그녀 옆에 있는 벤치 위에서 하얀 종이 두루마리가 눈에 띄었다.

레오폴딘이 설명했다.

“박물관 설계도야. 내가 찾아낼 수 있는 가장 오래된 설계도야. 1889년도에 작성된 거야.”

피터 오스몬드는 그녀의 두 팔을 잡고 경탄의 눈길로 응시하며 말했다.

“레오폴딘, 당신은…… 뭐라고 하지? 아, 당신은 사람을 깜짝깜짝 놀라게 해.”

두 사람은 알렉스가 기다리고 있는 광장을 향해 천천히 발길을 옮겼다. 가는 도중 그녀는 올리비에그룹을 방문한 사실을 알려주었다.

“그들은 토비 파커가 누구인지 모르는 척했어. 하지만 그들은 분명 파커의 활동을 눈감아주고 있어.”

“나도 그렇게 생각해. 장담하건대 파커는 자신의 사상을 전파하기 위해 과학클럽을 좌담회처럼 이용하고 싶어해.”

“올리비에그룹이 그의 방패막이가 되어줄까?”

“맞아. 그는 그룹 이름을 들먹이며 사람들을 현혹했어.”

피터는 레오폴딘의 두 손을 잡고 부드럽게 말했다.

“지금 집으로 돌아가서 쉬어. 내일도 당신이 필요할 거야. (그는 사육사에게 돌아서서 말했다.) 알렉스, 당신은 오늘 저녁에 레오폴딘의 곁을 떠나지 말아요. 알았죠?”

알렉스는 고개를 끄덕였다. 훌륭한 보디가드로서 그는 사방에서 몰려드는 사진사들을 밀치고 검정색 베를린이 주차되어 있는 뷔퐁 가의 출구로 레오폴딘을 데려갔다.

*

루셀 서장이 외쳤다.

"박물관을 폐쇄해야 합니다! 그렇지 않으면 결코 이 미치광이를 체포할 수 없을 거예요!"

서장은 요한 키르허의 사무실에서 서성거렸다. 긴급 소환된 각 부서의 책임자들은 심각하게 서장의 말을 듣고 있었다.

"나는 또 다른 살인사건의 위험을 무릅쓰고 싶지 않습니다. 분명 연쇄살인입니다."

요한 키르허는 진정하라는 손짓을 하며 말했다.

"서장님의 말씀은 이해합니다. 그렇지만 보석 전시회 개막식이 내일 저녁에 거행된다는 사실을 알리는 게 제 임무입니다. 정원과 온실에서 대규모의 리셉션이 예정되어 있습니다. 우리는 절대로 취소할 수 없습니다."

박물관의 홍보 담당자 베르트랑 르 겐넥이 덧붙였다.

"미국 대사, 사우디 왕족, 소장품을 빌려준 국가의 대표들이 기다리고 있습니다."

화가 난 루셀 서장은 키르허에게 돌아섰다.

"내가 당신네 초라한 파티에 관심을 가질 거라고 생각합니까? 나는 우선권을 행사하겠습니다. 먼저 단서를 찾아야 합니다. 이 연쇄살인범은 홀연히 사라진 게 아닙니다. 이해하겠소? 따라서 박물관을 폐쇄해야 합니다."

지구과학과 학과장 마르샹이 말했다.

"저는 서장님 의견에 동의합니다. 현재 상황에서 수사가 먼저입니다."

그러자 식물학과 학과장 일리에프가 외쳤다.

"그건 연약함의 고백과 다를 게 없습니다! 어떤 희생을 치르더라도 우리의 활동을 지속한다는 의지를 보여줘야 합니다! 우리는 이 미치광이에게 절대로 포기하지 않는다는 사실을 깨닫게 해야 합니다!"

그러자 동물원 원장 마르케가 끼어들었다.

"저는 마르샹과 같은 의견입니다. 이 사건이 해결되지 않는 한 우리는 차분하게 일할 수 없습니다."

일리에프가 외쳤다.

"그건 비겁한 짓입니다!"

마르케가 분개했다.

"그렇다면 당신은 무책임한 사람이오! 당신은 살인범을 옹호하는 것 같구려!"

일리에프가 울부짖었다.

"내가 이 연쇄살인의 장본인이라고 주장할 셈이오?"

일리에프에 대한 반감으로 유명한 마르샹이 끼어들었다.

"왜 아니겠소? 어떤 가정도 배제할 수 없소!"

떠나려고 일어난 일리에프가 신경질적으로 말했다.

"당신은 최근에 연구비가 삭감되어 사태를 직시할 수밖에 없다는 사실을 알고 있소. 그렇다고 그게 함부로 얘기할 만한 이유는 못 되지!"

요한 키르허는 자신의 천부적인 권위를 믿고 있었기에 여러 발언자들을 진정시키려 했다. 그래서 손짓으로 일리에프에게 제자리로 돌아가라고 부탁했다.

"여러분, 진정합시다. 여러분의 분노와 걱정을 이해합니다. 하지만 우리는 이 전시회가 박물관의 명성에 아주 중요하다는 사실을 잊어서는 안 됩니다. 극히 희귀한 보석들이 일반인들에게 공개될 겁니다. 전시회 취소는 국가 이미지에도 치명적입니다. 신문들은 최근의 사건에 대해 민심을 흉흉케 하는 정보를 계속 게재할 겁니다. 외국 언론은 특파원까지 파견했습니다. 만일 우리가 전시회를 포기한다면 사람들은 뭐라고 할까요? 우리에게는 보석을 소유주에게 돌려주고 우리 기관의 명성에 먹칠하는 일밖에 남지 않을 겁니다."

델마의 사망 이후 임시로 박물관 운영을 맡고 있는 대생명진화관의 책임자인 장 카이요가 거들었다.

"더구나 재정적 측면에서 손실이 막대할 겁니다. 이번 전시회는 우리 박물관을 홍보하기 위한 절호의 기회입니다."

마르샹이 노발대발했다.

"최근에 일어난 일련의 사건 탓에 아무도 박물관을 방문하지 않을 겁니다. 분명해요!"

카이요가 대답했다.

"우리는 위험을 감수해야 합니다. 장담하건대 오늘 저녁의 사건 이후 살인범은 더 이상 나타나지 않을 겁니다."

루셀 서장이 끼어들었다.

"나도 당신처럼 낙관하고 싶습니다. 하지만 어떻게 그런 결론을 끌어냈는지 정말로 모르겠습니다. 내가 손님마다 내 부하를 한 명씩 붙인다면 몰라도……."

키르허는 기다렸다는 듯이 말했다.

"제가 제안하고 싶은 것이 바로 그겁니다. 내일 방문객들은 박물관 관내에 들어오지 못할 겁니다. 서장님은 필요하다고 판단하는 모든 수사에 직원들을 동원할 수 있습니다. 귀빈들에게는 18시 30분부터 21시 사이에 정원 안에서만 돌아다닐 수 있도록 허용합시다. 서장님이 원하신다면 우리는 월요일부터 전시회가 열리는 광물학관 회랑의 1층을 제외하고 박물관을 폐쇄하겠습니다. 일반인의 접근은 아주 엄하게 통제할 겁니다. 경비원들은 방문객의 몸을 수색하고 소지품을 검사할 겁니다. 이렇게 하면 서로 이득을 볼 거라고 생각합니다."

소장품 관리인의 협상 능력은 다시 한 번 빛을 발했다. 루셀 서장은 생각에 잠겼다. 이 제안은 타협 가능성이 높아 보였다.

참석자들은 호의적으로 고개를 끄덕이고 서장의 결정을 기다렸다. 서장은 팔짱을 낀 채 마지막으로 이해득실을 따져보더니 어깨를 으쓱하며 말했다.

"경찰청장님께 당신 제안을 보고하고 허락을 받아보겠소. 만일 리셉션 중에 무슨 일이 일어난다면 나는 이 일에서 손을 떼겠소."

전쟁회의처럼 극적인 결정에 참석자들은 다소 긴장을 풀었다. 하지만 각자는 말없이 적대적인 눈초리로 옆 사람을 쳐다보았다.

*

살인범은 주중 내내 살인을 저질렀다. 과연 살인범은 일요일의 휴전을 존중할 것인가.

38장. 엘리, 라마 사박타니

피터 오스몬드와 마냐니 신부는 몽트벨로 강변도로를 따라 조용히 걸었다. 관광객들은 센 강을 거슬러 올라가면서 강력한 탐조등으로 전면을 비추는 유람선을 구경하느라 머뭇거렸다. 유령 같은 나무 그림자가 건물 벽에서 어른거렸다.

마냐니 신부가 나지막하게 말했다.

"저는 그 장면을 묘사하고 싶지 않아요. 그것은 인간적으로 도무지 상상할 수 없는 끔찍한 악행이었어요. 말하자면 악마적인 살인이었어요."

오스몬드는 신부의 고뇌를 존중했다. 신부는 분명 마음을 털어놓을 필요가 있었다.

"제가 주님께서 정해주신 길로 들어섰을 때 그 소명은 일종의 해방이었어요. 운명이 저를 위해 마련해놓았던 모든 가능성이 단번에 실현되는 것 같았어요. 모든 길이 내 앞에 열려 있었죠. 하지만 지금 저는……."

신부는 말을 멈추고 깊게 숨을 들이마셨다.

"이 길이 저를 어디로 이끌 것인지 자문하고 있어요."

두 사람은 두블 교를 통해 시테 섬 쪽으로 접어들었다. 그들 앞에는 빛에 잠긴 장엄한 노트르담 대성당의 뾰족탑들이 맑은 밤 속에서 두 개의 빛기둥처럼 우뚝 솟아 있었다.

"오늘은 그리스도께서 십자가에 매달려 '엘리, 라마 사박타니' 라고 외쳤을 때 무엇을 느끼셨을지 알 것 같아요. 제가 주님께 말하고 싶은 것은 정확히 이렇습니다. '아버지, 왜 당신은 저를 버리셨나이까?' "

성당 앞에서 젊은 휴가객 부부가 신부의 영혼을 괴롭히는 비극에는 아랑곳하지 않고 사진을 찍고 있었다. 신부는 세상에서 가장 거룩한 대성당 정면의 돌을 어루만졌다. 마치 다시 자신의 신앙과 교류하는 것을 모색하는 듯했다. 그는 몇 걸음 뒤로 물러나더니 원화창(圓華窓)을 올려다보았다.

"피터, 종교적 소명의 길로 나를 부추겼던 게 무엇인지 아세요?"

마르첼로 마냐니는 동료를 바라보았다.

"제 아버지는 신부입니다."

"뭐라고요?"

"어머니는 교구 신부와 사랑에 빠졌죠. 두 사람은 열정적으로 사랑했어요. 물론 공공연하게 모습을 드러낼 수는 없었죠. 이탈리아에서 미혼 여성과 사귀는 신부가 있다고 상상해보세요……. 하지만 그녀가 임신한 것으로 밝혀지자 소문이 퍼지기 시작했어요. 주교님이 아버지를 소환해서 양자택일을 강요하셨죠. 사제직을 포기하고 어머니와 결혼하든지, 변방에 있는 교구로 떠나든지. 신부님이 어머니를 진지하게 사랑했다고 확신해요. 하지만 그는 사제직을 포기할 수 없었어요……. 신부님이 가끔 우리 집을 방문할 때 그분을 봤어요. 어머니는 신부를 가족의 친구로 소개하셨죠. 어머니는 저에게 임신하셨을 때 아버지가 돌아가셨다고 얘기했어요. 제가 열다섯 살 때 어느 날 어머니는 사실대로 털어놓았어요. 이상하게도 저는 더욱 자랑스럽게 느껴졌어요. 어머니에 대해서, 그리고 아버지에 대해서도. 종교적 소명감이 조금씩 마음속으로 파고들었어요. 저에게 생명을 주었던 분을 본받는 게 제 임무처럼 보였죠. 저는 과학에 매우 뛰어난 우등생이었어요. 그래서 신학교에 들어가 물리학을 공부했죠. 아버지와는 반대로 저는 선택할 필요는 없었어요. 나는 영적 추구와 과학 연구를 성공적으로 병행했어요. 하지만 오늘 그 가엾은 소년시절을 떠올려보았더니 그때 어떤 메시지가 제게 전달되었던 것 같아요. 이번에는 제가 선택할 차례인 것 같아요. 마치 하느님께서 이렇게 말씀하시는 것 같아요. '언제까지 네 자신을 믿을 것이냐?' 저는 어떻게 대답해야 할지 정말로 자신이 없어요."

오스몬드는 마냐니 신부의 고백에 감동을 받기도 하고 몹시 당황하기도 했다. 사람들—가장 확신에 넘치는 사람조차—이 얼마나 마음의 상처와 의심을 경험했는지 새삼스럽게 확인했다.

두 사람은 다시 출발해서 채광창에서 빛이 들어오는 중앙 홀을 따라 걸었다.

"지금까지는 두 소명을 잘 조화시켰어요. 과학 법칙을 깊이 연구하면 연구할수록 신의 창조의 절대적 완벽함에 대한 경탄은 더욱 커져만 갔어요. 우주는 어쩌면 그처럼 조화롭게 만들어졌을까요? 일정한 속도로 조금도 변함없이 서로의 주위를 돌고 있는 행성들을 보세요. 광대한 우주공간 속에서 아주 작은 점에 지나지 않는 이 지구에 어떻게 생명이 살 수 있었는지……. 어떻게 이런 기적에 경이로움을 느끼지 않을 수 있겠어요?"

마르첼로 마냐니는 하느님의 집에서 영원히 추방된, 눈살을 찌푸리는 괴물인 석루조(빗물이 흘러내리도록 구멍을 뚫어 지붕 처마에 설치한 돌—옮긴이)를 보고 고개를 설레설레 흔들었다.

"그런데 아버지께서 우리를 구하기 위해 아들을 보내셨다면 왜 인간의 마음속에 악을 남겨두었을까요? 우리에게 그럴 자격이 있었을까요?"

오스몬드는 어떻게 대답해야 좋을지 몰랐다. 신부가 목격한 장면은 저렇게 절망으로 몰아넣을 정도로 끔찍했을 것이다. 냉혹한 연쇄살인을 밝힐 수 있는 이 시점에 포기하는 것은 어불성설이었다. 미국인은 자신의 대답이 동료에게 줄 수 있는 충격을 의식하고는 어떻게 말을 해야 할지 한참 생각했다.

"신부님은 종교 영역에 대한 제 입장을 잘 알고 있어요……. 하지만 한 과학자로서 추론하게 해주세요. 다윈이 설득력 있게 설명했던 것처럼 자연이 수많은 시도와 실수를 통해 발전했다는 사실은 신부님도 알고 있겠죠? 하지만 자연은 또한 엉뚱한 것도 만들어냈어요. 이런 돌연변이는 다윈의 환상적인 이론의 가치를 깎아내릴까요? 아닙니다. '예외가 규칙을 공고히 한다' 는 프랑스 속담처럼 말입니다. 우리는 돌연변이 인간과 대결하고 있어요. 그뿐이죠. 하느님 탓으로 돌려서는 안 됩니다."

"피터, 그건 당신 말인가요?"

"아닙니다. 오스몬드 교수의 말입니다. 저는 신부님께 경험론의 원리를 상기시키는 것으로 그치겠어요. 만일 이 원리가 과학에서 유효하다면 종교 영역에서도 그렇지 않을 이유가 없겠죠?"

이탈리아인은 미소를 지었다. 그는 고개를 끄덕이고 노트르담 대성당의 불꽃 양식을 한참 동안 응시했다.

*

두 사람은 센 강 강변도로를 통해 박물관으로 돌아왔다. 오스몬드는 과학클럽에서 목격한 것을 마냐니 신부에게 설명했다.

"저는 이제 신부님이 옳다고 확신해요. 루아예는 마티올레처럼 그들과 한 패예요. 기자회견 때 그들 가운데 한 사람을 알아보았기에 더욱더 확신해요. 신부님, 캐럴 프리먼을 아세요?"

"텍사스 종교연구센터 소장 말인가요? 그녀가 왔었나요?"

"맞아요. 그녀는 저를 보자마자…… 뭐라고 하죠?"

오스몬드는 자기의 손으로 상황을 묘사했다. 마냐니 신부가 즉각 해석했다.

"몸을 숨겼다는 말인가요?"

"바로 그거예요."

마냐니 신부는 정신을 집중하느라 이마에 주름이 생겼다.

"그건 염려되는 일이군요……. 그런데 토비 파커가 왜 파리에 왔을까요?"

"우리가 예감한 것처럼 보석 전시회는 그의 유일한 방문 목적이 아니에요. 그는 파리에서 누군가와 만날 거예요. '백인우월주의자들(white supremacists)' 이라는 단체를 아세요?"

"이름만 들어봤어요."

"캐럴 프리먼이 그들의 지도자라고 생각해요. 이 과격주의자들은 백인 개신교 아메리카에서 서구식 사회의 부흥을 독려하고 있어요. 그들은 학교에서 의무적인 종교교육과 법정에서 십계명의 언급을 요구하며 필요할 경우 무력을 동원해서라도 인종 차별의 복원을 열망하고 있어요."

"큐클럭스클랜(Ku Klux Klan : 미국의 천주교인, 유대인, 흑인 등을 배척하는 백인지상주의 비밀 결사—옮긴이) 같은 단체 말이죠?"

"하지만 KKK보다 훨씬 더 위험한 단체예요. 백인우월주의자들은 엘리트 중에서 회원을 모집해요. 의사, 엔지니어, 과학자……. 그들은 활동 영역을 대대적으로 넓히고 있어요. 그들은 레이건과 부시의 극우파가 권장하는 전통적 가치의 복원을 추구하고 있죠. 하지만 그들은 언제나 자금 부족을 겪었어요. 만일 토비 파커가 그들 편에 섰다면 이 문제는 해결되었을 거예요……. 파커는 그들에게 재정적 기반과 중대한 미디어 수단을 마련해주었을 거예요."

마냐니 신부가 물었다.

"하지만 왜 그들은 파리에서 만날까요? 박물관과 어떤 관계가 있죠?"

두 사람은 식물원의 철책을 따라 걸었다. 철책에는 어떤 뉴스도 놓치지 않는 파라볼 안테나와 10여 대의 텔레비전 이동 방송차가 줄지어 서 있었다. 보석 전시회 전야(前夜) 탓인지 사람들은 열에 들뜬 채 속삭이고 있었다. 두 사람은 호기심이 많은 관찰자들이 듣지 못하도록 조심스럽게 대화를 나누었다.

장엄한 극장처럼 박물관의 유서 깊은 건물들이 어둠 속에서 우뚝 솟아 있었다.

피터 오스몬드가 말을 이었다.

"왜 파리냐고요? 파리가 미국보다 덜 위험하기 때문이죠……. 또한 미국 문화가 '늙은 유럽' 보다 우월하다는 것을 표명하고 싶기 때문이죠."

마냐니 신부가 물었다.

"그들은 상징적인 목적을 위해 파리를 이용한단 말인가요?"

바로 그 순간 피터는 며칠 전 고생물학관 회랑에서 헤맸던 일을 떠올렸다. 그 끔찍한 광경, 표본병 속에서 떠다니는 그 돌연변이들…….

오스몬드가 외쳤다.

"진열장! 박물관은 일종의 진열장이에요! 지금 제가 한 말은 분명 옳아요!"

마냐니 신부가 미국인 학자의 갑작스런 열광에 의아해하자 오스몬드는 자신의 이론을 설명하기 시작했다.

그때부터 두 학자는 강렬한 손짓을 해가며 열정적인 대화에 몰입했다. 이따금 대화를 멈추고 심사숙고했다가 다시 대화에 열을 올렸고, 한 사람이 가설을 내세우면 다른 사람이 보완했다.

9월의 어느 날, 두 사람은 인간이 만든 범죄이론 중에서 가장 믿을 수 없는 이론을 세웠다.

일요일

"나는 나름대로 창조주께 나를 소개하고 대면할 준비를 했다.
하지만 주님은 이 만남을 준비해두셨을까?"

윈스턴 처칠

"마음이 깨끗한 사람들은 행복하다.
그들은 하느님을 볼 것이기 때문이다."

마태복음 5장 8절

39장. 근본주의

세 마리 비둘기가 빵 부스러기를 놓고 다투고 있었다. 회색 스웨터에 청바지를 입은 한 사람이 바티뇰 성당 앞 벤치에 앉아서 빵 조각을 던져주고 있었다. 9시 무렵, 검정 바지에 수부용 스웨터를 입은 한 남자가 성당에서 나오더니 경쾌한 발걸음으로 벤치에 앉아 있던 사람에게 다가갔다. 그는 지쳤지만 차분한 표정이었다.

"준비됐어요."

피터 오스몬드가 마지막 바게트 빵 조각을 던지자 비둘기들이 구구 하고 울면서 떼를 지어 몰려들었다. 그는 신부에게 돌아섰다. 사복을 입은 신부의 모습은 우스꽝스럽게 보였다. 옷이 다소 컸기에 더욱 이상해 보였다. 하지만 비교적 편해 보였다. 쉽게 말해서 사제복을 벗어버린 그는 멋진 남자의 표본이었다. 여성들이 좋아하는 엉큼한 라틴 남자의 유형. 하지만 이 이탈리아인은 그런 사소한 일에 아랑곳하지 않았다.

오스몬드가 일어났다. 두 사람은 르장드르 가로 접어들었다. 그들은 기진맥진한 상태였지만 견해 차이와 작전 조절에서 생긴 흥분이 그들에게 뜻밖의 원기를 북돋아주었다. 그들은 밤새도록 걸었다. 마르첼로 신부가 오전 임무에 어울리는 복장으로 갖추기 위해 잠시 미국인의 호텔에 들렀을 뿐이다. 실제로 그들이 가고 있는 곳에서는 하느님 병사의 제복은 환영받지 못했을 것이다. 신부는 잠시 묵상을 할 수 있게 바티뇰 성당을 들르자고 요청했다. 피터 오스몬드는 거절하기가 어려웠다. 일요일은 분명 진리의 날이고 신심이 깊은 신자들에게는 은총의 날이 아닌가. 작은 기적이라도 아쉽기 때문에 피터는 성공 가능성을 높이는 일이 무엇보다 필요했다.

두 사람은 가을 새벽의 시원한 바람을 쐬며 가벼운 발걸음으로 나갔다. 멀리서 가끔 자동차 소음만이 희미하게 들려왔다. 이 지역은 아직도 잠들어 있었다.

두 사람은 유령처럼 클레르부아교회의 하얀 벽을 따라 잠입하면서 인적이 없는 주위를 세심하게 살폈다.

마냐니 신부가 말했다.

"좋아요. 이곳입니다."

오스몬드는 경계를 늦추지 않고 물었다.

"정말로 혼자 가겠어요?"

"그래요. 그들은 저를 몰라요. 저를 믿으세요. 이게 더욱 안전해요. 게다가 신성한 지역에 대해서는 제가 당신보다 잘 알아요."

오스몬드는 명백한 사실에 미소를 지을 수밖에 없었다. 신부는 단호한 발걸음으로 사원 입구로 향했다. 오스몬드는 사원의 하얀 정면이 잘 보이는 곳을 찾아 하늘을 올려다보았다. 태양이 장난쳐서 그에게 골탕을 먹이지만 않는다면…….

*

레오폴딘은 거실 가운데에 박물관 설계도를 펼쳐놓고 굽어보았다. 그녀는 떨리는 손가락으로 지하 배수로의 선을 따라갔다. 직선과 곡선이 뒤얽힌 이 설계도는 유난히 환상적인 머리에서 나온 것 같았다. 습기로 인해 도면이 손상되었기 때문에 지하 배수로를 찾기가 더욱 힘들었다. 그녀는 더 오래된 다른 설계도를 참조해서 연필로 부족한 도면을 보완했다. 어찌나 집중했던지 시선이 흐려졌다. 그녀는 두 눈을 비볐다.

엇저녁, 레오폴딘은 알렉스의 세심한 안내를 받으며 아파트로 돌아왔다. 그녀는 접을 수 있는 2인용 소파를 편안한 침대로 만들어 알렉스에게 사용하라고 했다. 하지만 알렉스는 단호하게 거절했다. 밤새워 그녀의 잠자리를 살피겠노라고 했다. 그녀는 체면치레로 다시 재촉했다. 하지만 빈약한 체구의 젊은 사육사는 완고하게 문 앞에 자리를 잡았다. 5분 후 그녀는 깊은 잠에 빠졌다. 알렉스는 안락의자에 앉아서 하얀 밤을 지새우는 게 낫겠다고 판단했다. 하지만 곧바로 꿈의 여신 모르페우스의 품속에 안기고 말았다.

레오폴딘은 보일러처럼 코를 고는 친구를 슬쩍 바라보았다. 커피를 한 잔 따르고 다시 설계도를 면밀하게 조사했다. 피터의 전화가 오기 전에 반드시 설계도를 완성해야 했다.

*

다른 날과 마찬가지로 일요일 아침, 플로루스 교수는 오스테를리츠 역의 지하철에서 빠져나와 오피탈 대로를 횡단한 후 뷔퐁 가의 박물관 입구에 모습을 드러냈다. 노교수는 턱까지 무장한 경찰이 출입구를 통제하는 것을 보고 무척 놀랐다. 47년 동안의 출근(1960년 3월 23일은 결혼식 때문에 오후에 출근) 길에서 그에게 신분증이나 박물관 출입증을 요구한 적은 없었다. 몹시 어리둥절한 플로루스 교수는 완고한 경관 앞에서 어쩔 수 없다는 손짓을 했다. 그는 떨리는 지팡이에 기댄 채 손가방을 열어보고는 그 밉살스러운 플라스틱 조각을 찾으러 떠났다. 문제의 출입증은 분명히 그의 몸에 있었다. '대체 어디에 있지?' 틀림없이 경찰은 지나친 통제를 곧 후회할 것이다.

*

두 걸음 떨어진 곳에서, 신경질적으로 뷔퐁 가를 거슬러 올라온 에릭 고도프스키 교수는 3초밖에 걸리지 않는 안전조치를 따랐다. 경찰은 이 기이한 사람에게 의혹의 눈길을 던지고 물러났다. 에릭 고도프스키는 우선적으로 해야 할 일들이 있었다. 그는 성큼성큼 걸어서 자신의 연구실로 들어가더니 틀어박혔다. 확고한 무신론자임에도 불구하고 이 조류학자는 세심하게 일요일의 휴식을 준수했다. 따라서 그가 일요일에 출근하는 것 자체가 이상한 일이었다. 그가 연구실로 들어가기 전에 피터 오스몬드 교수를 만나러 세 번이나 호텔에 갔다는 사실을 알게 되면 더욱 놀랄 것이다.

*

그날 다른 몇몇 사람들도 박물관에 나왔다. 예를 들면 수의사 아니 브레트만은 노르베르 뷔송의 죽음으로 인한 충격에서 벗어나지 못한 채 연구실에서 활동보고서를 작성하고 있었다. 그녀는 담배 연기를 내뿜으면서 불쌍한 노르베르의 운명을 생각했다. 그녀는 연구실에 흩어져 있던 이 박사논문 준비자의 소지품을 모으려고 애썼다. 또한 박물관을 슬픔에 빠뜨린 연쇄살인에 대한 가설도 세웠다. 생각에 골몰한 그녀에게 갑자기 여러 실루엣이 동물원에서 순회하는 것처럼 보였다. 박물관은 일반인에게 폐쇄되었기 때문에 아니 브레트만은 이 환영을 차양에서 떨어지는 빛 속에서 피어오르는 담배 연기 탓으로 돌리고는 길게 한 모금을 내뿜으면서 꽁초를 짓눌렀다.

*

모베르 경찰서의 일요일 아침 분위기는 여느 때와 다를 바 없었다. 침울한 당직 경찰이, 나이트클럽에서 나오면서 가방을 분실한 젊은 여인의 진술서를 작성하고 있었고, 네댓 명의 취객들이 감옥 안에서 술을 깨고 있었으며, 제복을 입은 경찰은 프런트에서 팔꿈치를 대고 「에키프」지를 읽고 있었다. 하지만 가장 독특한 장면은 피터 오스몬드와 마냐니 신부가 따로 떨어져서 한 벤치에 앉아 있는 것이었다.

허벅지에 손을 펴서 얹은 오스몬드는 의연해 보였고, 머리를 숙이고 합장을 한 신부는 기도하고 있는 것 같았다. 신부는 하느님의 개입을 촉구하였을까? 오스몬드는 50번째로 연쇄살인사건을 추리하고 있었을까?

미국인은 다시 벽시계를 쳐다보았다. 11시 23분. 두 사람이 기다린 지 벌써 한 시간이 넘었다. 오스몬드는 다시 일어나 당직 경찰의 독서를 방해했다. 경찰은 서장이 조만간에 도착할 테니 걱정할 필요가 없으며 오늘이 일요일이라고 반복했다. 피터 오스몬드는 다시 자리에 앉았다.

11시 45분, 부아쟁 경위가 긴장이 풀린 모습으로 나타났다. 얼굴은 평소처럼 수염으로 덮여 있었다. 경위는 당직 경찰에게 악수를 건네고 잠시 최근의 스포츠 결과에 대해 얘기를 나눈 후에야 벤치에 앉아 있는 두 사람을 알아보았다.

부아쟁이 놀라면서 물었다.

"아! 두 분이 여기에 어쩐 일입니까?"

피터 오스몬드는 초조함을 견디다 못해 벌떡 일어났다.

"우리는 루셀 서장님을 만나러 왔어요. 서장님께 할 얘기가 있어요. 우리는 왜 범인이 살인을 저질렀는지 알아냈어요."

부아쟁 경위는 의혹의 눈길로 두 탐정을 응시했다. 하지만 두 사람의 단호한 표정을 보고 휴대폰을 꺼냈다.

"여보세요? 안녕하세요, 서장님. 저는 오스몬드 교수님과 마냐니 신부님과 함께 경찰서에 있습니다……. 네, 그렇게 생각합니다……. 진지한 내용인 것 같습니다……. 알겠습니다. 그럼 제 사무실에서 기다리겠습니다."

부아쟁 경위는 전화를 끊고 그들에게 미소를 지었다.

"서장님이 즉각 오시겠답니다. 커피 드시겠습니까?"

피터 오스몬드는 애써 격분을 참았다. 한 시간 반 이상 기다리지 않았는가! 프랑스 사람들이란! 사태를 정리할 수 없는 인간들! 항상 수다를 떠는 일에만 빠져 있지! 미국이었다면 5분 만에 자신들을 맞이했을 텐데!

부아쟁이 말했다.

"이쪽으로 오십시오. 제 사무실에서 얘기합시다."

오스몬드는 손가락에 침을 묻히며 신문을 넘기고 있는 당직 경찰에게 악의에 찬 시선을 던졌다. 그들은 계단을 올라갔다.

부아쟁이 쾌활하게 말했다.

"두 분은 정말 운이 좋으십니다. 저는 오늘 보충근무를 해야 했어요. 하지만 제 요청이 너무 늦었습니다. 두 분도 아시다시피 행정이란 게……."

이탈리아인이 강조했다.

"기적 같은 일이군요."

경위는 차가운 커피와 오염된 공기 냄새가 나는 사무실로 두 방문객을 안내하면서 말했다.

"기적이라고요? 설마요. 아무튼 행운임에는 틀림없습니다."

*

"현대 세계에서 사람들이 우리에게 강요하는 게 무엇입니까? 강한 자가 약한 자를 지배하고 자신의 뜻을 강요하는 의미가 없는 세계, 자연의 독단적인 법칙에 복종하는 세계입니다. 이게 우리가 원하는 세상입니까? 우리는 이런 세상 속에서 살기를 원합니까?"

"오, 물론 저는 이런 세상이 어떤 사람들에게 득이 된다는 사실을 부인하지 않습니다! 상당히 많은 사람들이 이런 세상에서 득을 본다는 사실도 부인하지 않습니다! 저는 이곳에서 은행카드로 우리에게 행복을 넘겨줄 수 있다고 주장하는 사원의 장사꾼들을 볼 수 있습니다. 저는 이곳에서 우리가 자연의 법칙을 준수하고 맹목적으로 순종하는 것 말고는 아무것도 할 수 없다고 현학적으로 설명하는 과학자들을 볼 수 있습니다. 저는 이곳에서 사회가 지불한 비용으로 텔레비전에 출연해서 민주주의에 대해 말하고 평화로운 마음으로 귀가하는 정치가들을 볼 수 있습니다. 바로 이것이 제가 도덕이라고 부르는 것입니다!

하지만 이 모든 일에 하나님이 계신가요? 그것은 생각조차 할 수 없는 일입니다. 만물의 창조주이시고 인류의 구원자이신 하나님이 우리의 일에 간섭하신다는 것은 결코 생각할 수 없는 일입니다! 그리스도를 믿는 형제자매 여러분, 우리가 더 이상 참을 수 있겠습니까? 유일한 주인은 하나님 한 분뿐인데 우리가 이 상인들, 학자들, 권력자들의 지배를 용인할 수 있겠습니까? 하나님만이 진리를 보유하고 계십니다! 하나님은 우리에게 그 진리를 주셨습니다!

진리는 성경 안에 있습니다! 하지만 맹인인 우리는 진리를 보려고 하지 않습니다! 그렇습니다. 맹인인 우리는 이 명백한 진리를 보려고 하지 않습니다! 모든 것은 성경 안에 있습니다! 저는 분명히 말씀드립니다. 성경과 대립되는 것은 그 어느 것도 가치가 없습니다. 우리가 세상 모든 사람들에게 외쳐야 하는 것은 '모든 것이 성경 안에 있다'는 겁니다! 하나님의 목소리는 인간의 법에 감동을 주기 때문입니다! 그렇습니다. 형제 여러분, 우리가 옳습니다. 이제 행동할 때입니다! 행동하고 세상에 진리를 전해야 할 때입니다! 여러분에게 다시 말씀드립니다. 하나님의 목소리는 인간의 법에 감동을 줍니다!"

마냐니 신부는 갑자기 녹음기를 멈췄다. 루셀 서장은 스무 번째 담배에 불을 붙이고 턱을 문질렀다.

"이게 무엇을 입증합니까?"

오스몬드가 짜증을 냈다.

"무엇을 입증하느냐고요? 이 사람들은 광신도가 아닙니까? 목사의 말을 들었나요? '성경과 대립되는 것은 그 어느 것도 가치가 없습니다. 행동하고 세상에 진리를 전해야 할 때입니다! 하나님의 목소리는 인간의 법에 감동을 줍니다!' 이것은 미국 창조론자들의 전형적인 연설입니다. 그들은 황금만능주의, 과학, 민주주의를 비난하죠. 그들의 눈에는 이것들이 자살의 증가, 동성애 등 사회의 모든 악의 원인입니다. 그들은 해결책을 이렇게 제시합니다. '성경을 글자 그대로 읽고 전통적인 가치로 돌아가라!'"

급히 소환된 코메르송 경위가 반박했다.

"이 목사가 살인을 호소했다고 말할 수는 없습니다."

"물론 아닙니다. 하지만 기만하는 연설이죠. 그럼 이번에는 이것을 보세요."

오스몬드는 디지털 카메라를 꺼내서 교회 출구에서 찍은 일련의 사진을 보여주었다. 매끄러운 얼굴에 깔끔하게 차려입은 젊은이들 사이에서 나이 많은 사람들이 뚜렷이 드러났다.

오스몬드가 설명했다.

"바로 이 사람이 여러분이 방금 들은 연설의 장본인입니다."

마냐니가 거들었다.

"이 목사의 이름은 장마리 베루아르입니다. 몇 년 전 그는 마르셀 르페브르 대주교가 창설한 '성 비오 10세 사제 형제회'라는 전통주의 가톨릭 단체가 너무 온건하다고 판단해서 탈퇴하고 가장 철저한 개신교로 개종했습니다. 우리는 바티칸에서 그의 종적을 놓쳤습니다. 이제 모든 게 설명된 겁니다."

오스몬드가 설명했다.

"마냐니 신부에 의하면, 이 목사는 '그리스도의 형제회' 라는 개신교 근본주의로 무장한 극보수주의 성향을 가졌습니다."

신부가 말을 받았다.

"이 사람들은 너무 멀리 나아갔습니다. 예를 들면 이들은 성탄절이 이교도 의식이며 교황이 적그리스도라고 생각합니다. 이들은 다른 개신교 교회들조차 너무 온건하다고 판단하고 싫어합니다."

부아재이 말했다.

"요컨대 교권주의자들이군요."

오스몬드가 맞장구쳤다.

"바로 그겁니다. 이제 이 사진을 보세요. 베루아르 목사가 극우파에 대한 호감으로 유명한 텔레비전 방송 설교가인 토비 파커와 대화를 나누는 장면입니다. 파커는 주로 아프리카에서 오는 다이아몬드 밀매의 중개를 통해 창조론을 지지하는 몇몇 기관을 후원하고 있습니다. 그의 몇 가지 소장품이 곧 박물관에 전시될 겁니다."

코메르송이 지적했다.

"말도 안 됩니다."

"그들은 상황에 적응하고 그때그때 적합한 연설을 할 줄 압니다. 파커와 같은 사람에게는 아프리카 사람들을 착취하는 것은 어떤 문제도 되지 않습니다. 그는 백인종의 우월성을 주장하는 미국 집단인 '백인우월주의자들' 에 가깝습니다. 그리고 이 여자는 주요 책임자들 가운데 한 명인 캐럴 프리먼입니다."

오스몬드는 과학클럽에서 뒤쫓았던 여인의 열정적이고 각진 얼굴을 확대했다.

" '백인우월주의자들' 의 활동은 엄밀하게 말해서 정신적 운동이 아닙니다. 그들의 야망은 무엇보다도 정치적입니다. 그들은 미국에 극우파 정권을 만들고자 하죠. 백인우월주의자들과 극보수주의적 개신교의 유사성은 널리 알려진 사실입니다."

참석자들은 한참 동안 침묵했다. 루셀 서장은 안락의자에서 더욱 편안하게 자리를 잡으면서 물었다.

"좋습니다. 하지만 박물관과 어떤 관련이 있죠?"

오스몬드는 디지털 카메라에서 사진을 보여주며 말했다.

"관련자는 바로 이 두 사람입니다. 이 사람이 생화학자 이브 마티올레입니다. 그는 교육부 학습커리큘럼위원회에서 아니타 엘베르그의 후임으로 일하고 있어요. 그에게 프랑스 학생들의 과학 교과서를 감시할 권리가 있다는 것을 의미하죠. 미국 창조론자들의 주요 전략 가운데 하나는 이렇습니다. '우리의 주장을 통과시키기 위해 공식적으로 탄원을 할 것.' 그들은 피할 수 없는 논리를 갖고 있습니다. '표현의 자유라는 이름으로 학교는 다윈주의처럼 창조론을 가르쳐야 한다.'"

루셀 서장이 성급하게 물었다.

"그럼 마티올레가 자리를 빼앗기 위해 아니타 엘베르그를 암살했단 말입니까? 그건 좀 믿기 어렵습니다!"

오스몬드가 진정시켰다.

"물론 그처럼 간단한 문제가 아닙니다. 그들은 신분을 숨긴 채 활동하고 한 단체에 주목을 받지 않도록 수많은 단체를 설립하죠. 그들은 영향력을 행사할 수 있는 곳이면 어디든지 침투하는 방법을 모색해요."

오스몬드는 얼굴빛이 다소 붉고 둥근 사람을 가리켰다.

"이 사람이 생물학자 자크 루아예입니다. 그는 과학클럽의 수장이었던 미셸 델마의 후임자죠. 저는 어제 기자회견에 초대받았어요. 루아예는 현대과학의 몇몇 원리를 명확하게 다시 검토하려고 했어요. 캐럴 프리먼 역시 기자회견에 참석했어요."

루셀 서장이 말했다.

"좋습니다. 그들이 일요일 아침 모두 개신교 교회에 모였다고 합시다. 그것은 범법 행위가 아닙니다! 그들이 신앙 행위를 했다고 해서 구금할 수는 없습니다!"

마냐니 신부가 끼어들었다.

"서장님은 이 종교운동이 그들의 사상을 강요하기 위해 어떠한 어려움 앞에서도 물러서지 않는다는 사실을 이해해야 해요. 그들은 그리스도교 문명이 위협을 받고 있다고 판단해요. 따라서 그들은 정당방위를 하고 있다고 생각해요. 만일 폭력을 사용한다면 그것이 그들의 유일한 해결책이기 때문이죠. 예수님도 혁대로 성전의 상인들을 내쫓았어요. 그들은 자신들을 그리스도의 무장한 팔로 생각해요."

루셀 서장이 말했다.

"알겠습니다, 신부님. 그럼 그들 가운데 누가 이 연쇄살인을 저질렀습니까?"

오스몬드가 말했다.

"잠깐만요. 서장님이 보고 계시는 이 사람들은 단체의 핵심 인물들이지 실행자들이 아닙니다. 우리는 최소한 한 가지 확신을 갖고 있어요. 살인범은 박물관을 자기 주머니 속처럼 훤히 알고 있는 사람이에요. 이제 마르첼로 마냐니와 저는 두 번째 확신을 갖고 있어요. 범인은 과학자예요."

신부가 보충했다.

"이 연쇄살인은 한 가지 논리를 따르고 있어요. 과학적이고 동시에 상징적인 논리죠. 살인마다 우리에게 다윈의 진화론이라는 근본적인 주장에 대해 생각하게 해요."

오스몬드가 외쳤다.

"창조론자들의 절대적인 적이 다윈입니다! 창조의 설명을 완전히 파괴한 사람이죠! 따라서 표적은 다윈이에요. 박물관은 살인자에게는 진열장일 뿐이에요!"

평소에 그처럼 초연했던 부아쟁 경위가 소스라치게 놀라 물었다.

"진열장이라고요? 놈은 상점 안에 있다고 생각한단 말인가요?"

"아닙니다. 놈은 자신이 전시실 안에 있다고 생각해요. 놈은 온 세상에 자신의 뜻을 전달하고 있어요. 저는 이번 연쇄살인이 원칙의 살인과 상황의 살인이라는 두 범주에 해당된다고 확신해요. 하지만 한 가지 공통점이 있어요. 다원론의 파괴라는 거대한 계획의 일환이죠."

루셀 서장이 외쳤다.

"당치도 않습니다!"

마냐니 신부가 말했다.

"우리도 그렇게 생각해요. 하지만 살인범은 하느님이 그에게 맡긴 사명에 따르는 것으로 만족합니다. 서장님이 인정해야 하는 것은 바로 이 점입니다."

세 경찰은 믿을 수 없다는 듯 서로의 얼굴을 바라보았다.

40장. 살인의 방정식

오스몬드가 말을 이었다.

"모든 것은 호완싸인 교수의 죽음과 더불어 시작되었어요. 단순한 가스 누출 사고였다고요? 꼭 그렇지는 않아요. 우리는 가스 폭발로 그의 연구실이 있던 층이 박살 나기 전에 호완싸인 교수가 죽었다는 사실을 알고 있어요. 만일 누군가가 단순히 그를 살해하고 싶었다면 두개골을 내리치기만 하면 되었죠. 가스 폭발이 상징적인 의미를 띠고 있는 것은 분명해요. 살인자는 진화 과정의 시초인 빅뱅론을 나름대로 예시한 것이죠. 대폭발은 대재앙을 수반했어요. 그는 우리에게 이렇게 말하는 것 같아요. '이게 당신들의 불경한 이론의 종말이야.'"

코메르송 경위가 지적했다.

"폭발은 과학에서 많은 것을 의미할 수 있습니다. 모든 화학 실험은 연소에 바탕을 두고 있잖아요."

마냐니 신부가 말했다.

"하지만 추가 단서가 있어요. 그것은 우리를 두 번째 살인으로 안내해요."

부아쟁 경위가 끼어들었다.

"운석 말입니까?"

오스몬드가 대답했다.

"맞습니다. 운석은 호완싸인뿐만 아니라 아니타 엘베르그를 살해하는 데 사용되었어요. 운석은 우주, 즉 빅뱅의 문제로 귀결돼요."

마냐니 신부는 만일의 경우에 대비해서 보충했다.

"오스몬드 교수와 저를 이곳 박물관으로 오게 한 것도 운석임을 잊지 마십시오. 적들에게 이 운석을 훔치는 것은 불가피한 일이었어요."

루셀 서장이 물었다.

"좋습니다. 하지만 아니타 엘베르그를 살해한 마지막 상징은 무엇입니까? 그런 짓을 하려면 미쳐야 합니다."

오스몬드가 외쳤다.

"정반대입니다. 생물학자 아니타 엘베르그의 사상은 유전자를 통한 개인의 선택이라는 사회생물학의 사상과 아주 가까웠어요. 그것은 순수한 상태의 다윈주의, 말하자면 자연선택을 인간 사회의 차원으로 끌어올린 것이죠."

코메르송이 끼어들었다.

"제가 틀리지 않다면 우생학이군요."

"실제로 최종 결론은 우생학입니다. 생물학적으로 적합하지 않은 개체는 제거된다는 것이죠. 대체로 그것은 인간이 낙태를 포함해서 다른 사람에 대한 생사여탈권을 사용할 수 있다는 말이 됩니다. 그것은 '살인하지 말라'는 하느님의 일곱 번째 계명을 완전히 부인하는 겁니다."

부아쟁이 지적했다.

"하지만 범인은 그녀를 죽였습니다."

마르첼로 마냐니 신부가 말했다.

"감히 제 뜻을 밝히자면 정당한 이유로 죽였어요. 개신교 근본주의자들에 따르면 다른 사람, 특히 낙태 지지자를 죽이려는 살인자들을 죽이는 것은 정당화됩니다. 분명히 아니타 엘베르그는 그 부류에 속해요."

오스몬드가 말을 이었다.

"살인범은 사체 부검을 모방함으로써 인간을 단순히 생물학적 육체로 간주할 경우 인간이 무엇으로 추락하는지를 우리에게 보여주었어요. 즉 인간이 잠재적인 시체에 불과하다는 것을. 아니타 엘베르그는 비교해부학실로 유인되고 냉혹하게 살해되었어요. 상세한 이유는 나중에 말씀드리겠어요. 이어서 범행의 서명으로 운석을 남겨놓았죠."

서장은 방금 피웠던 담배꽁초에 불을 붙이고—이것은 더욱 강해진 두뇌 활동의 신호다—연기를 내뿜더니 흥분했다.

"그렇다고 칩시다. 하지만 이 살인에서 끌어낼 수 있는 구체적인 이익이 뭘까요? 나는 이유 없는 범행을 믿기가 힘듭니다."

"상징을 넘어서 또한 표적이 있어요. 그것은 과학클럽이죠. 호완싸인은 이 클럽에서 탁월한 회원 가운데 한 분이었어요. 엘베르그의 경우 학습커리큘럼위원회를 생각해야 해요. 저는 우연의 일치를 믿는 사람이 아니에요."

루셀 서장이 인정했다.

"나도 마찬가집니다. 하지만 교수님은 원칙의 살인과 상황의 살인에 대해 말씀하셨는데……."

"구체적으로 말씀드리겠어요. 세 번째 살인은 사육사 알랑의 죽음입니다."

부아쟁이 물었다.

"그러니까 사고가 아니란 말인가요?"

"아닙니다. 훼방꾼을 제거해야 했어요. 왜냐고요?"

참석자들은 오스몬드의 입술을 쳐다보았다. 그는 자신의 생각을 구체적으로 밝혔다.

"저는 살인자가 불결한 범죄를 실행하기 위해 알랑을 이용했다고 확신해요. 우리는 알랑이 얼마 전부터 식물 표본에서 훔친 독초를 가지고 대마초를 피웠다는 사실을 알고 있어요. 의지에 대단한 영향을 미치는 물질이죠. 살인범은 그 대가로 알렉스에게 몇 가지 도움을 요구했어요."

"예를 들면요?"

"아니타 엘베르그의 호주머니 속에 메모지를 넣는 것이죠. 그날 구내식당에서 두 사람이 말다툼하는 것을 여러 사람이 목격했어요. 알랑은 그 기회를 이용해서 비교해부학실로 출두하라는 메시지를 살짝 전달했을 거예요."

코메르송이 말했다.

"그건 다소 피상적입니다."

"다른 증거도 있습니다. 저는 당신들에게 고백할 게 있습니다."

오스몬드는 아니타 엘베르그의 시신에서 빼낸 꼬리표를 호주머니에서 꺼냈다.

"이것은 엘베르그의 엄지발가락에 매달려 있던 겁니다. 시신의 신분을 식별하기 위해 영안실에서 사용하는 꼬리표죠. 이 꼬리표에 동물의 털을 붙인 점을 제외하면 말입니다."

루셀 서장이 의자에서 벌떡 일어났다.

"당신은 수사관들에게 이야기하지 않고 이 꼬리표를 훔쳤단 말인가요?"

"네, 인정합니다. 정당한 일이 아니죠. 하지만 그때 저는 당황했어요. 범인은 무자비하게 그녀의 머리를 내리쳤고 배를 갈랐어요. 마치 그것도 충분하지 않다는 듯이 자그마한 기념물을 남겼죠. 저는 그게 무엇을 의미하는지 알고 싶었어요. 직업적 습벽(習癖)이죠."

"하지만 당신은 중대한 증거물을 훔쳤습니다!"

마냐니 신부가 짓궂게 끼어들었다.

"서장님, 이 꼬리표가 무엇을 의미하는지 알아맞힐 수 있습니까?"

잠시 침묵이 흘렀다. 서장은 마지못해 한숨을 내쉬었다.

"교수님은 해답을 갖고 있는 것 같은데……."

오스몬드가 의기양양하게 말했다.

"사실입니다. 동물원 치료실에서 나온 표범의 털이죠. 이 털이 박제된 동물이 아니라 살아 있는 동물에게서 뽑은 거라는 사실에 주목해야 합니다. 며칠 전 한 표범에게 예방접종과 문신을 했어요. 따라서 알랑은 굴러다니는 털을 줍기만 하면 되었죠."

부아쟁은 회의적인 태도로 턱을 긁으면서 물었다.

"교수님 말씀에 따르면 사육사는 그 작은 동물에게서 털 세 올을 뽑아서 살인범을 도와주었단 말인가요? 또 메모지를 여인의 호주머니 속에 넣음으로써 범인을 도와주었단 말인가요?"

마냐니 신부는 빈정거림이 섞인 말투로 거들었다.

"경위님, 맹수의 털을 아무데서나 발견할 수 있는 게 아닙니다. 당신 표현처럼 '그 작은 동물' 의 털을 마음대로 뽑을 수 있다고 생각하세요?"

오스몬드가 말을 이었다.

"그리고 알랑의 죽음 역시 상징적인 의미를 지니고 있다는 사실을 잊지 마세요. 살인범은 어쩌면 알랑에게 가장 파렴치하게 굴었을 겁니다. 실제로 이 젊은이는 무엇을 대표합니까?"

코메르송이 대답했다.

"사회 부적응자."

오스몬드가 맞장구쳤다.

"정확합니다. 모든 사람들로부터 버림받은 알랑은 사회에서 소외된 채 살았고, 폭력적이고 불안정한 사람이었죠. 간단히 말해서 그는 자신의 환경에 적응하지 못했기 때문에 사라지도록 예정된 사람이었어요."

이번에는 마냐니 신부가 설명했다.

"요약하자면 살인범은 귀류법으로 다윈론의 이단을 입증하고자 했어요. 종(種)은 자연환경에 적응하지 못할 경우 사라지기 때문에 이 논리를 끝까지 밀어붙여서 알랑을 맹수에게 넘긴 거예요. 로마에서 초기 그리스도인들처럼 말입니다. 더구나…….”

오스몬드가 신부의 설명을 이었다.

“그러기 위해 살인범은 조금씩 알랑의 신뢰를 얻었어요. 살인범은 알랑을 쉽게 제거하기 위해 그와 공모 관계를 맺은 후—특히 마약을 통해—경계심을 잠재웠어요. 살인범은 이 사육사가 완전히 그의 영향력 아래에 놓이게 될 때까지 기다렸다가 맹수 우리에서 약속을 하고 그를 우리 안으로 밀어버렸죠. 파렴치의 극치 아닌가요?”

마냐니 신부가 상세히 설명했다.

“살인범이 정통한 과학자라는 생각을 확고하게 해주는 아주 신중한 단서가 있어요. 문제의 식물인 독말풀은 아주 오래된 『라마르크 식물표본집』에서 훔친 것이죠. 그런데 라마르크는 다윈 이전에 진화라는 개념을 최초로 사용한 학자예요. 다윈은 그의 개념에서 많은 영감을 받아 자신의 이론을 세웠어요. 물론 두 이론은 현저하게 다르긴 합니다만.”

루셀 서장은 이마를 문지르며 범죄 방정식의 모든 요인을 통합하려고 애썼다.

“미셸 델마와는 어떤 관계가 있습니까? 내 기억이 정확하다면 그 다음 희생자는 델마입니다.”

오스몬드가 말했다.

“범행 수법입니다. 마냐니 신부와 저는 이 문제를 풀기 위해 오랫동안 고심했어요. 해답은 증기소독기라는 범행 수법에 있었죠. 식물 표본을 소독하고 살충제를 뿌리는 증기소독기 말입니다.”

부아쟁이 외쳤다.

“알랑 역시 풀에 중독되었어요!”

오스몬드가 맞장구쳤다.

“맞습니다. 그렇지 않다면 왜 살인범이 고생스럽게 미셸 델마의 시신을 증기소독기 안에 놓았을까요? 다음 단서를 남겨놓아야 했던 거죠!"

루셀 서장이 물었다.

"하지만 왜 꼭 미셸 델마였을까요? 살인범은 아무나 다른 사람을 선택할 수도 있었을 텐데요. 왜 델마 같은 인물을 죽였을까요? 그가 박물관의 관장이기 때문에?"

오스몬드는 기다렸다는 듯이 설명했다.

"꼭 그것 때문만은 아닙니다. 먼저 미셸 델마는 과학클럽의 회장이었어요. 이쯤에서 중대한 사실을 알려드리고 싶어요. 창조론자들은 분명히 아니타 엘베르그나 나 같은 무신론자 과학자들을 비난하죠. 하지만 그들이 정말로 응징하고 싶은 핵심 표적은 과학 연구와 신앙을 화해시키는 학자들입니다. 창조론자들에게 이들은 배신자죠. 종교가 무신론자와 유물론자의 영역처럼 간주되는 과학 탓에 조금씩 영향력을 상실한다면 그것은 바로 이들의 잘못이기 때문이죠. 기술직 직원인 위게트 몽타냑이 본의 아니게 미셸 델마의 죽음에 관여한 것은 우연이 아닙니다. 그녀는 매우 경건한 여인으로, 진정한 그리스도교 신앙의 상징이죠."

마냐니 신부가 상세히 설명했다.

"예전에 성직자들은 성직자이면서 또한 아주 위대한 과학자였음을 잊어서는 안 됩니다. 그다지 멀리 거슬러 올라가지 않더라도 천체물리학자 코페르니쿠스, 생물학자 멘델, 벨기에 사제로 최초의 빅뱅 이론가인 조르주 르메트르, 그리고 동시대 개신교 근본주의자들이 가장 싫어했던 고생물학자 피에르 테야르 드 샤르댕을 예로 들 수 있어요."

부아쟁이 한 마디 내뱉었다.

"그런 말은 들은 적이 없는데……."

루셀 서장이 놀려댔다.

"「에키프」지에서 가끔 그들에 대해 언급하고 있습니다."

오스몬드가 말을 이었다.

"참고로 강경해 보이는 무명인사 자크 루아예가 미셸 델마의 후임으로 과학클럽의 회장이 되었습니다. 하지만 순수하게 과학적인 측면을 강조해야 합니다. 다윈은 자연선택이라는 이론을 세우기 위해 세 가지 학문에 근거했어요. 첫 번째는 비교해부학입니다. 아니타 엘베르그가 살인범의 증인이 되었다고 가정할 수 있어요. 두 번째는 화석과 뼈의 연구인 고생물학입니다. 미셸 델마는 지층 지질학자로서 고생물학의 대가입니다."

루셀 서장이 담뱃갑을 찾으면서 물었다.

"그럼 세 번째는요?"

오스몬드가 대답했다.

"발생학, 즉 태아의 형성에 관한 연구입니다."

마르첼로 마냐니가 끼어들었다.

"미셸 델마의 시신은 자궁에서 질식된 태아를 떠올립니다. 개신교 근본주의자들에게 이 이미지의 메시지는 아주 강력한 것이죠. '이것은 당신들이 생명을 중단시키는 태아에게 하는 짓이야.' 더구나 관장님이 사망한 당일 그의 집무실에서 기다리고 있었을 때 저는 한 가지 사실에 무척 충격을 받았어요. 벽난로 위에 두 개의 표본병이 있었는데, 하나는 원숭이의 태아가 들어 있었고, 다른 하나에는 거의 동일한 단계의 인간 태아가 있었죠. 이 표본병은 분명히 지질학자의 연구실에서 아무 쓸모가 없어요. 살인자는 우리에게 메시지를 전달하기 위해 이 표본병을 가져다 놓았을 거예요. '다윈주의자들에게는 당신들이 인간이든 원숭이든 별로 중요하지 않다. 다윈주의자들은 자신들이 혐오스러운 악행이라고 여겼던 짓을 로랑스 앵베르에게 치르게 했지.'"

피터 오스몬드는 신부의 경험을 듣고 깊게 숨을 내쉬었다. 그의 결심은 더욱 굳어졌다.

"어제 누군가가 저를 죽이려고 했어요. 이 시도는 상황 살인에 속한다고 생각해요. 즉 저는 살인범에게는 훼방꾼이죠. 그렇더라도 살인 수법은 상징적이에요. 범인은 저를 매장해야 했어요. 창조론자들이 내세우는 가장 그럴듯한 설명 가운데 하나는 지구 내부에 대홍수 같은 대재앙의 증거가 있다는 것이죠. 저는 똑같은 운명에 처해졌어요. 다행히 마냐니 신부의 개입 덕분에 살인범은 실패하고 말았죠."

신부가 말했다.

"저는 때마침 연구실에 도착해서 오스몬드 교수를 속인 메모지를 발견했어요. 신의 섭리라고 생각해요."

루셀 서장이 끼어들었다.

"하지만 또한 범인이 모든 것을 예상할 수 없다는 증거이기도 합니다. 범인은 우리에게 자신을 체포할 수 있는 여지를 남긴 겁니다."

피터 오스몬드는 주먹을 불끈 쥐고 말을 이었다.

"로랑스 앵베르는 박제되었고 그녀의 시신은 포유류 및 조류 회랑에 전시되었습니다. 간단히 말해서 살인범은 마치 그녀를 영속하려는 듯 번식을 잘하는 단순한 포유류로 환원시켰어요."

피터 오스몬드의 불안을 간파한 마냐니 신부가 화제를 바꾸었다.

"이제 노르베르 뷔송의 죽음에 대해 얘기합시다. 그는 자연보호주의자들의 주장에 동의하고 동물 실험에 반대하는 박사과정 학생입니다. 말하자면 동물의 권리를 옹호하는 사람이죠. 창조론자들에게는 새로운 이단자입니다. 다윈조차 동물에게 권리를 주는 것은 결코 상상하지 못했어요! 이 젊은이는 다윈이 주장하는 최후의 퇴화를 상징해요. 인간이 자신을 원숭이의 수준으로 낮췄을 뿐만 아니라 원숭이를 호모사피엔스 수준으로 끌어올린 것이죠!"

루셀 서장은 깊은 생각에 빠졌다.

"신부님의 말씀이 옳다고 칩시다. 이건 분명히 가정입니다. 신부님은 단지 다윈의 주장이 틀렸다는 것을 입증하기 위해 여섯 사람을 죽일 수 있다고 정말로 생각하세요?"

마냐니 신부는 노련한 어조로 말했다.

"서장님, 우리는 그렇게 생각할 뿐만 아니라 확신하고 있어요."

"하지만 신부님은 아직도 누가 살인범인지 밝히지 않았습니다. 신부님의 추론은 훌륭합니다. 하지만 나는 이름과 증거가 필요합니다."

신부가 인정했다.

"우리는 심증은 갖고 있지만 확실한 증거는 없어요."

오스몬드가 단호하게 말했다.

"놈이 다음 살인을 저지르기 전에 막아야 합니다. 그러려면 박물관에 있는 모든 정보를 자유롭게 접할 수 있어야 해요."

무거운 침묵이 떨어졌다. 부아쟁 경위는 고심하면서 세 명의 경찰을 괴롭히고 있던 질문을 제기했다.

"또 살인이 일어날 거라고 누가 말했습니까?"

마냐니 신부는 부아쟁에게 돌아서서 진지하게 바라보았다.

"오늘이 일요일이기 때문입니다. 일요일에 최고의 희생인 그리스도의 죽음을 기념하기 때문입니다. 가엾은 노르베르 뷔송의 십자가형 두 팔이 그리스도의 죽음을 뜻하기 때문입니다."

41장. 지하 배수로

파란색 르노 자동차가 박물관으로 돌진하고 있었다. 코메르송 경위는 알렉스처럼 속도위반을 하기로 결심했다. 다행히 일요일 오후의 교통 흐름은 상당히 원활했다. 도중에 피터 오스몬드는 레오폴딘에게 전화를 걸어 가능하면 빨리 만나자고 요청했다. 레오폴딘은 마침내 잠에서 깨어난 '무서운' 보디가드를 데리고 길을 나섰다.

안전조치는 개회식 파티를 대비해서 강화되었다. 하얀 웃옷을 입은 직원들은 식탁을 차리고 의자를 정리하며 냉장고에 샴페인 병을 채우고 있었다. 통행 차단선에 몰려든 사진사들과 구경꾼들은 새로운 행사를 기다리며 참을성 있게 현장을 지켜보고 있었다.

루셀 서장과 두 명의 경위, 피터 오스몬드, 마냐니 신부 그리고 레오폴딘은 대생명진화관의 지하에 있는 작은 방에 모였다. 방에는 넓은 탁자가 있었다. 코메르송과 레오폴딘은 노트북을 켰다. 그녀는 도착하자마자 말 한 마디 없이 마분지 통 속에 말아넣은 지도를 흔들어댔다. 지하 배수로 설계도였다.

오스몬드가 말을 꺼냈다.

"좋습니다. 우리는 오늘 새로운 살인사건이 발생할 것이며 살인범이 이미 우리에게 다음 희생자를 지정했다고 확신하고 있습니다. 마지막 범행을 분석해서 단서를 간파합시다. 우리는 노르베르 뷔송에 대해 무엇을 알고 있죠?"

루셀 서장이 말했다.

"노르베르는 자연과 동물 권리의 옹호자였습니다. 또한 위험한 환경운동가였습니다."

레오폴딘이 반박했다.

"노르베르는 투사였어요. 그는 의식을 가진 모든 존재는 동물일지라도 존중을 받아야 한다고 생각했어요."

루셀 서장이 반박했다.

"어쩌면 그럴지도 모릅니다. 하지만 그는 실험실에서 비품을 횡령한 사건으로 법정에서 유죄를 받은 선동가입니다."

레오폴딘이 분개했다.

"그는 단지 자신의 사상을 위해 싸웠을 뿐이에요!"

걱정해야 할 정도로 순식간에 긴장감이 감돌았다. 오스몬드는 두 사람의 감정을 억제하기 시작했다.

"레오, 진정해요! 우리는 객관적 사실을 분석하기 위해 이곳에 모였어요. 우리는 조금 전에 노르베르 뷔송의 사상이 살인범에게 도전이었다는 결론을 내렸어요. 권리 면에서 동물을 인간과 동등한 존재로 간주함으로써 인간을 동물의 수준으로 끌어내렸기 때문이죠. 살인범은 알랑을 징벌하기 위해 동물의 상태로 환원시킨 거예요. 그럼 이 범행은 무엇을 의미할까요? 경위님, 사진을 보여주시겠어요?"

코메르송은 컴퓨터를 켜고 잔인하게 훼손된 시체 사진을 보여주었다. 모두 경악했다. 레오폴딘은 공포의 외마디를 참을 수 없었다. 오스몬드는 그녀에게 시선을 돌리게 했다. 그는 이 처참한 광경에 동요했음에도 불구하고 체계적으로 생각하려고 애썼다.

"노란색과 초록색은 새의 색깔을 떠올립니다. 새 혹은 파충류……. 어쩌면 곤충일까요?"

참석자들은 오스몬드의 입술에 매달렸다. 갑자기 그의 얼굴이 환해졌다.

"네, 곤충입니다. 저는 곤충학자는 아니지만 장담할 수 있어요. 바로 풍뎅이입니다. 레오폴딘, 박물관의 데이터베이스에서 딱정벌레목 폭탄먼지벌레과의 사진을 찾아주겠어요?"

젊은 여인은 박물관의 웹사이트에 접속하여 몹시 흥분한 채 자판을 두드리기 시작했다. 곧장 초시류의 사진이 떴다. 피터 오스몬드는 손바닥으로 탁자를 치며 외쳤다.

"저는 확신해요! 황색폭탄먼지벌레예요! 혹은 가장 가까운 변종인 청색폭탄먼지벌레예요!"

깜짝 놀란 코메르송 경위는 오스몬드의 얼굴을 빤히 쳐다보았다.

"곤충 전문가가 아니면서 어떻게……."

"저는 이 분야에 전혀 재능이 없어요. 창조론자들은 지적 설계를 입증하기 위해, 즉 신의 창조를 설명하기 위해 '폭격 풍뎅이'를 예로 들었어요."

부아쟁 경위가 놀라며 물었다.

"폭격 풍뎅이?"

"네, 이 초시류는 아주 희귀한 특성이 있어요. 이 녀석은 포식자와 마주치면 항문으로 방어용 액체를 배출해요."

오스몬드는 연필을 쥐고 대충 그리며 설명했다.

"상당히 간단해요. 폭탄먼지벌레는 하이드로키논과 과산화수소를 분비하는 두 개의 샘, 서로 통하는 두 개의 저장실 그리고 두 개의 연소실을 갖고 있어요. 하이드로키논과 과산화수소를 섞으면 폭발하게 되죠. 풍뎅이는 평상시에는 폭발을 막기 위해 억제제를 섞어요. 하지만 포식자가 나타나면 즉각 반억제제를 분비해서 독가스를 발사해요."

부아쟁 경위가 반문했다.

"교수님은 그게 단순하다고 생각하세요?"

"솔직히 말해서 이처럼 간단한 생물 속에 이처럼 복잡한 장치가 존재한다는 것은 놀라운 일이죠. 창조론자들은 이것을 창조의 '경이로운' 특징이라고 내세우죠."

코메르송이 말했다.

"알 것 같습니다. 만일 종이 자연선택에 복종한다면 이 풍뎅이는 결코 살아남을 수 없었을 겁니다. 녀석은 진화론이 주장하는 것처럼 방어 과정을 점진적으로 조절할 시간이 없었을 테니까요."

두 경찰은 동료의 추론에 깜짝 놀랐다. 오스몬드는 동요 없이 설명을 계속했다.

"맞아요. 자체적으로 폭발하진 않지만 폭발성 혼합물을 구성하는 두 가지 액체를 생산할 수 있는 동물은, 창조론자들에게는 신을 들먹이지 않고는 설명될 수 없는 돌연변이죠. 창조론자들은 복합성의 개념을 전혀 이해하지 못해요. 경위님이 어떻게 생각하든 간에 점진적 진화 시나리오는 옳습니다."

루셀 서장이 초조하게 말했다.

"아주 흥미 있는 내용입니다. 하지만 다음 희생자를 찾아내는 일에는 도움이 되지 않습니다."

피터 오스몬드는 큰 소리로 자신의 견해를 밝혔다.

"노르베르 뷔송의 시신은 진열대에 핀으로 꽂힌 곤충처럼 전시되었어요."

오스몬드의 설명을 최대한 존중하며 듣고 있던 마냐니 신부가 말했다.

"박물관에서 누가 딱정벌레에 대해 연구하고 있는지 알아내야 해요."

레오폴딘이 작업을 시작했다. 몇 분 후 그녀는 방도가 없다는 듯 고개를 설레설레 흔들었다.

"특별히 그런 사람은 없어요. 남아메리카 딱정벌레 전문가는 있어요. 하지만 그는 지금 브라질에서 파견 근무 중이에요."

잠시 침묵이 흘렀다. 피터 오스몬드는 화를 내며 주먹으로 자신의 손바닥을 쳤다.

"우리는 길을 잘못 들었어요! 이번에는 범인이 우리에게 범행 수법을 암시하지 않았어요!"

잠시 가슴이 답답한 숨소리만 들렸다. 이윽고 마냐니 신부의 목소리가 침묵 속에서 솟아올랐다.

"만일 범행 장소가 단서라면?"

루셀 서장이 물었다.

"무슨 뜻입니까?"

"노르베르 뷔송의 시신이 발견된 장소 자체가 어쩌면 단서일 거예요. 그의 시신은 동물표본관의 앵무새 한가운데서 발견되었어요. 레오폴딘, 박물관에 앵무새 전문가가 있나요?"

레오폴딘은 다른 자료실을 검색했다. 그녀는 평소처럼 단 몇 초만에 찾아냈다.

"이곳에서 앵무새 계통학에 관한 여러 편의 논문을 찾았어요. 모든 논문에는 에릭 고도프스키의 서명이 있어요."

모두 순간적으로 아니타 엘베르그의 연구실에서 발견된 'O.가 박물관에 도착했다. 고도프스키에게 알릴 것' 이라는 메모를 떠올렸다.

고도프스키. 그 역시 잔혹하게 여섯 명을 살해한 논리를 재구성할 수 있었다. 그는 어쩌면 아니타 엘베르그처럼 범인에 대한 미공개 정보를 갖고 있을 것이다. 어쨌든 한 가지는 확실했다. 그는 희생자 목록에서 다음 차례였다.

루셀 서장이 명령을 내렸다.

"코메르송과 부아쟁 경위는 고도프스키의 연구실로 달려가게. 나는 그의 집에 순찰대를 파견하겠소."

피터 오스몬드가 덧붙였다.

"저도 두 경위님과 함께 가겠어요. 레오폴딘, 설계도는 어떻게 됐죠?"

"동물표본관을 만들기 전의 지하 통로 설계도를 모두 복원했어요."

"축하해요. 마냐니 신부님과 함께 고도프스키 연구실과 연결된 모든 통로를 찾아내세요."

세 사람은 서둘러 대생명진화관을 떠나 뷔퐁 가를 횡단했다. 그들은 곧 벽이 온통 담장나무로 뒤덮인 불길한 건물이 보이는 곳에 도착했다. 제복을 입은 네 명의 경찰이 뒤따라왔다.

부아쟁 경위는 정문을 밀고 가죽 케이스에서 천천히 권총을 꺼냈다. 복도는 몹시 조용했다. 복도 왼쪽 고도프스키의 연구실 문이 살짝 열려 있었다. 부아쟁은 살금살금 다가가서 두 다리로 단단히 버티고 섰다. 그리고 자유로운 손으로 문을 확 밀고 총을 들이댔다.

연구실은 어처구니없을 만큼 뒤죽박죽이었다. 책 더미와 분해된 뼈가 바닥에 널브러져 있었고, 의자는 뒤집어져 있었으며, 휴지통은 내용물을 전부 토해낸 상태였다. 부아쟁과 코메르송 경위는 통나무 책상 뒤에서 무언가가 자신들을 기다리고 있을까봐 두려운 듯 천천히 나아갔다. 실제로 마룻바닥에 부분적으로 응고된 두꺼운 핏줄기가 얼룩져 있었다. 충격에 빠진 듯 얼굴이 창백해진 부아쟁은 두 팔을 내저으며 구토증을 억눌렀다.

*

레오폴딘이 고생물학관 회랑 밑의 구불구불한 선을 손가락으로 가리키며 말했다.

"이것은 19세기에 폐쇄된 비에르 지하 배수로예요."

마냐니 신부는 손가락으로 다른 선을 따라가면서 물었다.

"이것은 식물원 밑을 지나가는 갱도인가요?"

"맞아요."

커다란 탁자에 기댄 루셀 서장은 책상용 전등이 비추고 있는 박물관 설계도를 굽어보며 말했다.

"이제 살인범이 어떻게 발각되지 않고 이동했는지 알 수 있습니다. 자, 보세요. 저기 식물학관 회랑 옆에 출입구가 있어요. 저기 대생명진화관 옆에도 있고요. 부패 구덩이 옆에도 있네요. 고도프스키의 연구실에서 멀지 않아요."

마냐니 신부가 손가락으로 가리키며 덧붙였다.

"여기 동물원의 유리 사육장에도 출입구가 있어요."

레오폴딘이 말했다.

"이 지하 배수로를 이용한 사람은 분명 박물관의 내력을 완벽하게 알고 있을 거예요. 이 배수로의 존재를 짐작하고 있는 사람도 극소수일 테고요."

루셀 서장이 추론했다.

"따라서 범인은 오래전부터 이 박물관에서 근무했겠군요. 그는 박물관의 온갖 비밀을 알고 있을 겁니다."

레오폴딘이 맞장구쳤다.

"맞아요."

마냐니 신부가 물었다.

"살인범도 이 설계도를 우연히 발견했을까요?"

레오폴딘은 고개를 저으면서 대답했다.

"아니에요. 저는 먼지로 뒤덮여 있던 이 설계도들을 희귀본서고의 장롱에서 발견했어요. 적어도 50년 동안 옮기지 않았어요."

루셀 서장이 깜짝 놀랐다.

"하지만 왜 그곳에 있었을까요?"

젊은 여인은 모르겠다는 표시로 두 손을 들어 올렸다.

"서장님, 설명하자면 길어요. 자료 정리는 아주 특별한 규칙을 따라야 해요."

대체 살인범은 누구일까? 루셀 서장이 넌지시 물었다.

"박물관에 살아 있는 기억장치라고 불리는 사람이 있다고 들었는데……."

레오폴딘은 깜짝 놀란 눈으로 서장을 바라보았다.

"뭐라고요? 서장님은 플로루스 교수님을 말씀하시는 건가요?"

서장은 말없이 고개를 끄덕였다. 레오폴딘은 확신을 갖고 강하게 고개를 저었다.

"아니에요. 플로루스 교수님은 그런 짓을 할 분이 아니에요. 그는 세상에서 가장 부드러운 분이에요. 게다가 이동이 아주 불편해요. 불가능한 일이에요."

레오폴딘은 다시 생각에 빠졌다. 불현듯 생각들이 서로 연결되고 삽시간에 타올랐다.

레오폴딘이 뉴턴의 책을 놓고 왔던 곳은 플로루스 교수의 연구실이었다.

뉴턴의 책…….

연금술서…….

마법사의 제자…….

흥분한 레오폴딘이 물었다.

"마냐니 신부님, 출입구 가운데 하나는 동물원에 있죠?"

신부는 손가락으로 선을 따라가면서 확인시켜주었다.

"네, 여기 유리 사육장 옆에 있어요."

그 순간 세르방이 그 창고에서 빠져나와 자신의 연구실로 올라가는 모습이 떠올랐다.

레오폴딘이 외쳤다.

"세르방이에요! 유전학자 세르방! 보세요. 그의 연구실은 바깥 계단 쪽으로 나 있어요. 몇 미터만 가면 이 창고에 도달할 수 있어요. 그곳에서 그는 박물관 어디든지 갈 수 있어요."

루셀 서장이 전화를 걸었다.

"세 사람을 보내주게. 동물원에서 만나세!"

42장. 인체 실험

경찰은 단서를 찾기 위해 고도프스키의 연구실에서 신중하게 움직였다. 부아쟁 경위는 한쪽 구석에서 나름대로 단서를 찾아내려 애쓰고 있었다.

"이런 일이 가능하다고 생각하지 않았는데……. 희생자의 신분을 확인할 수조차 없다니……."

부아쟁은 피의 늪 속에서 떠다니는 시체를 다시 보았다. 목의 살점들, 터진 내장들, 연골 조각들, 단번에 절단된 동맥들, 머리를 잃은 몸뚱어리…….

오스몬드가 대답했다.

"고도프스키예요. 틀릴 가능성은 별로 없어요."

부아쟁이 중얼거렸다.

"얼마나 잔혹한 짓인가……."

갑자기 피터 오스몬드는 책상 아래서 무엇인가가 반짝이는 것을 보았다. 스프링 수첩이 바닥에 굴러다니고 있었다. 수첩은 고도프스키가 공격자에게 맞서 싸우는 동안 떨어진 듯 붉은 얼룩이 묻어 있었다. 조류학자 고도프스키는 깔끔하고 정성스런 필체로 수사일지를 썼던 것이다.

"나는 적들이 묘사하는 것과 달리 너그럽지 못한 사람이 아니다. 나는 평생 한 가지 이상을 추구했다. 과학을 진정한 인본주의의 원천으로 만들자. 다윈의 이론은 도덕의 자연적 기원을 제공한다. 자연선택이라는 수단을 통해 동정심과 연대감이 생긴다. 종교는 이런 감정들을 설명하는 데 더 이상 필요하지 않다. 다윈의 이론은 모든 사람이 다름에도 불구하고 친족이라는 점을 상기시킨다."

"중상에 직면한 나는 이곳에서 나의 진리를 구축하고 싶었다. 나는 이해받지 못했다. 나는 표현력이 부족했다. 오직 진리에 대한 걱정에 휩싸인 채 연구를 진행했다."

피터는 곧장 마지막 페이지로 넘어갔다.

"강력한 힘을 가진 자들이 나를 침묵시키기 위해 활동하고 있다. 그들의 정체를 밝힐 수 있는 시간이 내게 있을지 모르겠다."

"아니타 엘베르그는 누구보다 먼저 깨달았다. 불행히도 그녀는 나에게 메모를 전달하는 데 성공하지 못했다. 내가 비난의 대상이 된 까닭에 나는 엄청난 시간을 잃었다. 내가 사라져야만 할 경우 내 흔적을 추적하는 사람이 나의 조사를 보충할 거라고 믿고 싶다."

"진실은 그 책 속에 있다. 나는 그 책을 언제나 생각했다. 그들이 도착하는 소리가 들린다. 나는 그 책 속에 진실을 숨겨놓았다."

피터는 고도프스키가 이 연구실에서 했던 말을 떠올렸다. "만일 이들이 고문서 몇 권을 참조한다면 모든 질문에 대한 대답을 찾을 수 있을 텐데……."

"진실은 그 책 속에 있다. 나는 그 책 속에 진실을 숨겨놓았다."

오스몬드는 주위를 빙 둘러보았다. 벽은 책으로 가득했다. 고도프스키의 책상 위에서 앙토냉 아르토의 시선은 어느 때보다 환각에 사로잡혀 있는 듯했다.

*

레오폴딘 드베르, 루셀 서장 그리고 마냐니 신부는 식물원 광장을 가로질렀다. 리셉션 준비는 거의 끝나 있었다. 다섯 명의 종업원들이 아주 어렵사리 거대한 통을 밀고 있었다. 몇 분 뒤, 첫 손님들이 도착할 테고 경찰들은 최대한 신중하게 처신할 것이다. 제복 차림의 세

경찰이 캥거루 우리 앞에서 기다리고 있었다. 캥거루들은 극히 예민하게 그들을 응시하고 있었다. 한 관리인이 동물원 출입문을 열자 세 사람은 레오폴딘을 따라 유리 사육장으로 향했다.

레오폴딘이 외쳤다.

"저기가 그 창고예요!"

그러고는 손짓을 하며 말을 이었다.

"저기가 진화생물학과와 세르방의 연구실로 이어지는 계단이에요!"

레오폴딘이 잠겨 있는 창고를 열려고 애쓰는 동안 경찰들이 계단을 올라왔다. 루셀 서장이 발로 문을 쾅 찼다.

어두운 창고 내부는 먼지투성이에 거미줄로 뒤덮여 있었다. 누추한 창고는 부서진 상자와 정원 장비로 혼잡했다. 서장은 손전등을 켜고 바닥을 비추었다. 큼직한 쇠고리가 보였다. 서장이 고리를 잡아당기자 뚜껑문이 지하로 내려가는 계단을 드러냈다.

서장이 중얼거렸다.

"마침내 찾았어……."

바로 그때 밖에서 고함소리가 울렸다.

"서장님! 이쪽으로 와보십시오!"

루셀 서장은 뚜껑문을 내버려두고 황급히 밖으로 달려갔다. 마냐니 신부와 레오폴딘도 뒤따라갔다.

세르방 교수의 연구실 문이 부서져 있었다. 연구실은 온통 뒤죽박죽이었다. 낙지와 오징어 등 두족류(頭足類)가 떠다니는 표본병들은 완전히 박살 나 있었고 지독한 알코올 냄새가 진동했다. 견본이 들어있던 냉장고 문은 열려 있었고 내용물은 바닥에 널려 있었다. 짓밟힌 배양상자들은 수천 조각으로 박살 난 현미경 옆에 나뒹굴고 있었다. 컴퓨터도 똑같은 운명을 당했다. 이 생물학자의 연구실은 말 그대로 황폐화되었다.

책상 서랍 역시 뒤죽박죽으로 내던져져 있었다. 레오폴딘은 로잔 유럽생물학연구센터의 문양이 새겨진 몇 가지 자료를 발견했다. 그것은 토비 파커가 트루밸류즈와 이 연구센터를 통해 세르방의 연구를 지원했다는 결정적 증거였다.

옷걸이에 걸려 있는 유전학자의 검은 벨벳 웃옷은 그가 근처에 있었음을 입증했다. 루셀 서장은 제복을 입은 경찰에게서 워키토키를 빼앗았다.

"루셀 서장입니다. 용의자를 찾으세요. 프랑수아 세르방 교수, 쉰 살, 1미터 80, 매우 비만. 위험인물. 반복합니다. 위험인물."

레오폴딘은 집요하게 창문을 응시했다. 서장은 동물원을 바라보고 있는 그녀에게 다가갔다. 젊은 여인은 걱정하는 듯했다.

"서장님, 문제가 있어요. 맹수 우리는 약 100미터 우측에 있어요."

"그렇습니다. 그래서요?"

"세르방 교수는 알랑을 죽일 수 없어요."

"아, 그래요? 왜죠?"

"범인이 알랑을 표범 우리 속에 밀어 넣었을 때 세르방 교수는 이 연구실에 있었어요. 그 사고가 일어났을 때 저는 세르방과 헤어졌거든요. 그는 맹수 우리에 갈 시간이 없었어요. 불가능한 일이에요."

루셀이 낙심의 한숨을 깊게 내쉬었다. 마침내 사건이 해결되었다고 생각했는데 다시 수포로 돌아가다니!

세 명의 경찰은 서장의 결정을 기다렸다. 루셀은 잠시 생각하더니 화난 주먹으로 손바닥을 쳤다.

"목표에 거의 도달했는데 포기할 수는 없지!"

서장은 두 명의 부하를 가리키며 말했다.

"당신들 둘은 나를 따라오게. 지하실을 살펴봐야겠어. (그리고 세 번째 부하에게) 자네는 이곳에 남아서 과학수사대를 기다리게. 아무것도 만질 수 없도록 하게!"

서장이 보기에 레오폴딘은 이 수사에서 더 이상 할 일이 없었다. 그녀의 투쟁정신을 몰랐던 것이다. 그녀는 독단적으로 그의 뒤를 바짝 따라갔다. 서장은 돌아서서 어리둥절한 시선을 보냈지만 그녀를 단념시킬 수 없다는 사실을 깨달았다.

서장은 뚜껑문을 열고 선두에 섰다. 손전등의 불빛은 계단 끝에서 습기가 스며 나오는 궁륭 모양의 갱도를 드러냈다. 갱도는 두 사람이 나란히 걸을 수 있을 만큼 충분히 넓었다. 그들은 말없이 나아갔다. 발자국의 메아리는 벽의 두께에 질식되었다. 손전등의 불빛은 어두운 구석구석을 드러내고 끈적끈적한 벽에 불안한 형체를 만들어냈다. 일행은 오른쪽 앞에서 그들을 집어삼킬 듯이 커다랗게 벌어진 음산한 공간을 발견하고는 숨을 멈췄다.

루셀 서장은 무기를 꺼냈다. 그들은 지하철역처럼 넓고 아주 어두운 궁륭형 방에 이르렀다. 어설프긴 하지만 새로운 전기시설이 갖춰져 있었다. 중앙에는 여러 가지 물건으로 혼잡한 책상이 하나 있었다. 그들은 무시무시한 광경을 발견하게 될까봐 두려워하면서 천천히 다가갔다. 그곳에는 여러 도구들이 아무렇게나 버려져 있었다. 외과용 메스, 봉합용 실, 바늘 세트, 예리한 핀셋, 절단기, 전기 천공기, 피 묻은 톱 따위가 팽개쳐져 있었다. 등골을 오싹하게 하는 광경이었다. 잔혹하고 기이한 실험의 이미지들이 방문객들을 괴롭혔다. 책상 아래 플라스틱 마네킹의 잔해 옆에는 끈적끈적한 유액장갑, 합성수지 단지, 피가 방울방울 떨어지는 금속 통이 굴러다니고 있었다. 부패 냄새는 역겨웠다. 경찰 중 한 명이 눈을 돌리고 손으로 입을 막았다.

루셀 서장이 중얼거렸다.

"로랑스 앵베르의 몸이 박제된 곳이 바로 이곳이야. 노르베르 뷔송의 몸도 이곳에서 준비되었을 거야."

그때 경찰 중의 한 명이 떨리는 목소리로 속삭였다.

"서장님, 저기 좀 보세요……."

경찰은 어둠 속에 잠긴 한쪽 구석을 가리켰다. 루셀이 손전등으로 비추었다. 두 개의 발광체가 어둠 속에서 솟아나는 것 같았다. 서장이 무기를 휘두르자 두 부하도 따라했다. 레오폴딘은 따라온 것을 후회하기 시작했다. 그녀는 본능적으로 제복을 입은 두 경찰 중 한 사람 뒤에 몸을 숨겼다.

루셀 서장이 소리쳤다.

"세르방, 항복하시오!"

서장은 대답 대신 자신의 목소리의 메아리만을 받았다.

그는 용감하게 두 개의 신비한 점을 향해 나아갔다. 머리통 하나가 바닥에서 굴러다녔다. 커다란 원숭이의 박제된 머리통이었다. 두 개의 유리 눈동자는 빈정대듯 희미한 빛을 반사하고 있었다.

*

과학수사대 반장 바르니에가 부아쟁과 코메르송 경위에게 자신의 무능함을 털어놓는 사이 구급차 기사들이 고도프스키의 시신을 데려왔다.

"즉각 검사를 했지만 어떤 단서나 지문도 발견하지 못했어. 범인은 바람처럼 나타났다가 사라진 것 같아."

멀리서 대화를 듣고 있던 피터 오스몬드가 말했다.

"별로 놀라운 일이 아니에요. 과학자들은 무균 상태에서 일하는데 익숙해져 있어요. 그들은 언제나 보호용 장갑과 가운을 착용해요. 살인범이 모종의 실험을 했다는 사실을 알아야 해요."

바르니에가 응수했다.

"어쨌든 인체 실험이겠죠?"

오스몬드가 중얼거렸다.

"네, 인체 실험……."

43장. 진실은 그 책 속에 있다

아랍에미리트연방 대통령의 후계자이자 전권대사인 아누아르 알 커아드 부족장은 손님들을 헤치고 나아가면서 프랑스 주재 미국 대사 새무얼 로버트슨에게 인사했다. 미국 대사는 그에게 국가를 대표해서 신뢰와 우호를 보장했다. 아누아르 알커아드는 미국이라는 위대한 민주국가의 대표와 인사를 나누게 되어 몹시 기쁘며 양국의 상호 신뢰와 우호 관계가 해를 거듭할수록 더욱 돈독해지기를 바란다고 화답했다.

그곳에서 두 걸음 떨어진 곳에서 박물관 소장품 총관리인 요한 키르허가 완벽한 스모킹을 차려입고 '박물관 역사상 신기원이 될 경이로운 전시회'의 공식 파트너인 올리비에그룹 회장을 맞이하고 있었다. 키르허는 올리비에그룹 회장에게, 공들여 차려입은 박물관의 임시 관장을 맡고 있는 장 카이요와 그 어느 때보다 거드름 피우는 학습커리큘럼위원회 위원장인 이브 마티올레를 소개했다.

조금 멀리 떨어진 곳에서 정장을 입은 남자들과 우아한 원피스 차림의 여자들이 프티푸르(한 입에 넣는 소형 과자—옮긴이)와 샴페인 잔 앞에서 칵테일 파티에 초대 받은 박물관 연구자들—청바지와 구겨진 와이셔츠로 쉽게 알아볼 수 있는—을 노골적으로 얕보면서 대화를 나누고 있었다. 과학적인 사고를 지닌 연구자들은 별 볼일 없는 행사를 위해 그처럼 화려하게 차려입을 필요성을 느끼지 않았다.

귀빈들은 제약 연구에 대한 대기업의 지원 필요성과 생물다양성에 미치는 관광에 대해 상냥한 말을 주고받고 있었고, 박물관의 수석 연구원들은 아가로스 젤(agarose gel) 전기영동으로 분석하고 플라스미드에서 배열해서 복제한 개구리의 DNA가 24시간 이전에 관찰할 수 있는 박테리아를 생산할 수 있는지 혹은 더 많은 시간이 걸릴 것인지를 놓고 논쟁하고 있었다. 따라서 모든 게 정상적이었다.

요한 키르허는 이 무리에서 저 무리로, 또 큼직한 돋보기를 쓴 과학자들을 대동한 체루티(이탈리아 명품 브랜드—옮긴이)의 경영진 앞에서 편안하게 돌아다녔다. 그는 로버트슨 대사와 함께 사진을 찍기 위해 포즈를 취했고 토비 파커에게 인사했으며 군중 속에 섞여 있던 사제복 차림의 마냐니 신부를 간신히 알아보았다.

*

레오폴딘과 세 명의 경찰은 식물학관 회랑의 발치에 위치한 출입구를 통해 통풍이 잘 되는 넓은 장소로 나왔다. 그녀는 10여 년 전부터 조용히 녹슬고 있던 구식 소화기 더미 뒤에 박물관 지하와 연결되는 철문이 숨겨져 있을 거라고는 전혀 예상하지 못했다. 그녀는 유서 깊은 건물들을 바라보았다. 육중한 건물과 경건한 마음을 자아내는 정면은 고백할 수 없는 신비, 죽음의 충동, 과학이 밀어냈지만 음흉한 수단을 통해 현저하게 증가된 증오와 힘을 갖고 다시 나타난 수많은 비밀들을 숨기고 있었다.

멀리서 축하행사를 지켜보던 루셀 서장은 워키토키로 지시했다. 스무 명의 부하들은 즉각 지하도를 수색했다. 그는 별로 놀랍지 않은 보고를 받았다. 세르방 교수가 자택에 없다는 것이었다. 그는 직감적으로 이 유전학자가 박물관 내부에 숨어 있다고 느꼈다. 또 고도프스키로 추정되는 남자가 사망했다는 보고가 들어왔다.

루셀 서장은 전화기에 대고 소리쳤다.

"추정한다고? 어떻게 고도프스키라고 추정할 수 있소? 그 사람이야, 아니야?"

서장은 사망 상황을 듣고서 창백해진 얼굴을 감쌌다.

*

오스몬드는 고도프스키의 거대한 서재를 바라보았다.

"진실은 그 책 속에 있다." 대체 어떤 특별한 책을 가리키는 걸까? 로버트 액셀로드의 『협력의 진화』, 디드로의 『볼 수 있는 사람들을 위한 맹인들에 관한 편지』, 파트리크 토르의 『다윈설 사전』, 스티븐 제이 굴드의 『팬더곰의 엄지발가락』, 대니얼 C. 드닛의 『다윈은 위험한 인물인가』. 고도프스키 같은 동물학자에게 이상한 책은 한 권도 없었다.

미국인은 갑작스런 충동에 이끌려 책꽂이에서 『다윈은 위험한 인물인가』를 꺼내 훑어보았다. 그가 이미 알고 있었고 특별히 경탄해 마지않는 책이었다. 수많은 대목에 밑줄이 그어져 있었고 여러 페이지는 귀가 접혀 있었다. 하지만 어떤 단서도 발견되지 않았다. 그는 책을 제자리에 놓고 다시 열심히 작업하기 시작했다. 하지만 대니얼 C. 드닛의 책 제목이 끊임없이 떠올랐다. 『다윈은 위험한 인물인가』.

*

레오폴딘은 잠시 숨을 돌릴 필요가 있었다. 최근 몇 시간 동안 신경이 몹시 날카로워져 있었기에 더 이상 견딜 수 없었다. 그녀가 원하는 것은 단지 약간의 인간적인 온정이었고, 특히 이 모든 광기로부터 떨어져 있고 싶었다. 매우 실용적인 사고를 지닌 그녀는 쉽게 대화를 나눌 사람을 발견했다. 플로루스 교수는 연구실 창가에서 큼직한 쌍안경으로 바깥을 관찰하고 있었다.

"교수님은 리셉션에 가지 않으셨어요?"

깜짝 놀란 노교수는 돌아서서 젊은 여인의 얼굴을 쳐다보았다.

“레오폴딘? 거기서 뭐 해?”

“글쎄요……. 일하고 있어요.”

“일요일에도? 하지만 레오폴딘, 쉬어야 해! 그러다가 격무에 시달려 죽겠어. 몹시 창백해 보여…….”

레오폴딘은 노교수를 다시 만나 기뻤다. 그는 언제나 레오폴딘에게 세심한 배려를 했다.

“교수님이 제게 그런 말씀을 하실 수 있어요? 날마다 이곳에 오시잖아요?”

“나야 이것밖에 할 일이 없으니까 그렇지……. 나는 늙은이잖아. 가족도 없고 친구들도 사라졌지. 그러니 낮에 무슨 일을 하겠어? 차라리 이곳에 오는 게 낫지…….”

노교수는 투덜대면서 다시 관찰하기 시작했다.

“내가 없으면 박물관이 돌아가지 않아. 그들은 내가 죽고 나면 알게 될 거야! 두고 보라지! 박물관은 영혼 없는 창고가 되고 말 거야!”

레오폴딘은 애처롭게 노교수를 바라보았다. 그리고 단호한 표정으로 말했다.

“교수님, 들어보세요. 여기 남아서 신세타령하지 마세요. 어쨌든 그들은 즐거운 시간을 갖는데 우리라고 안 될 건 없잖아요. 자, 제가 교수님을 리셉션에 데려가겠어요!”

“뭐라고? 생각도 하지 마! 이제 파티는 내 나이에 어울리지 않아! 더구나 일이 끝나지 않았어…….”

“더 이상 할 일은 없어요. 이제부터는 제가 지시하겠어요. 옷을 입고 따라오세요!”

“하지만 레오폴딘…….”

“더 이상 말이 필요 없어요!”

결국 노교수는 잠시 연구실과 노랗게 변한 서류 세계를 떠나기로 했다. 레오폴딘은 그를 잘 알고 있었다.

노교수는 승강기 안에서 이마를 긁적이며 말했다.

"사실 말할 게 있어……. 아니타 엘베르그와 관련된 한 가지 일이 생각났어……."

"교수님, 나중에요. 샴페인을 마시면서 전부 말씀해주세요!"

*

요한 키르허는 선인장, 실난초, 바오밥나무가 자라고 있는 온실 옆에서 활발하게 토론을 하는 몇몇 연구자들을 보았다. 그는 우아한 태도를 잃지 않고 그들에게 다가갔다.

연구자들 가운데 한 사람이 말했다.

"다윈의 이론들은 천재의 업적이야. 아무튼 그는 조국이 어디든, 어떤 시대에 살았든 진화 법칙을 발견했을 거야."

그의 대화상대자가 대답했다.

"자네 의견에 찬성하네. 하지만 그가 정치적으로나 지적으로 명문가 출신이었음을 잊지 말게. 그런 신분 덕분에 그는 과학계에서 가장 앞선 지식을 습득할 수 있었네……."

키르허가 끼어들었다.

"영국이 바다를 지배하고 있었기 때문에 더욱 유리했어요. 다윈은 멀리 떨어진 나라도 마음껏 여행하고 관찰할 수 있었어요."

두 번째 연구자가 말했다.

"물론이죠! 당시의 지도를 보기만 해도 이해할 수 있어요. 영국은 세계 중심으로 표시되어 있죠. 당시에 영국은 영향력이 가장 큰 국가였기 때문에 그건 당연해요. 다윈의 이론들이 순식간에 전파되고 그의 지지자들이 즉각 동상을 세워주었던 것은 놀라운 일이 아니죠."

다윈의 동상……. 옛 지도의 중심에 있는 영국……. 연구자들 가운데 한 명이 대화를 경청하고 있던 마냐니 신부를 밀치며 황급히 자리를 떴다.

*

오스몬드는 몹시 흥분한 채 서재의 책꽂이를 뒤지면서 생각했다. 다윈은 위험한 인물인가? 물론이다. 창조론자들에게 다윈은 분명 위험인물이었다! 다윈은 그 책이 출판된 이후로 역사상 가장 위험한 인물이기도 했다. 그 책. 오스몬드는 이 연구실에서 그 책을 찾아낼 수 있을 거라고 확신했다.

오스몬드는 구석에 숨겨진 옛날 책들을 집중적으로 수색했다.

드디어 찾았다! 그 책이 있었다. 수년간 무두질한 가죽으로 장정한 두꺼운 책, 수천 번의 손길로 닳아빠진 책.

선전포고.

새로운 세계의 실체.

세상의 종말.

『자연선택에 의한 종의 기원에 관하여』, 찰스 다윈, 1859년!

오스몬드가 외쳤다.

"마침내 찾았다! 1859년 초판!"

코메르송이 물었다.

"대체 그 책이 뭐가 그렇게 중요합니까?"

"모든 것은 이 책 속에 있어요!"

부아쟁이 물었다.

"그런데 왜 하필이면 초판을 찾았습니까?"

"다윈이 초판에서는 신에 대해 언급하지 않았으니까요! 단 한 줄도! 그것은 관습과 도덕에 반(反)한 것이었죠……. 파문이 일자 다윈은 어쩔 수 없이 재판(再版)에서 창조주를 암시하는 마지막 단락을 추가했어요. 번역본으로 사용했던 것은 이 재판본이에요. 이것은 가톨릭교회가 왜 오랫동안 다윈이 신자였으며 그의 연구가 그리스도교 신앙과 모순되지 않았다고 주장했는가를 설명해주죠."

부아쟁과 코메르송 경위는 다른 시대에서 온 것처럼 보이는 이 토론의 중요성을 상상하기가 어려웠다. 하지만 오스몬드는 이 소소한 문제에서 유래하는 형이상적이고 윤리적인 엄청난 결과를 설명할 시간이 없었다.

오스몬드는 책을 훑어보다가 문득 네 번 접힌 다소 누렇게 변질된 페이지에서 시선이 멈췄다.

*

알렉스가 분개했다.

"분명히 나는 술을 마실 권리가 있어요! 내 신분증을 보여줄까요? 당신이 지금 누구한테 시비를 거는지 알고 있소?"

웨이터들은 허락도 받지 않고 편법을 써서 술을 마시겠다고 우기는 이 땅딸막하고 오만방자한 사람을 경계하는 시선으로 쳐다보았다. 다행히 마침 뷔페에 도착한 레오폴딘이 그를 옹호해주었다.

"네, 이 사람은 권리가 있어요. 하지만 조금만 주세요."

레오폴딘은 알렉스에게 삿대질을 하며 말했다.

"알렉스, 까불지 마. 딱 한 잔만이야! 약속할 거지?"

알렉스는 우울한 시선으로 그녀를 쳐다보고는 투덜거렸다. 왜소한 키가 문제가 되는 순간부터 그는 유머 감각을 완전히 잃었다. 한 웨이터가 삼각대 위에 놓인 커다란 술통에서 갈색기가 도는 액체를 뽑았다.

레오폴딘이 물었다.

"이게 뭐죠?"

웨이터가 대답했다.

"럼주입니다. 박물관 창고에서 직접 내온 겁니다. 이 술통은 수년 전부터 시음을 기다렸습니다. 이 술이 있다는 걸 몰랐다니 이상해요……. 맛 좀 보겠어요? 맛이 기가 막힙니다."

레오폴딘이 대답했다.

"아니에요. 나한테는 너무 독해요. 차라리 샴페인을 마실게요."

두 개의 샴페인 잔을 가져온 레오폴딘은 의자에 반듯하게 앉아 있던 플로루스 교수와 잔을 부딪치고 감정가인 체하며 샴페인을 홀짝홀짝 마셨다.

"아주 좋아요. 내 취향보다 약간 더 차고 산도(PH)가 강하긴 하지만 아무튼 맛은 아주 좋아요."

레오폴딘은 정통한 샴페인 감정가 노릇을 즐겼다. 평소처럼 플로루스 교수는 그녀를 추억 속으로 데려갔다.

"내가 마지막으로 샴페인을 마신 것은 1995년 내 은퇴식 때야. 동료들은 드디어 나를 쫓아버렸다고 생각했지! 나는 분명히 그들을 이겼어!"

노교수는 다시 웃었다. 레오폴딘은 완전히 긴장을 풀었다. 그녀는 마침내 최근의 시련을 잊었다.

"내가 박사학위 논문을 발표했을 때……. 언젠가 말했을 거야. 레오폴딘, 자네는 아직 태어나지 않았을 때지. 1960년대 초로 거슬러 올라가니까……. 친구들과 함께 거창한 파티를 열었지. 당시에 나는 훨씬 더 강건했어. 그리고……."

노교수는 이마를 만졌다.

"내가 하고 싶은 이야기는……. 자네는 아니타 엘베르그와 관련된 이 이야기를 기억하고 있을 거야. 내가 이미 얘기했을 테니까……."

레오폴딘이 대답했다.

"글쎄요."

"그녀와 관련된 스캔들 말이야. 문제가 된 게 무엇인지 오늘 아침에 떠올랐어. 1980년대 말, 아니타 엘베르그는 박사논문 심사위원장을 맡았는데 논문을 떨어뜨렸지."

"논문을 떨어뜨렸다고요? 그런 경우는 아주 드문데. 아니 결코 일어날 수 없는 일인데요!"

"사실 놀라운 일이야. 내가 알기론 이곳에서 그런 일이 일어난 것은 그것이 유일했어. 그 사건은 엄청난 스캔들을 불러일으켰지……. 그 학생은 아니타 엘베르그를 죽이겠다고 위협까지 했지……."

레오폴딘은 잔을 비우려다 말고 손을 멈췄다. 그녀에게도 기억이 일제히 떠올랐던 것이다. 생물학 박사학위 논문…….

레오폴딘은 얼굴이 창백해지더니 몽유병자처럼 일어나서 중앙도서관을 향해 전속력으로 달려갔다.

알렉스가 소리쳤다.

"어디 가는 거야?"

"걱정 마. 곧 돌아올 거야. 잠깐이면 돼!"

*

부아쟁 경위가 외쳤다.

"그래서 아니타 엘베르그가 고도프스키를 만나려 했군요!"

"네, 고도프스키는 엘베르그가 'O.가 박물관에 도착했다'는 메모를 통해 무슨 말을 하고 싶었는지 이해할 수 있는 유일한 사람이었어요."

코메르송이 놀라며 물었다.

"그런데 왜 고도프스키는 우리에게 그 사실을 털어놓지 않았을까요?"

오스몬드는 다윈의 책 속에 숨겨진 종이를 꺼내면서 대답했다.

"고도프스키는 증거가 필요했어요. 이게 바로 그 증거죠!"

국립파리자연사박물관의 문양이 새겨진 등록카드. 1986~1987학년도. 그리고 사진 한 장.

오스몬드는 즉각 레오폴딘에게 전화해서 오라고 했다. 그리고 고도프스키의 연구실에서 나오면서 경찰에게 말했다.

"빨리 확인해야 합니다."

*

레오폴딘은 미로와 같은 책꽂이로 향했다. 날이 저물었기 때문에 중앙도서관의 서고는 쌀쌀한 어둠 속에 잠겼고 간혹 희미한 불빛이 스며들었다. 그녀는 고문서 꼬리표를 하나하나 점검했다. 《나폴레옹의 약탈, 1802~1813》, 《카사망스, 1890~1930》……. 그녀는 몹시 흥분한 채 먼지가 가득 쌓인 상자를 밀고 다른 상자를 꺼내 후다닥 검토한 후 다시 밀어 넣었다……. 무척 어두웠다……. 그 서류함을 어디에 처박아놓았더라? 사람들이 그녀의 작업을 방해하지만 않았더라도…….

마침내 레오폴딘은 찾고 있던 상자를 발견했다. 《생물학 연구소, 1880~1990》. 책 더미 밑에 하드커버 소책자가 있었다. 장 오스트발트의 생물학 박사학위 청구논문 「유칼리 세포의 계통」, 지도교수 아니타 엘베르그, 보고자 프랑수아 세르방. "O.가 박물관에 도착했다. 고도프스키에게 알릴 것." 아니타 엘베르그가 쓴 이 메모의 뜻은 언젠가는 밝혀질 것이다.

갑자기 승강기가 움직이고 4층에서 멈추는 소리가 들렸다. 호주머니에서 열쇠 꾸러미를 꺼내는 소리가 들리더니 문이 열렸다.

누군가가 박물관의 희귀본서고 안으로 들어왔다.

*

오스몬드, 부아쟁, 코메르송은 황급히 리셉션장으로 달려갔다. 그들은 군중을 둘러보았다. 표적은 눈에 띄지 않았다. 그들은 손님들 사이를 비집고 돌아다녔다. 멋지게 차려입은 사람들은 그처럼 무례하게 쳐다보는 것에 놀라움을 금치 못했다. 아누아르 알커아드 부족장의 경호원들은 오스몬드가 몇몇 부인들을 떼밀면서 왕세자에게 다가가는 것을 보고 무기를 뽑아 들었다. 사람들이 즉각 외교적 마찰을 일으키고 있는 현장으로 몰려들었다. 하지만 미국인은 그들에게 무덤덤한 시선을 던지는 것으로 만족하고 수색을 계속했다. 부아쟁과 코메르송 경위는 원통하다는 몸짓을 했다. 새는 날아가버렸다.

오스몬드는 이번 주에 두 번째로 불길한 예감이 들었다. 그는 바에서 술을 마시고 있던 알렉스를 알아보고는 황급히 달려갔다. 얼큰히 취한 알렉스의 얼굴을 보건대 한두 잔 마신 게 아니었다.

"알렉스! 레오폴딘은 어디에 있어요?"

사육사는 그렇게 발각되어 다소 놀란 듯 중얼거렸다.

"레오? 틀림없이 한쪽 구석에 있을 거예요. 곧 돌아온다고 했는데……. 교수님, 5분만 기다려주세요. 그리고 이 럼주 좀 맛보세요. 이건 진짜 아기 예수님의 오줌이죠……. 웨이터!"

웨이터들은 술통 꼭지를 내려다보았다. 술이 한 방울도 떨어지지 않았다. 술이 벌써 떨어질 리가 없는데……. 술통의 뚜껑을 열어서 무엇이 걸려 있는지를 확인해야 했다.

뚜껑이 열리자마자 공포의 외마디와 무수한 구토가 이어졌다. 알렉스는 순식간에 술에서 깨어났다.

44장. 나는 하나님의 뜻에 따랐을 뿐이에요

낡은 나무계단은 어둠 속에 묻혀 있었다. 층계참에 웅크린 레오폴딘은 불안에 휩싸인 채 희귀본서고에서 들리는 소리를 듣고 있었다. 바닥에서 상자를 끌어당기는 소리가 들렸다. 숨을 죽이고 몇 계단 내려갔다. 한 줄기 불빛이 살짝 열린 문으로 새어나왔다. 바닥에 떨어지는 금속 물체의 둔탁한 소리에 그녀는 소스라치게 놀랐다. 이성이 그녀에게 부리나케 도망치라고 명령하는 순간 억눌린 욕설이 그녀를 화석처럼 굳게 했다. 분명 욕설이 들렸다. 그녀는 살금살금 내려와 조용히 문을 열었다.

희미한 빛 속에서 박제된 동물과 버려진 집기 한가운데서 머리를 앞으로 숙인 실루엣이 금속 트렁크를 끌어당기자 시멘트 바닥에서 삐걱거리는 소리가 났다. 레오폴딘은 먼지로 뒤덮인 전구 몇 개가 비추고 있는 서고에서 몇 걸음 떼었다. 어제 저녁 완전히 훼손된 다윈 흉상을 보았던 대리석 흉상 진열대까지 나아갔다. 바닥에는 옛 지도들이 나뒹굴고 있었다.

남자는 몸을 숙이고 있었고 여전히 삐걱거리는 소리가 들렸다. 순간 레오폴딘은 무슨 일이 일어나고 있는지 깨닫고 황급히 달려갔다. 하지만 너무 늦었다. 그림자는 이미 망치를 들고 있었다.

베이징원인의 유일한 표본은 몇 번의 망치질로 지구상에서 완전히 사라졌다. 레오폴딘은 이 불경한 자에게 몸을 날렸다. 남자는 그녀를 밀어내고 벌떡 일어났다. 그의 얼굴은 끔찍하게 일그러지고 흥분해 있었다. 남자가 헐떡거리며 말했다.

"나는 그를 똑똑히 보았어요. 다윈을 생각하기만 하면 됐지! 천박한 무신론자 다윈을! 레오폴딘, 누가 이 트렁크 위에 이 낡은 지도들을 올려놓을 생각을 했을까? 박물관에서 기이한 일들이 일어나고 있어요. 그렇게 생각하지 않아요?"

레오폴딘은 하얗게 질린 채 뒷걸음질을 쳤다. 그녀 앞에 환각에 사로잡힌 채 서 있는 사람은 요한 키르허가 아닌가.

그의 스모킹 저고리는 먼지로 뒤덮여 있었고 나비넥타이는 칼라 주위에 매달려 있었으며 떨리는 두 손은 망치와 끌을 쥐고 있었다.

키르허는 갑자기 누그러진 목소리로 말했다.

"레오폴딘, 이제 아무것도 증명할 수 없어요. 베이징원인의 유골은 이제 먼지에 지나지 않아요. 그게 하나님의 뜻이에요. '**너는 먼지이니 먼지로 돌아갈 것이니라**.' 나는 하나님의 뜻에 따랐을 뿐이에요."

"그럼 당신에게 알랑을 맹수 우리 속으로 밀어 넣으라고 지시한 것도 하나님이란 말인가요?"

"그 불쌍한 총각……. 그는 하나님의 창조를 모욕했어요. 그래도 나에게 아주 유용한 친구였어요."

"아, 이제 생각나요……. 당신은 동물원에 있었어요. 당신은 노르베르 뷔송의 소리를 듣고 있었어요……."

"노르베르 역시 불경한 사람이죠. 그는 당연한 벌을 받았을 뿐이에요."

"그리고 당신은 알랑을 제거하기 위해 노르베르를 이용했어요."

"레오폴딘, 전혀 그렇지 않아요. 나는 하나님 뜻의 도구에 지나지 않아요. 박물관에 다시 질서를 세워야만 했어요. 진리를 복원하고 하나님께 그분의 것을 돌려줘야 했어요."

"그럼 세르방은요? 그는 하나님의 도구였나요, 당신의 도구였나요?"

키르허는 짓눌린 표정을 짓고 저명한 학자들의 흉상이 있는 선반에 망치와 끌을 놓았다.

"세르방……. 그는 우리를 위해 살인을 했죠. 하지만 결국 그는 우리 모두를 속였어요. 그가 우리의 대의를 위해 연구한다고 해서 우리는 그의 연구를 후원했어요. 그는 모든 다윈주의자들의 제안을 철저하게 반대해야 했어요. 하지만 실은 그는 하나님의 길을 존중하지 않았어요! 그는 유전학을 통해 창조주의 뜻을 수행할 수 있다고 상상했어요. 또 하나님의 완벽한 창조를 증명할 수 있다고 공언했어요. 하지만 그는 초인을 만들어서 하나님을 대체할 궁리만 했어요. 말하자면 인간에 대한 생사여탈권을 가로챈 거죠! 하나님만이 그 권리를 갖고 있는데도!"

키르허는 이 마지막 문장을 절망적으로 외쳤다. 그가 레오폴딘에게 한 걸음 다가가자 그녀는 즉각 물러났다.

"세르방이 우리에게 거짓말했다는 사실을 깨달은 것은 레오폴딘, 당신 덕분이이에요. 기억나요?"

"뉴턴의 연금술 개론?"

"그래요……. '마법사의 제자'……. 이건 당신이 한 말이죠. 당신이 없었다면 나는 세르방이 괴물이었다는 것을 깨닫지 못했을 거예요."

"그럼 당신은요? 당신은 대체 누구죠? 당신은 복수하기 위해 세르방에게 이 살인을 저지르도록 부추겼어요. 이제 나는 당신을 장 오스트발트라고 불러야 할까요?"

소장품 관리인은 비웃었다.

"아니타 엘베르그는 당연한 벌을 받았을 뿐이에요. 그녀는 내 논문을 거절함으로써 신을 모독했어요. 당시에 세르방만이 나를 옹호했죠. 나는 진실을 밝히기 위해 언젠가는 돌아오겠다고 다짐했어요. 나는 아버지의 명령에 순종하고 미국으로 갔어요. 형제들이 나를 맞이하고 내 학비를 마련해주었죠. 나는 어머니의 성(姓)인 키르허를 따고 참을성 있게 기회를 기다렸어요. 나는 기회가 올 것이며 주님께서 나를 돌보신다는 사실을 알고 있었어요. 내가 박물관에서 일자리를 얻었을 때 주님께서 내게 사명을 맡겼다는 사실을 깨달았죠. 그것은 주님께 자리를 돌려주는 것이었어요. 이단자들이 주님의 자리를 차지했거든요. 그래서 나는 주님께 자리를 돌려드렸고 죄인들, 즉 과학의 이름으로 창조주를 배신하고 그리스도교 신자라고 자처하는 그 모든 악당들을 징벌한 거예요. 호완싸인, 델마, 앵베르……. 이들은 자신들의 주인인 다윈 상 앞에 무릎을 꿇으면서도 주님께 영광을 드린다고 말하는 불순한 인간들이죠……. 나는 그리고 이 세상에서 가장 증오했던 아니타 엘베르그를 징벌했어요……. 세르방은 나를 도와주기로 했어요. 세르방 역시 그녀와 해결해야 할 문제가 있었거든요. 나는 또 박물관의 소장품 중에서 사람들에게 과오를 범하게 할 수 있는 모든 것을 없애야 했어요. 한 형제의 도움으로 그 운석을 없앴어요. 당신이 옆방에서 알아보았던 그 남자는 무신론자 오스몬드를 제거하기로 했어요. 또 그 뼈도 없앴어요. 당신이 내게 말하지 않았다면 나는 베이징원인의 유골을 전혀 생각하지 못했을 거예요. 고마워요, 레오폴딘. 지금 세상 사람들은 모두 눈을 떠야 해요. 하나님은 창조의 주인이에요. 그 무엇도, 그 누구도 이 명백한 사실에 반대할 수 없어요."

"당신은 미쳤어요."

키르허의 표정이 다시 바뀌었다. 정말로 이해할 수 없다는 표정이었다.

"왜 우리 그리스도교 형제들은 주님을 섬기는 것에 만족하는데 항상 미친놈 취급을 받아야 하죠? 우리는 언제나 신앙이 없는 사람들로부터 경멸적인 공격의 대상이에요. 우리도 이 사실을 알고 있어요. 하지만 우리는 어떤 희생을 치르더라도 우리의 임무에 헌신해요. 우리는 주님의 재림을 준비하고 있어요. 우리는 구세주이신 그리스도처럼 최고의 희생을 치를 준비가 되어 있어요!"

"그렇다고 죄 없는 사람들을 죽여도 좋단 말인가요?"

"죄가 없는 사람은 한 사람도 없어요. 레오폴딘, 우리는 모두 죄인이에요. 악은 처음부터 우리 안에 있어요. 우리는 모두 있는 그대로 속죄해야 해요. 나는 죄인이기 때문에 속죄해야 해요. 나는 주님을 모독하는 해로운 인간들을 제거함으로써 내 죄를 속죄해요. 그리고 주님께 감사를 드려요."

키르허는 눈물을 쏟으려 했다. 그는 갑자기 다가오더니 레오폴딘의 팔을 붙잡았다. 그리고 레오폴딘의 두 눈을 똑바로 바라보면서 고백했다.

"레오폴딘, 나는 당신을 사랑했어요. 정말로 당신을 사랑했어요. 내가 지상의 피조물을 사랑할 거라고는 결코 생각하지 않았는데……. 하지만 이 감정을 받아들일 수 없어요. 내 사명이 사랑을 금하고 있어요. 나는 주님께 몸을 바쳤거든요."

"나를 놓아줘요! 가게 해줘요!"

오스트발트는 호주머니에서 권총을 꺼냈다.

"레오폴딘, 그럴 수 없어요. 내 사명은 끝나지 않았어요."

*

손님들은 여전히 자신의 눈을 믿을 수 없었다. 세르방의 시체가 커다란 나무 통 알코올 속에서 기괴한 태아처럼 웅크리고 있었던 것이다. 경찰은 손님들을 철수시키고 사진사들 내쫓았다. 리셉션장엔 빈 식탁과 뒤집어진 의자밖에 남지 않았다.

피터 오스몬드는 공포에 사로잡힌 군중을 헤치고 길을 트려고 애썼다. 키르허는 보이지 않았다. 오스몬드는 레오폴딘을 만나려 했지만 헛수고였다. 갑자기 익숙한 목소리가 그의 이름을 불렀다.

"피터!"

마냐니 신부는 도서관 정문에서 두 손을 흔들었다. 그가 신부를 향해 달려가자 부아쟁과 코메르송도 뒤따라갔다.

마냐니 신부가 말했다.

"저는 키르허를 미행했어요. 그는 이곳으로 들어갔어요. 하지만 저는 마그네틱 카드를 저고리 주머니 속에 놓고 와서 들어갈 수 없었어요."

오스몬드는 자신의 마그네틱 카드를 꺼내 빗장을 풀었다. 그들은 한 층 한 층 올라가면서 미세한 소리에 귀를 기울이며 모든 문을 열어보았다.

"나를 놓아줘요!"

레오폴딘. 그녀일 수밖에 없었다.

네 사람은 급히 4층의 희귀본서고 안으로 달려갔다. 두 실루엣이 대생명진화관과 연결된 반대편 출구로 향하는 것이 보였다. 네 사람은 그들을 추적하기 시작했고 곧 캄캄한 어둠 속에 잠겼다.

네 사람이 알고 있는 거라곤 광대한 공간 속으로 들어와 있다는 것뿐이었다. 마루판에서 걷는 발자국의 메아리는 허공에서 울렸다.

갑자기 대생명진화관이 수많은 전등의 불빛으로 환해졌다. 목재와 철재로 만든 웅장한 내부공간은 박제된 동물들의 행렬 및 다채로운 진열장과 더불어 생기를 띠었다. 아래쪽에서 고래의 뼈대는 포유류의 놀라운 번식과, 형태와 색깔의 무한한 변화를 보여주면서 무중력 상태에서 일렁이고 있었다. 호모사피엔스는 동물의 무한히 다양한 형태에 비하면 아주 보잘것없는 것처럼 보였다. 사냥 장면에 몰입한 오스몬드와 마냐니 신부 그리고 두 경찰은 이 동물들이 종과 종의 태곳적 싸움을 재현한다는 사실을 깨닫지 못했다.

*

1층에서 루셀 서장은 메가폰을 이용해서 작전을 지휘했다.

"키르허, 항복하시오! 당신은 어떤 가능성도 없소! 그녀를 풀어주시오!"

레오폴딘의 관자놀이에 총구를 겨눈 요한 키르허는 완전히 제정신이 아닌 듯했다. 한쪽에서는 오스몬드와 부아쟁이, 다른 편에서는 마냐니 신부와 코메르송이 도망자를 대생명진화관의 한쪽 구석으로 몰아붙이면서 압박 작전을 펼쳤다.

바로 그때 그들은 보았다. 한 무리의 박제된 원숭이들, 아주 생생하게 재현한, 열대나무 가지에 매달린 세 마리의 보노보. 모든 영장류 중에서 보노보는 인간에 가장 가까운 존재로 밝혀졌다. 보노보는 탁월한 학습 능력을 갖고 있고 아주 세심하게 구상한 사회 생활을 영위한다. 어떤 사람들은 이들이 호모사피엔스의 가장 가까운 사촌이라고 주저하지 않고 주장한다.

보노보 중의 한 녀석은 아주 놀라운 특징을 지녔다. 녀석은 사람의 얼굴을 가지고 있었다! 놀라움은 여기서 끝나지 않았다. 바로 이 보노보의 흉곽에 에릭 고도프스키의 머리가 놓여 있지 않은가! 요한 키르허와 그의 교파가 보여주는 완벽한 입증이었다. 진화의 고리가 다시 원점으로 돌아왔다는 것을 나타낸 것이다.

사방에서 몰려온 경찰이 키르허와 레오폴딘을 한쪽 구석으로 몰아넣고 있었다. 그들 머리 위에는 '사라진 종(種)의 진열실' 이라는 푯말이 붙어 있었다. 키르허는 여전히 젊은 여인에게 총구를 겨누고 있었다.

납치범과 피랍자는 심각하게 서로의 얼굴을 바라보았다. 레오폴딘은 스스로도 놀랄 만큼 그에게 깊은 연민을 느꼈다.

레오폴딘이 물었다.

"왜 이런 짓을 하죠?"

키르허가 중얼거렸다.

"주님께서 내게 명령했어요. 나는 하나님의 뜻에 따랐을 뿐이에요."

"그럼 주님께서 일요일에도 살인하라고 명령했나요? 나는 일요일은 성스러운 날이라고 생각했어요. 용서의 날이에요. 장, 용서해야 해요. 주님께선 죽음이 아니라 생명을 주셨어요."

소장품 관리인은 어떻게 대답해야 좋을지 몰랐다. 그는 다시 장 오스트발트라는 학생이 되어 있었다. 이 젊은이는 너무 엄격한 교육으로 짓눌렸고 약간 정신이 이상했다. 틀림없이 사랑을 전혀 경험하지 못했을 것이다. 그의 결심이 흔들렸다. 그리고 의심이 그의 마음속에 파고드는 것 같았다.

레오폴딘이 애원했다.

"모든 게 끝났어요! 항복하세요. 최소한 목숨이라도 구하세요!"

키르허는 무기를 내렸다.

"내 목숨? 내 목숨이 뭔데요? 아무것도 아니에요. 주님의 손에서는 단 한 번의 입김에 사라지는 목숨일 뿐이에요……."

그때 둔탁한 총성이 울렸다. 피하 주사기가 키르허의 어깨에 맞았다. 은밀히 대생명진화관에 침투한 알렉스는 가장 좋은 조준각을 잡기 위해 박제된 단봉낙타 위에 자리를 잡고 여느 때처럼 정확하게 조준해서 발사했던 것이다.

키르허는 고통으로 얼굴을 찡그리면서 팔을 잡았다. 그는 마취제가 효과를 나타내기 시작하는 데 30초 이상 걸리지 않는다는 사실을 알고 있었다. 그는 최대한 기력을 모아 무장한 팔을 들어 올렸다. 그리고 중얼거렸다.

"레오폴딘, 당신을 사랑했어요."

그리고 유언 대신에 울부짖었다.

"나는 동물이 아니야!"

그리고 단호하게 총구를 자신의 입에 넣고 방아쇠를 당겼다.

에필로그

옷이 구겨진 한 여행객이 의자에 깊숙이 들어앉아 두 발을 가방 위에 올려놓은 채 탑승대기실의 소란에 아랑곳하지 않고 최신 「르몽드」를 읽고 있었다. 이탈리아인들은 신문에 푹 빠진 이 텁수룩한 부랑아에게 손가락질하면서 들어왔다.

피터 오스몬드는 속히 하버드 대학교에 있는 자신의 조용한 연구실로 돌아가고 싶었다. 그는 어젯밤 잠깐밖에 자지 못했다. 작별인사를 피하기 위해 슬그머니 호텔에서 빠져나왔던 것이다. 그는 차분한 마음으로 오랫동안 파리 거리를 거닐었다. 파리의 화려한 건축과 독특한 빛의 아름다움에 다시 한 번 감탄하지 않을 수 없었다. 하지만 마음은 무거웠다. 다시는 결코 돌아오지 않을 것이다. 가슴이 찢어지는 듯한 수많은 추억이 몹시 사랑했던 이 도시와 관련되어 있기 때문이다.

「르몽드」의 8쪽 사설은 엊저녁 식물원에 있었던 리셉션을 짧게 언급했고, 국립파리자연사박물관을 슬픔에 빠뜨린 살인사건의 핵심 용의자가 밝혀졌으나 체포 직전에 자살했다고 간략하게 소개했다. 당국은 절대적인 신중함을 보였다. 경찰은 난처한 정보는 최대한 차단하라는 지시를 받았다. 한편 박물관 경영진은 극도로 조심스럽게 사법수사를 계속할 거라는 공식성명을 발표하는 것으로 마무리했다. 다시 말해서 일반인들이 사건의 전모를 알게 되기까지는 긴 세월이 필요할 것이다. 이런 의미에서 키르허는 정말로 모든 것을 잃었다. 그가 꾸민 음모의 상징적 중요성은 의미를 잃게 된 것이다. 미국인은 기뻐할 수밖에 없었다. 그는 체념의 한숨을 내쉬며 신문을 접었다.

아무것도 아닌 일로 수많은 살인, 폭력, 증오를 일으키다니…….

한 엄마가 아이를 안고 그의 앞을 지나갔다. 아이는 고생물학자를 마치 한 번도 본 적이 없는 아주 기이한 사람이라도 되듯 물끄러미 바라보았다. 피터는 잠시 가만히 있다가 미소를 지었다. 그는 순진함으로 가득한 이 아이를 보는 것만으로도 행복했다. 인생이 시작된 이 아이에게는, 발견하게 될 경이로운 일들이 얼마나 많은가. 여인은 멀어져갔다. 오스몬드는 자신에게 미소를 보내는 아이를 바라보았다.

"아니, 이럴 수가!"

오스몬드는 고개를 돌렸다. 수단을 입은 마르첼로 마냐니 신부가 가방을 들고 다가오고 있었다. 미국인은 떠나오면서 신부에게 전화를 걸어 작별인사를 하려고 했으나 뭐라고 말해야 할지 몰라 생각을 바꾸었다. 어쩌면 그는 맹세나 감정의 폭발을 두려워했을 것이다. 그는 언제나 그런 점을 불편해했다. 마냐니 신부 역시 몹시 서운해하는 것 같았다. 신부는 오스몬드 앞에서 몸을 좌우로 흔들면서 할 말을 찾았다.

오스몬드는 유리창을 바라보았다. 비행기 한 대가 제트 엔진을 윙윙거리면서 날아오르고 있었다.

오스몬드가 말했다.

"신부님도 로마로 돌아가세요?"

신부는 표를 보여주면서 대답했다.

"네, 늦었어요. 호텔에 전화했더니 당신이 이미 떠났다고 하지 뭡니까. 공항으로 곧장 올 시간밖에 없었어요."

오스몬드가 짓궂게 말했다.

"우연이 좋은 일을 많이 합니다."

"피터, 우연이요 아니면 필연이요? 저는 당신을 설득하는 일을 그렇게 쉽게 포기하지 않을 겁니다!"

두 사람은 미소를 나누었다. 그들은 생각보다 공통점이 많았다.

오스몬드가 물었다.

"다시 연구를 시작할 건가요?"

신부가 대답했다.

"물론. 이번에는 꼭 뭔가를 발견할 거예요."

마르첼로는 단어를 찾는 듯 잠시 머뭇거리다가 말했다.

"지난주의 경험은 저에게 아주 중요했어요, 모든 점에서. 사람이 뭔지 조금 더 이해할 수 있을 것 같아요. 연구에 참가했던 의미도요. 피터, 당신 덕분이에요. 감사드리고 싶었어요."

달콤한 목소리가 로마행 탑승을 마지막으로 알렸다. 신부는 손짓으로 스튜어디스를 가리키며 말했다.

"이번에는 승무원들이 더 이상 기다리지 않을 거예요. 잘 가세요. 그리고 행운을 빌어요."

두 친구는 오랫동안 악수를 했다. 오스몬드는 검은 옷을 입은 사제가 영원히 멀어지는 것을 보면서 이 악수가 그가 나누었던 악수 중에서 가장 형제적일 거라고 생각했다.

오스몬드는 알리탈리아 비행기가 터미널을 출발해서 천천히 트랙 위를 굴러가다가 마침내 하늘로 떠오르는 모습을 관찰했다.

그는 유리창 앞에서 정확히는 모르겠지만 뭔가를 기대하면서 비행기 발레를 구경했다. 그것은 틀림없이 향수일 것이다. 마침내 확성기의 부드러운 목소리가 뉴욕행 비행기의 탑승을 알렸다. 그는 가방을 들었다.

바로 그때 마치 우연인 것처럼—이게 정말 우연일까? 아니면 피할 수 없는 상황의 연쇄 효과일까?—그가 바라고 동시에 두려워하는 일이 일어났다.

가슴을 파고드는 목소리가 들렸다.

"피터!"

레오폴딘과 알렉스가 탑승대기실의 차단선 뒤에 서서 크게 손을 흔들고 있었다. 오스몬드는 마음의 고통을 느낄 위험을 무릅쓰지 않고 그들의 인사에 대답만 하고 떠나고 싶었다. 그런 고통을 피하고 싶었다. 하지만 이런 식으로, 그것도 급작스럽게 레오폴딘과 헤어질 수는 없었다. 환희의 물결이 그를 감쌌다. 그는 탑승구로 향하는 몇몇 승객들을 떼밀면서 젊은 여인에게 달려갔다.

레오폴딘은 몹시 헐떡거리면서 말했다.

"알렉스가 전속력으로 운전했어. 우리는 최소한 열 번은 죽을 뻔했어."

알렉스가 투덜댔다.

"전혀 아니에요. 저는 항상 상황을 잘 해결해요."

레오가 말했다.

"벌써 떠나는 거야?"

오스몬드는 난처한 표정으로 대답했다.

"응. 오늘 날짜로 표를 예약했다고 말했잖아. 그래서 이렇게 가는 거야."

"작별인사도 없이?"

오스몬드는 작별인사를 하고 싶어 죽을 지경이었으며, 파리 거리를 산책하면서 끝없이 생각했으며, 하지만 이렇게 말없이 떠나는 편이 나을 거라 생각했다는 말을 털어놓지 않기 위해 시선을 떨구웠다. 그는 위대한 고백에 별로 재주가 없었다. 그는 시인이 아니라 과학자일 뿐이었다.

"글쎄……. 아마 다시 보게 될 거야."

그 순간 그는 자신이 더 이상 국제적으로 유명한 학자이자 하버드 대학교 교수이며 「진화소식」지의 편집장인 피터 오스몬드가 아니길 바랐다. 그는 이 멋진 아가씨 곁에 머무는 것 말고는 다른 책임을 맡고 싶지 않았다.

레오폴딘은 그에게 뭔가를 건넸다.

"자, 내 이메일 주소야. 편지 보낼 거지?"

그는 손가락 끝으로 종이를 잡으면서 고개를 끄덕였다. 그리고 목멘 소리로 간신히 말했다.

"그럼 안녕……."

생물학 법칙은 존재하는 그 자체이기 때문에, 가끔 두 사람이 상대에게 너무도 강렬한 육체적 매력을 느낀 나머지 아주 기초적인 합리성에서 벗어난 행동을 통해 사랑을 표현하더라도 그럴 수밖에 없는 이유를 제대로 설명할 수 없다. 피터 오스몬드는 가장 시의적절하지 않은 순간에 차단선 너머로 몸을 기울이고 오랫동안 레오폴딘 드베르를 포옹했다.

오스몬드는 손을 흔들어 알렉스에게 작별인사를 보냈다. 그리고 돌아보지 않고 단호한 걸음으로 터미널 2F의 게이트 C로 향했다.

*

나는 독자 여러분에게 피터 오스몬드, 마나니 신부 그리고 레오폴딘 드베르가 서로 만나게 된 동기가 우연인지 아니면 필연인지 판단을 맡기겠다. 그리고 천체물리학자 호완싸인 교수의 폭발된 연구실이 있는 쿼비에 가의 건물이 보수 중이며 몇 달 후에는 어떤 불길한 흔적도 남지 않을 거라는 점을 알려드리는 것으로 만족하겠다.

보석 전시회는 대성공이었다. 관람객들의 열정적인 관심은 결코 변하지 않았다. 올리비에그룹은 대단히 만족했다. 박물관 연쇄살인 사건의 취재 열기는 새로운 비극이 언론의 주목을 받게 되자 재빨리 식었다. 강렬한 흥분을 느끼기 위해 식물원 오솔길을 배회하던 호기심 많은 사람들도 일요일의 평화로운 산책자들과 회전목마에 줄지어 오르는 어린이들에게 조금씩 자리를 내주었다.

동물원 한복판에 위치한 맹수 우리는 수리를 위해 문을 닫았다. 맹수들은 유럽의 여러 동물원에 분산되었다. 그렇게 연쇄살인사건이 발생한 지 여섯 달이 지났지만 재개관 계획은 여전히 없었다.

사회면 기사와 달리 트루밸류즈 투자회사는 로잔 유럽생물학센터에 대한 출자 규모를 늘리기로 결정했다. 트루밸류즈는 현재 과학적 목적과 아주 폭넓게 신비스러운 기술력을 가진 이 연구센터의 주요 주주다. 한때 오스틴 대학교에서 요한 키르허의 스승이었던 이브 마티올레가 개인 사정을 이유로 학습커리큘럼위원회의 위원장직을 포기하자 자크 루아예도 신중하게 과학클럽의 회장직을 사임했다.

피터 오스몬드는 하버드 대학교에서 강의를 재개했다. 그는 주의 깊은 학생들에게 고생물학, 생물학, 과학사를 가르치고 있다. 또 기초 연구와 신앙의 관계에 관한 강좌를 개설했다. 이 강연은 미셸 델마 교수에게 헌정될 출판물의 자료가 될 것이다. 오스몬드의 초대를 받은 레오폴딘 드베르는 다음 휴가 때 뉴욕을 방문할 것이다.

마르첼로 마냐니 신부 역시 로마에 있는 평온한 연구실을 되찾았다. 그는 고요와 명상 속에서 우주 물체의 도정이 자기장의 소동에 대한 감도에 따라 분석된다는, 소위 '점근(漸近) 궤도'라는 이론을 제시했다. 그는 어리둥절한 바티칸 고위 성직자들 앞에서 생명이 지구상에 출현하기 전에 다른 곳에 존재했을 거라고 넌지시 말했다. 그의 주장은 국제 언론계에서 대단한 반향을 일으켰다. 겸손한 마냐니 신부는 동시에 이 발견을 하버드 대학교의 피터 오스몬드 교수의 공로로 돌렸다. 이 교수는 어떤 발견도 놓치지 않고 발표했다.

한편 레오폴딘 드베르는 매일 식물원에서 조깅을 하고 있다. 여전히 사무실을 갖지 못한 그녀는 여러 도서관에 넘쳐나는 과학 간행물을 정리하기 위해 박물관의 한쪽 익랑에서 다른 쪽 익랑까지 달린다. 시간이 나면 중앙도서관에서 고문서 목록을 작성한다. 그녀의 계산에 따르면 이 리듬으로 작업을 한다면 임무는 378년 후에야 끝날 것이다. 그녀는 테야르 드 샤르댕 신부의 수첩에 관한 개별 연구를 진행하고 있다. 비밀 자료가 분실될 위험이 없는 유일한 장소인 알렉스의 사물함 속에 이 수첩을 숨겨놓았다. 그녀는 이 연구를 노르베르 뷔송에게 헌정할 것이다.

레오폴딘은 알렉스에게 아침 조깅을 하라고 충고했다. 하지만 이 시도가 완전히 환상이라는 사실이 곧 드러났다. 실제로 이 젊은이는 자신의 몸이 조금도 연약하지 않으며 행복감을 주는 알코올과 다른 기호품을 멀리하는 것이 확실한 증거라고 주장했다.

레오폴딘은 피터 오스몬드 작품의 열렬한 독자가 되었다. 그녀는 정기적으로 그에게 편지를 보내 정확한 정보를 입수했다. 봄에 미국을 방문할 때 무슨 일이 있어도 반드시 우수한 과학적 소양을 쌓기로 다짐했다. 또한 더욱 귀엽게 옷을 입기로 결심하고 이에 관한 자료를 모으고 있다.

미국에서 개신교 근본주의 교파들은 공립학교에서 다윈의 주장과 평등하게 의무적으로 창조론을 가르칠 수 있도록 캔자스 주정부에 소송을 제기했다. 몇 주 후에 판결이 날 것이다. 펜실베이니아의 해리스버그 법정에서는 진화론을 부인하는 지적 설계론의 지지자들이 참패를 당했다. 존 E. 존스 연방판사는 2005년 12월 20일 정교분리의 이름으로 공립학교 과학수업에서 지적 설계론을 진화론의 대안으로 가르치는 것은 위헌이라고 판결했다. 6주간의 소송 후 그의 판결은 지적 설계론의 지지자들로부터 혹독한 비난을 받았다. (2005년 12월 22일, 「르몽드」지 참조) 학부모협회는 도덕적이고 그리스도교적인 가치를 옹호하는 공교육을 요청하기 위해 매일 법정 앞에서 시위를 하고 있다. 하지만 그들의 청원은 펜실베이니아의 캔자스에서처럼 틀림없이 거부될 것이다. 어쨌든 개신교 근본주의자들의 변호사인 모건 나이팅게일 씨는 상소할 거라고 예고했다.

침착한 플로루스 교수는 명예를 걸고 겨울이나 여름이나 매일 박물관에 출근하고 있다. 가장 일찍 출근하고 가장 늦게 퇴근하는 노교수는 박물학자로서의 업무와 식물학과의 자료 정리를 수행하고 있다. 한가한 때에는 얘깃거리가 될 수 있는 거라면 아무리 사소한 사건이라도 쌍안경으로 관찰한다. 여러분이 방금 읽은 것처럼 노교수는 박물관 생활에 관한 상세한 연대기를 쓰고 있다. 비록 인간 사회가 자주 카오스 근처를 맴돌지라도 식물계나 동물계처럼 언제나 균형을 되찾는다는 사실을 즐거워하면서.

계절 순환의 탁월한 관찰자인 이 노교수는 나날의 흐름을 탐색하는 일에 싫증 내지 않았고 지식을 풍요롭게 해주는 아주 미세한 발견에도 주의를 기울였다. 최근에 누군가가 큰개현삼(쌍떡잎식물 현삼과의 여러해살이풀—옮긴이)의 한 변종을 보냈다. 노교수는 일주일 내내 기쁨에 들떴다. 연구실의 고독 속에서 돋보기에 눈을 붙이고 섬세한 두 손가락으로 이 식물 줄기를 돌리면서 잎맥 하나하나, 양홍빛 꽃잎 하나하나 자세히 탐색했다.

세상을 살피는 연구자의 엄격한 눈동자에는 언제나 광채가 빛났다. 우주 발견에 몰입한 어린이의 눈동자 같은 영원한 광채.

작가 후기

등장인물과 상황은 전적으로 허구다. 이미 존재했거나 지금 존재하는 사건 및 인물과의 유사성이 있다면 그것은 우연일 뿐이다. 하지만 이 이야기 속에 소개된 과학 토론의 일부는 스티븐 제이 골드 교수(1941~ 2002. 하버드 대학교와 뉴욕 대학교 교수, 고생물학자, 진화생물학자, 과학사가—옮긴이)와 기욤 르쿠앵트르(프랑스 국립파리자연사박물관 계통학과 교수—옮긴이)의 저서에서 영감을 받았다. 두 학자는 현대 과학방법론의 조건인 신다윈설의 입장과 유물론 옹호를 대표한다.

비다윈주의적 진화 과정에 관한 과학이론들과 수학적 모델화(조화로운 어트랙터)는 국립파리자연사박물관 선사시대학과에 파견된 국립과학연구센터 소속 연구 담당관인 안 당브리쿠르·말라세의 논문에서 영감을 받았다.

테야르 드 샤르댕 재단은 1964년부터 국립파리자연사박물관에 입주하고 있다. 동년 12월 4일 국참사원(콩세이데타. 정부의 행정 및 입법의 자문기관과 최고 행정재판소의 역할을 겸함—옮긴이)의 명령에 따라 공적 유용성을 인정받은 이 재단은 현재 전(前) 박물관장인 앙리 드 뤼믈레 교수가 이끌고 있다.

미셸 기로(현 박물관 소장품 총관리인)가 기획해서 2001년에 개최된 보석 전시회는 이 소설에서 형식적 틀로만 활용되었다.

창조론자와 진화론자 간의 토론은 미국 사회의 한 현상이다. 개신교 근본주의에 관한 이 토론은 미국 정치에 상당한 영향력을 행사하고 있다. 창조론에 관한 토론은 프랑스에는 존재하지 않는다. 하지만 이 문제는 사람들의 정신을 흔들어놓기 시작했다. 경계가 요구된다.

감사의 말

마리·테레즈 루아, 로베르와 즈네비에브 볼프, 키트리 뒤위르·고세르, 디디에 보프와 릴라 제발트에게 후원에 대해 감사드린다.

쉬바시·오·루이 회장과 미셸 기로 교수에게 국립파리자연사박물관처럼 유서 깊은 기관에서 누구도 상상할 수 없는 비열한 연쇄살인 사건을 읽고 보여준 해학과, 감수를 동반한 친절한 지적에 대해 감사드린다.

특히 국립식물표본실장인 마르크 피냘에게 감사드린다. 국립파리자연사박물관의 전·현직 도서관장인 모니크 뒤크뢰와 미셸 르누아르 부인께도 감사드린다.

과학·기술적 도움에 대해 기욤 르쿠앵트르, 프랑수아 로베르, 제라르 에모냉, 로제 부르, 이반 이나이히, 필리프 그렐리에, 페트 로우리, 장·노엘 라바, 시몽 틸리에 교수에게 감사드리고, 안 당브리쿠르·말라세, 파트릭 가이스도르퍼, 필리프 베아레즈, 세르주 바리에 연구원에게도 감사드린다. 또한 니콜라 프뤼보, 프레데릭 트롱셰, 니콜라 비달, 파트리스 프뤼보, 제롬 문칭거에게 감사드린다.

마지막으로 함께 일해서 영광이었고 기쁨을 안겨준 모든 박물관 구성원들에게 감사드린다.

작품 해설

이원복(원광대학교 유럽문화학부 겸임교수)

2006년에 출간된 베로니크 루아의 『살인의 방정식』(원제는 『박물관』)은 우주의 창조와 생명의 기원이라는 인류의 영원한 수수께끼이자 가장 본질적인 문제를 도입함으로써 새삼스럽게 우리에게 몇 가지 중대한 질문을 제기한다. 우주는 언제 어디에서 어떻게 시작되었을까? 생명체는 우연히 무에서 생겨났을까? 성경의 창세기에 기록된 것처럼 창조주가 인간을 비롯한 만물을 만들었을까? 외계 생명체는 과연 존재할까?

수많은 창조 신화들, 여러 종교들 그리고 과학은 각각 나름대로 이 질문에 대한 답을 내놓고 있고, 아주 먼 옛날부터 오늘날까지 철학자들, 신학자들, 과학자들은 이 질문에 답하기 위해 고심하고 있다. 영원한 두 평행선처럼 보이는 창조론과 진화론 중 어느 것이 이 거대한 질문에 정확한 답을 제공할 수 있을까?

이 소설의 배경은 프랑스 박물학(동물학·식물학·광물학·지질학)의 본산이자 진화론의 교육장인 국립파리자연사박물관, 특히 원시생물부터 영장류까지 생명의 진화 과정을 일목요연하게 보여주는 박물관의 보배 대(大)생명진화관이다. 창조의 일주일을 상징하듯 요일 이름을 딴 일곱 장(章)의 제목은 진화론과 창조론의 갈등을 암시한다.

실제로 이 작품은 박물관을 배경으로 일주일 동안 상상을 초월하는 기이한 연쇄살인이 일어나면서 시종일관 불안, 공포, 경악, 긴장감, 신비, 마법, 의문이 꼬리에 꼬리를 물고 일어나는 전형적인 추리

소설이다. 작가는 치밀하고 박진감 넘치는 문체로 근본주의자들이 신의 이름으로 자행하는 교묘하고 잔혹한 범행을 고발함과 동시에 종교와 과학의 갈등, 사이비 종교의 왜곡된 신앙관, 맹목적 광신, 종교와 정치의 결탁, 인간과 동물의 관계를 되짚어볼 뿐 아니라 사랑, 질투, 증오, 반목, 소외, 연민, 희생, 형제애, 화해 등 삶의 본질적인 주제도 심층적으로 다루고 있다.

이 이야기는 8월 27일 토요일 오후 프랑스 브르타뉴 지방의 한 해안 마을에 운석이 떨어지는 사건과 더불어 시작된다. 렌 대학교의 생물학 교수 로익 에르완은 운석을 예비 분석하고 흥분을 감추지 못한다. 운석 연대를 측정한 결과, 45억 년 전에 생성된 태양계보다 훨씬 전인 60억 년 이전에 만들어진 게 아닌가. 렌 대학교는 정밀 분석을 위해 이 운석을 국립파리자연사박물관으로 보낸다.

한편 이 전대미문의 운석 소식이 알려지자 과학계는 흥분의 도가니에 빠지고 종교계는 불안에 휩싸인다. 창조론과 진화론의 해묵은 논쟁이 다시 수면에 떠오른 것이다. 인간은 진화의 우연한 산물인가? 신의 지적 설계의 산물인가? 만일 정말로 이 운석이 60억 년 전에 생성되었고, 운석 내부에서 휴면 상태에 들어간 호극성 미생물을 배양할 수 있게 된다면 기존의 여러 가지 생명 기원설을 재검토할 수밖에 없다. 과학계와 종교계에 엄청난 충격을 줄 수 있는 민감한 문제였다.

박물관 당국은 진실을 명백히 밝히기 위해 운석 연구실을 마련하고 공정을 기하기 위해 세계에서 가장 권위 있는 두 명의 과학자, 즉 하버드 대학교의 고생물학자이자 지질학자이며 창조론을 격렬하게 비판하는 확고한 무신론자인 미국인 피터 오스몬드와 바티칸 교황청 천문대 소속 천체물리학자(행성 궤도 추정 전문가)이자 예수회 출신 신부인 이탈리아인 마르첼로 마냐니를 초청한다.

9월 5일 월요일

피터 오스몬드와 마르첼로 마냐니는 도서관 기록보관소의 관리인 레오폴딘 드베르의 도움을 받으며 광물학관 4층 테오도르 모노실에 마련된 특별 연구실에서 운석 연구를 시작한다. 무신론자 오스몬드는 성직자와 함께 연구하는 것을 달갑게 여기지 않고 노골적으로 마냐니 신부를 경멸한다. 두 학자는 지난주 월요일 우주 연대의 추정에 관한 연구로 세계적으로 인정받은 천체물리학자 호완싸인 교수가 가스 누출로 인한 폭발사건으로 사망했다는 소식을 듣고 충격을 받는다.

불길한 사건은 무녀처럼 소개되는 식물표본실 소속 기술직 직원 위게트 몽타냑을 통해 예고된다. 그녀는 박물관 도처에서 악의 기운을 느끼고 레오폴딘에게 조심하라고 경고한다. "우리 박물관에서 이상한 일들이 일어나고 있어요. 포르말린 표본병 속에 들어 있는 저 온갖 동물들과 해골들은 분명 모종의 영향력을 갖고 있어요. 악은 도처에 있어요. 끔찍한 일들이 일어날 거예요. 지금은 시작일 뿐이에요. 우리는 맞서 싸울 수 없어요. 이 악의 세력은 우리의 힘을 넘어서거든요."

실제로 그날 저녁, 박물관 합창대를 찾아가던 오스몬드는 고생물학관의 어둠 속에서 해골, 온갖 생물들이 떠다니는 포르말린 표본병, 각 성장 단계의 태아, 선사시대의 괴물 등 지옥의 광경처럼 무시무시한 공포를 경험한다. 합창대가 고생물학관 계단식 강의실에서 한창 연습을 하는 중에, 그리고 천둥이 치는 순간 끔찍한 비명소리가 들린다. 음산한 고생물학관의 비교해부학실에서 생물학자 아니타 엘베르그가 목부터 배꼽까지 칼로 난자되어 모든 장기가 노출된 채 발견된다. 끔찍한 범행에 모두 망연자실한다. 즉각 모베르 경찰서의 루셀 서장과 그의 두 부관 코메르송과 부아쟁이 수사를 개시한다.

9월 6일 화요일

화요일 오후에도 끔찍한 사고가 일어난다. 동물원 사육사 알랑이 맹수 우리 안에 들어가 표범에게 잔혹하게 물려 사망하고 만다. 알랑은 알코올 중독자에 대마초를 즐겨 피우고 곧잘 시비를 거는 사람이라 모든 직원들로부터 소외를 당하는 인물이다. 레오폴딘은 식물학자 플로루스 노교수의 도움을 받아 알랑이 환각, 망상, 위치 감각 상실 등을 일으키는 독말풀을 피웠다는 사실을 밝혀낸다.

한편 마냐니 신부는 운석이 태양계가 아닌 오리온성운에서 약 60억 년 전에 생성된 한 혜성의 폭발에서 유래되었다고 결론을 내리고 흥분을 감추지 못한다. 프랜시스 크릭(1916~2004. 영국의 분자생물학자), 레슬리 오겔(1927~현재. 영국의 화학자, 『생명의 기원』의 저자) 같은 몇몇 생물학자들은 1973년부터 지구 생명체가 우주 밖의 살아 있는 정자나 포자로부터 기원했을 거라는 외계 생명체 유입설(범종설, 포자설)을 내세웠고, 프레드 호일(1915~2001. 영국의 천문학자, 공상과학소설가, 빅뱅이론의 창시자, 외계 생명체 유입설을 주장함)은 1981년 지구상 최초의 생명체가 수십억 년 전 지구에 떨어진 운석이 폭발하면서 살아 있는 최초의 미생물을 퍼뜨렸을 거라는 가설을 내세웠다. 하지만 이들은 증거를 댈 수 없었기 때문에 신뢰를 받지 못했다.

진화론의 입장에서 최초의 생명체가 어떤 과정을 거쳐 생겨났을까? 찰스 다윈은 『종의 기원』에서 모든 생물이 하나의 조상으로부터 유래했으며, 암모니아와 인산염과 빛, 열, 전기 등이 있는 따뜻한 작은 연못에서 최초의 생명체가 생겨났을 것이라고 주장했다. 1953년 밀러-우레이의 불꽃 방전 실험은 원시 지구에서 무기물로부터 생명의 원료인 유기물이 생성될 수 있다는 사실을 보여주었고, 그후 과학자들은 우주로부터도 유기물이 많이 유입됐다는 것을 밝혀낸다. 이 유기물이 바다에 쌓여서 생명의 요람인 '원시수프'(생명의 기원으로 추정되는 원시의 액체)가 형성되었을 것이다.

오스몬드, 에르완, 마냐니 그리고 생화학자 앙투안 버클러는 운석에서 채취한 시료(試料)에 생명 발생에 필요한 환경을 마련해주고 전기 방전을 일으킨다. 이들은 이 시료에게 최초의 상태, 즉 생명이 발생했던 '원시수프'를 만들어줄 수 있을 것인가? 이 시료는 이들에게 생명의 비밀을 넘겨줄 것인가? 오스몬드 일행은 '생명의 기원'이라는 최후의 비밀에 도달했다는 확신이 들자 흥분을 감추지 못한다. 확실한 결과는 다음 날 배양 분석이 끝나는 대로 알 수 있다.

9월 7일 수요일

오스몬드와 마냐니 신부는 보석 전시회가 준비 중인 광물학관 현관에서 근본주의자이자 텔레비전 방송 설교가인 토비 파커를 발견하고 깜짝 놀란다. 토비 파커는 개신교 근본주의(20세기 초부터 미국의 프로테스탄트 교파 사이에서 자유주의에 대립하여 일어난 보수파의 신앙운동. 성경의 완전한 무오류성과 축어적 해석, 육체를 가진 예수 그리스도의 임박한 재림, 동정녀 탄생, 부활, 대속 등을 그리스도교의 근본으로 강조하며, 지적 설계론을 주장하고 진화론을 부정함. 20세기 말에는 많은 교회단체, 교육기관, 특수 조직들이 이 운동을 이끌고 있음) 교회들을 짓기 위해, 그리고 우주 창조와 지구 생명체 출현에 관한 논리를 개발하는 패서디나 창조다큐멘터리센터 같은 무수한 사이비 과학기관을 후원하기 위해, 설교 활동과 다이아몬드 거래로 벌어들이는 막대한 재원을 활용하는 위험인물이다. 이 광신적인 근본주의자들은 성경을 비유와 상징으로 해석하지 않고 일점일획도 오류가 없으며 글자 그대로 읽어야 한다는 축자영감설과 성경무오류설을 내세운다.

오스몬드와 신부는 배양상자가 파괴되고 금고 안에 보관된 운석이 감쪽같이 사라진 것을 확인하고 실의에 빠진다. 외계 생명체 유입설을 입증할 수 있는 결정적인 증거가 사라진 것이다. 오스몬드는 처음에는 신부가 성경의 우주 창조 이야기를 구하기 위해 저질렀을 거라고 생각한다. 하지만 결국 토비 파커의 출현, 호완싸인 교수와 사육사 알랑의 죽음, 그리고 운석의 분실이 연관이 있을 거라고 확신하고 레오폴딘의 도움을 받아 수사에 착수한다.

한편 레오폴딘 드베르는 식물학관 6층에서 1942년에 베이징에서 박물관으로 보냈으나 60년 동안 방치된 서류함을 발견한다. 그 중에는 1932년 12월에 기록된 테야르 드 샤르댕의 수첩이 있었다. 영원히 분실된 것으로 알려진 베이징원인 발굴에 대한 샤르댕 신부의 기록이다. 서류와 함께 베이징원인의 유골이 든 트렁크가 있다는데 어디에 있을까? 레오폴딘은 박물관의 소란이 어떤 신비스러운 법칙에 따라 일어나고 있다고 추론하고 그 트렁크를 찾아내기로 결심한다.

1932년 8월 앙드레 시트로앵이 기획한 중국횡단탐험대는 국립파리자연사박물관 소속인 테야르 드 샤르댕 신부를 비롯하여 20여 명의 프랑스인들을 데려갔다. 샤르댕은 진화 과정이 점점 증가하는 복잡화의 논리에 따른다는 것을 입증하려 했다. 그는 진화론과 그리스도교 신앙을 화해시켜 신자들에게 혼란을 불러일으킨다는 이유로 로마교황청의 반감을 샀다. 탐험대는 베이징에서 남서쪽으로 50킬로미터 떨어진 저우커우뎬(周口店) 유적지의 한 동굴에서 50만 년 전 인류의 조상으로 여겨지는 놀라운 유골을 발굴했다. 그것은 진화론자들이 원숭이와 인간을 연결하는 최후의 고리인 '베이징원인'이라고 부르는 영장류과(科)였다. 그런데 이 실물 표본은 2차 세계대전 중에 분실되었다. 어떤 사람들은 이 유골이 든 트렁크가 미국 배에 실렸다가 1941년 일본 잠수함에 의해 침몰되었을 거라고 했고, 다른 사람들은 이 트렁크를 중국 어딘가에 숨겨놓았다가 잊어버렸다고 주장했다. 아무튼 베이징 유골은 흔적도 없이 사라졌다.

9월 8일 목요일

오스몬드가 존경하는 박물관장이 식물 표본을 소독하는 증기소독기 안에서 질식되어 죽은 기이한 사건이 발생하자 박물관은 발칵 뒤집어지고 언론의 취재 열기는 더욱 달아오른다. 박물관에서 이미 네 건의 연쇄살인과 기이한 일들이 일어났지만 경찰의 수사는 답보 상태이다. 오스몬드는 살인범이 박물관의 한 과학자라고 확신한다. 그는 잔인한 살인사건의 실체를 밝히기 위해 신념은 다르지만 마냐니 신부에게 '휴전'과 도움을 요청하고 과학적 방식으로 수사를 하기로 작정한다.

9월 9일 금요일

금요일에도 살인사건은 이어진다. 포유류와 설치류의 박제실에서 오스몬드의 옛 애인인 로랑스 앵베르가 살해되어 박제된 것이다. 범인은 시체의 내장을 비우고 발포 폴리스티렌으로 채운 후 다시 꿰매고 금속 지주를 이용해서 박제된 동물들 한가운데에 전시해놓았다.

오스몬드는 사건의 열쇠가 형이상학적 싸움, 즉 종교적 싸움에 있다고 추측한다. 마치 악마와 괴상망측한 생각이 득실거리는 음산한 지하 생활, 정상적인 기관으로 위장하고 과학 연구 규정에 따르는 지하 세계가 존재하는 것처럼 잔인한 사건이 일어나고 있지 않은가. 레오폴딘은 박물관이 1980년대 초 광장 밑에 동물표본관을 건설할 때 지하 통로를 발견한 것과 1930년대에 이 지하도에서 한 학자의 시신이 발견된 사실을 떠올린다.

9월 10일 토요일

오스몬드는 연구실 책상에 남겨진 약속 메모지를 보고 지질학관 뒤쪽 공사장에 간다. 그때 누군가가 그의 머리를 내리쳐 하수도관 매설용 구덩이에 빠뜨리고 불도저로 매몰시켜 죽이려 한다. 신부 역시 메모를 발견하고 즉각 현장에 달려가 오스몬드의 목숨을 구한다.

살인사건은 멈추지 않는다. 이번에는 박물관에서 가장 은밀하고 가장 잘 보호된 지하 동물표본관에서 노르베르 뷔송이 그리스도의 희생을 모방해서 두 팔이 선반에 묶이고 얼굴이 옆으로 기울여진 채 죽어 있었다. 시신은 머리에서 배꼽까지는 파란 페인트로, 허리에서 발끝까지는 노란 페인트로 칠해져 있었다.

레오폴딘은 자선 성격을 띤 기관과 연구소를 후원한다고 주장하는 '트루벨류즈' 라는 미국 투자회사를 조사하고 올리비에그룹의 본사를 내방해서 토비 파커가 연루된 사실을 밝혀낸다. 또한 박물관의 옛 설계도를 찾아낸다.

9월 11일 일요일

살인범은 주중 내내 살인을 저질렀다. 과연 그는 성스러운 일요일의 휴전을 존중할 것인가. 오스몬드와 마냐니 신부는 지금까지 일어난 사건의 추이를 분석한 결과 연쇄살인이 다윈의 진화론을 부정하고 비웃는, 과학적이고 동시에 상징적인 논리를 따른다는 사실을 밝혀낸다.

조류학자 고도프스키 역시 잔인하게 난자되어 살해된다. 오스몬드는 고도프스키의 수첩에서 "진실은 그 책 속에 있다. 나는 그 책 속에 진실을 숨겨놓았다."는 메모를 발견한다. 그 책이란 다윈의 1859년 초판본 『자연선택에 의한 종의 기원에 관하여』였다.

한편 보석 전시회의 개막을 축하하는 리셉션이 열리고 럼주 술통 속에서 프랑수아 세르방의 시체가 발견된다.

레오폴딘은 희귀본서고에서 지도교수 아니타 엘베르그에 의해 거절된 장 오스트발트의 박사학위 청구논문을 찾아낸다. 그녀가 연모해온 요한 키르허는 미국 유학 후, 장 오스트발트라는 이름을 요한 키르허로 바꾸고 박물관의 소장품 관리인으로 취직한 것이다.

레오폴딘은 요한 키르허가 베이징원인의 유일한 표본을 파괴하는 장면을 목격하고 박물관의 잔혹한 연쇄살인의 자초지종을 듣게 된다. 레오폴딘을 인질로 삼은 요한 키르허는 대생명진화관으로 간다. 그곳에는 인간에 가장 가까운 보노보의 흉곽에 에릭 고도프스키의 머리가 놓여 있었다. 요한 키르허는 자신의 입 속에 총구를 넣고 방아쇠를 당긴다.

*

이 소설은 창조론과 진화론, 신학과 과학의 갈등과 충돌이 빚어낸 전대미문의 살인사건을 소재로 쓴 허구다. 우주는 엄청 광대하기 때문에 우주에 생명체가 존재할 가능성은 부인할 수 없으며 그것이 반드시 그리스도교 교리에 반한다고는 할 수 없을 것이다. 그리스도교 창조론은 지구를 비롯한 우주의 기원에 관한 문제이고 진화론은 세상이 어떻게 진화해왔는지를 다루는 것이다. 근본주의적 창조론은 생물이 태초부터 현재의 모습 그대로 존재했다고 믿으며 다윈의 진화론을 전적으로 부인한다. 하지만 진화론에도 다양한 이론이 있다. 무신론적 혹은 유물론적 진화이론은 물질이 우연히 결합해서 생명체가 생겨났다고 보는 것이고, 유신론적 진화이론은 만물의 기원으로 거슬러 올라가면 창조주가 있다고 보는 것이다. 인간의 육체가 생물학적 진화의 영향을 받는다 하더라도 영혼은 진화의 산물이라고 보기는 어렵다. 개신교 일각에서는 진화론에 대처해 창조론을 정당화하기 위해 지적 설계론을 주장하기도 한다. 그것은 창조주가 정밀한 지적 설계에 따라 만물을 만들었다는 주장이다. 아무튼 다윈의 이론은 비록 모든 것을 설명할 수는 없을지라도 유일하게 설득력 있는 한 가설로 받아들여지고 있다.

박물관에는 신앙과 신념이 다른 다양한 분야의 과학자들이 자신의 편협한 주장을 펼친다. 이 소설은 극단적으로 단순화하거나 왜곡된 논리, 맹목적인 신앙관에서 비롯된 광기에 경종을 울리고 있다.